新潮文庫

僕のワンダフル・ジャーニー

W・ブルース・キャメロン
青木多香子訳

新潮社版

11157

僕のワンダフル・ジャーニー

この世に迷える動物たちを救い、世話をし、助けるすべての人に

第1章

池に突き出た木製の桟橋《さんばし》の陽だまりに座って思ったんだ。僕の名前がバディでいい子《グッドドッグ》なのは本当だってね。

足の毛は全身の色と同じ黒だったけど、足先は歳《とし》とともに白が混じってきた。イーサンという名の少年と長く充実した人生を送り、この農場にあるまさにこの桟橋で何日ものらりくらりと午後を過ごし、泳ぎを楽しんだりアヒルに吠《ほ》えたりしてきた。

イーサンのいない二度目の夏だった。彼が亡《な》くなった時、僕はこれまでに感じたどんな心の痛みよりもはるかにずっと激しい痛みを胸に感じた。今では随分ましになり、胃痛のような感じになったけど、痛むことにかわりはない。眠りだけがそれを癒《いや》してくれた。眠ると夢の中でイーサンが一緒に走ってくれるんだ。

僕は老犬で、これまでもそうだったように、今よりずっと深い眠りがいつかそう遠くない日に来るとわかっていた。トビーという名前で、他の犬たちと一緒に遊ぶ以外は大した目的もなかった最初の馬鹿《ばか》げた人生でもそうだった。ベイリーという名前で、僕の少年とはじめて出会い、彼を愛することが最大の関心事になった時もそうだった。エリーという名で「働き」、人々を「捜し」、「救う」ことが仕事だった時もそうだった。そして、バディとしてのこの人生の終わりに深い眠りが訪れたら、今度は再び生きることはない。目的を果たしてしまったので、犬である理由はもうないと思っていた。だから、それがこの夏に起こっても次の夏でも関係なかった。イーサンが、イーサンを愛することこそが、僕の究極の目的であり、それをできるかぎり上手にやったんだ。僕はいい子だった。

それなのに……。

それなのに、僕はそこに座って、イーサンの家族に生まれたたくさんの子供のうちの一人が、大股《おおまた》でよちよちと桟橋の端っこに向かっていくのを見ていた。彼女は歩き始めてからまだ日が浅いので、一歩踏み出すたびによろけてしまう。ふわふわの白いパンツをはいて薄いシャツを着ている。僕は水中に潜って彼女のシャツをくわえて水面まで引っ張ってくる様を思い描き、クンクンという哀れっぽい鳴き声を漏《も》らした。

その子の母親の名はグロリアだった。グロリアも桟橋にいて、野菜の切れ端を両瞼《りょうまぶた》の上に載せ、リクライニングチェアに座ってじっとしていた。彼女の手には赤ん坊の腰につながれたリードが握られていたが、リードが手の中で緩み、桟橋の端っことその先にある池に向かって進む赤ん坊がそれを引きずるような格好になっていた。

子犬の時の僕ならリードがだらりとしていたら必ず探検に駆り立てられた、この赤ん坊の反応もちょうどそれと同じだった。

グロリアが農場に来るのはこれが二度目で、前回は冬だった。まだイーサンが生きていて、グロリアは赤ちゃんを渡しながら彼を「おじいちゃん」と呼んだ。グロリアが去ると、イーサンと彼の妻のハンナはグロリアという名を何度も何度も口にすることを幾晩も繰り返し、彼らの会話は悲しみにあふれていた。

彼らはクラリティという名も口にした。赤ちゃんの名はクラリティだったが、グロリアは彼女のことをよくクラリティ・ジューンと呼んでいた。

イーサンなら、僕にクラリティを危険から守ってもらいたがるだろうと僕は確信していた。彼女は絶えず問題を起こしているようだったからだ。先日も、この赤ちゃんが野鳥の餌《えさ》入れの下に腹ばいになり、落ちていた種をひとつかみ口に頰張《ほおば》った時は、僕はかたわらで見守りながら情けなかった。リスがこれをしたら威嚇《いかく》するのが僕の主な仕事のひとつだったが、クラリティが同じことをしているのを見つけた時にどうすればいいのかはわからなかった。子供が粒餌《つぶえ》を食べるのはたぶんいけないことだろうとはわかっていた。そして、そう思ったのは正しかった。だって、とうとう僕が数回吠えると、タオルの上にうつぶせになっていたグロリアが起き上がり、ひどく怒った顔をしたから。

僕は今、グロリアの方をチラッと見た。吠えるべきだろうか？　子供はよく池に飛び込むものだが、赤ん坊の頃にはそんなことはしない。けれども、この子がこのまま進んでいくと、どう見たっていずれずぶ濡《ぬ》れになるように思えた。赤ちゃんが水の中に入ることが許されるのは、大人に支えてもらっている時だけだ。僕は振り返って家の方を見た。ハンナは外にいて、跪《ひざまず》いて私道に沿って生えている花をいじっていたので、クラリティが池に落ちても遠すぎて何もできない。ハンナもきっと僕にクラリティの見守りをしてもらいたがっているだろう。これが僕の新しい目的だったんだ。

クラリティは桟橋の端っこに差しかかっていた。僕はもう一度クーンという鳴き声を漏らした、さっきよりも大きい声で。「シーッ」とグロリアが目を開けずに言った。言葉の意味はわからなかったけれど、紛れもなくきつい口調だった。

クラリティは振り向きもしなかった。桟橋の端っこに着くと、少しよろよろした後、足を踏みはずして落ちた。

僕は爪《つめ》を木に食い込ませて桟橋の側面から温かい水の中へ飛び込んだ。クラリティは少しだけ水面に浮き上がり、半狂乱になって小さな四肢を動かしたが、頭はほとんど水面下にある。僕は数秒で彼女に追いつき、歯をシャツに優しく引っかけた。そして彼女の頭を水面に引き出して岸に向かった。

グロリアが悲鳴をあげた、「まあ、大変！　クラリティ！」彼女が駆けずり回って水中を必死に進んできた時、僕はべとつく池の底に足をついたところだった。

「性悪犬だわ！」と彼女はクラリティを僕からひったくるように取り上げて怒鳴った。

「お前は性悪の犬よ、性悪犬！」

　僕は屈辱から頭を垂れた。

「グロリア！　何があったの？」ハンナが大声を出しながら駆け寄った。

「あなたの犬が赤ん坊を水の中に突き落としたのよ。クラリティは溺《おぼ》れてしまっていたかもしれないわ！　飛び込んで助けなきゃならなかったから、びしょ濡れになっちゃったのよ！」

　みんなが嘆かわしいと感じていることは、声にはっきりと表れていた。

「バディ？」とハンナが言った。

　僕には彼女を見る勇気がなかった。尻尾《しっぽ》を少し振って池の水面に打ちつけると水が跳ね返った。自分がどんな悪いことをしたのかわからなかったけれど、みんなをうろたえさせたのは確かだった。

　みんなとは、クラリティを除いて、ということだった。彼女が母親の腕の中で緊張しているのがわかったし、小さな両手を僕の方へ伸ばしたので、僕は思い切って彼女の方をチラッと見た。

「バビ」とクラリティが喉《のど》を鳴らすような声を出した。彼女のパンツから水が足を伝って流れ落ちていた。僕はまた視線を落とした。

　グロリアが少し息を吐き出した。「ハンナ、この子を渡してもいい？　おむつがびしょ濡れだし、あたしは体の両面が同じ色になるようにうつぶせになっていたいの」

「もちろんよ」とハンナが言った。「おいで、バディ」

有難いことにその一件は終わり、僕は水から跳ね出て尻尾を振った。

「体をブルブル振らないで！」グロリアはそう言うと、桟橋の上で跳ねるようにして僕から遠ざかった。彼女の声には警告の響きがこめられていたが、僕に何を言おうとしているのかはわからなかった。僕は頭から尻尾まで振って被毛《ひもう》から池の水を飛ばした。

「うわっ、やめて！」とグロリアが甲高い声で言った。彼女は僕を指さして僕には理解できない言葉を並べ立て、厳しい説教をしたが、彼女が何度か「性悪犬」と言ったのは確かだった。僕は頭を垂れて目をしばたたいた。

「バディ、おいで」とハンナが言った。彼女の口調は優しかった。僕は素直に従い、一緒に家まで戻った。

「バビ」とクラリティが何度も言った。「バビ」

家の玄関の石段に近づくと、口の中で変な味がしたので僕は立ち止った。以前にも感じたことのある味だった。甘い香りがするゴミの中から薄い金属製の平たい容器を引っ張り出し、その容器をきれいに舐《な》めた後、実験的に容器をパリパリ噛《か》んでみた時のことを思い出させる味だった。その時は、金属はまずかったので吐き出した。けれども、今感じている味は吐き出せなかった。舌の上にずっとあり、鼻に侵入してきていたからだ。

「バディ?」ハンナは玄関のポーチに立って僕を見ていた。「どうしたの?」

僕は尻尾を振り、はずむようにポーチに走っていき、彼女がドアを開けると勢いよく家の中へ入った。

そのドアを通るのは、中に入るのであれ外に出るのであれ、いつも楽しかった。何か新しいことをしているしるしだったからだ。

その後、ハンナとクラリティが新しいゲームをしている間、僕は監視役になった。ハンナはクラリティを階段の一番上まで抱いて上がり、クラリティが向きを変えて後ろ向きでハイハイしながら階段を下りるのを見守った。ハンナはたいてい「いい子」と言ったので、僕は尻尾を振った。クラリティが一番下の段に着くと、僕は彼女の顔を舐め、彼女はキャッキャッと笑った。それから彼女はハンナに向かって両腕を上げた。「も」と彼女は求めた。「も、おばあちゃん。も」彼女がこう言うとハンナは彼女を抱き上げてキスし、階段の一番上まで連れていってもう一度同じことをさせるのだった。

彼女たちは安全だと確信すると、僕はリビングルームのお気に入りの場所に行き、ぐるりと円を描くように回り、寝そべってため息をついた。数分後、クラリティが毛布をひきずりながら僕のところへやって来た。彼女は、嚙《か》むだけで絶対に飲み込まない物を口の中に入れていた。

「バビ」と彼女は言った。それから四つん這《ば》いになると一メートルほど這って僕のそばに来て、体をくっつけて丸くなり、小さな両手でさっきの毛布を自分の方へ引っ張った。僕は彼女の頭の匂《にお》いを嗅《か》いだ。クラリティは世界中の誰とも違う匂いがした。彼女の匂いが僕の中に満ちると、その温かい感触に誘われて僕はうたた寝をした。

網戸が閉まってグロリアが部屋に入ってくるのが聞こえた時、僕たちはまだ眠っていた。「まあ、クラリティー」と彼女は言った。僕がぼんやりと目を開けると、ちょうどグロリアが手を伸ばして赤ん坊を眠っていた場所からひったくるように抱き上げるところだった。クラリティが僕に寄り添っていたところは、彼女がいないとやけに冷たく空っぽな感じがした。

ハンナがキッチンから出てきた。「クッキーを作っているの」と彼女は言った。その言葉は知っていたので、ゆっくりと起き上がった。尻尾を振りながらハンナのところへ行き、甘い匂いのする彼女の両手をクンクン嗅いだ。

「この子はあの犬にくっついて眠っていたのよ」とグロリアが言った。「犬」という言葉が聞こえたが、例によって僕が彼女を怒らせたみたいな言い方だった。ということは、クッキーはもらえないのか。

「そうね」とハンナが言った。「クラリティは彼と添い寝していたわ」

「あたしの子には犬のそばで眠ってほしくないわ。バディが寝返りをうっていたら、クラリティはつぶれていたかもしれないもの」

僕はたった今自分の名前が口にされたのはなぜなのか、手がかりを得ようとハンナを見た。彼女は手を口に持っていった。「私だったら……いえ、そうね。そうさせないようにするわ」

クラリティは小さな頭をグロリアの肩に載せてまだ眠っていた。グロリアは赤ん坊をハンナに渡し、ため息をつきながらキッチンテーブルについた。「アイスティーはある?」と尋ねた。

「あるわよ」ハンナは赤ん坊を抱いてキッチンカウンターに行った。彼女は幾つか物を取り出したが、クッキーは見えなかった。でも、砂糖でできた温かい匂いが空中に漂っているのは確かだった。僕はおとなしく座って待った。

「クラリティとあたしが来るときには犬を庭に出してもらった方がいいと思うわ」とグロリアが言った。彼女は飲み物を一口すすり、ハンナも一緒にテーブルについた。クラリティはかすかに身動きしていて、ハンナが体をポンポンと軽く叩《たた》いていた。

「まあ、そんなこと、できないわ」

人間はどうしていつもこんなことをするのだろう。クッキーの話をするくせに、それをもらってしかるべき犬に少しもくれなかったりするのはなぜなんだ。僕は寝そべって呻《うめ》き声をあげた。

「バディは家族の一員なのよ」とハンナが言った。僕は眠たげに頭を上げて彼女を見たが、やはりクッキーはもらえなかった。「この子がどんな風に私とイーサンを結び合わせてくれたか、あなたに話したかしら？」

僕は「イーサン」という言葉を聞いてドキッとした。この家で彼の名前を聞くことは、今ではだんだん少なくなってはいたが、聞くと必ず、彼の匂いや僕の被毛に置かれた彼の手を思い出すのだ。

「犬があなた方を結び合わせたですって？」とグロリアが答えて言った。

「イーサンと私は幼馴染《おさななじみ》だったの。ハイスクール時代に恋人同士だったんだけど、火事の後……彼が足をひきずるようになったのは火事のせいなのは知ってるわね？」

「あなたの息子から聞いたかもしれないけど、覚えてないわ。ヘンリーが話すのはたいてい自分のことだけだったもの。男ってどういうものか知ってるでしょ」

「それじゃ話すけど、火事の後、イーサンは……どこか暗い面を持つようになったの。私はまだ若くて……つまり、彼がそれを乗り越えられるよう助けられるほどには大人じゃなかったの」

僕はハンナの内面に悲しみのようなものを感じ、彼女には自分が必要だとわかった。まだテーブルの下にいた僕は、彼女のところに行き、膝《ひざ》に頭を載せた。彼女は僕の頭を優しく撫《な》で、僕の頭上にはクラリティの裸足《はだし》の両足がだらんと伸びていた。

「イーサンは当時も犬を飼っていたの。ベイリーという名の素晴らしいゴールデンレトリーバーだったわ。その子は彼のドジな子《ドウードウルドッグ》だったの」

僕はベイリーとドジな子という名前を聞いて尻尾を振った。イーサンが僕をドジな子と呼ぶ時には必ず、心が愛でいっぱいになって僕を抱きしめてくれて、僕は彼の顔にキスしたものだった。その瞬間、これまでの長い時間に感じたよりもずっと、僕はイーサンがいなくなった寂しさを痛切に感じた。そして、ハンナも彼を恋しがっていることが伝わってきた。僕が自分を撫でている手にキスすると、ハンナは下を見て、膝に載っている僕の頭に微笑《ほほえ》みかけた。

「あなたもいい子よ、バディ」とハンナは言った。いい子と言われたので、僕はまた何度か尻尾を振った。この会話のおかげでようやくクッキーにありつけそうだった。

「ともかくも、私たちは別々の道を進んだの。私はマシューに出会って結婚し、レイチェルとシンディと、それにもちろんヘンリーが生まれたの」

グロリアが小さな声を出したが、僕は彼女の方を見なかった。ハンナはまだ僕の頭を撫でていたので、僕はそれをやめてほしくなかったのだ。

「マシューが亡くなると、子供たちと一緒にいたくなって、また町に引っ越したのよ。そしたらある日、バディはおそらく一歳くらいだったと思うけどドッグパークにいて、レイチェルについて我が家にやって来たの。首輪に名札がついていたのでそれを見ると……そう、イーサンの名前が書いてあって本当にびっくりしたわ。でも、私が電話をした時のイーサンの驚きようったら！　私の倍以上はびっくりしてたわね。私はずっと彼のところに立ち寄ることを頭では考えていたんだけど、多分絶対に実行には移さなかっただろうと思うの。愚かだとは思うけど、あまりいい別れ方ではなかったから。ずいぶん昔のことではあっても、私は……どう言えばいいかわからないけど、たぶん臆病《おくびょう》になっていたのね」

「別れ方がよくなかったって言うなら、あたしもそれを何度も経験しているのは確かだわ」とグロリアが軽蔑《けいべつ》したように笑った。

「もちろん、そうでしょうね」とハンナが言った。そうして、自分の膝を見おろして僕に微笑みかけた。「長い年月を経てイーサンに会った時、決して別れてなどいなかったという気がしたわ。互いにふさわしい相手だったってことね。もちろん自分の子供たちに言う気はないけど、イーサンは私の片割れ、ソウルメイトだったの。それでも、もしバディがいなければ私たちが再会することはなかったかもしれないわ」

自分の名前とイーサンの名前を口に出して言われるととても嬉《うれ》しかったし、ハンナが僕に微笑みかけると彼女の愛と悲しみが感じられた。

「あら、もういい頃だわ」と、その時ハンナが言った。そして立ち上がり、クラリティをグロリアに渡した。クラリティは目覚め、小さなこぶしを空中に突き出してあくびをした。クッキーがカタカタという音とともに熱いオーブンから出てきて、おいしそうな匂いが波のように押し寄せたのに、ハンナは僕にはひとつもくれなかった。

僕にかぎって言うと、たまらないほど鼻の近くにクッキーがありながら何のおこぼれにもあずかれないのは、まさに悲劇だった。

「たぶん一時間半くらい出かけるわ」とハンナがグロリアに言った。ハンナが鍵《かぎ》という名のおもちゃをしまってあるところに手を伸ばすと、車に乗ることを連想させる金属のジャラジャラいう音が聞こえた。ドライブに行きたいという欲求とクッキーのそばにいるべしという任務に引き裂かれて、僕は注意を怠《おこた》らずに状況を見守った。

「ここにいなさい、バディ」とハンナが言った。「ああ、それからグロリア、地下室のドアは閉めたままにしておいて。クラリティは階段を見つけると必ず下りたがるんだけど、地下室は危険なの。猫いらずを置かなければならなかったから」

「猫いらずですって？　ネズミがいるの？」とグロリアがけわしい声で言った。クラリティは今やすっかり目を覚まして、母親の腕の中でもがいていた。

「ええ。ここは農場だから。ネズミが来ることもあるのよ。大丈夫よ、グロリア。ドアをちゃんと閉めておいてね」僕はハンナが少しばかり怒っているのを感じとり、何が起こっているのか気になって彼女を見た。けれども、こういう状況ではありがちなように、僕が感じた強い感情の原因はまったくわからなかった。人間とはそういうものだ。犬には理解しがたい複雑な感情が彼らにはあるのだ。

ハンナが出かける時、僕は車までついていった。「駄目よ、ここにいて、バディ」と彼女は言った。彼女の意思ははっきりしていた。滑るように車に入って僕の鼻先でドアを閉め、キーがチャリンと鳴ったからには、尚更《なおさら》だった。彼女の気が変わることを期待して僕は尻尾を振ったが、車が私道を進み始めたので、今日はドライブはなしだとあきらめた。

ドッグドアをそっと通って家の中に戻った。クラリティは前にトレイのついた彼女専用の椅子《いす》に座っていた。グロリアが前かがみになってクラリティの口にスプーンでごはんを入れようとしているが、クラリティはそのほとんどを吐き出していた。クラリティのごはんを試しに食べてみたことがあるけれど、彼女を非難する気にはなれない。クラリティが少量の食べものを自分の手で口に入れることもよくあったが、本当にまずいものになると、やはり母親とハンナがスプーンで無理やり口に入れなければならなかった。

「バビ！」クラリティが喜んでトレイを両手で叩きながら、ゴロゴロと喉を鳴らすような声を出した。グロリアの顔に食べものが飛び散り、彼女は耳ざわりな音を立てて急に立ち上がった。そしてタオルで顔をふいてから僕をにらみつけた。僕はうつむいた。

「あんたがこの家の持ち主のように家の中をブラつくのを許しているなんて、信じられないわ」と彼女はブツブツ言った。

僕はグロリアがクッキーをくれると期待したことは一度もなかった。

「そう、あたしが留守番している間はね」と彼女は言った。そして数秒間、無言で僕をじっと見てからフンと鼻を鳴らした。それから「よし、こっちへおいで!」と命令した。

僕は素直に彼女の後について地下室のドアまで行った。彼女はドアを開けた。「入りなさい。入るのよ!」

僕は彼女がどうしてほしいと思っているのか理解し、ドアを通って中に入った。入ってすぐの階段の一番上にあるカーペットを敷いた狭い空間は、僕がやっとのことで向きを変えて彼女を見られる程度の広さだった。

「そこにいなさい」と彼女は言い、ドアを閉めた。ただちにあたりが暗くなった。

下へ降りる階段は木製で、僕が下りると軋《きし》んだ。地下室にはあまり来たことがなかったし、何やら興味をそそられる物の匂いもするので、探検してみたくなった。調べてみて、たぶん食べるだろう。

第２章

地下室の灯りはとても暗かったが、壁や隅には濃厚な湿った匂いが満ちていた。木製の棚にかび臭いビンが何本か載っていたし、側面が柔らかくなった段ボール箱には、長い歳月の間に農場で過ごしたたくさんの子供たちの匂いが信じがたいほど混ざり合った衣類がいっぱい入っていた。僕は深く息を吸い込み、夏草の間を走り抜けたり冬には雪の中に突進したりしたことを思い出した。

けれども、素晴らしい匂いはしても、僕が食べたいと思うようなものは何もなかった。

しばらくすると、ハンナの車が私道を進んでくる、すぐにそれとわかる音が聞こえた。カチャッという音がして、地下室の階段を上り切ったところのドアが開いた。

「バディ！　すぐにこっちに来なさい！」グロリアが僕にきつい声で言った。

僕はあわてて階段の方へ行ったが、暗がりでつまずき、左の後ろ足に鋭く深い痛みが走った。立ち止ってグロリアを見上げると、開いた戸口から差し込む光の枠の中に彼女の姿が浮かび上がっていた。僕にけがをさせたものが何であれ、大丈夫だと、彼女に言ってほしかった。

「来いと言ったでしょ！」と彼女はさっきより大声で言った。

一歩踏み出すと、僕の口からクーンという哀れを誘う鳴き声が少し漏れたが、彼女の言うとおりにしなければならないのはわかっていた。痛む方の足に体重をかけないようにすれば、何とかなりそうだった。

「こっちに来てくれる？」グロリアが二段下りてきて僕に手を差し伸べた。

彼女の手で僕の被毛に触れてほしくなどなかったし、何らかの理由で僕に怒っていることはわかっていたので、後ずさりしようとした。

「いるの？」ハンナが大声で言い、声が階上に響いた。僕がスピードをあげて進むと、足の痛みは少しましなように感じられた。グロリアが向きを変え、彼女と僕は一緒にキッチンに入った。

「グロリア？」とハンナが言った。彼女は紙袋を下に置き、僕は尻尾を振りながら彼女のところへ行った。「クラリティはどこなの？」

「やっと寝かせたわ」

「地下室《セラー》で何をしていたの？」

「ワ、ワインがないか探していたのよ」

「そうなの？　地下室で？」ハンナが手をおろしたので匂いを嗅ぐと、何か甘い香りがした。彼女が家に戻ってくれて本当に嬉しかった。

「えーと、ワインセラーがあると思ったのよ」

「ああ、いいえ、それはないわ。でも、ワインはあると思うわ、トースターの下のキャビネットの中に」ハンナは僕を見ていたので、尻尾を振った。「バディ？ 足を引きずっているの？」

僕はお座りをした。ハンナが数歩下がって僕を呼んだので、彼女のところへ行った。

「足を引きずっているように見える？」とハンナが尋ねた。

「あたしにわかるわけがないわ」とグロリアは言った。「あたしが得意なのは子供で、犬じゃないもの」

「バディ？ 足をけがしたの？」僕は彼女が優しくしてくれるのがただただ嬉しくて、尻尾を振った。ハンナがかがんで僕の目の間にキスをしたので、僕はすぐに舐めて返した。彼女はキッチンカウンターへ行った。

「ああ、クッキーは食べたくないんだったわね？」と尋ねた。

「クッキーは食べちゃいけないのよ」とグロリアがあざけるように言った。

「クッキー」という言葉がこんなにも嫌な口調で使われるのを聞くのははじめてだった。

ハンナは何も言わなかったが、袋に入れて持ち帰った物をしまい始めながら小さくため息をつくのが聞こえた。彼女は時々骨を持って帰ってくれたけれど、今日は一本も見つけられなかったのが匂いでわかった。でも、念のため、注意を怠ることなく彼女を見守った。

「クラリティにも食べさせたくないの」としばらくしてグロリアが言った。「今でもぽちゃぽちゃだもの」

ハンナが笑い、それから笑うのをやめた。「真剣なのね」

「もちろん真剣よ」

すぐにハンナは食料品店の袋の方へ向き直った。「わかったわ、グロリア」と彼女は静かに言った。

数日後、グロリアは膝を抱えるようにして前庭の陽だまりに座っていた。小さな毛玉を足指の間にはさみ、涙が出るほど強い匂いの薬品で覆《おお》われた小さな棒で足指を触っていた。足指の一本一本に触れ終わると、それぞれが前よりも暗い色になった。

匂いがきつくて僕が口の中で感じていた奇妙な味を一時的に忘れるくらいだったけれど、それは別として、その味は日いちにちと強くしつこくなってきていた。

クラリティはおもちゃで遊ぶようになっていたが、立って歩くとおぼつかない足取りだった。僕はグロリアの方を見たが、彼女は舌先を突き出し、目を細めて足指を見ていた。

「クラリティ、遠くに行っちゃ駄目よ」とグロリアがうわの空で言った。

クラリティは、農場に来てからの数日の間に、よちよちとゆっくり歩いては時折四つん這いに戻っていたのが、ほとんど走り出しそうなくらいに歩けるようになっていた。彼女が決然と納屋《なや》の方へ向かったので、僕は何をすべきか思いめぐらしながらすぐ後についていった。

トロイという名の馬が納屋にいた。イーサンが生きていた時、彼は時々トロイに乗ったが、馬は犬ほど信頼できないので僕はあまり賛成できなかった。イーサンは若い時に一度馬から落ちたことがあるのに、犬から落ちた人はこれまで誰もいなかったからだ。ハンナはトロイに一度も乗らなかった。

僕たち、つまりクラリティと僕は納屋に入ったが、僕たちが来たことでトロイが苛立《いらだ》って鼻を鳴らすのが聞こえた。干し草と馬の匂いが空中に満ちている。クラリティは、トロイが納屋にいる時に使う小さな小屋のところへまっすぐ進んでいった。トロイは頭を素早く上下に動かして、もう一度鼻を鳴らした。クラリティはゲートの横木に手を伸ばして小さな両手で握った。「お馬さん」と、興奮して言った。大喜びすると小さな膝が上がったり下がったりした。

トロイの緊張が高まっていくのがわかる。この馬は僕をあまり好きではないので、これまで彼のところへ何度か行った時の経験から、自分が納屋にいると彼が緊張することに僕は気づいていた。クラリティが片手を横木の間から伸ばしてトロイを撫でようとすると、トロイは後ずさりした。

僕はクラリティのところへ行き、何かを撫でたいなら犬にまさるものはないことを知らせるために、彼女に鼻で触れた。大きく見開いた目が輝き、口が開き、彼女は興奮して息切れしていた。その目はトロイに釘《くぎ》づけだった。

ゲートは輪になった鎖で閉められていたのだが、クラリティが横木にもたれかかると鎖がゆるんでいたためにゲートに隙間《すきま》が生じた。次に彼女が何をするのか、僕は事前にわかった。彼女は歓喜の叫び声をあげると、ゲートに沿ってすべるように横に進んで鎖がたるんでできた隙間まで行き、そこから中へ突進した。

トロイの小屋の中へまっしぐらに。

トロイは今や行きつ戻りつしながら、頭を振り動かして鼻を鳴らしている。目を大きく見開き、ひづめを地面に打ちつける激しさは増すばかりのようだった。彼が狼狽《ろうばい》しているのが匂いでわかった。皮膚の表面に匂いが汗のように噴き出てきたのだ。

「お馬さん」とクラリティが言った。

僕はゲートの隙間に頭を入れて強く押し、向こうへ押し進もうとした。そうすると左の後ろ足に再び痛みを感じたが、それにかまわず両肩を、次にお尻《しり》を向こうへ通すことに集中した。僕が喘《あえ》ぎながら小屋にようやく入れた時、クラリティがトロイに向かって両手をあげながら進み始めたが、トロイは足を踏み鳴らし、鼻を鳴らしていた。クラリティを踏みつけるつもりなのが、僕にはわかった。

僕はトロイが恐かった。大きくて強かったし、ひづめで蹴《け》られたら怪我《けが》をするに決まっている。後ずさりせよ、ここから出ていけと本能が告げているけれど、クラリティが危険な状態に陥っていて、僕は何かを、何かを今、しなければならなかった。

不安を呑《の》み込み、ありったけの憤怒《ふんぬ》をこめてトロイに向って吠えたてた。唇をひきつらせて歯をむき出し、前へ突進し、クラリティとトロイの間に割って入った。トロイは耳ざわりなわめき声をあげ、前足のひづめを少しの間地面から持ち上げた。僕は吠えたまま後ずさりし、お尻でクラリティを隅へと押しやった。トロイはますます半狂乱になって行きつ戻りつし、僕の顔のそばの地面をひづめで打ったが、僕は唸《うな》り、彼に向かって歯を噛み鳴らし続けた。

「バディ？　バディ！」ハンナが納屋の外で半狂乱になって呼ぶのが聞こえた。背後でクラリティが、僕に倒されないように小さな両手を被毛に突っ込む感触がした。馬に蹴られるかもしれないけれど、僕は彼とクラリティの間にいるつもりだった。ひづめが音を立てて僕の耳をかすめたので、それに噛みついた。

その時、ハンナが勢いよく入ってきた。「トロイ！」彼女が鎖の輪をはずしてゲートをすばやく開けると、馬が飛び出して彼女のそばを通り過ぎ、観音開きの大きな扉を通って広い囲い地に出ていった。

今度は僕はハンナの心の中の不安と怒りを感じることができた。彼女は手を伸ばし、クラリティを腕の中に抱き上げた。「ああ、クラリティ、大丈夫よ、大丈夫よ」と彼女は言った。

クラリティは両手を軽く叩き合わせてニコッと笑った。そして嬉しそうに「お馬さん！」と大声を出した。

ハンナのもう一方の手が降りて僕に触れたので、僕は叱《しか》られるようなことは何もしていないとわかって安心した。

「ええ、大きいお馬さんよ、本当にそうね、クラリティ！　でも、ここにいちゃいけないわ」

僕たちが外に出ると、グロリアがこちらにやってきた。彼女はおかしな歩き方をしていて、足が痛そうな足取りだった。

「何があったの？」と彼女が言った。

「クラリティがトロイの馬房に入っちゃったのよ。すんでのところで……大変だったわ」

「まあ、なんてこと！　ああ、クラリティ、とんでもないことだわ！」グロリアは手を伸ばしてクラリティをひっつかみ、自分の胸に抱き寄せた。「ああ、こんな風にマミーを恐がらせることはもう二度としちゃ駄目よ、わかった？」

ハンナは腕組みをした。「あなたに気づかれずにどうやってここまで来たのかしらね？」

「その犬についてきたに違いないわ」

「そうなの」ハンナはまだ僕に怒っているような感じがしたので、僕は反射的に良心の呵責《かしやく》を感じて少し頭を垂れた。

「抱いていてくれる？」グロリアが腕を伸ばしてクラリティを差し出しながら尋ねた。

僕の腰の痛みは続き、その後は足をひきずるほどひどくはなかったけれど、鈍い痛みが消えることはなかった。ただ、足はどこも悪くなくて、舐めなければいけないようなところはなかった。

夕食時には、テーブルの下にいて、床に何か落ちたらきれいにするのが僕は好きだった。子供がたくさんいれば何がしかのご馳走《ちそう》にありつけるのが普通だったが、その時はクラリティだけだったし、さっき言ったように彼女のごはんはまずいのだ。でも、もちろん、床に落ちてくるものがあればとりあえず食べた。あの馬事件があった日から数日の間、夜になるとそこに寝そべっていたが、ハンナが少し神経質になって不安な様子なのに気づいた。僕はきちんと座りなおして彼女に鼻をすりつけたけれど、彼女は僕を撫ではしても上の空だった。

「あの医者は私を迎えにきたかしら？　ビルのことだけど？」グロリアが尋ねた。

「いえ、あなたに伝えると言っておいたわ」

「男ってどうしてあんなことをするのかしら？　番号を聞いておきながら電話してこないなんて」

「グロリア。私は……考えていたの」

「何を？」

「そうね。まず、あなたとヘンリーは……もう一緒にいないし、結婚したこともないけど、あなたは私の孫の母親だし、家族だとずっと思うし、いつ来てくれてもいいのよ」

「ありがとう」とグロリアが言った。「私も同じように思っているわ」

「ヘンリーが仕事のせいでいつも海外に行っていて申し訳ないわね。クラリティともっと一緒にいられるように、ここでの勤め先を今でも探してるんだって言ってたわ」

　彼女の名前を聞くと、僕はクラリティの小さな足を見上げた。テーブルの下で見えるのは足だけだったからだ。彼女は足を蹴りあげるようにしていたが、例のえずきそうになる食事を自分で食べている時にはいつもそんな様子だった。グロリアに食べさせてもらっている時には、椅子の上で体をよじって向きを変えたりした。

「あなたの方は歌の仕事に戻りたいと思っているのよね」とハンナは続けた。

「ええ、だけど、子供を産んだのでなかなかうまくいっていないの。まだこの体重を落とせていないから」

「だから私は考えていたの。クラリティをここに置いておいたらどう？」

長い間、沈黙があった。次に口を開いた時、グロリアの声はとても小さかった。「どういう意味？」

「レイチェルは来週町に戻って来るし、学校が始まるとシンディは毎日四時までに授業が終わるの。私たちがいてクラリティの従兄姉《いとこ》たちがいれば、クラリティを十分構ってあげられるから、あなたはキャリアを追求するチャンスを得られるわ。それにさっき言ったように、いつここに来たくなっても部屋はたくさんあるし。自由になれるわよ」

「つまりそういうことなのね」とグロリアは言った。

「えっ？」

「どういうことだろうって思ってたの。私をここに招いて好きなだけいていいって言うなんてって。やっとわかったわ。じゃあ、クラリティはあなたと一緒に住むのね？　そしたらどうなるの？」

「何が言いたいのかよくわからないんだけど、グロリア」

「そしたらヘンリーが養育費の支払いをやめる訴訟を起こし、あたしには何も残らない」

「何ですって？　いいえ、それどころか……」

「あなたの家族はみんな、あたしがヘンリーを、結婚を申し込まなきゃいけない立場に追い込もうとしてきたと思っているんでしょ。でも、ちゃんと結婚してくれる男性にはこれまでたくさん出会ったわ。計略なんて用いなくてもね」

「違うわ、グロリア、そんなこと誰も言ってないわ」

よろめきながらグロリアが立ち上がった。「わかってたわ。こんなことなんじゃないかって。みんな親切そうに振る舞って」

彼女が怒り心頭に発しているのがわかり、僕は彼女の足から距離を置くことにした。突然クラリティの椅子が前後に揺れたと思うと、彼女の小さな足が空中に消えた。

「荷物をまとめるわ。出発よ」

「グロリア！」

グロリアが階段をドスドスと上がっていき、クラリティが泣き叫ぶのが聞こえた。クラリティは滅多に泣かない子だ。僕が思い出すかぎりでは、彼女が最後に泣いたのは、庭に這っていき、植物から緑色の葉を一本ひっこぬいた時だった。それは、グロリアの足爪よりもさらに臭く、僕の目から涙が流れるほど鼻にツンとくる匂いがした。誰も絶対に食べてはいけないものだと僕にははっきりわかったけれど、クラリティはそれを口に突っ込み、歯茎《はぐき》で噛んだ。その瞬間、彼女の顔には本当に驚いた表情が浮かび、今とちょうど同じような泣き方で泣いた。ショックと傷心と怒りとがない交ぜになった泣き方だった。

ハンナも、グロリアとクラリティが車で去ると泣いた。僕は頭を彼女の膝に載せて座ってできるかぎり慰めようとしたし、それは功を奏したと信じているけれど、ベッドで寝入った時には彼女の悲しみが深いことがわかった。

グロリアとクラリティが去ったこと以外は何が起こったのか僕にはよく理解できなかったけれど、ふたりともまた会えるだろうと思った。人々はいつも農場に戻ってくるのだから。

僕はハンナのベッドで眠ったが、それはイーサンが亡くなってほどなくして始めたことだった。しばらくの間、彼女は夜になると僕を抱きしめ、時にはそれから泣きもした。なぜ泣いているのか、僕はわかっていた。イーサンが恋しかったのだ。僕たちはみんな、イーサンがいないことを悲しんでいたから。

翌朝、ハンナのベッドから飛び降りた時、何かが僕の左のお尻の中で砕けたような感じがして、我慢できなくなった。痛くてキャンキャン吠えた。

「バディ、何なの？　どうしたの？　足がどうかしたって言うの？」

彼女の不安が感じとれたので、僕はうろたえさせたことを謝ろうと思って掌《てのひら》を舐めたが、左の後ろ足を床につけることができなかった。痛くてできないのだ。

「すぐに獣医さんのところに行きましょう、バディ。よくなるわ」とハンナが言った。

僕たちは注意しながらゆっくりと車まで進んだが、僕は三本足で跳び、ハンナをこれ以上悲しませないように一生懸命痛くないふりをした。僕は助手席に乗る犬だったのに、彼女は僕を後部座席に乗せた。三本足しか使えない状態で助手席に飛び乗ろうとするよりも、後部座席に這って乗る方が楽だったので、ありがたかった。

車が発進して走りだした時、またあの嫌な味、それもこれまでにないほどひどい味が、口の中でした。

第3章

ひんやりとした部屋に着いて金属製のベッドに抱き下ろされると、嬉しくて尻尾をペタンと打ちつけて身震いした。デブ先生と呼ばれるこの獣医が大好きだったのだ。彼女はとても優しい手で触ってくれた。彼女の指はほとんど石鹸《せっけん》の匂いしかしなかったが、袖《そで》には猫と犬の匂いがついているのを僕はいつも嗅ぎとれた。ヒリヒリ痛むはずの足に触って調べてもらったけれど、まったく痛くなかった。デブ先生の求めに応じて立ち上がり、小さな部屋でハンナと一緒に辛抱強く寝そべっていると、先生が入ってきてスツールに座り、それをハンナの方へ滑らせた。

「いい知らせじゃないわよ」とデブ先生が言った。

「ああ」とハンナが答えた。彼女がひどく悲しんでいることがわかり、かわいそうに思って見たが、デブ先生と一緒にいる時に彼女が悲しむことはこれまでなかったので、何が起こっているのかわからなかった。

「足を切断することもできるけど、この種の大型犬は後ろ足が一本なくなるとうまくやっていけないのが普通なの。それに癌《がん》が転移していないという保証はないわ。残された少しの時間を苦しませることになるだけかもしれない。私に任せてくれるなら、現時点では痛み止めだけを使うわね。もう一一歳なんだったわね？」

「救助された犬だから、はっきりわからないのよ。でも、ええ、それくらいだわ」とハンナが言った。「年寄りなのかしら？」

「そうねえ、ラブラドールの平均寿命は一二歳半だと言われてるけど、もっと長く生きるわね。この子の寿命がもう終わりに来ていると言ってるわけじゃないの。むしろ、老犬の場合は腫瘍《しゅよう》の成長がゆっくりなことがあるの。これも切断を検討するなら考慮しなければならない要因だわね」

「バディはこれまでずっととても活発な犬だったから、足を切るなんて想像もできないわ」とハンナが言った。

僕は自分の名前を聞いて尻尾を振った。

「とてもいい子よ、バディ」とデブ先生がつぶやいた。彼女が僕の両耳をくすぐったので、僕は目を閉じて彼女にもたれかかった。「痛みをおさえるために何かすぐに始めましょう。ラブラドールは痛みがあっても必ずしも私たちに知らせてくれるわけじゃないの。痛みをかなり我慢できるのよ」

家に着くと肉とチーズの特別なご馳走をもらい、それから眠くなったのでリビングルームのいつもの場所に行き、へたり込んで深い眠りに落ちた。

夏の残りの日々は、左の後ろ足を丸めるようにして地面から離し、他の三本に頼って歩くと楽だったので、そうして過ごした。一番良かったのは池に入った時で、そこでは冷たい水がとても気持ちよくて、体重も気にせずにいられた。レイチェルが、どこに行っていたのかは知らないけれど戻ってきたので、彼女の子供たちも全員そこにいた。シンディの子供たちはぶらりと訪ねてきては、子犬にするみたいにみんなで惜しみなく構ってくれた。僕は地面に寝そべるのが大好きで、そうしているとシンディの幼い娘たちのうちの二人が被毛にリボンを結んでくれて、彼らの手がヒーリングをしてくれているみたいで癒《いや》された。後で僕はリボンを食べた。

ハンナは僕に特別なご馳走をいっぱいくれたし、僕はたくさん居眠りをした。筋肉がしょっちゅうこわばり、視界が幾分かすんできていたので、自分が年老いてきているのがわかったけれど、とても幸せだった。木の葉が地面に落ちて丸まる時の匂いと、ハンナの花が茎の上でくずれやすくなる時の乾いた芳香が、大好きだった。

ある時、僕が眠っていると「バディがまたウサギを追いかけているわ」とハンナが言うのが聞こえた。自分の名前が聞こえたので目覚めたが、方向感覚を失っていて自分がどこにいるか思い出すのにしばらくかかった。クラリティが桟橋から落ちる様子を非常にはっきりと夢に見ていたのだが、夢の中では僕は悪い子どころか、イーサンがそこに、膝まで浸《つ》かる水の中にいた。「いい子だ」と彼が言い、僕がクラリティの見守りをしてきたのを喜んでくれている気がした。彼女が農場に戻ったら僕はまた見守りをしよう。それが、イーサンがいたら僕にしてもらいたがることなのだ。

イーサンの匂いは徐々に農場から消えていったけれど、僕はまだ幾つかの場所で彼の存在を感じた。時々寝室に行ってたたずんでみたが、彼がまさにそこにいて、眠ったり椅子に座って僕を見たりしているように思えた。そう感じることで心が安らいだ。それから、僕をバビと呼んだクラリティを思い出すこともあった。母親のグロリアがおそらくちゃんと世話しているだろうとわかってはいたが、クラリティのことを思うといつも少し心配になるのだ。彼女がじきに農場に戻って来て、何ごともないことを自分で確かめられたらと願った。

寒い気候になり、僕はだんだん外出しなくなった。用を足す時には一番近くにある木を選び、もう足をちゃんと上げることができないのでしゃがんでやった。雨が降っていても、ハンナが出てきて僕のそばに立っていてくれた。

その冬の雪はとてもありがたかった。水と同じく体重を支えてくれたし、水より冷たくて気持ちがよかったのだ。雪の中に立って目を閉じると、とても心地よくて寝入ってしまいそうだった。

口の中の嫌な味がなくなることはなかったが、強く感じることもあれば、その存在すら忘れてしまうこともあった。足の痛みも同じような感じだったが、うたた寝していると、鋭く刺すような痛みでハッとして目覚める日もあった。

ある日のこと、起き上がって窓の外で溶けかけている雪を見ても、どうしても外に出て遊ぶ気にはなれなかった。いつもなら、泥だらけの湿った土から新しい草が突き出てくる頃には、そうするのが大好きだったのに。ハンナが僕を見ていた。そして「いいのよ、バディ、いいのよ」と言った。

その日、子供たち全員が僕に会いにやって来て、撫でて話しかけてくれた。僕は床に寝そべり、こんなにも構ってもらっていて、小さな手が撫でたりさすったりしてくれるのが嬉しくて呻き声をあげた。悲しそうな子もいれば、退屈している様子の子もいたが、帰る時間まで全員が床の上で僕と一緒にただ座っていてくれた。

「いい子だわ、バディ」

「いなくなったらとても寂しくなるよ、バディ」

「愛しているわ、バディ」

誰かが僕の名前を口にするたびに僕は尻尾を振った。

その夜はハンナのベッドでは寝なかった。床の上の自分の場所に寝そべり、子供たち全員が僕を触ってくれたことを思い出すのが、ただただ心地好《ここちよ》かったのだ。

次の朝、太陽が空を照らし始めた時に目覚めた。精一杯頑張って立ち上がろうともがき、次には足を引きずりながらハンナのベッドのそばまで行った。喘ぎながら頭を上げて彼女のそばの毛布の上に載せると、彼女が目覚めた。

胃と喉《のど》に重い痛みがあり、足は鈍い痛みでずきずきした。

彼女が理解するかどうかわからなかったけれど、してもらいたいことを知らせようと彼女の目を見つめた。この素晴らしい女性、イーサンのパートナーで、僕たち二人をとても愛してくれたこの人は、絶対に僕を失望させないだろう。

「ああ、バディ。その時が来たと教えてくれているのね」と彼女は悲しそうに言った。

「わかったわ、バディ、わかったわ」

僕たちが家から歩いて出ると、僕は足を引きずりながら木まで行って用を足した。それから立ち上がって朝焼けの光に照らされた農場を見まわしたが、すべてがオレンジ色と金色に彩《いろど》られていた。軒から水がしたたり落ちている。冷たく汚れのない匂いのする水が。足もとの地面は湿っていて、今にも草花が現れそうだった。芳香の漂う泥の表面のすぐ下に、新しく芽生えてくるものの匂いを感じとれた。そんなふうに、申し分のない日だった。

車まではちゃんと行くことができたが、ハンナが後部座席のドアを開けてくれてもそれを無視して、足を引きずりながら横向きに小刻みに歩いていき、助手席のドアに鼻を突きつけた。ハンナは少し笑ってドアを開け、僕のお尻を持ち上げて助け入れてくれた。

僕は助手席の犬なのだ。

座って外を見ると、その日は暖かくなることが約束されているのが吹くそよ風でわかった。木々がとても密集しているところにはまだ雪が残っているけれど、イーサンと僕が一緒に転げまわって取っ組み合って遊んだ庭には雪はもうなかった。その瞬間、彼の声が聞こえて、「いい子だ」と言ってくれたような気がした。彼の声を思い出して僕は尻尾《しっぽ》を打ちつけた。

デブ先生に会いにいくためのその日のドライブでは、ハンナは始終手を伸ばして僕に触わってくれた。ハンナが話すと悲しみがあふれ出てくるので、僕は自分をさすっている手を舐《な》めた。

「ああ、バディ」と彼女は言った。

僕は尻尾を振った。

「あなたを見るたびに私のイーサンを思い出すのよ、バディ。いい子ね。あなたは彼の仲間、特別な友達だったわ。彼の犬だった。それに私を彼のところに戻るよう連れてってくれたわ、バディ。あなたにはわからないでしょうけど、あなたがうちの戸口の段々に現れたおかげで、イーサンと私はよりを戻せたの。あなたがそうしたのよ。それは……犬が飼い主のためにできる最高のことなのよ、バディ」

ハンナがイーサンの名前を何度も何度も言うのを聞くと、僕は幸せな気分になれた。

「あなたは最高の犬だわ、バディ。本当に本当にいい子よ。いい子よ」

いい子だと言われたので尻尾を振った。

デブ先生のところに着いて、ハンナがドアを開けてくれても、僕はただそこに座っていた。この足では飛び降りることができないのはわかっていた。僕は彼女に悲しげな顔を向けた。

「ああ、大丈夫よ、バディ。ここで待っていて」

ハンナはドアを閉めて立ち去った。数分後、デブ先生と、僕がこれまで会ったことのない男が出てきて、車までやって来た。男の手は猫の匂いがしたし、好もしい肉の匂いもした。彼とデブ先生が僕をビルの中に運んだ。それによって突然全身に走った痛みを、僕は力をふりしぼって感じないふりをしたけれど、おかげで息を切らすことになった。彼らは僕を金属製のベッドに載せたが、痛くて尻尾を振ることができなかった。ただ頭を横たえた。ひんやりした金属の上で寝そべると気持ちがよかった。

「本当にいい子だわ、いい子だわ」とハンナが僕に囁《ささや》いた。

もうあまり長くはないとわかっていた。ハンナのことだけ見つめると、彼女は微笑むと同時に泣いていた。デブ先生は僕をさすってくれ、彼女の指が首筋の皮膚をつまもうと探っているのを僕は感じた。

ふと気づくと、幼いクラリティのことを考えていた。彼女が自分を見守ってくれる別の犬を、すぐに見つけるよう願った。犬は誰にでも必要だけれど、クラリティには必要不可欠なのだ。

僕の名前はバディだった。その前はエリーで、その前はベイリーで、その前はトビーだった。自分の少年イーサンを愛し、彼の子供たちを世話したいい子だった。彼の伴侶《はんりよ》のハンナを愛した。もう生まれ変わることはないとわかっていたし、それで構わなかった。犬がこの世でするはずのことはやり尽くしたのだ。

デブ先生の指が皮膚を少しつまむのを感じた時、まだ愛がハンナから流れ出ていた。またたく間に足の痛みが薄らいだ。安らかな気持ちが僕を満たしていく。その素晴らしく温かく快い波が、池の水のように僕の体重を支えていた。ハンナの両手の感触が徐々に薄れていき、僕は水中を浮遊しながら本当の幸せを感じた。

第4章

かすんだ目の中で像がまとまり始めたばかりなのに、僕はすべてを覚えていた。一瞬の後、僕はお母さんのお乳を見つける以外に何の方向性も目的も持たない生まれたての子犬だった。次の瞬間には僕は僕で、やはり子犬だったが、バディだったことと、過去世で自分が子犬だった時をすべて覚えている子犬だった。

　お母さんの被毛は巻き毛で黒くて短かった。僕の四肢も黒い。少なくとも僕の開いたばかりの目に見えるかぎりは。でも、僕の柔らかい被毛はまったく巻き毛ではなかった。兄弟姉妹はすべて同じ程度に黒い色だったが、互いにぶつかり合うと、僕のような被毛なのは他には一匹だけなのが感触でわかった。残りはお母さんと同じく巻き毛だった。

　まもなく視覚がはっきりすることはわかっていたけれど、そうなったところで自分がなぜまた子犬になったのかがわかるわけではなさそうだ。自分には大事な目的があって、だから生まれ変わり続けるのだとずっと信じていた。そうであるなら、僕が学んできたすべては僕の少年イーサンを助けるためにあったのであり、僕は彼のそばにいて、彼の晩年には彼を手引きしたのだ。そしてそれが自分の目的だったのだと、僕は思っていた。

なのに、どういうことなんだ？ 僕は何度も何度も生まれ変わることになっているのか、永遠に？ 犬が目的を二つ以上持つということがあり得るのだろうか？ どうすればそんなことが可能なんだろう？

子犬は全員小さな箱の中で一緒に眠った。四肢が強くなると僕は周囲を調べたが、そこは一つの箱としてはなかなか面白い空間だった。時折、階段を下りてくる足音が聞こえたと思うと、次には不鮮明な姿が箱の上にかがみこみ、男の声か女の声でしゃべっている。お母さんが尻尾を振る様子から、この人たちは彼女の面倒をみて愛してくれているのだとわかった。

ほどなくして彼らが本当に男の人と女の人であるのが見えるようになった。そのように僕は思ったのだ、「男の人」と「女の人」であると。

ある日、男の人が友だちをつれてきて、僕たちを見てニヤッと笑った。友だちの頭には、口のまわりを除いて毛が一本もなかった。

「すごくかわいいな」と毛深い口をした禿《はげ》の友だちが言った。「子犬が六匹か。一回の出産にはちょうどいい数だ」

「どれか抱いてみるかい？」と男の人が言った。

巨大な手のようなものが降りてきて僕をつかんだので、ぎょっとした。口のまわりに毛のある男の人に抱き上げられてじろじろ見られると、少しおじけづいてじっとしていた。

「この子犬は他のとは違うな」と僕を抱いている男の人が言った。彼の息はバターと砂糖の強い匂《にお》いがしたので、僕は少し空気を舐めた。

「そうだな、同じようなのでオスもいるよ。何が起こったのかよくわからないんだ。ベラも父犬もスタンダードプードルなんだが、そいつはプードルには見えない。思うに……えーと、午後に裏口を閉めるのを忘れた日があったんだ。ベラが外に出た可能性があってね。おそらく別のオスがフェンスを越えて来たんだろう」と男の人が言った。

「なんだって、そんなことが本当に可能なのか？　父親が二匹もいるって？」

彼らが何を話しているのか、まったくわからなかったけれど、僕を抱いて食欲をそそる匂いを吹きかけさえすればいいのなら、もう降ろしてもらいたいものだ。

「たぶんな。獣医は可能だって言ってたよ、別々の二匹の父犬がいるってことがね」

「ああ、この二匹の謎《なぞ》の犬は売れないってことを除いてはな。その子犬をほしいかい？　友だちだからただにしとくよ」

「面白いなあ」

「いや、いいよ」僕を抱いている男の人が笑い、箱の中に戻してくれた。お母さんは僕についたよそものの匂いを嗅《か》ぎ、僕を守ろうと優しくしてくれ、安心させるために舐めてくれた。一方、兄弟姉妹はというと、どうやら僕が誰なのか既に忘れてしまっているらしく、僕に喧嘩《けんか》を挑もうと、ぐらつく足でよろよろ歩いてきた。僕は彼らを無視した。

「おい、息子は元気か？」と毛深い顔の男の人が尋ねた。

「よく訊《き》いてくれた。まだ病気で、例の咳《せき》をしているよ。多分医者にみせなきゃいけないだろうな」

「ここに来て子犬を見たのか？」

「いや、こいつらはまだ少し幼いからな。奴《やつ》に触らせるのはこいつらがもっと強くなってからだ」

二人の男の人は立ち去り、僕の視界の向こうのぼやけた薄暗がりの中に消えていった。

幾日かたつと階上で幼い子供の声がするのに気づいた。男の子の声だったので、また新しい少年とやり直すのかと思ってうろたえた。そんなことが僕の目的であるはずがない。それは間違っているように、イーサン以外の少年がいたら僕は悪い子になるように、なぜか思えた。

ある日の午後のこと、男の人が僕たちみんなを抱き上げて小さめの箱に入れて階段を上り、お母さんは不安げに息を荒くしながらすぐ後についてきた。僕たちは床に降ろされ、それから男の人が箱を静かにひっくり返したので、全員が転がり出た。

「子犬だ！」僕たちの背後のどこかから、幼い少年の叫び声が聞こえた。

僕は足を少し広げてバランスをとり、あたりをじっと見た。農場のリビングルームのような感じで、ソファと椅子があった。僕たちは柔らかい毛布の上にいたので、当然のことながら兄弟姉妹のほとんどが直ちにそこから出ようとして、毛布の端の向こうにあるつるつるすべる床をめがけて四方八方にちらばった。僕はというと、じっとしたままだった。僕の経験では、母犬は硬い場所よりも柔らかいところを好むものだし、母親にくっついている方がいつだって利口なんだ。

男の人と女の人は逃げていく子犬たちを笑いながらつかみ、毛布の真ん中に戻した。だから、逃げてはいけないことが全員わかったはずなのに、ほとんどはまた逃げようとした。ひとりの少年が興奮して跳びまわりながらやって来た。クラリティよりも年上だがそれでもかなり幼かった。あの馬鹿《ばか》な馬を納屋で見た時にクラリティの小さな足が上下にひょいひょい動いていたのを思い出した。

イーサン以外の少年を愛するのは気が進まなかったけれど、この小さな人間が僕たちに向かって両腕を広げているのを見ると、みんなが感じている喜びに巻き込まれずにはいられなかった。

少年は僕と同じく長くてぺしゃんこの被毛をした弟の方に手を伸ばした。少年がひっつかんで持ち上げた時、弟は苦しそうだった。

「気をつけろよ、お前」と男の人が言った。

「怪我させちゃだめよ。優しくしてね」と女の人が言った。

彼らはこの幼い少年の父親と母親だと僕は判断した。「キスしてくれてるよ！」弟が服従して少年の口を舐めると少年はクスクス笑った。

「大丈夫だよ、ベラ。いい子だ」と男の人が言い、心配そうにあくびをしながら毛布のあちこちを行きつ戻りつしているお母さんを撫《な》でた。

幼い少年は咳をしていた。「大丈夫か？」と男の人が尋ねた。少年は頷《うなず》き、弟を下に降ろすとすぐに姉妹のうちの一匹を抱き上げた。僕の他の二匹の兄弟は毛布の端にとどまり、毛布の表面が安全かどうか確信がもてなくて、クンクン匂いを嗅いでいた。

「あの咳の音は気に入らないな。ひどくなっているみたいだ」と男の人が言った。

「今朝はなんともなかったわ」と女の人が答えた。

幼い少年は今や大きな音をたてて息をしていて、咳き込んで耳ざわりな音を出していた。彼の咳はひどくなりつつあった。両親ともぎょっとして彼を見つめた。

「ジョニー？」と女の人が言った。彼女の声には不安が混じっていた。僕たちのお母さんが彼女のところへ行き、不安そうに尻尾を振った。男の人は自分が抱いていた子犬を床に降ろして少年の腕をつかんだ。

「ジョニー？　息ができるか？」

少年はかがんで両手を膝《ひざ》に置いた。呼吸は荒くて大きくて激しかった。

「顔が青ざめているわ！」と女の人が大声で言った。兄弟姉妹と僕は彼女の声に表れた露骨な恐怖にたじろいだ。

「救急車を呼べ！」と男の人が女の人に怒鳴った。「ジョニー！　俺の声が聞こえるか、おい？　こっちを見ろ！」

意識してなのか無意識にか、僕たち全員がお母さんのところへたどり着いていて、足元に寄って安心させてもらおうとした。彼女は少しの間、鼻を僕たちの方へ下げたが喘いでいて、不安にかられて男の人のところに行って鼻をすりつけようとした。男の人は彼女のことを無視した。「ジョニー！」と彼は苦悩に満ちた声で叫んだ。

子犬のうちの数匹がお母さんについていこうとしたけれど、お母さんはそれを見ると僕たちのところに戻って来て、僕たちを鼻先で押して毛布の上の邪魔にならないところにとどまらせた。

男の人は少年をソファに寝かせた。少年の目は震えていて、呼吸はまだ荒くて痛々しい音をたてている。女の人が口に両手を押しあててしくしく泣きながら入ってきた。

サイレンの音が聞こえて大きくなったと思うと、二人の男と一人の女が部屋に入ってきた。彼らは少年の顔に何かを置き、ベッドに載せて家から連れ出した。男の人と女の人は彼らと一緒に行ってしまい、僕たちだけになった。

探検するのは子犬の本性なので、兄弟姉妹は直ちに毛布から出て部屋の隅をクンクン嗅いだ。お母さんは行ったり来たりしてはクーンと鳴き、何度も後ろ足で立ち上がってコテージウィンドウから外を眺めていた。兄弟姉妹のうち二匹が彼女についてまわっていた。

僕は毛布に座って状況を理解しようとした。僕の少年ではなかったけれど、あの子供のことがとても心配になったのだ。だからと言ってイーサンを愛していないわけじゃない。ただ不安を感じていたのだ。

僕たちは子犬なので、家中でそそうをした。成長すると自己抑制がきくようになるのだが、この時点では、しゃがむ必要が突然迫るまで、そうしなければならないことがわからなかった。男の人と女の人が僕に怒らないよう願った。

男の人がひとりで家に戻った時、僕たちはみんな眠っていた。僕たちは地下室に入れられ、彼が階上で動き回っているのが聞こえてきて、空気が石鹼の匂いを帯びた。僕たちはお乳を飲んだ。お母さんは男の人が家に戻ると、ようやく穏やかになったのだ。

翌日、僕たちは違う家の違う地下室に連れていかれた。料理と洗濯物と犬のような匂いのする女の人が、キスと優しい囁き声で僕たちを迎えた。彼女の家は大勢の犬の匂いがするのに、僕は一匹しか姿を見なかった。それは、垂れ下がった大きな耳をほとんどひきずるくらい地面すれすれを歩く、動きが緩慢《かんまん》なオスだった。

「ありがとう。本当に感謝してるよ、ジェニファー」と男の人が彼女に言った。

「犬の里親をしているんだもの」と彼女が答えた。「昨日ボクサーがもらわれていったから、来ることになるってわかってたわ。いつもそんな感じだもの。あなたの奥さんは息子さんが喘息《ぜんそく》だって言ってたわね？」

「そうなんだ。どうやら命にかかわるほどの犬アレルギーらしいんだが、ベラはプードルで、ジョニーはどうもプードルにはアレルギーを起こさないようだから、俺たちにはわからなかったんだ。まったく知らなかったね。愚かだったよ。アレルギー反応がひきがねとなって喘息の発作が起こったのに、俺たちは息子が喘息持ちだということすら知らなかったんだ！　あの子を失ってしまうかと思ったよ」

ベラは自分の名前が聞こえたので少し尻尾を振った。けれどもお母さんは男の人がいなくなると悲しんだ。僕たちはほどよい大きさの箱に入れられて地下室にいたのだが、男の人が立ち去るやいなや、ベラは箱を出て階段に続くドアのそばに座って吠《ほ》えた。子犬たちはそれが気になって感情を押し殺して座り、遊ぼうとしなかった。僕も同じ様子だったに違いない。お母さんが混乱していることは明白で、しかも切迫していた。

その日、僕たちはお乳を飲むことができなかった。ジェニファーという名の女の人はそれに気づかなかったが、僕たちはまもなくみんなクンクン鳴きはじめた。お母さんはひどく困惑して悲しんでいて、僕たちのために寝そべることができなかったのだ。乳首が重くなって食欲をそそる匂いが漏れ始め、僕たちみんなの頭がクラクラしても。

彼女がなぜそんなに悲しがったのか、僕にはわかっていた。犬は自分の人間に従属するからなのだ。

お母さんは一晩中行きつ戻りつして小さな声で鳴いていた。僕たちはみんな眠ったけれど、朝になるとお腹《なか》がすいて辛《つら》かった。

僕たちがなぜ鳴いているのかジェニファーが見に来て、ベラに大丈夫だと言ったが、僕は彼女の声に含まれる懸念《けねん》を感じとった。ジェニファーが部屋から出ていって、僕たちはお母さんを求めて鳴いたけれど、ベラはただ行ったり来たりしてクーンと鳴くだけで、僕たちを無視した。それから、だいぶ時間がたったように思えたが、ベラはドアのところにいて、鼻づらをドアの下のわずかな隙間に入れ、大喜びして激しく鼻を鳴らした。彼女が尻尾を振り始めたと思ったら、男の人がドアを開けた。ベラはむせび泣いて跳びついたが、男の人は彼女を払いのけた。

「座っていなきゃいけないぞ、ベラ。座っていてくれ」

「子犬にお乳をあげていないわ。気が動転してできないのよ」とジェニファーが言った。

「わかった、ベラ。こっちへおいで。おいで」男の人はベラを箱に導き入れて寝そべらせた。彼が頭に手を置いたままにすると彼女はじっとしていたので、僕たちは狂ったように彼女のもとに突進し、押し合い、しゃぶりつき、取り合った。

「子犬たちのふけのようなものがベラを介して俺につき、それでジョニーが発作を起こさないか心配なんだ。吸入器やら何やらが繫《つな》いであるからね」

「でも、ベラがお乳をあげないと子犬たちは死ぬわ」とジェニファーが言った。

「ジョニーのために最善を尽くさなきゃいけないんだ。家全体を蒸気洗浄してもらっているところだよ」と男の人が言った。

　僕のお腹は温まって重くなりつつあった。素晴らしいご馳走だった。

「ねえ、ベラとプードルの子犬を家に連れて帰ったらどう？　体を洗ってやれば他の二匹の子犬の痕跡《こんせき》がすべてなくなるわ。少なくとも四匹は救えるし、ベラにとってもそれが一番いいわよね」

　男の人とジェニファーは長い間何も言わなかった。満腹になった僕はふらつきながら離れ、とても眠くて、他の子犬たちのうちの誰かの上によじ登ってただ眠りたかった。

「ということは、他の二匹は安楽死させるのか？　飢え死にさせたくはないからね」と男の人が言った。

「そうすれば苦しまなくてすむわね」とジェニファーが応じた。

　数分後、男の人とジェニファーが箱の中に手を伸ばして子犬を二匹ずつ抱き上げたので、僕は驚いた。ベラは箱からぴょんと跳び出してついていった。僕と同じ被毛をした弟は少しクンクン鳴いたが、僕たちはどちらも本当に眠かった。ぬくもりを求めてもたれ合い、頭を彼の背中の上において丸まった。

お母さんと兄弟姉妹がどこに行ったのかわからないけれど、たぶんすぐに戻って来るだろう。

第5章

目覚めると寒くてお腹がすいていた。弟と僕はぬくもりを求めて体を寄せ合っていたので、僕が身動きすると彼は目を開けた。僕たちは箱の中のあちこちをよろよろと歩き、用を足して数回触れ合い、きわめて明白な状況について確認した。お母さんと兄弟姉妹が姿を消したのだ。

弟が鳴き始めた。

すぐにジェニファーという女の人が僕たちを見にやって来た。僕たちは頭上に高くそびえる彼女を見上げた。

「可哀想《かわいそう》な幼い子犬たち、ママが恋しいのね?」

彼女の声の響きで弟は気持ちが落ち着いたようだった。後ろ足で立って前足を箱の側面に置き、彼女に向かって小さな鼻づらを懸命に上げた。彼女はかがんで微笑《ほほえ》んだ。

「大丈夫よ、可愛《かわい》い子。何も心配いらないわ、約束するから」

彼女が立ち去ると、弟はまたクンクン鳴き出した。僕は彼が取っ組み合いの試合に興味を持つよう仕向けたけれど、彼は本当に悲しんでいた。すべては申し分ないと僕にはわかっていた。だって、僕たちの面倒をみてくれる女の人がいたし、彼女がお母さんをすぐに連れ戻してごはんを食べさせてくれるだろうから。けれども、弟は怯《おび》えてお腹をすかしていて、どうやらそれ以外のことには考えが及ばないようだった。

まもなくジェニファーが戻ってきた。「さあ、あなたたちの世話をする時間よ。あなたから始める？ じゃあ」と彼女は言い、弟を抱き上げてどこかへ連れていった。

僕はひとりで箱の中にいた。寝そべって、お腹が空っぽで痛いということは考えないようにした。弟がジェニファーと一緒にいなくなったので、さっきよりたやすく空腹をまぎらすことができた。僕はもしかすると弟の面倒をみてやることになっているのだろうかと思ったが、その考えは捨てた。犬が犬の世話をすることはない。人間が犬の世話をするのだ。ジェニファーがいるかぎり、僕たちは問題なくやっていけるだろう。

僕は眠り込んでしまい、目覚めるとジェニファーが僕を宙に持ち上げているのに気づいた。彼女は僕の顔を覗《のぞ》き込んだ。「やれやれ、思ったほどうまくいかなかったわ」と彼女は言った。「あなたはもっと早く終わるよう祈りましょう」

僕は小さな尻尾を振った。

ジェニファーと僕は二階へ行った。弟がいる形跡はなかったが、空中に彼の匂いが漂っていた。彼女は僕を抱いたままソファに座り、自分の腕をゆりかごのようにして、そこに僕をあおむけに寝かせた。「さあ、大丈夫よ、大丈夫」とジェニファーが言った。

「お利口さんにして、じっとしていてね」

　彼女は手を伸ばして何かを拾い上げ、その変な形のものを僕の顔に向かってゆっくりと降ろした。何をしているんだろう？　僕は少し体をよじった。

「今はじっとしてなきゃだめよ、ワンちゃん。あばれなければうまくいくから」とジェニファーは言った。

　彼女の声を聞くとホッとしたけれど、まだ何が起こっているのかわからなかった。でも、その時、温かいミルクの美味《おい》しそうな匂いがした。彼女が持っているのは、したたるようなごはんだ。先っちょが柔らかく、それで唇を探られると、僕はそれをくわえて吸い込み、温かくて甘いミルクをもらった。

　ある意味、お母さんにお乳をもらっているような感じだったが、僕が仰向けになっていて、口の中に入っているものがとても大きいという点が違っていた。ミルクもかなり違っていて、お乳よりも甘くてあっさりしているけれど、文句を言うつもりはない。吸うとその素晴らしく温かい液体は、お腹の痛みをぬぐい去ってくれた。

　お腹がいっぱいになると眠くなり、ジェニファーが僕をつかんで背中を叩《たた》くと少しゲップが出た。それから彼女は僕を抱いて廊下を進み、柔らかいベッドに連れていったが、そこには大きな耳をした大きな犬が眠っていて、弟が彼にもたれて頭を突っ込んでいた。

「もう一匹よ、バーニー」とジェニファーが囁いた。

大きな犬はうめき声をあげたが、尻尾を振り、僕が横たわって彼にもたれても動かなかった。オスだったが、お腹が温かくてちょうどお母さんのお腹のようで、ほっとした気持ちになれた。

弟は甲高《かんだか》い声を出して僕を迎えたと思うと、すぐに眠りに戻った。

その時点から、ジェニファーは一日に数回、僕たちを膝に載せてミルクをくれるようになった。僕はそのミルクと、ジェニファーが僕を抱いて話しかけるやり方が大好きになった。ジェニファーのような人を好きになるのはたやすいことだ。

弟は自分より先に僕がミルクをもらうと悲しんだので、弟をずっと鳴かせたまま僕にミルクを与えるより、僕を後まわしにする方が理にかなっているとジェニファーは判断したのだと思う。

最初から分かっていたような気もするけれど、ある日、しゃがんで自分の尿を嗅いでいる時に、僕たちは兄弟ではなく、弟と姉なのだということに思いあたった。僕……私はメス犬だったのだ！

お母さんと他の兄弟姉妹はどうなったのかとチラッと思ったけれど、もう彼らを思い出すことすら実際にはできないような気がした。弟と私、つまり二匹の子犬とバーニーという名の怠け者の犬が家族として今、ここに住んでいるのだ。自分がメスであること、それにこのおかしな生活の状態に、慣れなければならないのだ。

次に何が起こるのだろう。すべてを変えてしまうような、あるいはあまり何も変わらないような、どんな選択を人間がするのか。犬にはただ待って成り行きを見守ることしかできない時があるのだ。それまでは、弟と私はバーニーのだらんと垂れた柔らかい耳を力いっぱい引っぱることに努めた。

ジェニファーは、弟をロッキーと呼び、私をモリーと呼んだ。私たちが成長して強くなるにつれて、バーニーはだんだん私たちとかかわりを持ちたがらなくなり、私たちが彼の体の一部を噛《か》むといらいらするようになった。でも、それでよかった。チェという名の大きなグレーの犬が家にやって来て私たちと住むようになったからだ。チェは裏庭を走り回るのが大好きだったが、裏庭では暖かくなりつつある春の陽だまりで草が生え始めていた。彼はとても速くてロッキーと私は追いつきたいと願うことさえできないくらいだったけれど、私たちに追いかけてもらいたがり、私たちがあきらめると飛ぶように戻って来ては、もう一度遊ばせようとお辞儀をしてみせた。次にはミスター・チャーチルという名のずんぐりした犬が来た。彼はバーニーより体重は重かったが、体の大きさは同じくらいで、耳はとても短かった。ミスター・チャーチルは歩くとゼイゼイ言ってよろよろと進んだ。チェとはまったく対照的だった。彼が走ることができたのかどうかも、私にはわからない。それに、彼は食事の後でひどい匂いがした。

こういった犬たちがいるジェニファーの家は、とにかく考えられる限り最高の場所だった。もちろん農場を懐《なつ》かしく思うこともあったけれど、ジェニファーの家にいるのは一日中ドッグパークで暮らすようなものだった。

数日後、ひとりの女の人がチェに会いに来て、彼を連れて立ち去った。「あなたがしてらっしゃることは素晴らしいわ。私が犬の里親になろうとしたら、結局みんな家に置いておくことになると思うわ」と、チェを連れていった女の人が言った。

チェは新しい人と新しい生活を始めるのだと私は理解して、彼のために喜んだが、ロッキーは何が起こっているのだろうと完全に当惑している様子だった。

「それは『フォスターの失敗』というものよ」とジェニファーが笑った。「私もそうやってバーニーを飼うことになったの。彼は私の最初の里子《フォスター》だったのよ。でも、自分をおさえなければ、数匹の犬を養子にして終わってしまい、他の犬を助けることができなくなるって気づいたの」

ある日、幾人かの人間がジェニファーの家にやって来て私たちと遊んだ。男の人と女の人と二人の少女だった。

「オスにしようって決めてるんだ」と男の人が言った。

少女たちは子犬と同じ程度の速さでしか走れず、始終クスクス笑っている、あの素晴らしい年頃だった。私たちを抱き上げてキスし、それから下に降ろして一緒に遊んだ。

「プードルと何だって、もう一度言ってくれ」と男の人が尋ねた。

ジェニファーは言った。「さあ。スパニエルかしら？　それともテリア？」

何が起こっているのか、わかった。彼らはロッキーか私を家に連れて帰るためにここにいるんだ。なぜ私たちがここを立ち去らなければならないの？　誰かが行かなければならないならそれは、ほとんど突っ立って臭気を放っているだけだったり、ロッキーが扇動すると私たちを追いかけて胸で押し倒したりするミスター・チャーチルのはずだ。けれども、権限は人間にあることもわかっている。彼らが犬の運命を決めるのであって、私は行けと言われた場所に行かなければならないのだ。

でも結局、ロッキーと私はとどまった。ロッキーを失わなくてすんでホッとしたし、他の犬たちにさよならを言わなくてすんだのも嬉《うれ》しかったけれど、人間が私と一緒に遊びに来たのに、どうして私を連れていきたくなかったのか、理解できなかった。

それがある日、理解できた。

ロッキーと私はデイジーという名の新入りの茶色の犬と裏庭にいた。デイジーはジェニファーの前ではひどく臆病《おくびょう》だった。呼ばれても来ないし、ジェニファーが手を下に伸ばしてデイジーを撫でようとすると必ず後ずさりして、彼女の手から離れた。デイジーはとても瘦《や》せていて、明るい茶色の目をしていた。でも、ロッキーや私と一緒に遊んだし、体はずっと大きいのに、取っ組み合っている時には私たちに押さえつけさせてくれた。

車のドアがバタンと閉まる音が聞こえたと思うと、数分後、家の裏口の網戸が引き開けられた。ロッキーと私は、ジェニファーと少年と少女が庭に入って来るのを小走りで見に行った。デイジーはと言うと、ピクニックテーブルの後ろにこそこそ逃げていったが、そこなら安全だと感じられるようだ。

「まあ、とても可愛いわ！」少女が笑った。彼女はイーサンが車の運転を始めた時と同じくらいの年ごろだった。膝をつくと腕を大きく広げた。ロッキーと私は素直に彼女のところへ走っていった。彼女が私たちを一緒に抱きしめ、彼女の匂いが漂ってきたとき、私はびっくり仰天した。

それは、クラリティだったのだ。

私は夢中になって彼女の体によじ登り、キスして、肌の匂いを嗅いだ。大喜びで跳びはね、動き回った。クラリティだ！

彼女が私を捜しにやってくるかもしれない。私が生まれ変わっていることを知っていて、見つけてくれるだろう。そんなことは、これまで考えたこともなかった。でも、人間は車を運転するし、犬がいつ食事をしてどこに住むかも決めるのだから、これも明らかに彼らの意のままにできることだったのだ。彼らは必要であれば、自分の犬を見つけることができるのだ。

だからこそ、あの幼い少女たちのいる家族は私たちを連れずに立ち去ったのに違いない。彼らは自分の犬たちを捜していたのであって、ロッキーと私は彼らの犬ではなかったのだ。

クラリティに飽きるなんて、あり得ない。私は小さな尻尾を空中で叩くように振り、彼女の手を舐め、彼女を笑わせた。少年が裏庭で走り回るとロッキーは一緒に走ったけれど、私はクラリティから離れなかった。

「どう思う、トレント?」とクラリティが大声で言った。

「この子は素晴らしいよ」と少年は答えた。

「モリーはあなたに夢中なようね」とジェニファーがクラリティに言った。「すぐに戻るわ」ジェニファーは家の中に入った。

「ああ、あなたはとても可愛いわ」と、クラリティが私の耳を後ろに撫でつけながら言った。私は彼女の指にキスした。「でも、ママは犬を飼わせてくれないわ。私たちはトレントのためにここにいるの」

今や私にははっきりとわかった。私の目的は想像していた通りだった。つまり、クラリティの世話を続けることだったのだ。それはイーサンがいたなら望んだであろうことだった。だから、私はまた子犬に戻ったのだ。まだやることがあったからだ。

それなら、私はそれをやろう。クラリティの世話をして彼女を安全に保ってあげる。いい子になってみせる。

少年がロッキーを抱いてやって来た。「この子の手が見える？　モリーよりも大きくなるよ」

クラリティが立ち上がったので、私は彼女の両足に精いっぱい前足を伸ばして載せ、抱き上げてもらった。ロッキーは少年の腕から降りようともがいたが、私はじっとしてクラリティの目を見つめた。

「この子、ほしいな」と少年が言った。「ロッキー、僕と一緒にうちに来たい？」彼が弟を優しく降ろすと、弟はゴムのおもちゃに飛び乗って揺らした。

「それはとても素敵だわ！」とクラリティが言った。彼女は私を下に降ろし、ロッキーがおもちゃを噛んでいるところへ行ったので、ついていった。彼女がロッキーを撫でようとすると私が手の下に頭を突き出したので、彼女は笑った。

「モリーは君が好きなんだよ、ＣＪ」と少年が言った。

少年が私の名前を口にしたので、私は彼の方をチラッと見たが、それからまたクラリティに寄り添った。

「わかってるわ。でも、グロリアが、あの人がキレて口に泡を吹き始めるわ。あの人の声が聞こえるわ。『犬は舐めるわ。汚いわよ』って、まるでうちの家がチリひとつないみたいに」

「でも、楽しいんじゃないかな？　僕たちは姉と弟を飼うことになるんだよ」

クラリティが私の顔を両手ではさむと、切なく悲しい思いが彼女から伝わってきた。「ええ、楽しいでしょうね」と彼女は静かに言った。「ああ、モリー、ごめんね」

ジェニファーが裏庭に戻ってきた。「じゃあ、書類かなにかに記入すればいいのかな?」と少年が尋ねた。

「いいえ、私はレスキュー団体にも何にも加入していないわ。迷子の犬を受け入れて家を探してあげる人だと誰もが知っている、ただの隣のおばさんよ。ロッキーとモリーは、彼らと一緒だと幼い男の子の喘息がひどくなるからここにいるの」

「いい家庭にただで渡すと言ったけど、せめていくらか払わせてくれる?」と少年が尋ねた。

「あなたさえよければ、寄付は頂くわ。それと、どんな理由であれ、うまくいかない場合は犬を返してちょうだい」

少年はジェニファーに何かを手渡し、それから手を下に伸ばしてロッキーを抱き上げた。「じゃあ、ロッキー」と彼は言った。「新しい家に行くけど、いいかい?」

「聞きたいことがあったら知らせてね」とジェニファーが言った。

期待してクラリティを見上げたのに、彼女は私を抱き上げてくれなかった。「まあ、この子を見て」とクラリティが言い、跪《ひざまず》いて私の被毛を撫でた。「私が連れて行かないって、わかってるみたい」

「行こう、ＣＪ」

みんなで一緒に裏口まで行った。ジェニファーが裏口を開けると少年がロッキーを抱いたまま歩いて出ていき、次にクラリティが出たが、私がついていこうとするとジェニファーが足で遮った。

「だめよ、モリー」と彼女は網戸を引いて閉めながら言ったので、私は裏庭に置き去りにされた。

どういうこと？

私が座ってクラリティをじっと見ると、彼女も網戸の向こうから私をじっと見ている。わけがわからない。

彼らがみんな向きを変えると私はキャンキャン吠えたけれど、自分の声がとても小さいのでいらいらした。キャンキャン鳴いたり吠えたりして、網戸に前足を載せて引《ひ》っ掻《か》き、しがみつくようにして進もうとした。クラリティは私を置いていくの？　まさか、そんなことありえない！　彼女と一緒に行かなきゃ！

クラリティと少年とロッキーは家の正面玄関から出ていき、それからドアを背後で閉めた。

「大丈夫よ、モリー」とジェニファーが言った。彼女はキッチンに入っていった。

クラリティが行ってしまった。ロッキーが行ってしまった。

私は悲嘆に暮れてこの世でひとりぼっちだと感じ、役立たずのちっぽけな子犬の声で吠えに吠えた。

第6章

臆病な大型犬デイジーは、ピクニックテーブルの背後の隠れ場所から出てきて立ち上がり、吠えている私の匂いをクンクン嗅いだ。彼女は私の悲しみを感じることはできるけれど、明らかに理解はできていない。

裏口からはどこにも行けなかった。ぐるりとまわると家の横に出たが、木製のゲートがしっかり閉まっていて、私の小さな歯ではどう頑張っても取っ手には届かなかった。何度も何度も吠えた。素晴らしく楽しかったこの裏庭が、今は監獄のように思える。バーニーのところへ走っていって鼻を触れ合わせたけれど、彼の尻尾がゆっくりと振れても何の役にも立たなかった。私は自暴自棄になっていた。何が起こっているの？　いったいどうしてこんなことになってしまったの？

「モリー？」

振り向くとそこにクラリティがいた。彼女が跪いたので、そこへ走っていって腕の中に飛び込み、彼女の顔を舐め、誤解だったことに気づいてホッとした。わずかの間だけれど、彼女は私を置き去りにするつもりなんだと思ったから！

ジェニファーとトレントが彼女の後ろに立っていた。「彼女は私を選んだのよ、じゃあ、私にできることは何かしら？　モリーは私を選んでくれたのよ」とクラリティはしつこく言った。

自分がモリーなのが嬉しかったし、クラリティと一緒にいて彼女の車に向かって歩いて行けることが幸せだった。トレントが運転し、クラリティはロッキーと私と一緒に後部座席に乗り込んだ。ロッキーが何日も何日も離れていたみたいに私を迎え、それから私たちは後部座席でクラリティと取っ組み合う仕事に取りかかった。

「さて、君のお母さんがどう言うかな？」とトレントが尋ねた。ロッキーはクラリティの長い髪を歯でくわえ、後ろ足で踏ん張って唸《うな》りながら、その髪が抜けるとでも思っているように引っ張っている。クラリティは笑っていた。私はロッキーに飛び乗ってそれをやめさせた。

「CJ？　真面目《まじめ》な話だよ」

ロッキーと私は体をくねらせながら、クラリティにくっついて体の上を這《は》うように進んだ。彼女は座り直そうとしてもがいた。「ほんと、わかんないわ」

「モリーを飼わせてくれるだろうか？」

「そうねえ、どうすればいいかしら？　何が起こったか見てたわよね？　モリーと私は一緒にいることになっているって感じだったわ。運命よ。カルマだわ」

「君の家は犬を隠しておけるって感じじゃないよ」とトレントが言った。

クラリティは下を向いて悲しそうだったので、私は前足を彼女の胸に置き、顔を舐《な》めようとした。経験から言って、犬に舐められるとほとんど誰でも元気になる。

「CJ？　君の家に犬を隠しておけるって本当に思うのか？」とトレントが言った。

「望むならオオカミの一群を隠しておくことだってできるわ。彼女は鏡以外なんにも見ないもの」

「ああ、そうだな。ということは、これから一〇年間、君は犬を飼うけど、お母さんはどういうわけか気づかないんだな？」

「あのね、トレント。物事が実情にそぐわないこともあるけど、正しいことならただやるしかないのよ」

「ああ、それはわかるよ」

「どうしてそうなの？　あなたとはいつも喧嘩しなきゃいけないのね」

どちらもしばらく何も言わなかった。「ごめん」と、結局、トレントがあやまった。

「君のことを気にしていただけだよ」

「うまくいくわ。大丈夫」

「わかった」

「でも、ええと、うちの私道はとばしてね」とクラリティが言った。「入らないで」

車が停まった。クラリティはロッキーを抱き上げて運転席の方へ渡した。弟と私は顔を見合わせた。ロッキーは耳を後ろに向けて尻尾《しっぽ》を振った。私は、これは別れだ、今、私たちは離れ離れになるのだという気がした。それでいいのだ。私たちの運命はいつだって人間が決めるもので、クラリティは私が必要だと決めたんだから、それでおしまい。彼女と一緒に行くことは、イーサンがいたらきっと望んだこと。よくないのは、ロッキーが助手席の犬で私はそうではないということだ。ただ、クラリティがドアを開けて私たちは一緒に外に出たので、いずれにしてもこれ以上ドライブはしないのだ。


車が走り去った。「さてと」とクラリティが言った。少し心配そうな声だった。

「あなたがどれくらい静かにしていられるか見てみましょう」

彼女は私を下に降ろし、私たちは家に近づいた。何匹かの犬が正面の灌木《かんぼく》にマーキングしていたが、臭《にお》いが古かった。ここに他の犬がいることを示すものは何もなかった。クラリティは私を抱き上げて素早く中に運び入れ、階段を何段か上り、廊下を進み、寝室に入った。

「クラリティ？　あんたなの？」と女の人が家の中から声をかけた。

「ただいま！」とクラリティが大声で言った。そして私と一緒にベッドに飛び乗り、遊び始めた。それから、足音が廊下を進んでくると、じっと動かなくなった。

「モリー！　シーッ！」と彼女は言った。ふとんの下に足を押し入れて膝を立て、テントのようになった空間に私を押し込んだ。私はドアが開く音を聞きながら、彼女の足の匂いをクンクン嗅いだ。

「パンパカパーン！」と女の人の声が歌うように言った。その声は覚えている。クラリティの母親のグロリアだ。

「毛皮を買ったの？」とクラリティが怒った声で言った。

「どう？」とグロリアが返答した。「キツネよ！」

「毛皮ですって？　どうしてそんなことを？」

ふとんから出るゲームなのだと私は思った。クラリティの頭に向かってよじ登ろうとすると、彼女の手が入ってきて下へ押し戻された。

「あのね、あたしが何かを殺したわけじゃないの。このコートを買った時にはもう死んでいたのよ。それに心配いらないわ。放し飼いっていうやつなのは確かだから」

「捕まえるまでは、っていうこと？　ひどいわ、グロリア。私がどんな気がするかわかっているでしょ」

「そんなにいやでたまらないなら、あんたは着なくていいわ」

「まるで私が着るとでも思っているみたい！　何を考えてるのよ」

「あら、悪かったわね。でも、出張に必要なのよ。今やアスペンは、毛皮を着てもやましく思わずにすむ唯一《ゆいいつ》の場所だもの。それに、ええと、フランスもそうね」

「アスペンですって？　いつアスペンに行くの？」クラリティの手は私を押さえつけたままだった。私は出ようとしてもがいた。

「水曜よ。だから、思ってたの、明日買い物に行かなきゃってね、ふたりだけで」

「明日は月曜よ。学校があるわ」とクラリティは言った。

「なるほど、学校ね。一日だけよ」

クラリティが足を毛布の下から蹴《け》り出し、私の頭の上に優しく載せた。「ヨーグルトがほしいわ」とクラリティが言った。

私はふとんの下からひょいと出たが、遅すぎた。クラリティは出ていこうとしていた。

「その短パンははいてほしくないわね」とグロリアが言っているのをよそに、クラリティはドアを閉めた。「太ももがものすごく太く見えるもの」

ベッドにひとり取り残された私は、床は私の小さな足ではとても届かないところにあると、素早く判断した。イライラしてクンクン鳴きながら、柔らかい毛布の上を行ったり来たりし、柔らかい枕《まくら》に深く鼻をつけ、時間をかけて匂いを嗅いだ。ベッドの上におもちゃが幾つかあったので、少し噛んでみた。

そのとき、ドアが開いた。クラリティが戻って来たのだ。彼女が私の方にかがむと、私は尻尾を振って顔を舐めた。彼女の息は甘いミルクの香りがした。相手がクスクス笑うまで顔を舐めることほど、ステキなことってある？

私を外に抱いて出る時、クラリティは私が寒くないように自分の着ているシャツの奥に押し込んだ。私が裏庭でしゃがんだらほめてくれて、冷たくて塩辛い肉のかけらを何切れか食べさせてくれた。調味料がとても強くて、舌が焼けそうだ。

「明日、子犬用のドライフードを買ってあげるわ、モリー、絶対、絶対、約束するわ。もっとハムを食べたい？」

その夜、私はクラリティの肘《ひじ》のあたりで眠った。彼女は手で私を撫でながら囁《ささや》いた、「愛しているわ、モリー、愛しているわ」彼女の手がまだ触れている間に私は眠りに落ちていった。その日の活動のせいで、夜中に一度も起きないくらい疲れ切ってしまっていた。クラリティは太陽がまだほとんど出ていない時に目覚め、服を着て異様なほどに注意を払って私を外に連れ出し、目いっぱい声を落として話しかけながら、用を足させた。私の小さな膀胱《ぼうこう》は痛いくらいにパンパンだった。それから彼女は私を抱いて階段を何段か下りて地下室に行った。

「この階段の下のスペースは私の特別な場所なのよ、モリー」と彼女は囁いた。「私はここをクラブハウスと呼んでいたの。わかる？　あなたのためのクッションがあるし、ここに水もあるわ。静かにしてさえいればいいのよ、わかる？　私は学校には行かないけど、少しの間、出かけなきゃいけないの。でも、すぐに戻るって約束するわ。その間、吠えちゃ駄目よ。静かにしていてね、モリー。静かにね」

私はこの小さなスペースの匂《にお》いをクンクン嗅《か》いだ。ここの天井はとても低くてクラリティはしゃがまなければならなかった。さっきの冷たくて塩辛い肉をまたくれながら、置き去りにするつもりなのがわかる手つきで撫でたので、彼女が急に後ずさりして、箱をそっと動かして閉じ込めようとした時、私はすばやく飛び出した。

「モリー！」とクラリティが怒りのこもった囁き声を出した。

狭い場所にいたくないのをわかってくれるよう願って、私は尻尾を振った。私たちがジェニファーの家にいた時に、自分の気持ちをはっきりさせたつもりだった。クラリティと一緒にいたい。彼女は私を抱き上げて押し戻して中に入れたけれど、今度は私は、箱で出口を遮られないようにすばしっこく行動することができなかった。彼女は何をしているの？

「お利口さんにしていなさい、モリー」とクラリティが箱の向こう側から言った。「覚えておいて、静かにするのよ。吠えちゃだめよ」

私は箱を引っ掻いたが、クラリティは戻ってこなかったので、結局あきらめた。少しうたた寝をし、それからほんの少し噛めるプラスチックのおもちゃを見つけたが、階段の下の狭いスペースの隅でしゃがんで用を足さなければならなくなると、その場所は私にはまったく魅力的ではなくなった。キャンキャン鳴いたけれど、もっと大きな声ならいいのにと思った。吠え声が反響して戻ってくるこの狭い囲いの中でも、小さく哀れを誘う声にしか聞こえないのだ。それでも吠えていると、このまま続けるのがいいように思える。

　階上で誰かが動き回っているのが聞こえた時には、いったんやめて頭を傾《かし》げたが、クラリティかグロリアが私を助けにくる気配はなかったので、また吠え始めた。

　次には階段の一番上にあるドアが開く間違いようのない音が聞こえた。足音が私の方に向かってきて、それが真上に来た時、私はできるかぎり大きな声で吠えた。誰かが地下室にいるのだ。

　クラリティかもしれないと思ったけれど、次に変な物音が聞こえた。泣き声と泣き叫ぶ声との中間の、人間の遠吠えだ。ひどい騒音だった。苦悩とおそらくは恐怖から来る騒音だ。何が起こっているの？　私は少しこわくなって吠えるのをやめた。花のようで油のようでじゃ香のようでもある強い香りが、箱の向こうから私のスペースに流れ込んできた。

　玄関のドアが開いて閉まる音が、頭上で聞こえた。足音がして、次に誰か他の人が階段の一番上に立っているのがわかった。

「グロリア？　そこにいるの？」クラリティだ。

　悲しげな遠吠えはまだ続いていた。私は押し黙った。生涯を通じて、人間があんな声を出すのを聞いたことは一度もなかった。

ガタガタ音を立てる足音が階段を下りてきた。「グロリア?」クラリティの声が呼びかけた。

大きな叫び声がした。「アーーーーー!」グロリアの声だとわかった。

クラリティも悲鳴をあげた。「アッーーーー!」

私はクンクン鳴いた。何が起こっているの?

「クラリティ・ジューン。びっくりして死にそうだったわよ!」グロリアが喘ぎながら言った。

「どうして答えなかったの? 何をしていたの?」とクラリティが尋ねた。

「歌っていたのよ! イヤホンをつけていたの! あんた、家で何をしているの? その袋には何が入ってるの?」

「忘れ物があったの。えーと、ドッグフードよ。学校でフードドライブ(訳注/困窮者に食料を提供する慈善活動)があるのよ」

「ドッグフードをあげるのがいいって本当に思うの?」

「お母さん。人間のためじゃないわ。その人たちの犬のためよ」

「その人たちは自分が食べるお金もないのに犬を飼ってるっていうこと? この国はいったいどうなるのかしら?」

「洗濯物を取りにきたの? たたむのを手伝うわ」とクラリティが言った。「一階に持っていきましょう」

彼らは階段を上っていき、私はまたひとりぼっちになった。

本当に、本当に、腹ペコだった。

第7章

クラリティはちゃんと戻ってきてくれて、私は彼女に会えたのと同じくらい、彼女の手の中の餌入《えさい》れを見て喜んだ。

「やっといなくなったわ。ああ、モリー、本当にごめんね」

餌入れに顔をうずめ、口の中が渇くまでドライフードをバリバリと食べ、それから口の中に入るかぎりの水を飲んだ。次にクラリティは私を裏庭に連れ出してくれて、そこは、太陽が輝き、虫が歌い、草がはえたばかりで暖かかった。

私は手足を伸ばして寝そべり、ただただ嬉しくて転げ回り、クラリティは私の隣に寝そべった。私たちはタオルを引っ張る遊びを数分間したけれど、午前中ずっと吠《ほ》えていたせいで疲れ切っていたので、抱き上げられて胸にぴったり寄り添うと、たちまち深い眠りに落ちた。

目覚めるとさっきの小さなスペースに戻っていた。けれども、キャンキャン吠えた途端に走ってくる足音が聞こえたと思うと、次にはクラリティが箱を横に押しやった。

「シーー、モリー！　静かにしなきゃいけないわ！」とクラリティが言った。彼女が何を言っているのかわかるような気がする。彼女に来てもらいたければ吠えなければならず、そうしたら彼女は来てくれるんだ。

彼女は私を地下室で遊ばせてくれて、またドライフードを食べさせてくれた。セメントの床にしゃがんで用を足さなければならなくなると、きれいに片づけてくれて、外に行くまで我慢することがまだできなくても怒らなかった。抱きしめて顔に上から下へキスをしてくれると、私をいとおしむ混じり気のない思いが強く伝わってきて、幸せのあまり体をよじった。

私たちは、私が眠くなるまで遊びつづけた。その夜は、彼女は私を起こして裏庭のひんやりした空気の中で取っ組み合うことまでしてくれた。虫はみんな羽音《はおと》ひとつ立てなかった。すべてがそんなにも静かな時に外にいるのは本当に楽しかった。

翌朝、一階から大きな物音がして、つづいてグロリアの声が聞こえた、「音量を下げてくれる?」私はいつでも一階に行ってクラリティと遊べる状態だったので、吠えて、出口をふさいでいる箱を引っ掻いたのだ。

ドアがバタンと閉まった音と振動を感じると、私はじっとして、何が起こっているのか理解しようとした。またひとりぼっちになったの? いや、まだ一階に誰かいる。歩く音が聞こえたから。すると、外から地下室へと続くドアが開いて空気がそよいだ。箱がそっと取り去られると、跳び出してクラリティの腕に飛び込んだ。喜びで心臓がドキドキしていた。また楽しい時間になるんだ！

「静かにしていなきゃ駄目よ」とクラリティが言った。裏庭に連れ出してもらい、門を通り、それから下に降ろしてもらった。私たちは散歩に出かけ、次に（助手席に乗って！）ドライブし、公園へ行って一日中遊んだ。ゲットバックヒア・ミロという名の小さな黒犬をつれた女の人以外、誰もいなかった。その黒犬は私のところにまっすぐやって来たので、私は瞬《まばた》きしておとなしく地面に伏せた。自分は子犬なので、ゲットバックヒア・ミロに脅威ではないことを知ってもらわなければならないから。「ゲットバックヒア・ミロ！」と女の人が何度も何度も呼んだ。その黒犬が鼻づらで私を乱暴に押し倒したので、クラリティは手を下に伸ばして私を持ち上げ、ジェニファーが変わったミルクを飲ませた時のように抱いた。

ゲットバックヒア・ミロが立ち去ると、クラリティは私を降ろし、私の顔に自分の顔を近づけて遊んだ。私は嬉しくてキャンキャン鳴き、ぐるぐる回った。

「あの人は明日出かけるの」とクラリティは私に言った。「もう一晩あなたを隠しておけば、一週間帰ってこないわ。今夜は吠えずにいてくれる？」

私は棒切れを噛んだ。

「どうすればいいかわからないのよ、モリー。あの人は絶対あなたを飼わせてくれないわ」クラリティは私をつかみ、荒々しく抱きしめた。「あなたをとても愛しているの」

クラリティから愛情があふれ出るのを感じたけれど、その瞬間は実は棒切れに意識を集中していたので、尻尾を振っただけだった。

家に戻るとクラリティは私を連れてまっすぐ階段を下り、階段の下の狭いスペースに入れて箱をそっと戻したので、がっかりしてしまった。吠え声を連発して気に入らないことを示すと、すぐさま彼女が現れた。

「吠えないでくれる、モリー？　今にもお母さんが帰ってくるから」

彼女はまた箱をそっと戻した。実のところ、私は一日中遊んで疲れていたので、静かにして居眠りを始めた。でも、玄関のドアがバタンと閉まるのが聞こえると目が覚めた。

「ただいま！」グロリアの声が爆弾のように家中に響いた。「ニーマンの店で買ったものを見せてあげるから待って！」

数日間、グロリアの匂いを嗅ぎ、声は聞いていたけれど、まだ挨拶《あいさつ》する機会はなかった。彼女も私に会ったら、きっとクラリティと同じくらい喜ぶわ。キャンキャンと二回鳴いて待ったけれど、聞こえるのは話し声だけだ。さらに数回吠えると、頭上でドアが開いて足音が降りてくるという予想通りの展開になった。クラリティが箱を横に押しのけた。

「お願いよ、モリー、お願い。静かにしてちょうだい」

クラリティは私にごはんを食べさせ、上着の中に入れて通りに出た。それから、私たちは歩きに歩いた。家に戻る頃には暗くて涼しくなっていた。クラリティは私をあの狭いスペースに押し戻した。

「さあ。眠るのよ、いい、モリー? 眠って」

彼女が箱を押し戻して入り口をふさぐと同時に外に滑り出ようとしたけれど、間に合わなかった。彼女はガタガタと音を立てて階段を走って上がり、ドアを閉めた。あたりは静かになった。

私は少し眠ったが、やがて目覚めると自分が一人ぼっちなのを思い出した。クーンと鳴いた。階上でクラリティはきっとベッドに横になり、私がいないので寂しい思いをしてるわ。そう思うと悲しくなる。彼女は、私が好きなのは階段下のすてきなクッションに横になることだと思っているみたいだったけど、実は彼女と一緒にいたいのだ。だから吠えた。反応がないので再び吠え、また吠えた。

「クラリティ! あの音は何?」とグロリアが甲高い声で言った。走ってくる音が聞こえ、階段の上のドアが開いた。

「ここから聞こえたんだと思うわ!」とクラリティが大声で言った。彼女が階段を下りてきたので、私は尻尾を振った。「ベッドに戻って、グロリア。私がちゃんとするから」

「動物の声みたいだったわよ!」とグロリアが言い返した。

クラリティが箱の向こう側で動き回るのが聞こえた。私は箱を引っ掻いた。グロリアが家の中を歩いてくるのが聞こえ、次に階段の一番上に彼女がいるのが感じとれた。

私は吠えた。

「ほら、まただわ！」とグロリアが怒りをこめて囁くように言った。「犬だわ。家の中に犬がいるのよ！」

クラリティが箱を横に押しのけたので、彼女の腕に転がり込んで顔を舐めた。「違うわ、あれは……まあ、なんてこと、キツネよ！」と彼女がわめいた。「下がっていて！」

「キツネ？　何ですって？　確かなの？」

「キツネは吠えるのよ、グロリア」とクラリティが言った。

「どうやって家に入ったのかしら？　キツネがここで何をしているの？」

「地下室のドアが風で開いたのに違いないわ。たぶんうざいコートの匂いがしたから入ったのね」

クラリティは私に微笑《ほほえ》みかけている。私たちはタオルを引っ張るゲームをしたけれど、彼女はあまり強くは引っ張らなかった。

「そんなわけないわ」とグロリアが言った。

「キツネの鼻はとても敏感なのよ！　びっくりさせて家から通りに出るかどうかやってみるわ」とクラリティが言った。

「確かにキツネなの？　動物のキツネだと？」

「キツネがどんなだかわかっているもの。これは小さいキツネよ」

「警察を呼ぶべきだわ」

「キツネくらいで警官が来るみたいに言うのね。シッと言って外に追い出すわ。階段を走って上るかもしれないから念のため後ろに下がっていて」

グロリアが喘ぎ、階段の上でドアを閉めるのが聞こえた。クラリティは私を抱き上げて裏口から走り出て、ひんやりした夜に溶け込んだ。私を門から連れ出し、角を曲がったところで下に降ろしてくれた。

私たちが何の遊びをしているのかわからなかったけれど、体を震わせてしゃがんで用を足したら、続きをする気になった。クラリティが私と一緒に通りを行きつ戻りつしていると、車が角を曲がってきて停まった。窓が開いてロッキーの匂いがした！　私は車の金属製の側面に両足を載せて中を覗《のぞ》きこもうとした。するとトレントの匂いもした。

「恩にきるわ、トレント」とクラリティが言った。

「構わないよ」とトレントが答えた。

クラリティは私を抱き上げて窓越しに手渡した。私はトレントの胸に這いつくばり、彼を舐めて挨拶し、それから座席じゅうの匂いをくまなく嗅いだ。ロッキーは今は車の中にいないけれど、確かにいたのだ。私たちはどちらも助手席の犬だった。

私はその夜、トレントの家に行き、クラリティは一緒ではなかった。車で立ち去る時は悲しくてクンクン鳴き、クラリティはどこにいるのだろうと思ったけれど、トレントの家に着くとロッキーがいた！　私たちは互いに会えて大喜びし、リビングルームと裏庭とトレントの寝室で取っ組み合った。トレントにはカロリーナという名の妹がいて、彼女は私たちと一緒に遊び、トレントも私たちと一緒に遊び、彼の両親まで私たちと一緒に遊んだ。私は途中で寝入ってしまった。突然疲れを感じて、ロッキーに顔を嚙まれても、とにかく横にならずにいられなかったのだ。

ロッキーと私は翌朝目覚めるとすぐに遊びを再開した。彼は私より少し大きくなっていて、明らかにトレントにとても愛着があった。時折取っ組み合いを急にやめてはトレントのところへ走っていき、撫《な》でて褒《ほ》めてもらっていた。それを見て私はクラリティが恋しくなったが、彼女のことを心配しなくては、という考えが浮かぶたびにロッキーが私の上によじ登り、私たちは取っ組み合いに戻った。クラリティが私を引き取りに戻ってくるはずだと自分を励ましていたら、本当に戻ってきた。

しばらくして裏門がカチンと鳴り、誰が来たのか見ようとロッキーと私が走っていくと、彼女がいたのだ。私たちはどちらも彼女に飛びついたので、ついに私は、自分が私と同じくらい彼女にとって大切であるみたいに振る舞っているロッキーに唸った。

クラリティとトレントは裏庭に立って私が弟と一緒に遊ぶのを見ていた。私は自分が望む時にロッキーを身動きできなくさせられることを彼女に見せようとしたのに、弟は協力しようとしなかった。

「あの人はまだ出かけていないのか？」とトレントが尋ねた。

「まだよ。一時以降のフライトなの。学校に行くために早朝に家を出なきゃいけないと言っておいたわ」

「学校に行くの？」

「今日はやめとくわ」

「CJ、学校をサボり続けちゃいけないよ」

「モリーには私が必要なの」

自分の名前が聞こえたので動きを止めると、ロッキーが背中に飛び乗った。

「モリーがいたのは三日間だよ。他の時はどうして休んだんだい？」

「学校が自分の生活において有意義なものとは思えないの」

「君はハイスクールの生徒だ」と彼は言った。「学校が君の生活だよ」

「月曜に行くわ」とクラリティは彼に言った。「今週はモリーと一緒に時間を過ごしたいのよ、グロリアが留守だから」

「じゃあ、グロリアが戻ったらどうするつもり？」

「わからないわ、トレント！　何もかも人間が計画できるわけじゃないわ。物事がただ起こる時があるの。わかる？」

クラリティと私はドライブに出かけ、私は助手席に座った。私たちは草がたくさん茂っている公園に行ったが、飼い主と一緒に道を散歩することしか興味のない無愛想な茶色の犬が一匹いるだけだった。それから家に戻ってくると、有難いことに、階段下の狭い場所に再び押し込まずに家の中を走らせてくれた。グロリアの匂いがしたけれど、あたりに彼女はいなかった。

私はクラリティのベッドで眠った。興奮していたので何度も目覚めては彼女の顔を舐めた。彼女は私の鼻をはらったけれど、激怒している様子はなかった。とうとう彼女は、私が必要だと感じた時に自分の指を優しく噛《か》ませることに甘んじてくれて、私たちはそうやってその夜を過ごした。

翌日は雨だったので家の中で遊び、濡《ぬ》れた草の中で私が用を足すために外出しただけだった。「モリー！　いらっしゃい！」と唐突にCJが私に呼びかけた。私が廊下を小走りで進むと、グロリアの匂いがだんだん強くなってくる。CJが私に向かってニコッと笑って頷《うなず》いているので、何だろうと思って彼女を見た。彼女がドアを押し開けるとグロリアの強烈な匂いがあふれ出てきた。

「鏡の中に犬が見える？」とCJが尋ねた。

「犬」という言葉が聞こえたので、ドアを通ってほしいのだと思った。歩いて入り、あわてて止まった。そこには犬がいたから！　ロッキーに似ている。私は前方へ跳び上がり、そいつも攻撃するように私に向かって跳び上がったので驚いて引き返した。ロッキーではなかった。実のところ、犬のような匂いはまったくしなかった。私が尻尾を振ると、そいつも尻尾を振る。私がお辞儀をすると、そいつも同時にお辞儀をする。

とても奇妙だったので私は吠えた。そいつも吠えているように見えるけれど、声は出していない。

「こんにちはって言いなさい、モリー！　その犬をつかまえてごらん！」とCJが言った。

私はさらに何度か吠え、それから近づいて匂いを嗅いだ。犬はいなくて、犬みたいに見える何かがいるだけだ。何だかわけがわからない。

「犬が見える、モリー？　犬が見える？」

何が起こっているにしても、あまり面白くはなかった。私は向きを変え、ほこりをかぶった靴のあるベッドの下の匂いを嗅いだ。

「いい子だわ、モリー！」とCJが言った。褒められるのは好きだけれど、部屋を出た時は嬉しかった。あの匂いのない犬みたいな奴《やつ》は、何となく嫌な感じだったから。

その一件があった翌朝はすべてのものがほどよく湿っていて美味《おい》しそうな香りがした。地面の虫たちの匂いを嗅いだけど、どれも食べなかった。何度か食べてみて、味は匂いほどよくないことがわかったから。

家に戻ってすぐに玄関のベルが鳴った。玄関のドアのところに走っていって吠えた。ドアのガラスの向こう側に影が見える。

「気をつけて、モリー。下がっていなさい」とクラリティが言った。彼女はドアをわずかに開けた。

「クラリティ・マホニー？」とドアの向こう側にいる女の人が尋ねた。私は顔を隙間《すきま》に押し入れて出ようとしたが、クラリティが中にいさせた。真剣に吠えているのではなく、自分の仕事をしているだけだとその人に知らせたくて、尻尾を振った。

「『CJ』で通っているわ」とクラリティが言った。

「CJね。オフィサー・ルウェリン。無断欠席生徒補導員よ。今日はなぜ学校に行かないの？」

「病気なんです」CJは頭の向きを変えて咳《せき》をした。外にいる女の人は私を見おろしたので、激しく尻尾を振った。どうしてみんなで外に出て遊ばないの？

「お母さんは？」

「買い物に出かけています。私の処方薬を買いに」とCJが言った。

彼らはしばらくの間、そこに立ったままだった。私はあくびをした。

「お母さんに留守番のメッセージを何度か残したんだけど、電話がかかってこなかったの」と女の人が言った。

「お母さんはとても忙しいんです。不動産を売っているので」

「そう、わかったわ。これをお母さんに渡してほしいの、いい？」女の人はクラリティに紙切れを渡した。「受け損なった授業がたくさんあるわ、CJ。みんなあなたのことを心配しているわよ」

「しょっちゅう病気してたんです。たぶん」

「それをお母さんに渡して。お母さんからの電話を待っているわ。いつでも電話してくれていいし、私がいなければメッセージを残してくださいと伝えて。わかった？」

「はい」

「さよなら、CJ」

クラリティはドアを閉めた。心配そうで怒っている様子だった。キッチンに行って物を幾つかテーブルに置いた。「モリー、私たちにはアイスクリームが必要だわ」と私に言った。冷たくておいしそうな甘いご馳走《ちそう》を私のために餌入れに入れてくれた。

クラリティはテーブルについて食べて食べて食べまくった。私も座って彼女をじっと見ていたのに、もうご馳走はもらえなかった。彼女は食べ終わると流しの下の小さな容器に紙を何枚か入れた。それも同じ甘い匂いがするのに、なぜ下に置いて舐めさせてくれないのかわからない。人間ってそういうものなんだ。一番おいしいものは捨ててしまうんだ。

しばらくするとクラリティはバスルームに行き、犬の餌入れより大きいけれど床からの高さはそれほどではない、小さくて平坦《へいたん》な四角い箱の上に立った。「一キロも？　大変だわ！　なんて馬鹿《ばか》なの！」と彼女は不機嫌そうに小声ではきすてた。彼女が苦しんでいることがわかったけれど、私が慰めようとしていることには気づいてくれないようだ。

彼女は耳ざわりな音を立て、それから水の入った器の前に跪《ひざまず》いて吐いた。彼女の心の痛みと混乱が伝わってきたので悲しくなり、背後で行ったり来たりした。さっき食べたご馳走の甘い匂いがしたが、彼女が取っ手を引くとシャーッという音とともに混乱も匂いも消えた。私はできるかぎり激しく尻尾を振り、彼女の上によじ登って顔を舐めようとした。しばらくするとそれが多少は役に立ったようだけれど、彼女はまだ少し気分が悪そうだった。

二日後、私たちは落ち着いて日課をこなすようになっていた。毎朝クラリティは私を地下室にひとりぼっちで残して階段下の狭いスペースから出られないようにして出かけ、数時間戻らなかった。昼ごろに家に帰って少しの間私と遊び、糞尿《ふんにょう》があればそれを片づけて食事をくれたし、午後になると「モリー！」と呼びかけながら階段を駆け下りてきて、翌朝まで家にいた。彼女は「学校をする」をしているのだと、私は判断した。私の少年のイーサンも「学校をする」をした。彼女がそれをするのも私はイーサンの時と同じく好きではなかった。

クラリティと私は毎晩ゲームをした。彼女は箱を使って例の場所から私を出られなくしたが、外にいるのが匂いでわかった。私が大声で鳴いたり吠えたりすると箱をそっと動かして「だめ！」ととても厳しい口調で言った。静かにしていると、箱をそっと戻してトリーツ（訳注／犬が命令通りに行動した際に与えられるごほうび・おやつ）をくれた。私たちは静かに座っている時間を徐々に延ばしていき、私は毎回トリーツをもらった。階段下にいる時には、彼女が箱のすぐ向こう側にいるかぎりは静かにしてもらいたがっていることがわかってきた。

そこに一人ぼっちでいるのは嫌だったし、他のもっと楽しいゲームをたくさん思いつくことができた。

一晩中そこにいなければならない時は、何かの間違いに決まっていると思った。クラリティが階上に行く音が聞こえた時はなおさらだった。けれども私が吠えるたびに、クラリティは下りてきて「だめ！」と言った。そして私が遂《つい》にあきらめて横になると、彼女は私を起こしてトリーツをくれるのだ。どういうことなのか、さっぱりわからない。

するとある日、クラリティが言った、「さあ、彼女が帰ってくるわ。これをやりましょう、モリー」彼女は私を階下に先導していき、階段下に入れた。私は静かにしていた。それから複数の声と足音が聞こえ、グロリアが家に戻ったことがわかった。

私は静かにしていた。

クラリティは大きなトリーツをくれ、長時間の散歩に連れていってくれた。ウサギの匂いがした！

暗くなるとクラリティは私を例のスペースに入れたので、私は寝そべって深いため息をついた。けれども静かにしていたので、早朝に大きなトリーツをもらい、散歩に連れていってもらった。

「お利口さんにしていてね。静かにしているのよ。愛しているわ、モリー。愛しているわ」とクラリティは言った。それから立ち去った。私は少しうたた寝した。するとグロリアが一階で歩き回っている音が聞こえた。静かにしていればトリーツをもらえることになっているのを、グロリアは知っているのかどうか、わからなかった。

クラリティは箱をスペースの前面全体に押し戻していたわけではなかったので、鼻を突っ込むと、一番下の箱が頭を突き出せるだけ動くのがわかった。体をくねらせて押して力をこめた。すると、出ることができた！

体は階段を登れるだけの大きさになってはいたけれど、一番上まで行くのはたやすくなかった。そこのドアは開いていて、一番上の段に着いたらちょうど玄関のベルが鳴り、グロリアが床を横切ってきて玄関のドアを開けた。

私は小走りでリビングルームに入り、立ち止まって、以前は床の上になかったスーツケースをクンクン嗅いだ。

「何でしょう？」とグロリアが戸口に立って言った。外から流れ込む空気が素晴らしい草木の匂いを運んできたけれど、グロリアだとわかる花のような強い匂いも運んできた。それはとても強烈で、あらゆるものを妨げるおそれのある匂いだった。

「マホニーさん？　オフィサー・ルウェリンです。ＣＪの件を担当している無断欠席生徒補導員です。彼女から召喚状を受け取られましたか？」

私はグロリアに挨拶するために小走りでそちらに行った。玄関のポーチにいる警官風の女の人は、私が近づくとチラリと見た。

「召喚状。クラリティ？　何の話ですの？」

「すみません。お話があります。あなたの娘さんはこの半年間の学校の欠席が多すぎるんです」

グロリアは、私がすぐそばにいるのに、そこに突っ立っている。私は前足を彼女の足に置いた。

彼女は私を見おろして悲鳴をあげた。

第8章

グロリアがポーチに飛び出したので、私は彼女についていって二人に向かって尻尾を振った。

「それはキツネじゃないわ!」とグロリアがわめいた。

女の人はかがんで私を撫でた。彼女の手は石鹼《せっけん》と何らかのナッツの匂いがして、温かくてやわらかだった。「キツネ? もちろん違うわ、子犬ですよ」

「それがあたしの家で何をしているの?」

女の人は立ち上がった。「私はそれには答えられませんわ、奥さん。あなたの家ですもの。犬は先週、私があなたの娘さんに会った時もここにいましたわ」

「そんなはずないわ!」

「えーと……ご覧ください」と女の人が言った、「ここに召喚状がもう一枚と出廷通告書があります」彼女はグロリアに紙を何枚か渡した。「娘さんと一緒に裁判所に来て頂かねばなりません。おわかりですか? 未成年者なので、あなたに法的な責任があるんです」

「犬についてはどうなの？」

「えっ？」

私は「犬」という言葉を聞いて座った。グロリアは何かにうろたえているようだけれど、この感じのいい女の人はトリーッには適しているかもしれない。ナッツはすべての種類が好きで、舌が焼けるような塩辛いのも好みだから。

「犬を連れていって」とグロリアが言った。

「それはできません、奥さん」

「じゃあ、犬に一杯喰わされた女よりも、授業を数回抜けたハイスクールの生徒の方が心配だって言うつもり？」

「それは……ええ、そうです」

「これまで聞いたこともない愚かなことだわ。あなた、いったいどういう種類の警官なの？」

「私は無断欠席生徒補導員です、マホニーさん」

「警察本部長に告訴するわ」

「どうぞ。では、法廷でお会いしましょう」女の人は向きを変えて歩き去ったので、トリーッは無しだった。

「犬はどうすればいいの？」グロリアが彼女に向ってわめいた。

「動物管理局に電話してください、奥さん。それが彼らの仕事ですから」

「わかったわ、そうするわ」とグロリアが言った。私は彼女についていって家に戻ろうとしたのに、大声で「だめよ！」と言われて縮こまった。彼女はドアをバタンと閉めて私を閉め出した。

うろうろしているうちに前庭に出た。その日も気持ちのいい日だった。きっとあのウサギが外で私を捜しているだろう。歩道を小走りで進んでいき、灌木の匂いをクンクン嗅いだ。

通りの家々の前庭を見ると、イーサンが農場に移り住む前に住んでいた家を思い出した。遊ぶのに十分な広さで、縁《へり》に沿って灌木が植わっている家が多かった。花の甘い香りが大気に満ちていて、下草の茂みはすべて青々として豊かだった。犬と猫と人間の匂いはするけれど、アヒルやヤギの匂いはしない。時折車が風をそよがせ、多種多彩な匂いに金属と油の臭いを加えながら、走り去っていった。

リードをつけずに気ままにぶらついている自分は悪い子のような気が少ししたけれど、グロリアが私を自由にしたのだから、それで大丈夫なのに違いないと納得することにした。

一時間ほど匂いを嗅いで探検すると、こちらに向かってくる足音が聞こえ、男が大声で呼びかけてきた。「こっちだ、ワンちゃん！」はじめは男の方へまっすぐ小走りでいくつもりだったが、手に輪っかのついた棒を持っているのに気づいて立ち止った。男は輪っかを差し出して私に向かって進んでくる。「おいで。いい子だから」と言いながら。その輪っかになったロープが既《すで》に首にかけられているような気がした。跳ねまわって後ろへ逃げた。

「おい、逃げるなよ」と彼は優しく言った。

私は頭をひょいと下げて男のそばを走り抜けようとしたのに、男が飛び出してきたと思ったら、私はあの棒の端っこで体をくねらせていた。「捕まえた！」と男が言った。

恐かった。間違ったことが起っている。男と一緒に行きたくはないのに、棒でトラックの方へ引っ張られていく。首のまわりのロープが締まり、頭を無理やりトラックのタイヤの方へ向けられたと思ったら、男にさっと抱き上げられ、カチンという音とともにトラックの荷台に置かれた金属製のケージの中に入れられてしまった。

「ちょっと！」

男は近づいてくる足音を聞いて振り向いた。

「ねえ！」

クラリティだった。

「何をしているの？　それは私の犬よ！」

男は息を切らしながら自分の前に立っているクラリティの方へ両手をぐっと伸ばした。

私は彼女に会えたのが嬉《うれ》しくて、前足をケージに載せて尻尾を振った。

「おい、待て、ちょっと待て」と男が言った。

「私の犬を連れていかせはしないわ！」とクラリティが怒って言った。

男は腕組みをした。「連れていくさ。苦情が出ているし、リードで繋《つな》がれずに走っていたからな」

自分はすぐそこにいて放してもらおうと待ち構えていることを彼女に知らせるために、キャンキャン鳴いた。

「苦情ですって？　モリーはほんの子犬よ。子犬のことで誰が苦情を言うの？」とクラリティが言った。「人を元気にしてくれるこの子が、何をしたって言うの？」

「それは君には関係ない。君の犬なら、明日正午以降ならいつでもシェルターで返してもらえるよ」男は立ち去ろうとした。

「だめ、待って！　待って！　この子はただ……」今や涙がクラリティの顔を流れ落ちていた。彼女の悲しみをキスで拭《ぬぐ》い去りたくて、クーンと鳴いた。彼女は口に手をやった。「連れていかれたりしたらこの子はそれを理解できないわ。既に一度捨てられたことのある保護犬なの。お願い、お願い。どうやって外に出たのかわからないけど、二度とそんなことさせないと約束するわ。約束する、約束するわ。ね？」

男の肩が落ちた。彼は深く息を吸い込み、ゆっくりと吐き出した。「えー……わかった、こうしよう。オーケーだけど、チップを入れてもらってワクチン接種をし、数ヶ月以内に不妊手術をしてもらうこと。この条件でどうだい？　それから鑑札もつけてもらうんだ。それが法律だ」

「そうするわ。約束する」

トラックのゲームは終わった。男はケージを開け、クラリティが中に手を伸ばして私を引っ張り出した。彼女が私を抱きしめたので顔にキスして、それからキスしてもらいたがっているかどうか確かめようと男の方も見た。

「それじゃ」と男は言った。

「ありがとう、感謝するわ」とクラリティが言った。

トラックが走り去った。クラリティは私を抱いたまま立ってそれを見守った。「苦情だなんて」と呟《つぶや》きながら。

私を家に抱いて帰る間、彼女の心臓が大きな音を立てて脈打っているのを感じた。玄関を通ると彼女は立ち止って私を下に置いた。ちょうど鼻の真ん前の床の上に紙切れがあったので匂いを嗅ぐと、少し前にポーチにいた女の人の匂いがした。クラリティは紙切れを拾い上げて見た。

「クラリティ？　あんたなの？」

グロリアがすぐさま来て立ち止り、私をじっと見つめた。私は尻尾《しっぽ》を振り、彼女に挨捜しようと進み始めたのに、クラリティが下に手を伸ばして私を抱き上げた。

「何？　いったい何をしているの？」とグロリアが詰問《きつもん》した。

「これはモリーよ。この子は……この子は私の犬なの」クラリティの手は震えていた。

「いいえ、違うわ」とグロリアが言った。

「何が違うの？　モリーじゃないって言うの？　それとも犬じゃないって？」とクラリティが尋ねた。

「出ていかせなさい！」とグロリアが大声で言った。

「できないわ！」とクラリティがわめき返した。

「あたしの家で犬は飼わせないわ！」

「私が飼っているのよ！」

「今のあんたは何かを言える立場じゃない。自分がどんなひどいことになっているかわかってるの？　少年補導員が来たのよ。あんたが授業をサボりすぎたので逮捕しに来たんだわ」

クラリティは私を下に降ろした。

「だめ！　その動物をあたしのカーペットの上に置かないで」

大声でわめき散らすので、私はグロリアから後ずさりした。

「犬よ。何もしないわ、外でおしっこしたところだもの」

「犬……キツネじゃないのは確か？」

「どうして？　もう一枚コートが欲しいの？」

私はぶらぶらとソファの方へ行ったが、ソファの下は埃《ほこり》っぽい匂いがするだけだった。実際、家の中の匂いの大半はグロリアから漂っていた。

「足をあげてソファにおしっこするつもりだわ！　誰か呼ばなきゃ」とグロリアが甲高い声をあげた。

「これを読むぐらいはしたの？」とクラリティが言った。そして手の中で紙をパタパタと言わせたので、私は放り投げるつもりなのかと思ってじっと見守った。「いい？　これはあなたへの召喚状よ。あなたも出廷しなきゃいけないのよ」

「じゃあ、あんたはまったく手がつけられないって言ってやるわ」

「それなら私はその理由を言うわ」

「何の理由？」

「私がなぜそんなに授業をサボれたかをよ。あなたは旅行に出かけてばかりで、家に誰も大人がいないのに私を放っているのよ。私が一二歳の時もそうだったわ。ひとりぼっちだったのよ！」

「そうは思わないわ。あんたがひとりで放っておいてほしいと言ったのよ。世話係を嫌ってね」

「あの人は酔っ払いだから嫌だったのよ！　私道に停めた自分の車の中で眠ったこともあったわ」

「この話はもうしたくない。何にせよ、あたしのことを母親失格だって言うつもりなら、社会福祉部に電話するから、あんたは孤児院で暮らせばいいわ」

私は円を描くように数回まわり、柔らかい敷物の上に寝そべった。わめき声で不安になったからだが、数秒でまた立てるようになった。

「そう、そういうことなのね。私を箱に入れて玄関のポーチに放っておけば、社会福祉部が火曜に立ち寄って拾い上げ、私は連れていかれて孤児になるわけね」

「あたしが本気だってわかってるわね」

「ええ。社会福祉部に電話してもう母親でいたくないって言うのよね。そしたら審理が行われるんだわ。そして裁判官はあなたが先週ずっとどこにいたのか知りたがるわ。アスペンよ。それから私が一三歳の時にあなたはラスベガスに行ったけど、その時どこにいたのか、それにニューヨークにひと月も行った時はどこにいたのかもね。裁判官が何を言うかわかっているわよね？　あなたは刑務所に行かなきゃいけないって言うわよ。そしたら近所のみんなに知れ渡るわ。頭に毛皮のコートをかぶって手錠をはめられてパトカーに乗り込む姿を目撃されるわよ」

「あたしの母親はあたしがもっと幼い時にひとりぼっちでほったらかしにしたわよ。あたしは一度も文句を言ったりしなかったわ」

「庭仕事用の道具であなたを殴ったのと同じ母親のこと？　八歳の時にあなたの腕を折った母親のこと？　そりゃ、あなたは文句を言ったりしなかったでしょうよ」

「あたしが言いたいのは、それでもあたしは大丈夫だったってことよ。あんたも大丈夫だったわ」

「あら、私が言いたいのは、あなたのママは逮捕されたから、あなたもそうなるってことよ、グロリア。今の方が法律がずっと厳しくなっているのよ。子供が実際に緊急処置室に入れられるようなことをしなくても刑務所に入れられるのよ」

グロリアはクラリティをにらみつけ、クラリティは激しく息をしていた。「ただし」とクラリティが低い声で言った、「モリーを飼わせてくれるなら話は別だわ」

「どういうことかわからないわ」

「あなたに嘘《うそ》をついたんだって裁判官に言うわ。あなたには学校に行くって言ったけど、実際はサボッていたんだって。あなたのせいじゃなかったって言うわ」

「本当にあたしのせいじゃなかったわ！」

「あなたがいつも私をほったらかして彼氏と小旅行をしているって言うことだってできるのよ。取引よ。モリーを飼わせてくれるなら裁判官に嘘を言ってあげる。モリーを手放させるなら、すべてを話すわ」

「父親に似ていけ好かない子だわね」

「あら、ちっとも気にならないわ、グロリア。もう怒りも感じないわ。そのセリフは聞き飽きた。で、どうしたいの？」

グロリアは部屋から出ていった。クラリティは私のところへやって来て撫でてくれたので、私は敷物の上で丸くなって眠り込んだ。目覚めるとグロリアはもう家にいなかった。クラリティはキッチンにいて、私はあくびをしながら立ち上がって何をしているのか見にいった。美味しそうな匂《にお》いが空中に漂っている。

「欲しい、モリー？」とクラリティが私に尋ねた。悲しそうな声だったけれど、私にトーストを食べさせてくれた。「でも、あなたのにはハニーバターはついてないわよ」と彼女は言った。「あれは人間専用の食べ物なの」

彼女がテーブルから立ち上がって袋を開けると、すぐにもう一枚のトーストの食欲をそそる匂いが空中に漂った。彼女がおもちゃを床の上に落っことしたので、私は滑らかな床を爪《つめ》でこすってそれを追いかけた。

「ハニーバターの蓋《ふた》がほしいの？　じゃあ、あげるわ」と彼女は私に言った。

私がおもちゃを舐《な》めると素晴らしい甘い香りがしたが、食べるものは何も載っていなかった。だから噛んだ。クラリティはテーブルから立ち上がってさらにトーストを焼き、また一枚焼き、さらに一枚焼いた。その間、私は喜んでおもちゃを噛んでいた。それから彼女は立ち上がった。「パンがなくなったわ」と言い、ビニール袋をゴミ箱に投げ入れた。こっちに来ておもちゃで遊んでくれないかと思って尻尾を振ったのに、彼女はそのかわりにカウンターに行き、ビニール袋を開ける音が聞こえたと思うとまたトーストを焼いた。彼女がおもちゃを蹴《け》ると床の上を滑ったので、飛びついた。彼女はトーストを焼くために立ち上がるたびにおもちゃを蹴り、私はそれを追いかけた。前足を載せれば、それに乗って壁にぶつかるまで滑れるのがわかった。なんてすごいゲームなんだろう！

「全部なくなったわ。おいで、モリー」とクラリティは言った。私は彼女について寝室に入った。「この枕《まくら》の上で眠りたい？　モリー？」クラリティが枕を軽く叩《たた》いたので、私はそれに飛び乗って歯で噛んで揺すった。

けれども、クラリティは遊びたがらなかった。仰向けになって目を開けていた。私が胸に頭を載せると彼毛に指を滑らせたが、何かが変わって彼女を打ちのめし、ふさぎこませていた。私は寄り添って、悲しみから救ってあげられたらと思ったけれど、彼女が呻《うめ》き声をあげたので、それはうまくいっていないとわかった。顔を舐めにいくと、バターとトーストの匂いと、おもちゃについていたのと同じ甘くて砂糖のような香りがしたのに、彼女は寝返りをうって私に背を向けた。そして「ああ、大変」と小さな声で言った。

クラリティがバスルームに駆け込み、むせる音が聞こえ、甘いトーストの匂いがした。また戻しているのだ。頭を水鉢の中に入れ、数回水を流してから、立ち上がって鏡で自分の歯を見ていた。それから、例の小さな箱の上に立った。「四八キロ」と呻くように言った。「自分が嫌になるわ」

あの箱が彼女をどんな気分にしたかと思うと、嫌いになった。

「ベッドに行きましょう、モリー」

クラリティは私を連れて地下室に下りてはいかなかった。彼女のベッドで眠らせてくれたのだ。あのスペースからのがれられ一緒にベッドに戻れたので興奮してしまい、もちろんなかなか寝つけなかったけれど、眠くなるまで彼女が私の上に手を載せて撫でてくれた。私は向きを変えて彼女に寄り添って丸くなり、うとうとすると彼女の愛が私に流れ込み、私の愛が彼女に流れ込んだ。もはや誰かの世話をただ忠誠心からしているというレベルの話ではなかった。クラリティを愛している。犬はこれ以上人間を愛せないというくらい、完璧《かんぺき》かつ完全に愛している。かつてイーサンは私の少年だったけれど、クラリティは私の少女なのだ。

その後、グロリアと男の人が家の外でしゃべっているのが聞こえたので、目が覚めた。男の人が笑い、それから車が発進して走り去る音が聞こえ、家の玄関のドアが開いて閉まった。クラリティはまだ眠っている。誰かが廊下を歩いてくる音が聞こえた。足音を聞きながら階段下で過ごした時間のおかげで、グロリアだとわかった。

廊下に続くドアが開いていて、そこにグロリアが立ち止り、部屋の中を見てベッドの上にいる私をじっと見つめた。彼女の混ぜこぜになった匂いが部屋に漂ってきた。私は少し尻尾を振った。

彼女がしたのはそれだけだった。暗くなった廊下からただ私をじっと見ていたのだ。

第9章

クラリティには私と一緒に遊ぶためにやって来る友だちが大勢いて、彼女の名前が今はCJであることを、私は徐々に理解するようになった。人間はそんなふうに、ものの名前を変えることができるけれど、私は依然としてモリーだった。グロリアの名前はグロリアで、お母さんでもある。CJをいまだにクラリティと呼んでいるのはグロリアだけだった。

その反対もありうる。つまり、名前は同じなのに、人間が変わるということもあるのだ。デブ先生の別名だった「獣医さん」が、今はCJがマーティ先生を呼ぶ名前になっているのが、その格好の例だ。彼はデブ先生と同じく感じが良くて、鼻と唇の間に髪があって、私をとても優しく触る強い手の持ち主だった。

CJのすべての友達の中で私のお気に入りは、ロッキーの世話をしている少年トレントだった。トレントはCJより背が高くて、髪は黒っぽくて、いつもロッキーのような匂いがした。トレントがやって来るときはたいてい私の弟を連れて来たので、私たち二匹は裏庭を猛烈な勢いで走り回って取っ組み合ったものだ。私たちは疲労困憊《こんぱい》して倒れ、芝生の上で手足を伸ばして寝そべるまで遊んだ。私は弟の上に寝そべって喘ぎ、混じり気のない愛情からしばしば彼の足を口でくわえた。

ロッキーは私よりがっしりしていて背も高かったけれど、私がそうしたい時にはたいてい押さえつけさせてくれた。彼を倒すと、彼の鼻づらの暗めの褐色が私の足と同じ色なのがいつも目についた。そこを除けば、彼は明るめの褐色だった。日ごとに暖かくなり、ロッキーの成長を見ることによって自分の成長を測ることができるのに気づいた。弟はもはや動きのぎこちない子犬ではなく、私も同じだった。

ロッキーはトレントに完璧に忠実だった。遊びの最中でも突然やめてトレントのところへ走っていき、撫でてもらっていた。私が彼についていくと、CJも私を撫でてくれた。

「この子はたぶん、シュナウザーとプードルのあいのこだと思わない?」とCJがトレントに尋ねた。「シュヌードルかな?」

「そうじゃないと思う。きっとドーベルマンとプードルのあいのこだよ」とトレントが答えた。

「ドゥードゥルね?」

私はお気に入りの名前を聞いて尻尾を振り、CJを鼻で突いて好意を示した。イーサンが私をドジな子《ドゥードゥル・ドッグ》と呼んでいたのだ。それは、ひとりの少年が犬に対して抱ける愛情のすべてがつまった特別な名前だった。CJがこの名前を口にするのを聞いて、私の少年と、私の少女であるCJにはつながりがあることを思い出した。

「あるいは、スパニエルの一種かも」とトレントが推測した。

「モリー、あなたはシュヌードルかスプードルかドゥードゥルの可能性があるけど、プードルではないわ」とCJが私に言い、そばに抱き寄せて鼻にキスした。私は嬉しくて尻尾を振った。

「ねえ、これを見てごらん。ロッキー？　おすわり！　おすわり！」とトレントが命令した。ロッキーは用心深くトレントをじっと見て、座ったまま動かずにいた。「いい子だ！」

「モリーには芸を教えてないわ」とCJが言った。「私自身の生活で十分すぎるほど命令されているんだもの」

「嘘だろう？　犬は仕事したいんだ。したがるんだよ。そうじゃないかい、ロッキー？　いい子だ、おすわり！」

そう、私はその言葉の意味を知っていた。今回は、ロッキーが座ると私も座った。

「見て、モリーはロッキーを見て理解したんだわ！　あなたは本当にいい子だわ、モリー！」

私はいい子と言われて尻尾を振った。私が知っている命令は他にもあったのに、CJ

はそのどれも口にしなかった。ロッキーがお腹《なか》を撫でてもらおうと仰向けになったので、私は彼の喉《のど》に歯をあてた。

「ねえ、ところで……」とトレントが言った。ロッキーは動きを止め、私から逃れようともがいた。私もそれを感じた、トレントから突然発せられた一抹の不安を。ロッキーはトレントの手に鼻づらを押しつけ、私はCJはどうだろうと思って見たが、CJは何の危険にも気づかずに微笑《ほほえ》みながら空を見上げていた。

「たぶん……CJ？ たぶん、今年のダンスパーティーは一緒にいくべきじゃないかな？」

「えっ？ まさか、冗談でしょ？ ダンスパーティーは友だちとは行かないわ。そのためのものじゃないもの」

「ああ、だけど……」

「だけど何？」とCJは寝返りを打ち、顔にかかった髪を後ろにはらった。「ああもう、トレント、誰かきれいな人に頼んで。スーザンはどう？ 彼女はあなたを好きなのよ」

「いや、僕は……きれいな人？」とトレントは言った。「おいおいCJ、自分がきれいだってわかってるだろう？」

CJが彼の腕を軽く叩いた。「バカね」

トレントは眉《まゆ》をひそめて地面を見ていた。

「何なの？」とＣＪが尋ねた。

「何でもない」

「ねえ、公園に行きましょうよ」

私たちは散歩に出かけた。ロッキーは私たちを待たせて匂いを嗅《か》いで灌木《かんぼく》にマーキングし、私はＣＪのそばから離れずにいた。彼女はポケットに手を入れて小さな箱を引っ張り出したけれど、トリーツではなかった。炎がゆらめいたと思うと、彼女の口から臭い煙が出ていた。その匂いには覚えがあった。ＣＪの服すべてについていたし、彼女の息からもよく匂った。

「で、保護観察期間はどんな感じだい？　自宅監禁の件だけど」とトレントは知りたがった。

「何でもないわ。学校に行かなきゃならないだけよ。ほんとは保護観察期間ですらないわ。グロリアは、私がまるですごいワルみたいに扱うけど」とＣＪは笑い、それから咳き込んでさらに煙を吐き出した。

「でも、犬は飼うことになったんだな」

「犬」という言葉を聞いてロッキーも私も見上げた。

「一八歳になったらすぐ家を出るわ」

「そうなのか？　どうすればできるんだい？」

「必要なら軍隊に入るわ。女子修道院に行くかも。二一歳になるまで、とにかく生きなきゃ」

ロッキーと私はおいしそうな匂いのする死んだ何かを見つけて匂いを嗅ぎたがったが、CJとトレントは歩き続け、私たちはリードで引っ張られていたので、どちらもその何かに駆けよる暇がなかった。人間は大切なものすべての匂いを嗅ぐ時間を犬に与えてくれることもあるけれど、ほとんどの場合、歩くのが速すぎるので素晴らしい機会が失われてしまうのだ。

「二一歳になったらどうなるんだい？」とトレントが尋ねた。

「パパが遺してくれた信託財産の最初の半分を受け取れるのよ」

「そうなのか？　いくら？」

「一〇〇万ドルくらい」

「まさか」

「ほんとよ。墜落の後で航空会社と和解したの。カレッジを出て私がニューヨークに移り住み、演技を次の段階に移すための費用を支払うに十分な額なの」

私たちがいるところより何区画か先の草むらにリスがぴょんと跳んできた。そして自分が致命的な間違いを犯したことに気づいて凍りついた。ロッキーと私が頭を下げて勢いよく飛び出したので、リードがピンと張った。「こら！」とトレントが笑いながら言った。彼も一緒に走ったが、CJと二人で私たちを引き戻したので、リスは木にたどりついて駆け登ることができ、こちらに向かってキーキー鳴いた。そうでなければ、ほぼ間違いなく捕まえられたのに。家に帰る道でも同じリスを追いかけた。この馬鹿者は、捕まりたいのかな？

時折、CJは私にこう言った。「獣医のところに行きたい？」ざっと訳すと、それは「助手席に座ってドライブして、マーティ先生に会いに行くわよ！」という意味だった。私はいつも熱狂的な反応をした。馬鹿げた首輪、つまり、すべての音を増幅し、飲み食いしにくくするプラスチック製の円錐形《えんすいけい》のものを着けて家に戻った日もそうだった。その発想に慣れるには長い歳月を要したけれど、人間は時折、自分の犬に馬鹿げた首輪を着けさせたがるものなのだと、結局は理解した。

次にロッキーに会った時、彼も同じ種類の首輪を着けていた！　取っ組み合いがしにくかったけれど、私たちはなんとかやってのけた。

「哀れなロッキーはこれからソプラノで歌うことになるよ」とトレントが言った。

CJが笑うと鼻と口から煙が出た。

馬鹿げた首輪がとれてから間もなく、私たちは「工作」を始めたが、それは二人で静かな場所に行き、私が噛むおもちゃをモグモグしている間、CJは座って臭い棒切れと紙で遊ぶというものだった。「工作」に来ている誰もが私の名前を知っていて私を撫《な》で、食べさせてくれることもあった。家にいるのとは大違いだった。家では、CJは私を抱いたり抱きしめたりしてくれたけれど、グロリアは私がどんなやり方で挨拶《あいさつ》しようとしてもただ払いのけたから。

グロリアはCJにも決して触れなかったので、私がそこにいるのはいいことだった。ある意味、私がCJに抱かれるのは最も重要な役目だったのだ。彼女のベッドで一緒に横になっていると、彼女が心の中に抱えるひとりぼっちの辛《つら》さが溶け去っていくのを、感じることができた。自分の少女と一緒にいるのがとても嬉しくて、尻尾を振ってキスし、腕を軽くかじったりもした。

CJが家にいない時は、私は階下で暮らした。トレントがやって来て、CJと二人で地下室のドアにドッグドアをつけたので、私は望むなら裏庭に出ることができた。そのドッグドアを通って出たり入ったりするのが大好きだった。向こう側には必ず、何か面白いことが待ち受けているから！

裏庭に出ると、グロリアが窓辺に立って私を見ているのが見えることがあった。私はいつも尻尾を振った。グロリアはなんらかの理由で私にひどく怒っていたが、人間は犬にずっと怒っていられるわけがないことを、私は経験から知っている。

ある日、CJは遅くなってから家に戻ってきた。既に日が暮れていた。彼女は私を長い間抱きしめ、悲しくて気持ちが動揺していた。それから一緒にバスルームへ行き、彼女は吐いた。私はあくびをし、不安で行ったり来たりした。これが起こると、どうすればいいかまったくわからなくなる。CJと私が同時に見上げると、グロリアがドアのところに立って私たちを見ていた。

「あんなにたくさん食べなければ、そんなにしょっちゅうそれをしなくてもすむのに」とグロリアが言った。

「あら、お母さん」とCJが返事した。彼女は立って流しのところに行き、水を飲んだ。

「オーディションはどうだった?」とグロリアが尋ねた。

「ひどかったわ。何の役ももらえなかった。今年ずっと劇に出ていたのでなければ、役を振りあてることも検討してもらえないっていう感じよ」

「仕方ないわね。あたしの娘を夏の芝居に出したくないのなら、損するのは向こうだから。大した問題じゃないわ。ハイスクールで芝居に出なきゃ女優になれないなんて、聞いたことないもの」

「そのとおりだわ、グロリア。ハイスクールで演じている役者なんていやしない」

「あたしはただ、ハイスクールで歌ったことなんてなかったけど、だからと言って歌唱力が衰えるなんてことはちっともなかったって言ってるだけよ」

「最近、レコード会社が全部、値切っているのは気づいてるわよ」

グロリアは腕組みした。「あたしはあんたを身ごもるまですごく有望なキャリアを築いていたのよ。子供ができるとすべてが変わるのよ」

「何が言いたいの？　赤ちゃんができたからもう歌えなくなったですって？　私を食道から産んだの？」

「あんたはあたしに感謝したことがないわね、一度だって」

「産んでくれたことに感謝しろって言うの？　マジで？『あなたの子宮の中で九ヶ月間ぶらぶらさせてくれてありがとう』みたいな、そのためのカードがあるの？」

私は跳び上がり、達人の配球のごとく正確にベッドのすそに着地した。

「降りなさい！」とグロリアが鋭く言った。

私はうしろめたい気持ちを抱いて飛び降り、頭を下げて床にへたりこんだ。

「いいのよ、モリー。いい子だわ」とCJがなだめてくれた。「犬にどんな恨みがあるの、グロリア？」

「魅力を感じないだけよ。汚いし臭いもの。舐めるし。役に立つことはひとつもしないわ」

「犬と一緒に時間を過ごしてみたら違った風に感じるわよ」とCJは言い返し、私を撫でた。

「やったことあるわ。あたしが小さい時に母が犬を飼っていたのよ」

「そんなこと、一度も言ったことなかったじゃない」

「母は犬の口にキスしてた。ぞっとしたわ」とグロリアは続けた。「いつも可愛《かわい》がってた。太っていて一日中母の膝《ひざ》に寝そべっていて、役に立つことは何もしないで、ただ座ってあたしが家を掃除するのを見てた」

「あら、モリーはそんな風じゃないわ」

「買えばいいものが他にたくさんあるのに、お金を全部ドッグフードと獣医の支払いに使ってるじゃない」

「モリーがいれば他には何もいらないのよ」CJは私の耳をくすぐったので、私はもたれかかり、少し呻き声をあげた。

「そう。犬だけが認めてもらって、あんたの母親は何も評価されないのね」グロリアは向きを変え、ドアから出て行った。CJは起き上がってドアを閉め、それから私と一緒にベッドで丸くなって寝た。

「なるべく早くここから出るわね、約束するわ、モリー」とCJが言った。私は彼女の顔を舐めた。

私はイーサンの孫の面倒を見ているいい子だけれど、彼ならそうしてほしいだろうという理由だけでやっているわけではない。CJを愛しているのだ。彼女の腕の中で眠り込み、一緒に散歩し、「工作」をするために出かけるのが大好きだった。

私が嫌いだったのは、よくやって来るようになったシェーンという名の少年だった。

グロリアは夜はしょっちゅう家を空けたので、シェーンとCJはソファにぴったり寄り添って座った。シェーンの手は、CJの服にしみこんでいるのと同じ煙の匂いがした。彼はいつも私に挨拶したけれど、私を本当に好いているわけではないのがわかった。撫で方がおざなりだったから。犬はいつだってお見通しなのだ。

犬を好まない人間なんて、信用できない。

ある夜、シェーンがいる時にトレントとロッキーがやって来た。ロッキーはひどく警戒してトレントをじっと見つめ、トレントは腰を降ろさなかった。私にはトレントの怒りと悲しみが伝わってきて、ロッキーも明らかにそれを感じとっていた。私はロッキーを軽い取っ組み合いに引き込もうとしたのに、彼は興味を示さない。トレントに意識を集中していたのだ。

「おや、やあ、ちょっと立ち寄ろうと思っただけだから……」とトレントが言い、少しカーペットを蹴った。

「見てのとおり、彼女は忙しいんだ」とシェーンが言った。

「ああ」とトレントが応じた。

「いいえ、入って。テレビを見ているだけよ」とCJが言ったが、「いや、僕は行った方がいい」とトレントは断った。

彼が立ち去ると私は窓辺に行って外の様子をうかがったが、彼が車のそばに立って長い間家を見つめてからドアを開けて乗り込み、走り去るのが見えた。

ロッキーは助手席にいた。

翌日、CJは学校からまっすぐ家に帰らなかったので、私は裏庭で棒切れを嚙《か》み、数羽の鳥が木から木へと飛び回るのを見た。鳥は犬が恐るべきものだと理解せずにひたすら自分の用事をするので、鳥に向かって吠《ほ》えても滅多に効果がない。以前、死んだ鳥を食べたことがあるけれど、到底おいしいとは言えない味だったので、生きた鳥を捕まえてもおそらく食べないだろう。でも、生きてれば少しはましかもしれないし、試しに食べてみてもいいかも。

グロリアが裏口を引き開けた時にはぎょっとした。「ほら、モリー。ご馳走《ちそう》がほしい?」と彼女は呼びかけた。

私は尻尾を振り、お尻を下げて従順の意を示しつつも、用心しながら近づいた。グロリアは普段、私が何かで面倒なことになっていないかぎり、話しかけてくることはないのだ。

「さあ、おいで」と彼女は言った。

家に入ると、彼女は私の背後でドアを閉めた。そして、「チーズは好き?」と訊《き》いてきた。

私は尻尾を振りながら、後についてキッチンに入った。彼女は冷蔵庫に向かったので、私は注意怠りなく見守り、やがてひんやりした空気が流れてきて、よく知っているおいしい匂いの洪水を楽しんだ。

彼女は何かをガサガサと鳴らした。「カビだらけだけど、犬には大丈夫よね？　ほしい？」

グロリアは大きなチーズの塊を金属製のフォークの端っこに載せて差し出した。私は匂いを嗅ぎ、とりあえず試しに噛んで、彼女が怒るのを待ち構えた。「急いで」と彼女が言った。

私はチーズをフォークから引っ張って床に落とし、それからモグモグと数回飲み込んでたいらげた。大丈夫、ということはきっと彼女はもう私に怒っていないんだ！

「ほら」とグロリアが言い、カランという音をさせながら巨大なチーズの塊を餌入《えさい》れに落とした。「役に立つ子になりなさい。余りものを片づけさせればいいのに、プレミアムドッグフードに大金を払うなんて馬鹿《ばか》げているわ」

私はこれまで、小さなかけら以上のチーズをもらったことがないので、一度に丸ごともらうなんて、ありえない贅沢《ぜいたく》だ。重い塊を口にくわえたけれど、どうやって食べ始めればいいのかわからない。グロリアがキッチンからいなくなったので、とりあえずひと噛みずつチーズを食べることに専念した。食べ終わる頃には、少しよだれが出ていたので、舐めるようにして飲み込んだ。

しばらくするとグロリアがキッチンに戻ってきた。「終わった？」と彼女は言い、裏口へ行ってドアを引き開けた。「じゃあ、出なさい」と命令され、言っていることの意味はわかったので、急いでドアを通って裏庭へ出た。外の方が気持ちがいい。

CJがいつ戻るのかわからなかったし、彼女がいないと寂しくてたまらない。ドッグドアを通って地下室へ行き、枕の上で丸くなり、彼女が一緒にいればいいのにと思った。寝入ってしまったが、目覚めるとひどく気分が悪かった。しばらくの間、喘ぎながら行ったり来たりした。よだれが出て喉が渇いていて、足が震えている。やがてそこに立っていることしかできなくなり、体が震え、弱って動けなくなった。

CJの足音が聞こえ、帰ってきたのがわかった。彼女は階段の上のドアを開けた。「モリー？　おいで！　一階においで！」とCJは大声で私を呼んだ。

彼女の言う通りにしなければならないのはわかっていた。一歩進んだけれど、ふらふらして頭を持ち上げることができなかった。

「モリー？」CJが階段を下りてきた。「モリー？　大丈夫？　モリー！」

今度は名前を呼ぶのではなく、悲鳴だった。何でもないと知らせるために彼女のところへ行きたいけれど、とにかく体が動かない。彼女が私のところへ来て抱き上げた時には、頭がふとんの下に埋もれているような聞こえ方だった。音が消えて、何も聞こえない。

「ママ！　モリーの具合が悪いの！」とCJが叫んだ。私を抱え上げて階段を上り、ソファに座っているグロリアのそばを通り過ぎる。CJは私を抱いて私道に走り出た。

CJが車のドアを開けるために私を降ろした時、草むらに激しく吐いてしまった。

「まあ、これは何なの？　何を食べたの？　ああ、モリー！」

私は助手席に乗せてもらったが、CJが窓を開けても、そこまで頭を上げることもできなかった。「モリー！　獣医さんのところに行くのよ。いい？　モリー？　大丈夫？　モリー、お願い！」

CJの心の痛みと不安を感じるけれど、まったく動けない。車の中が暗くなっていく、段々と。自分の舌が外に垂れるのを感じた。

「モリー！」とCJが叫んだ。「モリー！」

第10章

目を開けると、ぼやけた灯り以外は何も見えず、視界がくもってかすんでいる。それは何度も味わったことのある感覚だった。くもった視界と、反応の鈍い四肢と、重すぎて持ち上げられない頭。目を閉じた。また子犬に戻るなんて、あり得ない。

私はどうなったんだろう?

お腹がすいていたので、本能的にお母さんを手探りした。お母さんの匂いはしなかったし、ほんとうに何の匂いもしない。自分が力なくまた眠りに落ちていくのを感じて呻き声をあげた。

「モリー?」

パッと目が覚めた。ぼやけた薄膜のような状態が視界からなくなり、CJに焦点がスーッと合った。私の少女は私の隣りに頭を置いた。

「ああ、モリー、とても心配したわ」彼女は手で私の被毛を撫で、顔にキスした。私は尻尾を振り、金属製のテーブルに優しく打ちつけた。弱っていて頭を上げることはできそうにないけれど、CJの手を舐め、自分はまだ生きていて彼女の世話ができるのを知ってホッとした。

マーティ先生が彼女の背後からやって来た。「最後の発作はとても短かったし、四時間以上前だったので、危機を脱したと思うよ」

「何だったんですか？」とCJが尋ねた。

「わからない」と獣医が答える。「陥るはずのない状態に陥ったのは確かだ」

「ああ、モリー」とCJが言った。「悪いものを食べちゃ駄目よ、いい？」

彼女がもう一度私にキスしたので、私は彼女の顔を舐めた。私は子犬ではないし、まだ私の少女と一緒にいるので、安心した。

私が家に戻った最初の晩、CJとグロリアは怒りをぶつけ合った。

「六〇〇ドルですって！」とグロリアが怒鳴った。

「それだけかかったのよ。モリーは死にかけていたんだから！」とCJが怒鳴り返す。

普段なら、彼女たちが喧嘩《けんか》する時は、私は不安そうに行ったり来たりしてあくびをするけれど、今はただただ疲れ切っていた。私はそこに寝そべり、グロリアは廊下を通って自分の部屋へ向かい、とても大きな音をさせてドアを閉めると、彼女の何とも言えない混ぜこぜの匂いが家中に漂った。

その夏、トレントはあまり姿を見せなかったが、CJと私は空に日が高く昇るまで眠り、それから一緒に朝食をとり、その後は裏庭で横になることが多かった。とても愉快だった。ＣＪは匂いがひどく味はさらに悪い油を全身に塗りつけたけれど、私は愛《いと》おしくてたまらず、やはり彼女を時折舐めた。ＣＪと一緒にうたた寝するのは最高だ。時には彼女は一日中外で寝そべり、屋内に入るのは、バスルームに行ってそこに置いてある例の小さな箱の上に立つためだけのこともあった。彼女がなぜあの物体の上にあんなにもしょっちゅう立つのか、わからない。それをして幸せな気分になることは絶対ないのに。

私たちはいつも一緒に移動したので、ＣＪが裏口を引き開け、さっきまで私たちが日向ぼっこしていた場所のそばでグロリアが毛布を敷いて寝そべっている姿を見つけた時も、私はＣＪのそばにいた。「グロリア！　私のビキニを着て何をしているの？」

「あたしにぴったりなの。あんたよりと言ってもいいくらいね」

「全然ぴったりじゃないわ。でぶでぶじゃない」

「五キロ減ったのよ。それにあたしは減量してもリバウンドしないもの」

ＣＪはイライラして大声をあげ、手を握りしめて、それから家に引き返した。「おいで、モリー」と彼女が呼んだ。私に怒っているように聞こえたので、うしろめたい思いから頭を下げて彼女のそばを黙ってそっと歩いた。彼女はまっすぐ自分の部屋へ行き、バスルームに入って水で体を洗った。私は喘ぎながら敷物の上に寝そべった。私の少女は不幸だった。彼女が泣いているのが聞こえたので、私は喘ぎな

その日は彼女は食べた物を戻さなかったが、戻す日はたくさんあった。戻す時はいつも、とてもみじめそうだった。

ある日、CJは私をドライブに連れ出し、私は助手席に乗った。私たちはトレントの家に行き、私は裏庭でロッキーと遊んだ。彼の家の裏庭はCJの家ほど大きくなかったが、そこにロッキーがいるから素敵な庭だった。

「こうしてくれて本当にありがとう」とCJが言った。

「いやあ、全然大したことじゃないよ。ロッキーは仲間がいて喜んでいるし。僕が仕事に出かけている間、寂しがるんだ」とトレントが答えて言った。「僕がアシスタントマネージャーになったって話したっけ？」

「本当？　ということは、特別な紙製の帽子をかぶらなきゃいけないの？」

ロッキーは遊ぶのをやめ、トレントのところへ小走りで走っていった。

「それは……そうじゃない。でも、つまり、僕はまだハイスクールにいるのに彼らは信頼してくれて……ま、いいや」トレントはため息をついた。

「待って、だめよ。ごめんなさい。馬鹿な冗談だったわ。あなたを誇りに思うわ」

「そうだろうね」

ロッキーはトレントに鼻をすりつけていた。

「ううん、本当よ」とCJは言った。「やっぱりあなたは何をやっても上手なのね。だから学級委員なのよ。あなたは自分が望むことを何でも達成できるわ」

「何でもじゃないよ」

「どういうこと？」

「何でもない」

「トレント？」

「旅行のことを話してくれよ」

「ものすごく楽しみ」とCJは言った。「船旅はこれまでしたことがないの。しかも二週間よ！」

「グロリアを船から突き落とさないようにしなきゃ。確か、それについての規則があったはずだ。そんなもの、必要ないのに」

「ああ、船に乗ってしまえばお互い別行動だと思うわ」

「そうだといいね」とトレントが言った。

CJが私を置き去りにしても、驚かなかった。ロッキーと遊ばせるために私を降ろしていくことはよくあったし、ロッキーが私と遊ぶためにわが家にやって来ることもあったからだ。けれども、数晩が過ぎると心配になってきて、トレントに安心させてもらおうと鼻をこすりつけた。

「CJが恋しいんだな、モリー？」と、トレントは私の頭を自分の手ではさむようにしながら言った。私は彼女の名前を聞いて尻尾《しっぽ》を振った。うん、CJのいる家へ帰ろうよ。ロッキーは私がトレントに優しくされているのが気に食わなくて、私の背中に飛び乗ってきた。私が突然攻撃して歯を見せると、彼は倒れて喉をむき出しにしたので、仕方なくまたがって首筋を噛むことになった。

ある夜、トレントが、まるで彼女がそこにいるみたいに「CJ！」と言うのが聞こえた。ところが、彼の部屋に駆け込んだ（その途中、ずっとロッキーが私に飛びついていた）時には、彼はひとりでいた。「モリー、CJと電話で話したいかい？　ほら、モリー、携帯電話だ」

彼がプラスチック製のおもちゃを差し出したので、私はそれをクンクン嗅いだ。わかった、これが「携帯電話」なんだ。これまでも見たことはあるけれど、それで遊ぶよう勧められたことは一度もない。

「ハイって言えよ」とトレントが言った。

奇妙な甲高い音が聞こえる。私は携帯電話を見て首を傾《かし》げた。トレントは携帯電話を自分の顔まで持っていって、「この子は君だってわかってるよ！」と言った。幸せそうな声だった。

人間は携帯電話に話しかける時にはたいていい幸せそうだけれど、私の経験では犬に話しかける方がずっといいのに。

トレントの振る舞いはとても奇妙だと思った。CJが彼の部屋にいると信じ込んでいたので、私はガックリしてしまった。ベッドの足元に行ってくずおれ、ため息をついた。すぐにロッキーが私のそばに寝そべり、頭を私のお腹に置いた。彼は私の気分を感じとってくれたのだ。でも、彼がそこにいてくれても悲しかった。私の少女がいないと、どうしようもなく寂しい。

でも、どういうわけか、CJは帰ってくるとわかっていた。彼女は必ず、私のところへ戻ってくるんだ。

ある日、トレントは仕事に出かけなかった。地下室に行って遊び、重い物を持ち上げてはウーンと言いながら降ろした。それからシャワーを浴び、自分の部屋で長い時間を費やして様々な服を着た。ロッキーは彼のイライラを私よりもずっと先に感じとり、息づかいが荒くなった。トレントが部屋を出てリビングルームに行き、行きつ戻りつし始め、時々立ち止っては窓の外を見ている間、ロッキーは彼のかかとにくっついて離れなかった。私はこれに飽き飽きして、リビングルームの敷物の上に手足を伸ばして寝ることにした。

外でドアがバタンという音が聞こえた。トレントのイライラが急上昇していく。ロッキーは足を窓に載せて外を見ている。私は何だろうと思って立ち上がった。玄関のドアが開いた。

「ハイ、ロッキー！　ハイ、モリー！」私の少女だった。私は彼女に会えた喜びのあまりクーンと鳴き、その足もとで円を描くように走り回り、彼女がかがんで私を撫でると、その顔を舐めた。彼女が立ち上がると、跳び上がって顔にまでキスしようとしたので、彼女は私の頭をつかみ、抱きしめてくれた。「モリー、あなたはドゥードゥルシュードルで、プードルじゃないわ」と彼女は私に言った。彼女の手が触れたところはすべて、嬉《うれ》しくて被毛の下で肌がキュンとなった。

「ハイ、CJ」とトレントが言った。彼は彼女の方へ手を伸ばしたが、途中でやめた。彼女は笑って彼に飛びつき、抱きしめた。

ロッキーは興奮して家中を走り回り、家具に飛び乗った。「おい、降りろ」とトレントが言ったけれど、彼が笑っているのでロッキーはやめず、狂った犬のように暴れまわった。私はCJのそばにいた。

「何か食べたいかい？　クッキーがあるんだ」とトレントが提案した。

ロッキーと私はかたまった。クッキーだって？

「まあ、いらないわ」とCJが言った。「ブタのように太っちゃったから。どこに行っても食事が山のようにあったの。あきれるほどにね」

トレントはロッキーと私を外に出して取っ組み合わせたが、私はCJが一緒じゃないと寂しいので、しばらくしてドアを引《ひ》っ掻《か》くとトレントのお母さんが私たちを中に戻してくれた。トレントとCJはソファに並んで座っていて、私はCJの足元で丸くなった。CJは膝の上で携帯電話を握っている。

「これが私たちの個室よ」とCJが言った。

「何だって？　すごく大きいじゃないか」

「申し分なかったわ。これだけ居住スペースがあって、二人別々の寝室とバスルームがあったの。知らないかもしれないけど、グロリアと私は互いに顔を合わさない時が一番うまくやっていけるのよ」

「うわあ、すごく高かっただろ」

「きっとそうね」

「君のママは本当にそんなに儲《もう》けているのか？」

CJは彼を見た。「知らないけど、そうだと思うわ。夜になると必ず何かの公演に出かけているから、仕事はうまくいっているんだと思う」

私はため息をついた。床の反対側でロッキーが嚙むおもちゃをかじりながら私を見ていて、私がそれを目がけて動くのを待っていた。

「その男は誰だい？」とトレントが尋ねた。

「その人、ああ、誰でもないわ」

「そこにも写ってる」

「ただの船上のロマンスよ。わかるでしょ」

トレントは何も言わなかった。ロッキーは何かを感じとり、部屋を横切っていってトレントの膝に頭を載せた。私はその機会を捕らえて噛むおもちゃに飛びかかった。

「どうしたの？」とＣＪがトレントに尋ねた。

「何でもないよ」とトレントが答えた。「ねえ、遅くなってきたし、僕は明日仕事に出かけなきゃいけないんだ」

私たちは立ち去り、その後はトレントとロッキーには以前ほど会わなくなったような気がするが、シェーンとはこれまでよりずっと多く会った。でも、私は彼をあまり好きじゃなかった。私に意地悪するようなことは絶対ないけれど、どこか変なところが、私には信頼できない部分があるから。グロリアとＣＪはシェーンのことでしょっちゅう話をし、ＣＪは「もう、お母さんったら」と言っては部屋を出ていった。

ＣＪは不機嫌になり、グロリアも同じだった。私には理解できなかった。愉快になれることなんて、たくさんあるはずなのに。ベーコンとか、二人きりで寝転んでいる時とか、私の被毛を軽く触るＣＪの指とか。

私があまり好きじゃないのは「入浴」だった。私の前世ではいつも、「入浴」とは、外に立って水を吹きかけられ、グロリアの髪と同じくらいひどい匂《にお》いで、すすいだ後でも長い間被毛に残る、つるつるした石鹸《せっけん》でこすられることを意味した。ＣＪにとって、

「入浴」とは、家の中で、側面がとても滑らかな小さな箱の中に立っていることだった。外側に取っ手のついた犬用の皿で彼女に温かいお湯を注がれると、私は悪い子のような気がした。彼女はひどい匂いの石鹸で私をこすり、私はその攻撃を受けながら目を閉じて頭を下げ、みじめな姿で立っていた。土や昔の食べ物や死んだ動物などの、長い歳月の間に私がためこんだすてきな匂いが、温かくて臭いお湯を次から次へと餌入れでかけられると、みるみる消えてしまう。逃げようとしても、私の爪《つめ》はむなしく壁を引っ掻いて、足がかりを得られずに結局、CJにつかまれるのだ。

「だめよ、モリー」とCJは恐い顔で言う。

自分がどんな間違いを犯したのかまったくわからないので、「入浴」は罰の中でももっともひどいものだった。でも、それが終わると、CJは私を毛布にくるんで自分の方へ引き寄せてくれる。それは何よりも嬉しかった。そんなにもしっかりと抱きしめられると、守られていて、気づかわれていて、愛されていると感じる。「ああモリーちゃん、ああモリーちゃん、あなたはシュヌードルシュヌードルドッグよ」とCJは私に囁《ささや》いてくれた。

次に彼女はその毛布をはがして私を上から下までこすり、すると私の皮膚はとても生き生きと元気を取り戻す。そして彼女が手を放すと私は家中を走り回り、体を揺すって残っている水をすべて落とし、椅子《いす》を飛び越えてソファに飛び乗り、まず片方の肩をついて走って次はもう一方の肩でカーペットに沿って滑り、自分の体を乾かしてマッサージする。

ＣＪは笑いころげたが、グロリアがそこにいると、ＣＪは必ず「やめなさい！」と私に怒鳴った。彼女がなぜそんなに怒っているのかわからなかったけれど、たとえ罰の「入浴」が終わり、走り回って家具に飛び乗っていい気分になって二人で浮かれ騒いでいても、グロリアがいれば彼女は必ずひどく怒るものと記憶にとどめることにした。

私を地下室に閉じ込めるという日課がこれまでより定期的になると、ＣＪがまた「学校をする」をし出したのがわかり、グロリアが一階で動き回ってから彼女も家を出ていく音が聞こえた。私はドッグドアからぶらぶらと出ていっていつもの場所で寝そべったけれど、ＣＪの不在が身にしみた。眠ってしまうと彼女の指がまだ私に触れているみたいに感じることもあった。

私たちはまだ工作を定期的にしていた。他の人々がそこにいて私を撫でてくれることもあれば、建物の中にＣＪが私と一緒にいるだけということもあった。私たち二人だけだったある夜、ドアを叩《たた》く音がしたのだが、変な音だったので私は唸《うな》って首の後ろの毛を逆立てた。

「モリー！　大丈夫よ」とＣＪは言った。彼女は戸口へ行き、私はついていった。ドアの向こう側でシェーンの匂いがしたが、だからと言って私は少しも安心できなかった。

「おい、ＣＪ、開けてくれよ」とシェーンが言った。彼と一緒に別の男もいた。

「誰も入れちゃいけないことになってるのよ」とＣＪが言った。

「頼むよ、ベイブ」

　ＣＪがドアを開け、二人の男が押し入ってきた。シェーンはＣＪをひっつかまえてキスした。「ハイ、モリー」と彼は私に言った。「ＣＪ、これはカイルだ」

「やあ」とカイルが言った。

「あの鍵《かぎ》を持ってるか？」とシェーンが言った。

　ＣＪは腕組みした。「言ったでしょ……」

「ああ、そうだが、カイルと俺は美術史の中間試験に合格したいんだ、な？　頼むよ。どっちみち全部ジョークなんだから、美術史なんか何も知らなくたって実際の生活で困ることなんてないんだ。試験用紙のコピーをとったら行くからさ」

　ＣＪに何が起こっているのかわからなかったが、彼女が喜んでいないのはわかった。彼女が何かをシェーンに渡すと、シェーンは振り向いて、それをカイルに投げて渡した。

「すぐに戻って来るよ」とカイルが言った。彼は向きを変えて歩き去った。シェーンはＣＪにニコッと笑った。

「私はこれで退学になる可能性もあるってわかってる？　もう保護観察になってるんだから」とＣＪが言った。

「かたいことを言うなよ。誰が喋《しゃべ》るっていうんだい？　モリーか？」シェーンは手を伸ばして私の頭を撫でた。少し荒っぽかった。それからCJを乱暴に引き寄せた。

「だめ。ここじゃだめよ」

「おいおい。建物のどこにも誰もいないじゃないか」

「やめて、シェーン」

彼女の声には怒った響きが聞きとれたので、私は少し唸った。シェーンは両手を突き出し、笑った。「わかったよ。ひどいな。犬をけしかけないでくれよ。からかっただけなんだから。カイルとぶらついてくるさ」

CJは紙と濡《ぬ》れた棒切れの遊びに戻った。しばらくするとシェーンが戻ってきて、彼女のそばのテーブルに何かを置き、金属製の輪のついたそれがテーブルの上で跳ね返った。「じゃあ、俺たちは行くぜ」と彼は言った。

CJは返事をしなかった。

数日後、グロリアとCJがテレビを見ていて私は眠っている時に、ドアをノックする音が聞こえた。私は起き上がり、トレントだろうと思って尻尾を振ったが、黒っぽい服を着てベルトに金属製の物体をつけた二人の男で、これまでの経験から警官だとわかった。CJは彼らを家の中に入れた。グロリアは立ち上がった。私は尻尾を振り、親しみをこめて警官たちに鼻をすり寄せた。

「クラリティ・マホニーか？」と一人がＣＪに尋ねた。

「はい」

「何なの？」とグロリアが彼らに尋ねた。

「ハイスクールの美術部への押し込みの件で来たんだ」

「押し込みですって？」とＣＪが言った。

「ラップトップコンピューターと現金と銀製の額縁だ」とその警官が言った。

グロリアは息をのんだ。

「何ですって？　まさか、そんな……」とＣＪが言った。彼女の内面で不安が増大するのが伝わってくる。

「何をしたの？」とグロリアがＣＪに言った。

「私じゃないわ。シェーンよ」

「一緒に来てもらわなきゃいけない、クラリティ」

「この子はどこにも行かせないわ！」とグロリアが言い放った。

「『ＣＪ』です、『ＣＪ』で通っているの」

私は彼女のそばへ行った。

「行こうか」と警官が言った。

「あたしの娘を警官と一緒に行かせたりはしないわ！　あたしが車で連れていくわ」と

グロリアが言った。

「大丈夫よ、グロリア」とCJが言った。

「大丈夫じゃないわ。この人たちはここに入っちゃいけないのよ。ゲシュタポみたいにね。これはあたしたちの家なんだから」

警官は怒りはじめているようだった。「ああ、だが、あなたの娘さんには警察署に今来てもらわなきゃいけないんだ」

「いいえ！」とグロリアが怒鳴った。

警官は脇《わき》に手を伸ばして金属製の輪を二つ引っ張り出した。「後ろを向いて、CJ」

それからみんないなくなってしまった。CJは家を出る前に私を撫でてもくれなかったので、悪い子になったような気がした。誰もいなくなると、家はガランとしてひとりぼっちになった。

安全な場所で丸くなりたい思いに駆られて、地下室の自分のクッションのところへ下りて行った。

玄関のドアが開くのが聞こえて起きたけれど、グロリアだけでCJはいないのが音でわかったので、一階には行かなかった。グロリアは階段の上のドアを閉めた。

一晩中、私の少女が家に帰るのを待っていたのに、彼女は帰ってこなかった。次の日も。かじるための噛む骨はあったが、それは別として、私はお腹《なか》がすいていた。一日中、ごはんをもらえなかったからだ。水は裏庭に行けばあるし、その朝は雨が降ったので特にそうだったが、私は悲しくて、寂しくて、飢えていた。

とうとう自分の感情を口に出し、不安とすきっ腹を吠え声で表した。孤独な犬、これまで声を聞いたことのない犬が、どこか遠くから私に応えた。私たちはどちらもしばらくの間吠えつづけ、それから相手は急にやめた。どんな犬なんだろう、いつか一緒に遊ぶことがあるだろうか。今日、彼はごはんをもらえたのかな。

お腹がすいているのに自分が面倒をみるはずの人間のことを心配している時には、一日がいつもよりずっと、ずっと、長くなる。でも、やがて空が暗くなり、私はドッグドアを通り、階段下で硬いボールのように丸まった。お腹が痛んでからっぽだった。不安にとりつかれ、恐怖心のせいであまり眠れなかった。

CJはどこにいるんだろう？

第11章

翌日の大半を、裏庭の日陰で寝そべり、濡れた草むらを飛び回る数羽の鳥を見て過ごした。自分が空腹なのを考えなかったのは、グロリアがガラス扉のところに立って裏庭で寝そべる私をじっと見つめている時だけだった。グロリアに見られると私はいつも悪い子のように感じてしまう。そうでない時はひもじくてたまらなかった。

ＣＪがどこにいるにせよ、私がごはんを食べずにいることなど望まないに決まっている。数回はそわそわと家の中に入っていって餌入れをチェックしたけれど、いつも空で、籠《かご》に入っているのを見つけた数枚のソックスを別にすれば、他には何も食べるものがなかった。そのソックスは食べなかった。以前に似たような物を噛んでずたずたにしたことがあって、それでは本当の満足は得られないことがわかっていたから。ともかくも餌入れを舐《な》め、食物の味がかすかにすると思うことにした。

まるでいじめのように、空中に食物の匂いが、人間が料理をしているらしい美味《おい》しそうな匂いがすることがあった。どこかで誰かが肉をグリルで焼いている。おそらくはるか遠くだろうが、庭から出れば自分の鼻がそこまで連れて行ってくれることは間違いない。

庭には門が二つあった。ガレージのそばの門は高くて木製だったが、CJが出ていくのに滅多に使わない反対側の門は柵《さく》と同じスチール製で、実際、少し低くなっていた。助走すればたぶん跳び越えられるだろう。

その考えが私の頭を離れなかった。柵を跳び越えて自分の鼻に従い、焼かれている肉を見つければ、人間が何か食べる物をくれるだろうと。

そう考えるとよだれが出たけれど、庭を離れることを考えるだけで、自分が悪い子のような気がした。CJには私がここにいることが必要なのだ。食事を探しに飛び出したら彼女を守ることができなくなってしまう。

クーンと鳴きながらドッグドアを通って戻り、もう一度餌入れをチェックした。やはり何もない。呻《うめ》き声を出して丸まったが、むかつくような空腹感が強すぎて眠れなかった。

トレントが私の名前を呼ぶのが聞こえた時には地下室にいた。ドッグドアから走り出ると、彼が庭に立って口笛を吹いて私を呼んでいる。彼と会えたのがとても嬉しくて、猛スピードで走って体当たりすると、彼は笑って私と取っ組み合った。ロッキーの匂いが体中についていた。

「ハイ、モリー！　元気か？　CJがいなくて寂しいな」

裏口のドアを引き開ける音が聞こえ、グロリアがそこに立っていた。「彼を連れていくために来たの?」と彼女が尋ねた。

「モリーは女の子だよ」とトレントが言った。自分の名前が呼ばれたので座った。「モリーに食べさせてる?」

「その子に食べさせているかですって?」とグロリアが言った。トレントがおそらくは不安に駆られて動揺しているのがわかった。

「食べさせてないの?」

「そんな言い方しないで。どこかにこの子のエサが出してあるものとばかり思っていたのよ。そうじゃないって誰も言わなかったもの」

「でも……犬を飢えさせるなんて、とても信じられないよ」

「だから、あんたはここにいるのね。犬のためね。わかったわ」グロリアは不快感をあらわにした。怒りのようなものが彼女から出ていたのだ。

「えーと……いや、その……」

「犬に食べさせればクラリティに取り入れると思うから来たのね。あんたがクラリティに熱をあげてるってことくらいお見通しよ」

トレントは深く息を吸い込み、それからとてもゆっくり吐いた。「おいで、モリー」と彼は静かに言った。

私はトレントについて裏庭の門のところに行き、彼が立ち止って門を開けた時、肩越しにグロリアを見た。腰に両手を置いて立ち、私の目をじっと見つめていた。彼女に見つめられると私は怖気《おじけ》づいた。

トレントは私をロッキーの家に連れていってごはんをくれた。本当にお腹がすいていたので、私の準備ができていないのにロッキーが遊びに引き込もうとした時、唸ってしまった。食べ終わるとお腹がいい具合にいっぱいになり、体がだるくなってただ眠りたくなったのに、ロッキーは口にロープをくわえ、捕まえられるかといわんばかりに庭を走り回っている。もちろん捕まえられる。彼のところに走っていってロープのもう一方の端をくわえ、私たちは引っ張り合いながら庭中を走り回った。トレントは見ながら、笑っていた。そのときロッキーは彼の方を見たので、私はしめたと思ってロープをぐいと引っ張って奪い取り、駆け去った。ロッキーは必死で追いかけてきた。

その夜、ロッキーと私は完全に疲労困憊《こんぱい》し、トレントの部屋の床の上で一緒に寝そべった。ロープを取り合う闘いの中で一時的にCJのことを忘れられたけれど、暗い部屋にいる今、彼女がいないのが辛《つら》くて悲しくなった。ロッキーは私をクンクン嗅《か》いで鼻をすりつけて私の口を舐め、やがて私の胸に頭を載せてきた。

トレントは翌朝出かけたが、あたふたしながら服を着替えたり書類をかき集めたりする様子から、私は彼が「学校をする」のだと結論した。ロッキーと私は取っ組み合い、昨日のロープでさらに遊び、裏庭に二つ穴を掘った。トレントは家に戻ると私たちに食べさせ、私たちが作った穴を泥遊びをして埋めながら、不機嫌そうに私たちに話しかけてきた。どうやら私たちか、少なくともロッキーが、何かの理由で悪い子のようだったけれど、何のことなのか私たちにはわからなかった。ロッキーはしばらく頭を低くして耳を下げて立っていたが、トレントが彼を撫《な》でたので、すべてが丸くおさまった。

家の側面にある門がカチンと音をたてた時、私たちは取っ組み合っていて、トレントは家の中にいた。ロッキーと私は吠え、被毛を逆立てて走っていったが、私の少女がそこに立っているのを見た時、私は喜びでいっぱいになって耳を下げて突進した。「モリー！」と彼女は嬉しそうに大声を出した。「ハイ、ロッキー！」

CJが跪《ひざまず》いて腕を私の体にまわして顔にキスする間、ロッキーはずっとあの馬鹿げたロープを押しつけて邪魔をし続けた。それからロッキーは急に頭をもたげ、裏口から出てくるトレントを目がけて走っていった。ロッキーはトレントがCJと同じくらい留守だったみたいに挨拶《あいさつ》したので、滑稽《こっけい》だった。

「伏せ、ロッキー。ハイ、CJ」

CJは身なりを整えた。「ハイ、トレント」

トレントはCJの方へまっすぐ歩いてきて彼女を抱きしめた。「まあ！」とCJは少し笑いながら言った。

二人は散歩のためにリードを取り出した！　木の葉が木々から落ちてきて、ロッキーと私は、そよ風に乗って跳びはねる落ち葉に飛びつきたくて仕方なくなり強く引っ張ったけれど、リードに邪魔された。

ＣＪが戻ったのでとても幸せだったし、ロッキーとトレントと一緒にいられるのもすごく嬉しいことだと気づいた。ただの犬の私が決められることではないけれど、思うに、私たちはこのトレントの家に住むべきだ。グロリアが私たちと一緒に引っ越してこなくても、一向に構わなかった。

カチッという音がして炎がパッと上がり、次にはＣＪの口に小さい棒切れから出る煙が充満した。「あそこでは吸わせてもらえないのよ。たまらないわ」と彼女は言った。「一分一分がとてもゆっくり進むので、時を刻む音が実際に聞こえるくらいだったわ」

「どんな感じだった？　ひどい場所か？」

「少年院のこと？　そうでもないわ。ただ、どう言えばいいかしら、変なところよ。でも、二キロほどやせたから、それはいいことだわ」とＣＪが笑った。「男子は向こう側にいて姿は決して見えないんだけど、声はちゃんと聞こえるの。女子よりも男子の方がずっと多いわ。あそこにいる女子のほとんどは、彼氏のために何かやって面倒なことになったのよ、信じてくれるなら、だけど」

「君のようにな」とトレントが静かに言った。

とても素敵な散歩だった！　ロッキーは木や灌木《かんぼく》を通り過ぎる時には立ち止ってマーキングしなければならず、私はたいてい同じ場所でしゃがんで用を足した。私も彼と同じ抑えがたい衝動を覚えてはいたけれど、今ではそれほど重要ではなかったから。

「シェーンが物を盗むなんて思ってなかったわ」

「試験用紙を盗むことはわかっていたんだ」

「用紙を盗むんじゃなくてコピーするつもりだったのよ。それも数学なんかじゃなくて美術史のね。まあ、あなたもそう思ってたの？」

トレントは一瞬押し黙った。「いや、思ってなかったよ。すまない」

ロッキーは風に吹かれて飛ぶ木の葉に跳びついてくわえ、それで私をからかおうとしたけれど、彼の口の中に入ってしまえばただの木の葉でしかなかった。

「それで、私は保護観察だったから、今度は停学になったのよ。ひどくせがまれてしたことでね。それにあんなにたくさんの書類、誰も見たことないわよ。国際スパイでも私のファイルほど分厚くないわ、きっと」

「どれくらいの期間の停学なんだい？」

「この半年間だけって感じね」

「でも、それだと僕たちと一緒に卒業できないんじゃないか」

「それは構わないわ。どっちにしても卒業式の服装はぶかっこうだもの。あの帽子はどう? なんとかして。まあ、華やかじゃないけど学年の半ばに卒業するわ。グロリアが他の親たちと一緒に座れなくて、私の名前が呼ばれる時に自分に注目してもらえないのをどんなに怒るかを思えば、価値があるわ」

「で、それだけ? 停学だけ?」

「地域奉仕活動もよ。一番すごいのにしたわ、犬のトレーニングよ、介助犬の」

「犬」という言葉が聞こえたのでCJの方を見た。彼女は手を私の頭に降ろして撫でたので、私は指を舐めた。「いい子よ、モリー」と彼女は言った。

ロッキーと私は公園でリードをはずしてもらって走り出し、ひんやりした空気の中を上機嫌で自由に駆け回り、裏庭でしたのと同じように取っ組み合った。他の犬の匂いがしたのに、誰も来なかった。

弟と一緒に突っ走りながら、私は「入浴」の罰が終わって家具に飛び乗らせてもらえる時と同じくらいエネルギッシュな喜びでいっぱいな気がした。ロッキーは時々、立ち止ってトレントがまだそこにいるか見た。ロッキーはいい子だなと思う。CJが積極的に口に火を入れていなくても、例の煙の鼻にツンとくる匂いが漂ってきたので、彼女がまだそこにいるのがわかった。

彼女と同じ煙のような匂いを発する人はたくさんいて、その匂いはあまり好きではなかったけれど、CJ本来の匂いと混ざると大好きだった。だってそれがCJだったから。

頭のてっぺんをクンクン嗅いで彼女の匂いを吸い込む時には、赤ちゃんの時の匂いのままならよかったのにと時々思った。あの匂いが大好きだったのだ。

ロッキーと私は公園の隅で腐りかけのリスの死骸《しがい》を見つけた。私はその匂いも気に入った！　けれども、私たちがその上でちゃんと転げ回る前にトレントに呼ばれたので、急いで戻った。彼らは私たちに再びリードをつけた。またもや散歩する時間だ！

ロッキーの家で、トレントとＣＪはＣＪの車のそばに立っていた。私は自分が助手席の犬であることをＣＪが忘れてしまっているかもしれないと少し不安になり、ドアのそばで待った。

「ママとうまくいくといいね」とトレントが言った。

「そんなことは気にしないわ。私がタクシーから降りた時に家にもいなかったんだから」

「タクシーだって？　言ってくれれば車で迎えにいったのに」

「ううん、そうするには授業をサボらなきゃいけなかったでしょ。私の犯罪の影響で誰かをだめにするようなことはしたくないの」とＣＪは言った。

私は助手席に乗り、ＣＪとドライブした。家に着くと男の人がグロリアと一緒にソファに座っていた。私が尻尾を振りながら男の人の方へ行ってクンクン嗅ぐと、男の人は私の頭を撫でた。グロリアは体をこわばらせて手を上へ上げた。私はグロリアの匂いは嗅がなかった。CJは玄関のドアのそばに立ったままだったので、男の人に挨拶をすませると彼女のところへ戻って一緒にいた。

「クラリティ、これはリックよ。あなたのせいで味わったこの大変な時にとても助けになってくれたのよ」とグロリアが言った。

「十代の娘がいるんだ」とリックが言った。そして手を差し出したので、CJはそれに触れた。

「『CJ』で通っているの。グロリアは私をクラリティ（訳注／清らかで澄んでいるの意）と呼ぶけど、それは彼女には絶対に身につかないものだからよ」

「グロリア？」男の人は向きを変えてグロリアを見たので、私もそうしたが、実際には彼女の目をほとんど見ないようにした。「彼女は君をファーストネームで呼ぶのか？」

「わかっているわ」とグロリアが言って頭を振った。

「そうなのか、それこそが第一の問題だな」と男の人が言った。彼は私に対して友好的なように思えた。彼の手からは油と肉、それにグロリアの匂いがした。

「この人は食料品店の見知らぬ男たちに私の年齢の娘がいると知られたくないから、私にママではなくグロリアと呼ぶよう求めたのよ」とCJが説明した。「見知らぬ男たちが自分をどう思うのかとても気にするの、もうわかってらっしゃるかもしれないけど」

みんな、しばらく何も言わなかった。私はあくびをして耳の後ろを掻いた。

「さて、と、会えて嬉しかったよ、ＣＪ。僕はもう帰るよ。君のママは君に話があるんだ」

「あなたがそれを言うためにここにいるなんて、本当に特別だわね」とＣＪが言った。

私たちはＣＪの部屋に行った。私はいつもの場所で丸くなった。私の少女と一緒に家に戻るのは素晴らしいことだ。ロッキーと取っ組み合って心地よく疲れていたので、ＣＪと一緒に寝そべって彼女の手を首筋の被毛の上に感じたくなり、ＣＪがベッドに這《は》って入って来るのが待ちきれなかった。

ドアが開いてグロリアが入ってきた。

「せめてノックぐらいしてくれる？」とＣＪが言った。

「刑務所の独房ではノックしてもらったの？」とグロリアが返答した。

「ええ、それに彼らは許可を得ないと入れなかったわよ、どう思う？」

「本当じゃないってわかってるわ」

私は立ち上がって体をブルッと震わせ、心配しながらあくびをした。グロリアとＣＪが二人で話しているのは好きじゃない。感情的になりすぎ、暗すぎ、ごちゃごちゃするから。

「で、彼氏とはどういう約束ができてるの？」とＣＪが尋ねた。「私の継父になるためのオーディションを受けているような態度ね」

「彼はとても成功している実業家よ。人の管理に詳しいの」

「成功しているのはわかってるわ。そうでなければ、私が帰って来た時に彼とソファでいちゃいちゃしていなかったでしょ」

「手に負えない子供をどうやって扱うか、たくさんアドバイスをしてくれたわ。あんたのことが心配なの、クラリティ・ジューン」

「釈放されてから八時間たって家に帰ったら、あなたがリビングルームでワインを飲んでいる姿が見えたんだから、どれくらい心配しているかわかったわ」

CJはベッドに座り、私は彼女のそばに飛び乗った。グロリアの匂いが部屋中に漂っていたので、CJの匂いはほとんどしなかった。

グロリアの方をチラッと見ると、彼女は私をじっと見つめていたので、私は目をそらした。彼女は息を吐き出す音を立てた。「じゃあ、いいわ」と彼女は言った。「第一に、あなたは今年の残りの期間、外出禁止よ。つまり、デートなし、男を連れてくるのもなし、電話で話してもいけないってこと。どんな理由でも家を出ることはできないわ」

「じゃあ、私がなぜ地域奉仕活動をしていないか知ろうと裁判所が電話してきたら、彼らにこう言うわ、『私は外出禁止だってグロリアが言うんです』って。まだママと悶着《もんちゃく》を起こしているから処刑できない男が死刑囚監房にいるわ」

グロリアはほんの少しの間そこに立ってしかめっ面《つら》をした。

「そうね、もちろん」と遂《つい》に言った、「それはしてもいいわ」

「それとクリスマスのショッピングは？　それについても外出禁止にするつもりはないわよね？」

「ないわ、それは例外にしなきゃいけないわ、もちろん」

「トレントの家でする感謝祭ももちろんそうだわね」

「いいえ、絶対だめよ」

「でも、あなたは誰かの家に行くって言ったじゃない。リックの家だったわね。感謝祭に私をひとりぼっちにしたいの？」

CJが私の耳をなにげなく搔いたので、私はその手にもたれかかった。グロリアに今すぐ立ち去ってもらいたかった。

「それじゃ、リックの家に私と一緒に行くことにしましょう。彼の子供たちは実のお母さんと一緒にいることになるけど」とグロリアがゆっくり言った。

「まさか。本気なの？」

「いいわ。じゃあ、トレントの家に行ってもいいわ、既に許可したことだものね」

「で、ジャナはどうなの？　彼女のお父さんはカントリークラブの役員だから、彼女とつきあってほしいって言ったわよね」

「そんなことは言ってないわ。あたしが言ったのは、ジャナみたいな人ともっと時間を過ごしてくれたらってことよ。ええ、彼女には来てもらっていいわ」

「彼女がクラブにランチを食べに行こうと言ったらどうなの？」

「そういうことが起こってから対処すべきだと思うわ。そんなことの答を全部今出すのは無理だから。何か特別な招待を受けたら、話し合いましょう。必要なら、いつでも例外を作ってあげるわ」

「子育ての件でリックが本当にあなたの助けになっているのがよくわかるわ」

「それはあたしが言ったことよ。それと……他にもあるの」

「例外ありの外出禁止以外の罰がまだあるの？　勘弁してよ、ママ。私は少年院にいたのよ、それで十分じゃない？」

　ＣＪの手が私を撫でるのをやめてしまった。もっと撫でるに値する犬がここにいることを思い出してもらうため、私はその手に鼻をすり寄せた。

「あんたが手錠をはめられてここから連行されたのが、あたしにとってどんなに屈辱的だったか、わかっていないようね」とグロリアが言った。「あたしが外傷後……外傷後なんとかにならないのは驚きだって、リックは言ってるわ」

「産後鬱病《うつびょう》？　それになるには少々遅いわね」

「それじゃないわ。そんな言葉じゃないわ」

「今回の最悪の出来事でそんなひどい思いをさせたのは、申し訳ないわ、グロリア。実は警察の車の後ろの席に座りながら、あなたが前庭のあそこに立っているのを見て、私はそのことだけ考えていたのよ、私よりもあなたの方がこたえているってね」

グロリアはかたくなり、向きを変えて私を見た。私は素早く目を横向きにそらせた。

「こんなことになったのは、あたしに対して敬意が足りないからだって、リックは言ってるわ。そして、すべてはあんたがその犬を家に連れてきた時に始まったのよ」

「犬」という言葉がグロリアの口から出るのを聞いて心配になった。

「あなたが自分の母親だと私が気づいた時に、すべてが始まったんだと思うわ」

「だから、その犬を手放さなきゃならないわね」と彼女は続けた。

「何ですって?」

CJのショックが伝わってきて、不安にかられて彼女を見た。

「あんたのはったりは通用しないってリックが言ってるわ。あたしが時々休みをとってたのにここに一人で放っておかれたって言っても誰も信じないし、ベビーシッターを雇ったってあたしが言えば、やはり誰もあんたを信じないわよ。ちなみに、あたしはいつも雇うって提案したのに、あんたが嫌だって言ったんだから。それにあたしはあんたを船旅に連れていったんだから、時にはあたしと一緒に行っていたっていう歴然とした証拠があるしね。あの船旅にあたしが幾ら払ったか知ってるの? 誰がこの家を管理しているのかもわかってるでしょ。あたしよ」

「モリーを手放す気はないわ」私は自分の名前を呼ばれたので頭を傾げた。

「いいえ、手放しなさい」

「いや、絶対いや」

「犬を手放すか、あんたの車を取り上げるかよ。クレジットカードもだわ。あたしの口座から決済されるクレジットカードをあんたが持ってるなんてとんでもないことだって、リックが言うの」

「じゃあ、自分の口座を持てばいいの？」

「いいえ、それは自分で稼いで作りなさい！　リックはあなたの歳《とし》には毎日早起きして鶏の何かをしなきゃいけなかったのよ、何だったか忘れたけど」

「いいわ、鶏を育てるわ」

「黙りなさい！」とグロリアが怒鳴った。「あんたの生意気な口にはうんざりだわ！　二度とあたしにそういう口をきくんじゃないわよ、絶対に！　これはあたしの家で、あたしの決めたように生活するんだってことを覚えといて」

グロリアが私を指でぐいと突いたので、私は縮こまった。「その犬はあたしの家には入れないわ。あんたが犬をどこに連れていってそいつに何が起ころうとあたしは構わないけど、悲惨な目にあわせてやるわ、あんたも犬もどちらもね」

ＣＪはベッドの上で激しく息をした。彼女は苦しんでいた。私はできるかぎり静かに動いて彼女の方へ行き、彼女の手に鼻をすりつけ、グロリアに私の姿が見えなくなるよう、あらゆることをした。

「そう。いいわ」とCJが言った。「明日以降、モリーの姿を見ることはもうないから」

第12章

翌朝、私たちは車に乗って、ジークという名の犬とアナベルという名の猫を訪ねた。子犬のジークは裏庭を全速力で走り回り、私に追いかけられると喜んだ。私が追いかけるのに飽きると、彼は頭を下げて、私が再開する気になるまで待っていた。全身真っ黒のアナベルは、猫にはありがちなことだが私をクンクン嗅ぐとすぐにけろりと忘れてしまい、けだるそうに歩き去った。その家にはトリシュという名の少女と彼女の両親もいた。トリシュとCJが友だちだった。

私たちはそこに二日いただけで、次に犬も猫もいない別の家に向かい、その次は猫が二匹いるが犬はいない家に行き、さらにその次は老犬と若い犬が一匹ずついて猫はいない家に行った。どの家にもCJと同い年の少女が少なくとも一人と他の人々がいた。ほとんどの人が私にとても親切にしてくれた。CJが自分の部屋をあてがわれることもあったが、たいていは友だちの一人と一緒の部屋で過ごした。

この新しい犬たちとの出会いはとても愉快だった！　かなり高齢の犬以外は、ほとんどがつき合いやすい連中で、取っ組み合いをしたがった。私は多くの場合、猫にも興味があった。臆病《おくびよう》な猫もいれば大胆な猫もいて、たちの悪いのもいればいいのもいるし、私に体をこすりつけてきて喉《のど》をゴロゴロ鳴らすのもいれば、私をまったく無視するのもいるけれど、みんな美味しそうな息をしているから。

私は新しい生活が気に入ったけれど、トレントとロッキーのことを思い出して寂しくなることもあった。

ある家にイーサンのことを思い出させる少年がいた。イーサンのような黒っぽい髪で、手は彼の部屋のケージにいる二匹のネズミの匂いがした。身長は、昔出会った頃の私の少年イーサンと同じくらいで、私をすぐに気に入ってくれて、私たちは前庭で棒きれを引っ張ったり、追いかけたりして遊んだ。少年の名前はデルで、彼には自分の犬はいなかった。ネズミは犬のかわりには到底なれないのだ、たとえ二匹いてもね。

ある時私はデルと一日中遊んで、CJとは朝食以来会っていないことに気づき、ショックを受けた。家の中に私の少女がいないかチェックできるよう、誰かがドアを開けてくれることを期待して戸口で座っていた時、ふと気づくとイーサンのことを考えていた。私はかつてイーサンを愛していたのと同じだけ、そして同じように、CJを愛している。ということは、自分の生きる目的がイーサンを愛することだというのは間違っていたのだろうか？　それとも、今度はCJを愛して守るという新しい目的ができたのだろうか？　この二つは別々の目的なのだろうか、それともすべてが結びついてもっと大きい何か別の目的になっているのだろうか？

デルと一日中遊んでいなければ、こんなことについてあれこれ考えたりは決してしなかっただろう。デルがイーサンと似ているので、私の少年が懐《なつ》かしくなったのだ。

デルのお姉さんの名前はエミリーだった。彼女とCJはひそひそ声でよく話していたが、私がどのトリーツをもらうべきか話しているのでは、と気になって近づくと、必ず撫でてくれた。

食事時にはテーブルの下に座ることにした。デルの席からは美味しいご馳走《ちそう》が次々にこぼれ落ちてきて、私はそれを黙って食べておかわりを待った。CJが時々手をのばして頭を触ってくれたので、私は食べ物と愛情で満ち足りた。デルとエミリーには両親がいたけれど、彼らは決して食べ物を落としてくれなかった。

玄関のベルが鳴り、デルが跳び上がって応対に走っていったが、私はCJと一緒にいた。一分後、デルがスキップしながら戻ってきた。

「CJに会いたいっていう男の子が来てるよ」と彼は言った。

玄関のドアは開いたままだったので、誰が来たのか匂いでわかった。シェーンだ。私は嬉《うれ》しくなかった。私の少女が自分の生活から私を閉め出すのは、シェーンがやって来た時だけなのだ。なぜトレントの時のように一緒にいてはいけないのか、わからない。

CJがテーブルから立ち上がると私はもちろんついていったが、案の定、彼女に閉め出されたので、仕方なくデルの足の下の自分の持ち場に戻った。デルはチキンのこま切れをご褒美《ほうび》にくれた。

「エミリー。あの子はどれくらいいるつもりなの？」とエミリーの母親が尋ねた。

「わからないわ。だってママ、彼女は自分の家から追い出されたのよ」

「グロリア・マホニーがいい母親だと言おうとしているわけじゃないのよ」とエミリーのママは言った。

「マホニー？　ハロウィーンパーティーにストリッパーの格好で来た女性かい？」と父親が尋ねた。

「ストリッパー？」とデルが声をうわずらせた。

「ラスベガスのショーガールよ」とエミリーの母親がぴしゃりと訂正した。「あの人のことがそんなに気になっていたなんて、気がつかなかったわ」

父親はバツが悪そうに喉を鳴らした。

「あの人にはいつも恥ずかしい思いをさせられるわ」とエミリーが不意に言葉を差しはさんだ。「ある時、デートの相手を家につれてきて、私たちが見ていたテレビを二人で座って見始めて、それからいきなり私たちの前で……」

「もういいわ！」とエミリーのママが大声で止めた。

みんな黙ってしまった。私は自分がまだそこにいることがデルにわかるよう、彼のズボンを舐めた。

「私が言おうとしているのは」とママがさっきより穏やかな口調で言った、「CJの家庭が問題を抱えていることは知っているけど……」

「ここに住んでもらうわけにはいかないよ」と父親が言った。

「住んだりしないわ！　ちょっといるだけよ！　ねえ、パパ！」

「あの子のことは好きだ」とデルが言った。

「問題はあの子を好きかどうかってことじゃないんだよ、わかるだろ。何が正しいかっていうことなんだ」と父親が言った。

「私も彼女は好きよ」と母親が言った。「でも、あの子は間違った選択をする子だわ。停学になってるし、拘置所に入ったこともあるし……」

「少年院だし、彼女が悪かったんじゃないわ」とエミリーが言った。「こんなの我慢できないわ」

「そうよ、そして本当に悪いのは少年の方で、その子は今、うちの玄関に立っているのよ」と母親が答えた。

「何だって？」とパパが言った。私は彼の足の方を見たが、それは足がテーブルの下で少しぐいと動いたからだった。

「それに……昨夜《ゆうべ》、あの子がトイレで何かしているのが聞こえたわ。食べた物を戻していたのよ」と母親が言った。

「だから？」とエミリーが言った。

「あの少年はここに入っては来ないよ」と父親が言った。

デルがブロッコリを一切れ私に投げてくれた。欲しくはなかったけれど、ご馳走が来つづけるようにするために、とりあえず食べた。「あの子はわざと戻していたのよ」と母親が言った。

「それほんと？　お母さん」とエミリーが言った。

「どうやってやるの？」とデルが尋ねた。

「自分の指を喉に突っ込むのよ。そんなこと絶対にやっちゃだめよ」と母親が警告した。

「何がそんなに問題なのかわからないわ」とエミリーが言った。

玄関のドアがバタンと閉まった。

「デル、今の話は絶対にするんじゃないぞ」と父親が言った。

CJはすぐに戻ってきたが、動揺した様子だった。「ごめんなさい」と彼女は謝った。私はテーブルの下から跳ね出て、彼女に駆け寄った。彼女は顔から涙をぬぐって、「失礼させてください」と低い声で言った。

私は後についていき、エミリーと一緒に使っている寝室に戻った。CJがベッドに身を投げ出したので一緒に飛び乗り、彼女に抱かれた。すると、彼女の悲しみが幾分やわらぐのが感じられた。CJの悲しみを癒《いや》すのは、私の一番大切な仕事のひとつなのだ。

もっとうまくできればいいんだけれど。暗い感情がCJの心の底に埋もれていて、永遠になくならないんじゃないかと思ってしまう。

その夜遅くにエミリーとCJは床に座ってピザとアイスクリームを食べ、私も両方を少しずつ食べさせてもらった。

「シェーンは自分以外に私を受け入れられる人間はいないって言うの」とCJは言った。「私たちがやってることは、メロドラマか何かみたいだって」

エミリーが目を見開いた。（エミリーはピザの生地を食べていなかったがCJは食べてしまっていたので、私はほとんどエミリーだけを見ていた）

「でも、もう終わったんでしょ！」

「わかってるわ。彼にそう言ったの。でも、彼は私を誰にも真似《まね》できないやり方で愛していて、どんなに時間がかかっても永遠に待つって言うの。そこが彼の頭のいいところよ。私は彼に、永遠っていうのは本当に永遠だから、どれくらいの時間がかかるのか見当もつかないわよって言ったの」

「そもそもあなたの居場所がどうやってわかったのかしら？」

「みんなに電話して、私がどこにいるのか尋ねたみたい」とCJは言った。「ああ、彼は本は読まないけど、電話して私の居場所を探すことはできるのよ。きっといつかコールセンターに勤めて、生命保険の電話セールスをするようになるでしょうね。いえ、待って、それは大変な仕事だわ。忘れて」彼女はピザの一切れを手に取り、私はそれが最後なのを見て悲しくなった。「これ、いる？」

「ううん、いらないわ、三切れ前でもう満腹だったの」

「私は晩ごはんをあまり食べてないの」

「無理もないわ」エミリーは私にピザ生地を一切れ投げてくれたので、それを空中でかっさらい、ひと噛《か》みでさっさと片づけ、もう一度その芸当をする態勢を整えた。

「アイスクリームはどう？」とＣＪが尋ねた。アイスの容器を手に取りながらそう言ったので、私はアイスをもらえるんじゃないかと期待した。そう思ったら口からよだれがこぼれてしまい、唇を舐めた。

「いらないわ、見せないで」

「きっと五キロくらい太るわ」とＣＪが言った。

「そうなの？　あなたみたいな足だったらいいんだけど、私の太ももは超太いの」

「ううん、あなたはいいスタイルよ。お尻《しり》が大きいのは私」

「今年になってから、真剣にダイエットしているのよ」

「私もよ」

「まあ、やめてよね。あなたは今素晴らしいスタイルだわ」とエミリーが言った。私はピザ生地をもう一切れつまんで投げてくれるように仕向けるため、彼女をじっと見つめた。

「明日、地域奉仕活動に出かけるわ」とCJが言った。「介助犬のトレーニングよ」

「面白そうね」

「そうでしょ？　やることは、ハイウェイのゴミ拾いか、公園のゴミ拾いか、図書館のゴミ拾いをして……それから最後に、この介助犬のいる場所で仕事をするの。履歴書に書くにはどちらがいいかって考えたのよ。ひょっとすると、私は廃棄物処理場に行きたくなるんじゃないかと思うの、そうなればゴミ拾いの経験だけがキャリアに役立つことになるわ」

エミリーは笑った。

「まあ、これを全部食べちゃったなんて、自分でも信じられないわ」とCJが言い、呻き声をあげて後ずさりした。

翌朝、CJは他の誰よりも早く目覚め、シャワーを浴び、私を車に乗せた（助手席に！）。大きな建物に着き、前足を駐車スペースに降ろすやいなや犬の匂《にお》いがした。犬の声もした。数匹が吠《ほ》えていたのだ。

女の人が私たちを出迎えた。彼女は「ハイ、アンディよ」と言い、それから跪いて私の方に手を伸ばした。彼女の黒髪が私の顔を覆《おお》った。「なんていう名前？」と彼女は尋ねた。

CJより年上だったがグロリアより若く、犬のような匂いがした。

「この子はモリーよ。私はCJ」とCJは言った。

「モリー！　私もモリーという犬を一度飼ったことがあるわ。いい子だったわよ」私はアンディから流れ出る愛情を感じて有頂天《うちょうてん》になった。彼女を舐めると、すぐさまキスを返してくれた。ほとんどの人は犬の唇にキスしたがらない。「モリー、モリー、モリー」と彼女は口ずさんだ。「とてもきれいね、ええ、本当に。なんてすてきな子なの」

アンディは最高だ。

「犬種は、スパニエルとプードルの雑種？」とアンディは私にキスして撫でながら尋ねた。

「きっとそうね。母親はプードルだけど、父親はわからないの。スプードルかしらね、モリー？」

私は名前を呼ばれたので尻尾《しっぽ》を振った。アンディは立ち上がったが、手は届くところにあったので、それを舐めた。

「あなたがここに来てくれたのは神さまの贈りものよ。あなたの助けが本当に必要なの」とアンディは私たちと一緒に建物の中を歩きながら言った。両側に犬小屋のあるスペースがあって、犬小屋にはたくさんの犬がいる。みんな私や他の犬たちに向って吠えたが、彼らはケージの中なのにひきかえ、私は自由が許されている特別な身分の犬なので、無視した。

「実は犬の訓練については何も知らないんだけど、学ぶ気はあるの」とCJは言った。

アンディは笑った。「えーと、そうね、あなたには私の負担を減らして、訓練ができるようにしてもらいたいの。犬に水をあげて食事を与え、犬小屋をきれいにしなきゃいけないし、外で散歩させなきゃいけないわ」

CJは止まった。「ということは、待って、ここは何なの?」

「厳密に言うとドッグレスキューで、それが私たちの主要な職務なんだけど、許可をもらって癌《がん》探知の研究に施設を使わせてもらっているの。犬は私たちの十万倍以上も強い嗅覚《きゅうかく》を持っていて、他のいかなる診断よりも前に人間の息を嗅いで癌を探知できることが研究で明らかになってきたの。早期発見すれば最速で治療を始められるので、これは本当に重要なことなの。そういうわけで、私はその研究の方法論を実践に移そうとしているの」

「癌の匂いがわかるように犬を訓練しているのね」

「そのとおりよ。もちろん、やっているのは私だけじゃないけど、ほとんどのトレーナーは実験室で犬に標本を探知させる仕事をしているの。犬に試験管を嗅がせるのよ。私は、ヘルスフェアやコミュニティセンターみたいな現場でこれができないかと思っているの」

「ということは、犬が人を渡り歩くように訓練して、癌を探知できるかどうか見ているのね」

「そうなの！　ところが、パートタイマーがフルタイムの仕事に就いてしまい、フルタイムの従業員は妊娠して休暇をとっているの。もちろんボランティアは何人かいるんだけど、その人たちはもっぱら犬の散歩に興味があって、犬小屋の掃除にはあまり関心を示さないのよ。それであなたが必要なの」

「私の仕事は犬のウンチをとることだと言われてるみたいね」とCJは言った。

アンディは笑った。「そうは言わないようにしているんだけど、そういうことだわ。叔母が裁判官の事務をしているので、地域奉仕活動についての認可がおりたのよ。はじめは職務のとても詳しい説明を掲示したんだけど、ひとりも応募がなかったのよ、まあ、不思議じゃないけど。そこで単に犬と一緒に仕事をするという風に変えたの。でも、あなたは地域奉仕活動をしなきゃいけなくて、それは非行に対する一種の罰なんでしょう？　つまるところ、全部が楽しいものであるはずはないわ。ところで、何をやったの？」

CJはしばらくの間何も言わず、犬の吠え声だけが聞こえた。「馬鹿《ばか》なことをするよう彼氏に説得されたの」

「そのために逮捕される可能性があるってこと？　うわーっ、ということは、私はのっぴきならない羽目に陥ったわけね」とアンディが言った。ふたりとも笑い、私は尻尾を振った。「じゃあ、始める気になった？」

何とも奇妙な日だった。ＣＪは私を一匹の犬と一緒に遊べるように外の檻《おり》に入れ、数分間いなくなった。それから出てきてその犬と私にリードをつけ、そのブロックのまわりを散歩させた。時間がたつにつれて、彼女の靴がだんだんと濡《ぬ》れていき、ズボンも濡れていき、どちらも犬のおしっこの芳《こうば》しい匂いがするようになった。なんて愉快なんだろう！

その日が終わる頃、ＣＪは背中をこすりながらため息をついていた。私たちはアンディが大きな茶色のオス犬と遊ぶのを立って見ていた。金属製のバケツが数個あり、アンディはそのひとつひとつの前に犬を連れていってバケツの中を嗅がせた。そのうちのひとつでアンディは「匂う？　じゃあ、伏せろ！」と言い、犬は伏せ、アンディは犬にトリーツをあげるのだ。アンディは私たちが見ているのに気づくと、犬を連れてこちらへやって来た。

私はその犬の方へじりじり進んでいき、私たちは互いのお尻をクンクン嗅ぎ合った。

「この子はルークよ。ルーク、モリーが好き？」

両方とも自分の名前を呼ばれたので顔を上げた。ルークは真面目《まじめ》な犬なのが私にはわかった。アンディと一緒にしているゲームに一生懸命なのだ。楽しいことと、トレントを愛することだけに興味を示すロッキーとは違う。

「お昼休みを入れて全部で六時間ね」とアンディが言った。

「ええ。六時間の至福の時間だったわ。あと一九四時間よ」

アンディは笑った。「週末に用紙にサインするわ。ありがとう、よく働いてくれたわ」

「たぶん私には犬のウンチとの未来が待ってるんだわ」とCJが言った。

私たちはドライブし、私は助手席に乗った！　エミリーの家に向かって行く。私道に車を入れるとグロリアがそこに立ってエミリーの母親と話をしていた。CJは自分の母親を見ると体をこわばらせた。グロリアは手で自分の喉をはたいた。

「まあ、すてき」とCJが呟《つぶや》いた。「ほんとにすてきだわ」

第13章

私たちが近づくと「二人で話すといいわ」とエミリーの母親が言った。彼女は家の中へ入っていった。私はCJのそばにいたけれど、CJは身じろぎもせずに立ち尽くしていた。グロリアの強烈な匂いが弾薬のように襲いかかってきて、他のすべての香りを消し去ってしまった。

「さて」とグロリアが言った、「あたしに何か言うことはない？」グロリアはいつものように不満たらたらだった。

「新しいキャデラックを買ったのね」とCJが言った。「いい車だわ」

「そんなことじゃないわ。あんたのことが心配で病気になりそうだったのよ。一度だってあたしに電話して居場所を教えてくれなかったじゃない。不眠症になりそうだったわ」

「どうしてほしいの？」

大きなコテージウィンドウで何かが動いた。デルだった。カーテンを開いて外を見ていたのだ。私が見ていると彼の母親の手が現れ、彼をつかんで窓から引き離した。

「ひとつだけ言っておかなきゃいけないことがあるわ、それでおしまい、口答えはなしよ」とグロリアが言った。

「フェアな討論だわね」とCJが言った。

「大枚をはたいて家族法が専門の弁護士に相談したの。彼女によれば、あたしは裁判所に審判の申し立てを行ってあんたを家に戻って来させることができるそうよ。それに、自分の家で犬にしばりつけられて我慢する必要はないって。だから、それについても申し立てをするわ。あんたに選ぶ権利はないし、裁判官はあんたに夜間外出禁止を命ずることもできるの。これで決まりよ。裁判沙汰《ざた》にするには大金がいるし、やったってあんたは負けるわ。だからこれを言いに来たの。楽しい旅行や何かに使えるお金を裁判に費やすのは無意味だわ」

しばらくは面白いことが起りそうもなかったので、私はあくびをして寝そべった。

「で?」とグロリアが言った。

「私は喋《しゃべ》っちゃいけないんだと思ってたけど」

「あたしがたった今言ったことについて話すのはいいわ。ここに立ってあんたと喧嘩《けんか》する気なんかないけど。あんたは未成年だし、法はあたしの味方よ」

「わかったわ」とCJは言った。

グロリアは鼻であしらった。「何がわかったの?」

「わかったわ、あなたが言った通りにしましょう」

「オーケー。その方がいいわ。あんたはとても失礼だし、あんたと一緒に住んでるのをここの人たちがどう思っているか、まったくわからないしね。あたしはあんたの母親だし、憲法で認められた権利があるのよ」

「違うわ、私はあなたが言ったように裁判沙汰にしようって言ったのよ」

「何ですって？」

「あなたの言うことが正しいと思うわ」とCJは言った。「裁判官に判断してもらいましょう。弁護士を雇うわ。私の幸せのためにパパの信託財産からお金を引き出す条項があるって言ったわね。だから私は弁護士を雇うから、裁判をしましょう。あなたは親権を求めて闘い、私はあなたが母親には不適格だと宣告してもらうために闘うわ」

「ああ、わかったわ。じゃあ、あたしはひどい母親なのね。あんたは刑務所に行ったし、保護観察処分にされたし、嘘《うそ》をついて言うことをきかない、それなのにあたしはあんたに一生を捧《ささ》げてきた、でもあたしが悪いのね」

二人とも怒り、グロリアは怒鳴りちらしていた。私は立ち去りたかったので、起き上がって心配そうに前足をCJの脚に置いた。彼女は私を撫《な》でたけれど、見てはくれなかった。

「あんたもいつか自分みたいにひどい子供を持ってみるといい」とグロリアが言った。

「トレントはあなたがモリーに何も食べさせなかったって言ってたわ」

「話題を変えるつもり?」

「そういうこと。私がどんなにひどい子か話していたんだものね。で、どう思う? 弁護士に電話したほうがいい? それとも、モリーは私の犬で私は彼女を飼っているって認める? つまり、私はここにずっと住んでいいって」CJは家の方を身振りで示したが、彼女がそうすると、コテージウィンドウから影が後ずさりした。デルにしては背が高く見えた。

「あんたに他人と一緒に住んでもらいたくはないわ。世間体が悪いもの」とグロリアが言った。

「じゃあ、どうしたいの?」

その夜、私たちはCJの家の私たちの部屋に戻った。トレントがロッキーを連れてやって来て、私は弟に会えて狂喜した。ロッキーは新しくついた匂いを不審に思って、私を上から下までクンクン嗅《か》いだ。外に行くと雪が降っていて、ロッキーは雪の中を走り回り、かかとを蹴《け》り上げてずぶ濡れになるまで転げまわった。トレントが出てきてロッキーの全身をタオルでこすり、ロッキーは嬉しそうに呻《うめ》き声を出した。私も雪の中を転げまわればよかった。

その後、事態は正常に戻ったが、CJは「学校をする」のために出かけようとはしなかった。そのかわり、ほとんど毎朝、アンディと彼女の犬たちと一緒に遊ぶために、私はCJと一緒に車に乗って出かけることになった。

　私たちがアンディのところに戻った最初の日の朝、彼女は腕を大きく広げ、キスして抱きしめて挨拶《あいさつ》してくれた。彼女の愛情と犬たちの素敵な匂いが私は大好きだった。それから彼女は立ち上がった。

「あなたはきっとやめてしまったんだと思ったわ」とアンディがCJに言った。

「いいえ、私はただ……処理しなきゃいけない家庭の問題があったの。裁判所なんかに電話したりしてないわよね？」とCJが答えた。

「ええ、でも電話をくれればいいのに、って思ったわ」

「そうね、私は……電話すべきだったわ。なぜか電話することをまったく思いつかなかったの」

「まあいいわ、仕事に取りかかりましょう」

　アンディの建物にいる犬たちはリードをつけて散歩する以外は雪の中に出ていくことが許されていなかったので、彼らの犬小屋をCJが掃除する間、私の仕事は建物の中の大きな部屋にある柵《さく》で囲まれた区域で一緒に遊ぶことだった。でも、遊びたがらない犬がたくさんいた。そのうち二匹は高齢で、私の匂いを嗅いで伏せること以外何もしなかったし、別の二匹は遊び方を知らず、私に向かって唸《うな》り嚙みつこうとするので、私は跳ねまわって彼らをよけた。この犬たちは悲しそうで怯《おび》えている様子だったので、CJが彼らの犬小屋を掃除する間、屋内にある別の檻に一匹ずつ入れられることになった。

おかげで私には、アンディが大きい茶色のオスのルークと二匹のメスと一緒に遊ぶのを見る時間がたっぷりあった。二匹のメスは、一匹は黄色でもう一匹は黒だった。ゲームはこんな感じだ。何人かの老人たちがそれぞれ遠く離れたところにある金属製の椅子《いす》に座っていて、アンディが犬たちを一度に一匹ずつ連れていって彼らの匂いを嗅がせるのだ。しかし、彼らは犬たちと遊ばなかった……すぐそこに犬がいても老人たちはただ座っていたいだけのこともあるのだ。それからアンディは犬たちを犬小屋に入れ、老人たちは全員立ち上がって位置を変え、新しい椅子に座るのだ。

彼女はすべての犬にいい子だと言ったが、特にルークと一緒だととても興奮していた。髪のない男性のところに連れていかれるたびに、ルークは入念に匂いを嗅ぎ、それから体を伏せて前足を交差させ、頭を前足の上に載せた。アンディはその場で彼にトリーツを与えて、「いい子だわ、ルーク！」と褒めた。

私もトリーツが欲しかったのに、私が体を伏せて前足を交差させても、アンディは気づいてもくれなかったし、CJの心も動かなかった。人生ってそういうものだ。ほとんど何もしなくてもトリーツをもらえる犬もいれば、いい子なのに全然もらえない犬もいる。

ある時CJが私を連れにきて、私たちは屋外にある檻のところに行った。雪が一〇センチほど地面に積もっていて、私はしゃがんで用を足すのに適した場所を求めてザクザクと音を立てて進んだ。CJは燃えている棒切れを口に入れて煙を吐き出した。

裏口のドアが開く音が聞こえたので、私は誰がきたのか見に走っていった。CJが警戒の色を浮かべたので、私の首筋の毛が逆立った。

「君が、ここにいるかもしれないと、思ったんだ」それはルークがその前に行くといつも伏せをする、頭の禿《は》げた男の人だった。彼はCJに話しかけながら、喘ぐような音を出していた。彼女がまだ恐がっているように感じたので、手に鼻をこすりつけた。「タバコを、一本、もらえるかな？」

「もちろん」とCJが言い、上着の中を手探りした。

「火を、つけて、くれる？　自分では、十分に、吸え、ないんだ」と男の人が言った。彼は自分の禿げ頭をさすった。

CJは火をつけて棒切れを男の人に渡した。彼はそれを、CJのように口まででではなく、喉まで持ち上げた。弱々しく吸う音がしたと思ったら、煙が喉の穴から出てきた。

「ああ」と男の人が言った。「美味《おい》しいよ。週に、一本、だけと、決めて、いるんだ」

「どうしたの？　そのう……」

「穴のこと？」男の人は微笑《ほほえ》んだ。「喉の、癌だよ」

「まあ、お気の毒に」

「いや、自分が悪いんだ。吸わなきゃ、いけないわけじゃ、なかったんだから」

彼らはしばらくの間、一緒に立っていた。ＣＪはまだうろたえていたけれど、不安は徐々に流れ出て、彼女の口から出ている煙のように消え去りつつあった。

「君の年齢」と男の人が言った。

「えっ？」

「君の年齢で、僕は、吸い始め、たんだ」そう言って微笑んだ。私はもうＣＪを護衛する必要はないと判断し、彼の手をクンクン嗅いで何かご馳走を持っていないか調べるためにそちらへいった。彼はかがみこんだ。「気立ての、いい犬だ」と彼は言った。彼の息は煙のような匂いがするが、金属に似た変な匂いもする。私がバディで、口の中にどうしてもなくならない嫌な味がしていた時の匂いだ。禿げ頭の男の人もおそらく同じ味が口の中でしているんだろう。彼の息からそれがわかったのだから。

男の人は中に入り、ＣＪは冷気の中に立って長い間虚空《こくう》をじっと見つめていた。彼女が手に持っている棒切れはまだくすぶっていた。彼女はかがんでそれを雪に突っ込んでからゴミ箱に投げ入れ、それから私たちは一緒に中に入った。

アンディは黄色い犬と遊んでいた。私はリードをつけていなかったし、ＣＪは心ここにあらずだったので、私は外から戻った禿げ頭の男の人が椅子に座っているところに小走りで行った。彼のところへ行ってお辞儀をし、ルークがやっていたのを真似して、自分の前足を交差させた。

「あれを見て」とアンディが言った。彼女は私のところまでやって来た。「ねえ、モリー、そうするのをルークから学んだの？」

私は尻尾を振った。でも、トリーツはもらえなかった。そのかわり、アンディは私をCJのところに連れ戻した。

私はアンディが本当に好きだった。彼女が私を抱きしめ、犬が願ってもかなわないキスをして、挨拶をしてくれるのが大好きだった。でも、ルークにはトリーツをあげるのに私にはくれないのはフェアじゃない。

家に着くとグロリアはCJに会えて嬉しそうだったが、私のことはいつものように無視した。ほとんどの場合、私に話しかけることも食べさせることもせず、見ることすらしないグロリアには近づかないこと。私はそう悟っていた。

「今年はクリスマスパーティーをすべきだと思うの」とグロリアが言った。紙の束を手に持っていて、それをCJに向かって振った。「趣向をこらしてね。料理を配達してもらって。シャンペンを飲んで」

「私は一七歳よ、グロリア。シャンペンは飲んじゃいけないのよ」

「あら、まあ、クリスマスなのよ。誰でも好きな人を招待していいわ」とグロリアは続けた。「誰か特につきあってる人はいるの？」

「いないってわかってるでしょ」

「シェーンっていうあの感じのいい若者はどう？」

「それだからあなたのいう感じのいい若者って、あてにならないのよ」

「ジュゼッペを招待するわ」とグロリアは言った。

「誰？　リックはどうなったの？」

「ああ、リック？　彼はあたしが思っているような人じゃなかったの」

「それで今度はピノキオのお父さんとデートしているわけ？」

「何ですって？　違うわ、ジュゼッペよ。彼はイタリア人なの。セントルイス出身よ」

「そこがイタリアだって言うの？　私の地理の成績がよくないのも無理はないわね」

「何ですって？　そうじゃないわ、本当のイタリアよ」

「彼が家か何か買うのを手伝ってるの？」

「えーと、まあ、そうね。もちろんそうよ」

私は何か食べられるものが床に落ちていないかチェックしにキッチンへ行ったが、その時、男が外に立ってガラス扉から中を覗《のぞ》いているのが見えた。私は吠えて警戒するよう知らせた。

男はすぐに向きを変えて逃げ去った。ＣＪがキッチンに入ってきた。「何なの、モリー?」と彼女は尋ねた。そしてガラス扉まで行って引き開けたので、私は急いで庭に出た。男の匂いが空気に残っていたので、それを追ってすぐに閉まっている裏門まで行った。その匂いなら、誰の匂いかわかっている。

シェーンだ。

CJは私を家に呼び戻した。「おいで、モリー。寒すぎるわ」と彼女は私に言った。

次に私たちがアンディのところへ行った時、彼女はCJが足を踏み鳴らして雪を落としているところへやって来た。「ねえ、今日は試してみたいことがあるの」

「どうぞ」とCJが答えた。

それはアンディが毎日やっているのと同じゲームだった。引っ張るためのロープと追いかけるためのボールがあるのだから、私にはそのゲームは大して面白いとは思えなかったけれど、人間とはそういうものだ。彼らの遊びのアイデアはたいてい犬のアイデアほど面白くない。大きな部屋の端から端まで広く間隔をあけて置かれた椅子に人々が座っていた。アンディはCJに私のリードを持たせ、私たちは一番遠くにいる人で、猫のような匂いのする毛皮のブーツをはいた女性のところへ行った。「ハイ、なんていう名前なの?」と彼女は言い、私が舐《な》められるよう手を下に伸ばした。彼女の指はピリッとする味がした。

「この子はモリーよ」とアンディが言った。私は自分の名前が聞こえたので尻尾を振った。

私たちは一緒に次の人のところへ、また次の人のところへと行き、毎回私を撫でて話しかけてもらう時間をとったが、ひとりの男の人はポケットの中にチーズの載った何かを入れているのが匂いでわかったのに、ご馳走はくれなかった。

次に私たちは魚の匂いのする手をした女の人のところへ来た。彼女がかがんで私を撫でると、例の匂い、私がバディの時に私の舌から離れなかったのと似た匂い、CJと話をした禿げ頭の男の人の息と同じ匂いがした。

「こんにちは、モリー」と女の人が言った。

私たちが先に進み始めるとアンディがほんのわずかに緊張するのがわかり、そのとき私は理解した。このゲームはこの匂いと関係があるのだと。私は女の人の方を振り向いて伏せ、前足を交差した。

「それよ！」とアンディが言い、手を叩《たた》いた。「いい子だわ、モリー、いい子よ！」

アンディは私にトリーツをくれた。私はこのゲームが大好きだという結論を下して尻尾を振り、もう一度遊ぶ態勢になった。

「ということは、モリーは見るだけでこれがわかったの？」とCJが尋ねた。

「いいえ、それだけじゃないのよ。犬はすべてあの匂いを探知できるんだと思うけど、だからと言って必ずしも探知したことと私たちに合図することを結びつけるとは限らないの。でも、モリーはルークをずっと見ていたわ。この子がどういう風に前足を交差したか、ちょうどルークがするようにやるのを見た？　別の犬がするのを見て犬がこれを学んだというのは聞いたことがないけど、これがそうなんだわ。それ以外、説明のしようがないもの」アンディは跪《ひざまず》いて私の鼻にキスした。私は彼女の顔を舐めた。「モリー、あなたは天才よ、正真正銘の天才犬よ」

「あなたはグードルよ、モリー」とCJが言った。「天才《ジーニアス》とプードルが一緒になったのよ。グードルドッグよ」私は注目を浴びているのが嬉しくて尻尾を振った。

「あなたさえよければ、モリーをプログラムに参加させたいの。あなたもよ、もし興味があればね」とアンディが言った。「地域奉仕活動の時間にカウントされるわよ」

「えっ、犬のウンチをかき集めるのをやめて？　考えて見なきゃいけないわ」

その日から、私たちがアンディと一緒の時は、彼女が私を人々に会いに連れていってくれて、あの変な嫌な匂いがしたら私は必ず合図をした。しょっちゅう起こるわけではなかったけれど。ほとんどの場合、人々はただ人間らしい匂いがするだけだ。

でも、時には食べ物のような匂いがすることもあった！　感謝祭《ハッピーサンクスギビング》のために、CJと私はトレントの家に行き、空気と人々の手からは肉やチーズやパン等の素晴らしい匂いがするので、ロッキーと私はほとんど有頂天だった。人々は一日中食べ、私たちが空中でキャッチできるようにご馳走を投げてくれたのだ。

トレントには父親も母親もいた。CJにはなぜ父親がいないのだろうと、私ははじめて思った。グロリアに夫がいたら、彼女だっていつも憂鬱《ゆううつ》なわけではないだろうに。でも、それについて私にできることは何もなかったし、私はハッピーサンクスギビングのご馳走を食べることに甘んじなければならなかった。

実のところ、とても満足だった。

CJも幸せそうだった。その日、私たち全員がひどく煙臭い壁を背にして立ち、人々が愛情たっぷりに互いの体に腕を回しあった時のこと、ロッキーと私は座るように言われ、笑いと輝く閃光《フラッシュ》があふれた。

私たちが立ち去る時、CJはトレントの母親を抱きしめてキスした。「今日は私がこれまで経験した感謝祭の中で一番素晴らしかったわ」とCJは言った。

「毎年来て。あなたは家族の一員よ」とトレントの母親は言った。

CJの顔は涙の匂いがしたが、彼女は幸せで、私の頭を膝《ひざ》に載せて私を撫でながら車で去った。私は眠りに落ちていきながら、トレントの家にいた人々がどれだけハグし合ったかを考えていた。ハグは私の少女にとっていいことらしいので、あそこにしょっちゅう行けたらいいのに。

メリークリスマスの季節には、CJとグロリアはリビングルームに木を置いて、猫のおもちゃを吊《つ》り下げた。私は家のどこにいてもその木の匂いを嗅ぐことができた。ある夜、人々がやって来て、灯りを吊り下げ、料理を作った。CJは動くとシュッという大きな音をたてる服を着たし、グロリアも同じだった。

「どう思う?」とグロリアがCJの部屋の入口に立って尋ねた。彼女はうるさい音を立ててくるりと回った。あり得ないことに、グロリアは普段よりいっそう強い香りがする。空気に充満した匂いの洪水に、私は思わず鼻に皺《しわ》が寄った。

「とてもすてきよ」とCJが言った。

グロリアは嬉しそうに笑った。「今度はあんたよ」

CJは髪をとかすのをやめてぐるっと回った。それから止まってグロリアをじっと見つめた。「何?」と彼女は言った。

「何でもないわ。ただ……体重が少しふえた? 買った時と違って、ピチピチだわ」

「タバコをやめたのよ」

「あの……」

「あの、何?」

「パーティーがあるのにどうして自制できなかったのか、わからないわ」

「そうね、毒を吸ってればパーティー用の新しいドレスに合う体型になるのに役立ったでしょうから、続けていればよかったわ」

「そんなことは言ってないわ。あんたと話をしようとしても無駄だわね」とグロリアが言い、彼女は怒って歩き去った。

その後、友人たちが到着した。トレントも来たけれど、なんらかの理由でロッキーは連れてこなかった。私はぶらぶらと歩き回って温かくて美味しそうな物の匂いを嗅いだが、しばらくすると人々が私にご馳走を食べさせ始めた。芸をしたからではなく、ただ犬だというだけの理由で。私が思うに、彼らは最高の人たちだ。

ひとりの女の人がかがみこみ、溶けたチーズの載った肉を一切れ私に食べさせてくれた。「まあ、あなたは本当にきれいな犬ね！」と彼女は私に言った。

私は自分がすることになっていることをした。床に伏せて前足を交差させたのだ。

「なんて可愛《かわい》いの！　お辞儀をしているわ！」と女の人が言った。

CJが私を見にソファをぐるりと回ってやって来たので、私は尻尾を振った。「まあ、大変」とCJは言った。

第14章

CJは心配して怯えていた。「シェリル、ちょっとお話できる？　二人だけで？」

女の人はまだ私を撫でていたが、私はいったいどうしたのだろうと思ってCJを見た。

「もちろんよ」と女の人は言った。

私は彼らの後について廊下を歩き始めたが、そのときCJが振り向いて言った、「待て、モリー」

「待て」とは何かわかっているけれど、それをするのはちっとも好きじゃない。しばらく座っていたが、それから立ち上がり、二人が入っていったドアの下をクンクン嗅ぎに行った。二人は一〇分ほどそこにいたが、それから不意にドアが開き、女の人が口に手をあててこちら側に出てきた。泣いている。CJもうろたえていて、悲しんでいるのが感じとれた。

女の人が自分のコートを手に取ると、グロリアがグラスを手にやって来た。「どうしたの？」彼女はCJと泣いている女の人を交互に見た。「この人に何を言ったの？」

CJは頭を振った。女の人はグロリアに「ごめんなさい。電話するわ」と言うとドアから出ていった。グロリアはとても怒っていた。トレントが彼女の背後からやって来て、グロリアからCJへと目を移し、それからグロリアの脇《わき》を通り過ぎてCJのそばに立った。彼が通り過ぎる時に、私は鼻を上げて彼の手に触れた。

「何があったの？」とグロリアが言った。

「モリーが訓練されたように合図したの。癌の合図よ。シェリルは癌だって合図したのよ」

「大変だ」とトレントが言った。

幾人かの人が廊下に来ていて、そのうちのひとりが「癌だって？　誰が癌なんだ？」と言うのが聞こえた。

「今言わなきゃいけなかったの？」とグロリアがとがめるように囁《ささや》いた。それから頭をぐいと動かして振り向き、自分の背後にいる人々を見た。そして「何でもないわ」と言った。

「何があったんだ？」と男の人が尋ねた。

CJが頭を振った。「ただの私的な会話よ。ごめんなさい」

人々はしばらくそこにいたが、やがて立ち去った。

「自分のことしか考えてないのね」とグロリアが言った。

「どういう意味だ？」とトレントが大声で応酬した。

「トレント」とCJが言い、トレントの袖《そで》に手を置いた。

「このパーティーに幾らかかったかわかってるの？」とグロリアが言った。

「パーティーだって？」とトレントが言った。

「トレント。やめて」とCJが言った。「あの……ねえ、グロリア。あなたの友人たちによろしく伝えて。私は頭痛がするので部屋に戻るって言って」

グロリアは騒々しい音を立てると、向きを変えて私を憎らしげにじっと見つめた。私は彼女から目をそらした。彼女はきびすを返し、人々が黙って去ってしまった廊下を大《おお》股《また》で歩いていった。廊下の端に着くと立ち止り、背筋を伸ばして髪を後ろへ振り上げた。「ジュゼッペ？」と彼女はリビングルームの中へ大声で呼びかけた。「どこに行ったの？」

「コートを持ってきてあげるわ」とCJがトレントに言った。

彼の肩がわずかに下がった。「いいのか？　その、しばらく一緒にいてあげてもいいけど。話をするってことさ」

「いえ、大丈夫よ」

CJはグロリアの寝室へ行き、トレントのコートを持って出てきた。彼はコートを着た。悲しんでいる。CJは彼に微笑んだ。「じゃあ、万一会わなかった時のために、メリークリスマス」

「ええ、あなたにもね」

「CJ、ママが間違ってるってわかっているよね？　シェリルをうろたえさせたかもしれないけど、本当に大切な情報を伝えたんだ。それに、パーティーの邪魔をしたくないと思って言うのを待っていたら、そもそもシェリルに伝えるのがとても難しくなっていただろう。だって、伝えずにいたことがおかしく思えるじゃないか」

「そうね」

「じゃあ、彼女の言ったことでイライラしちゃだめだよ、いいね？　グロリアのことは考えないことだ」

　彼らはしばらくの間、立って見つめ合っていた。やがて、「じゃあ、トレント」とCJが言った。

　トレントは向きを変えてドアまで行き、私たちはついていった。すると彼は立ち止って見上げた。「やあ、ヤドリギだ」

　CJは頷《うなず》いた。

「それじゃ、さあ」とトレントが言った。彼が両腕を差し出すとCJは笑った。トレントは前に進んで彼女にキスしたので、私は跳び上がって前足を彼女の背中に置き、何が起こっているにせよ、それに参加しようとした。

「ストップ」とCJが言った。

「わかったよ、じゃあ、さよなら。メリークリスマス」とトレントが言った。

私は彼と一緒にドアをそっと通り過ぎようとしたが、CJに止められた。それから彼女はドアを閉め、しばらくの間、ドアを見つめていた。私はと言うと、自分たちが何をしているのか不思議に思って彼女を見ていた。

リビングルームで騒いでいる人々の足もとを巡回してご馳走《ちそう》を食べられたら嬉《うれ》しかったのに、CJは私についてくるよう指を鳴らして示し、二階へ上がって自分の寝室に行った。派手な服を脱いで普段着ている膝まである柔らかいシャツを着た。そして灯りをつけたまま本を持ってベッドに入った。

本は噛むにはいいが、ほとんど味がないし、犬が噛むと人間は決まって機嫌が悪くなる。本とは、犬が遊んではいけないおもちゃのひとつなのだ。

私は彼女のベッドのそばの床に丸まって眠り込んだが、自分の下で喋っている人々のガヤガヤとした声と、しばらくして玄関のドアが数回開いては閉まったことには気づいていた。それからノックの音がして目覚めた。寝室のドアが押し開かれた。

「ハロー、CJ」と男が言った。私は階下にいた時の出来事で彼の匂いを覚えていた。私に魚を一切れ食べさせようと手を下に伸ばしてくれた時、時計が手首を滑り落ちて重い音を立てたのだ。

「ああ、ハイ、ジュゼッペ」

男は笑って部屋に入ってきた。「ジュスと呼んでくれ。僕をジュゼッペと呼ぶのは君のお母さんだけだよ。僕がイタリアの王族の出身だと思っているからだろうな」

「ふん」とCJは言った。彼女は毛布の皺を伸ばして足が隠れるようにした。

男は寝室のドアを後ろ手に閉めた。「で、何を読んでるんだい？」と尋ねた。

「酔ってるのね、ジュス」

「おいおい、パーティーなんだぜ」男はベッドにどっかりと座り、私のすぐそばの床に足を置いた。私は座り直した。

「何をしているの？　部屋から出ていって」とCJが言った。彼女が怒っているのが伝わってくる。

男は手を毛布の上に置いた。「君が着ていたドレスはとてもよかったよ。いい脚してるね」

男は毛布を引っ張った。CJが引っ張り返して、「やめて」と言った。

「いいじゃないか」と男が言った。彼は立ち上がって少し離れ、CJに両手を伸ばした。

私は彼女が発する恐怖心を感じて、跳び上がって前足をベッドに載せ、顔を男の方へ突き出し、トロイという馬が今にも赤ちゃんを踏みつけそうになった時に彼を追い回していたように、歯をむき出して唸った。

男は体をのけぞらせて壁の棚にぶつかり、本や写真が床に落ちた。彼は体をよじるとすさまじい音を立ててカーペットの上に倒れた。私は歯をむき出しにしたままで吠え、前に突進した。

「モリー！　大丈夫よ。いい子ね」CJの手を自分の被毛の上に感じたが、私の被毛は背筋に沿ってこわばっていた。

「こいつ」と男が言った。

CJは首輪を手探りして私を引き戻した。「出ていってよ、ジュス」

彼は転がって膝をついた。ドアが突然開き、グロリアがそこに立っていた。「何があったの？」と彼女は詰問《きつもん》した。そしてジュスを見たが、彼は床の上を這《は》っている。両手を寝台の支柱に置き、やっとのことで這いあがって立った。「ジュゼッペ？　何があったの？」

彼はグロリアのそばを通って廊下に体を押し出したが、足取りは重かった。グロリアは向きを変えて娘と向き合った。「犬の声が聞こえたわ。彼を嚙《か》んだの？」

「いいえ！　もちろん嚙んでなんかいないわ」

「じゃあ、どうなってるの？」

「知らない方がいいわ、グロリア」

「言いなさい！」

「彼はここに入ってきて私を触り始めたのよ、わかった？」とCJが怒鳴った。「モリーは私を守ってくれたの」

私は名前を呼ばれて頭をそちらに向けた。グロリアの体はこわばり、目が大きくなって、次には細く小さくなった。「なんて嘘つきなの」と彼女はなじるように言った。それから背を向けると走り去ったが、その時ちょうど玄関のドアがバタンと閉まった。

「ジュゼッペ！」と彼女が叫んだ。

それからの数日間は、グロリアとCJが同じ部屋にいることは決してないように思えた。メリークリスマスの続きのために彼女たちが座ってプレゼントの箱を持ち紙を破った時も、あまり会話を交わさなかった。CJは自分の寝室で食事をとるようになったが、ほんの少量の野菜のこともあれば、ソースとチーズのかかったパスタやピザとポテトチップ、それにアイスクリームをたっぷり載せた素晴らしい一皿のこともあった。それから彼女はバスルームに行って例の小さな箱の上に立ち、悲しい物音を立てた。一日も欠かさず数時間ごとに、CJはあの小さな箱の上に立った。私はそれを悲しみの箱と思うようになった。CJはその上に乗ると必ず悲しんでいるから。

トレントがロッキーを連れてやって来ると、私たちはみんなで雪の中で遊んだ。CJが本当に楽しそうなのは、その時だけだった。

私はあの男に唸ったからといって、自分を悪い子だとは思わなかった。CJが恐がっていたので、考えもせずにそうしたのだ。そのために罰せられるのではないかと心配したけれど、何事もなかった。

まもなくCJは再び「学校をする」を始めた。彼女とグロリアは頻繁に話をするようになったが、二人ともまだ緊張しているのがその場から伝わってきた。CJが学校にいる時、私は階段下のかつての居場所に下りていき、彼女が帰ってくるのを待つことにした。家を離れるのは、ドッグドアを通って外に出て遊ぶためか、遠くで犬たちの吠《ほ》える声が聞えた時に吠え返すためだけだった。

私たちはもうアンディに毎日会いには行かなくなったが、時々訪ねることがあり、彼女に会うのはいつも素敵なことだった。人間はそういうことをする。つまり、日課が確立すると、すぐにそれを変えてしまうのだ。彼女と会った時は、抱きしめキスをすると いういつもの挨拶の後で、私たちは椅子に座っている人々と例のゲームをしたし、人々が座っていたり時には長い列を作って立っていたりする新しいゲームもした。

「私の癌探知研究の認可は、集団の中から陽性の人物、つまり癌にかかっている人物を犬が探知し我々に知らせることができるかどうか見ることに対して与えられているの」とアンディが言った。「これまでその判断ができたのはルークだけなのよ」

ルークは自分の名前を聞いてこちらを見上げた。

私たちは一列に並んだ人々の前を行ったり来たりして、はじめの二回はアンディとCJが私に何かを求めているのはわかったけれど、自分が何をしなければいけないのかはわからなかった。ところがその時、髪がなくて刺激の強い石鹸のような匂いのする手をした女の人が発する匂《にお》いのする石鹸《せっけん》のような匂いを私はとらえた。これだ、彼女の息には間違いなく金属のような刺激の強い匂いが含まれている。私は合図をしてビスケットをもらった。

それがゲームなのだと思ったが確信は持てなかった。アンディがその匂いのしない他の人々のところにも私を連れていき、まるでその人たちについても合図をすることになっているみたいだったから。私は同じようにしたけれど、アンディは腕組みをして立ち、ビスケットをくれない。まったくわけがわからなかった。

ある日、私は深く積もった新雪に覆《おお》われた裏庭に出たが、雪がとても深かったので、一歩進むたびに跳び上がらなければならず、はずむようにして進んだ。引き戸が開く音が聞こえ、グロリアがそこに立っているのが見えた。「ローストビーフを一切れほしい？」と彼女は大声で言った。

私はためらいながら彼女の方へ一歩進み、それから立ち止まった。彼女の声は何かを訊《たず》ねているようだったが、私がまずいことになっているのかどうかがわからなかったからだ。

「ほら」と彼女は言った。私の一メートルほど前の雪の中に何かを放り投げたのでそちらへ行ってみたけれど、とても深く沈んでしまったので匂いでそれを探しあてなければならなかった。美味しそうな肉だ！　私は頭を上げてグロリアの方を振り返って、尻尾《しっぽ》を試しに振ってみた。

「もう一切れほしい？」彼女は私のそばに肉を放り投げたので、それに鼻を鳴らして飛びつき、ついに見つけてがっついて食べた。

見上げるとグロリアは中に戻って姿が見えなくなっていた。今のはいったい何だったんだろう。

するとグロリアが前庭から大声で呼ぶのが聞こえた、「オーイ、モリー！　ワンちゃん、もうひとつご馳走がほしい？」

ご馳走！　門のところまで跳んでいくと開いていた。雪かきのために冬の朝にトラックで立ち寄る男が、シャベルで雪をかき集めて歩道を作ってくれていた。私は家の側面を小走りでぐるりと回った。グロリアは私道に立っていた。

「ご馳走よ」と彼女が言った。そして肉をもう一切れ放り投げたので、私はそれを空中でかっさらった。彼女は自分の車の後部座席のドアを開けた。「さあ、乗りたい？　ご馳走はどう？」

彼女の言っていることがわかった。私はためらいながら開いたドアの方へ進んだ。彼女が肉を少し後部のフロアに放り投げたので、私は跳んで入り、ご馳走をガツガツとかきこんだ。その間に彼女はドアを閉め、車に乗り込んで発進した。私たちは私道を走り出た。

自分が助手席の犬でないことは気にならなかった。グロリアが運転するんだったら、助手席に座っても嬉しくはない。窓から外を見て雪に覆われた木々や庭をしばらくの間眺め、それから円を描くように回って座席に伏せて居眠りした。

車が停まってグロリアがエンジンを止めた時、私は目覚めて体をブルッと揺すった。彼女は座ったまま体をねじってこちらを見た。「さあ、気をつけて。ご馳走をあげたのを覚えてるわよね？ 愛想《あいそ》よくするのよ、モリー」

私は名前を呼ばれたので尻尾を振った。グロリアが両手で私の喉《のど》をつかんだのでクンクン嗅いだが、肉は持っていなかった。突然カチッという音がして、私の首輪がはずれて座席に落ちた。私はそちらに鼻を下げた。

グロリアは車から出て私の座席のドアを開けた。「ついてきなさい。つけ《ヒール》。いい子にしていなさい。逃げちゃ駄目よ」

私たちは犬の匂いが漂うビルに近づいた。グロリアは正面玄関を開けて自分の脚をピシャリと叩いたので、私は彼女について中に入った。中は小さな部屋で、その開いたドアから間違いなく一ダース以上の犬の吠え声が聞こえた。

「ハロー？ ハロー？」とグロリアが言った。

女の人が開いたドアから出てきて微笑んだ。「はい、どうされました？」

「この可哀想《かわいそう》な犬が通りに捨てられていたの」とグロリアは言った。「どれくらいの間あんな風に、家族から遠く遠く離れてひとりで生きてきたのかわからないわ。ここは迷子の犬を届ける場所なの?」

第15章

以前にもこんな場所にいたことがある。実はCJと私がアンディやルークと遊ぶために行く場所も似たような感じだった。ただし、ここにははるかに多くの犬がいて、天井は低く、人々が椅子に座るような広い場所はなかった。あるのは犬用ケージがいっぱい並んだ狭苦しい通路だけだった。

私が入れられたケージは床がセメントで、ケージの扉とその中にある犬小屋のドアの間が一メートル足らずしかなかった。犬小屋には敷物が敷いてあってたくさんの犬の匂いがする。同様に私のまわりの空気は犬の匂いがして、絶えず吠え声に満ちていた。

女の人が水と食事を持ってくると私は扉に急いで走っていって、尻尾を振り、外に出してくれるよう願った。走って遊んで人々に撫でてもらいたい。女の人は感じはよかったけれど、私を出してはくれなかった。

その女の人が近くに来ると、他の犬もほとんどが自分の扉に勢いよく走っていく。その多くが吠え、数匹は静かに座っているという具合に、自分の知るかぎりの方法でお利口さんにしていた。女の人は誰も出してやらなかった。

何が起こっているのか、自分がなぜ吠える犬だらけのこの場所にいるのか、まったく理解できなかった。CJがひどく恋しくて、気がつくと行ったり来たりして少しクーンと鳴いていた。それから犬小屋に入って小さな敷物の上に横になったけれど、眠ろうとはしなかった。

私の耳を襲う吠え声は不安に満ちていて、幾分かの怒りと心の痛みと悲しみも含まれていた。私の吠え声には、悲嘆とこの場所から出してほしいという切なる願いがこもっていた。

夜になるとほとんどの犬が静まり、それからそのうちの一匹が吠え始めるのだが、それはたいてい、私の隣の犬小屋にいる茶色と黒で背が高くて細く尻尾のない犬だった。すると他の犬が興奮し、すぐに私たち全員が再び吠えることになる。こんな状況で眠るのはきわめて困難だった。

私は自分がCJのベッドのすそで寝そべっている姿を思い描いた。時々、夜とても暑くなって床に飛び降りたりもしたけれど、今は彼女に無性に会いたくて、どんなに暑くてもあのベッドで横になりたかった。自分の被毛に置かれた彼女の手の感触と、彼女の肌の馴染《なじみ》のある素晴らしい匂いが恋しくてたまらない。

翌朝、私はケージから出されて廊下を連れていかれ、獣医のところでするようにテーブルの上に載せられた。男の人と女の人が私を撫で、男の人は私の耳の中を見た。女の人は一本の棒を取り出して私の頭のそばにかざしていたが、男の人が両手を私の顔の両側にあてたので、私はその棒がおもちゃなのかどうかはっきりわからなかった。

「あったわ」と女の人が言った。

「マイクロチップが埋め込まれてるだろうって、わかってたさ」と男の人が言った。

私はケージに戻された。ひどくがっかりしたので、敷物の上に戻って寝そべる気力もあまり湧《わ》いてこない。犬小屋を少し噛んでみたけれど、それでも気持ちは晴れなかった。ため息をつき、呻き声をあげて横になった。
二、三時間後に男の人が戻ってきた。「ハロー、モリー」と彼は私に言った。私は自分の名前を聞いて嬉しくなり、きちんと座って尻尾を振った。男の人は私の首のまわりにロープをするりとはめた。「おいで、お嬢さん。君に会いに来た人がいるんだ」
男の人が廊下のはずれにあるドアを開けた途端、CJの匂いがした。「モリー！」と彼女が呼んだ。私が彼女めがけて突進すると、彼女は跪いて両腕を私の体にまわした。彼女の顔と耳にキスし、彼女のまわりを走って走って走り回ったので、ロープが私の後ろに垂れてからまった。安堵《あんど》の気持ちを声に出して表し、鳴きつづけた。彼女は笑った。

「いい子よ、モリー、おすわり、さあ」

おすわりしているのは大変だったけれど、ここはいい子でいなきゃいけない。私が座って尻尾を振っているかたわらで、私の少女は男の人と立ち話をしていた。

「とても心配だったの」と彼女は言った。「あの大雪が降った後、男の人が来て歩道の雪かきをした時に門から出たんだと思うわ」

廊下であの背の高い茶色と黒の犬が吠え始め、みんなが加わった。遠からず彼らの人間も来て、家に連れて帰ってもらえるといいのに。

「この子を届けにきた女性は、通りを走っていたって言ったよ」

「それはモリーらしくないわ。全部でいくらですか？」

「六〇ドルだ」

私は自分の名前が聞こえたので尻尾を振った。CJが手を下に伸ばして私を撫《な》でた。

「待って、女性ですって？」

「いかにも金持ちっていう感じの女性だったよ」と男の人が言った。

「金持ちですって？」

「ええと、ほらキャデラックの新車に乗っていたし、高そうな服を着て、ヘアスタイルも決まっていた。香水もいっぱいつけてたよ」

「金髪だった？」

「ああ」

CJは深く息を吸い込んだ。何かを探してハンドバッグの中を覗いている。彼女はよくその中にクッキーを入れていたので、私はじっと見つめた。「ねえ、この人だった？」

CJはカウンターに寄りかかった。

「言うべきだとは思わないね」

「写真の女性は私の母なの」

「何だって？」

「そうなの」

「君の母親が君の犬を連れてきたって？　君に言わずに？」

「ええ」

沈黙が訪れた。CJは怒り、悲しんでいた。

「残念なことだ」と男の人は言った。

「ええ」

帰りの車で私は助手席に乗った。「いなくなってとても寂しかったわ、モリー。あなたに何か起こるんじゃないかと思うとすごく恐かったの！」とCJは言った。そして抱き寄せてくれたので、私は彼女の顔を舐めた。「ああ、モリー、モリー」と彼女は囁いた。「お馬鹿《ばか》さんのプードルじゃなくてシュヌードル」再会できたのに、彼女からは悲しみが伝わってくる。「本当にごめんなさい。あの人がこんなことをするなんて、思ってもみなかったのよ」

窓の外を見ると面白いものがたくさんあったけれど、私は幼い子犬の時にそうしたように、CJを見て手を舐め、膝に頭を載せた。彼女のそばにいることができてとてもいい気分だったので、疲労困憊《こんぱい》していた私はすぐに眠りに落ちた。

車が速度を緩めて鋭角に曲がると、馴染のある匂いがたちこめたので、私はきちんと座りなおした。私たちは家に戻ったのだ。車の音が止まり、CJが私の方に手を伸ばして頭を両手ではさむように持った。「ここはあなたには安全じゃないわ、モリー。どうしたらいいかわからないの。グロリアがあなたに危害を加えないとはかぎらないもの。あなたに何かあったら私は死ぬわ、モリー」

私は少し尻尾を振った。CJが車から出してくれたので、溶けかけた雪を踏みつけて玄関のドアまで進んだ。家に戻れてとても嬉しかった。CJはドアを開けて中に入った途端息をのみ、たちまち不安の色を浮かべた。

「シェーン！」

CJの友人のシェーンがリビングルームに座っていたのだ。彼は立ち上がったが、私は彼のところへは行かず、尻尾も振らなかった。彼がここに、私たちの家にひとりでいるのは、どこか間違っている。

「ハイ、CJ」

「どうやって入ったの？」

シェーンは片膝をついて手を叩いた。「やあ、モリー」彼は煙のような匂いがした。

私はCJのそばを離れなかった。

「シェーン？　どうやって入ったのかって言ったのよ」

「ドッグドアに熊手《くまで》を突っ込んでデッドボルトを回したんだよ」と彼は笑いながら言った。

「ここで何をしているの？」

「俺が電話したのになぜかけてこないんだ？」

「今すぐここから出て行って。私の家に入ってこないで！」

CJは怒っていた。私は何が起こっているのだろうと思い、彼女を注意深く見た。

「他にやりようがなかったんだ。俺のことを完全に無視するからさ」

「ええ、別れる時はそうするものなのよ、シェーン。お互い話をしなくなるのよ。わかりきったことでしょ」

「ここで吸ってもいいかい？」

「ダメ！　早く出ていってよ」

「さあね、この件を話し合って決着がつくまで出ていかないよ」

「どの件？　シェーン、あなた……」CJは深く息を吸い込んだ。「夜中の二時に私に三〇回くらい電話したでしょう」

「俺が？」とシェーンは笑った。

車が私道に入ってくる音が聞こえたので、誰なのか見に窓のところに行った。車のドアが開くと、ロッキーだった！　トレントも降りてくる。ロッキーは木の根元に駆け寄り、足を上げた。

「誰か来たわ」とＣＪが言った。

「二階で待った方がいいかい？」

「何ですって？　頭がおかしいんじゃないの？　出ていってほしいのよ」

ドアを軽くノックする音がした。私は走っていって鼻をドアの隙間《すきま》につけ、クンクン嗅《か》いだ。ロッキーが向こう側にいて、まったく同じことをしていた。ＣＪは部屋を横切ってドアを開けた。

「その子、見つかったんだ！」とトレントが言った。それから口をつぐんだ。

「やあ、トレント」とシェーンが声をかけた。

ロッキーと私は互いの匂いを嗅ぎ合った。私は跳び上がり、大喜びで彼の首筋の後ろの皮膚をひとつまみ噛み、ぐいと引っ張った。

「ごめん、どうやら出直した方がよさそうだね」とトレントは言った。

「いいのよ！」とＣＪは答えた。

「ああ、個人的な話の最中だからな」とシェーンが口をはさんだ。

「いいえ、あなたはもう帰るところでしょ」とＣＪは言った。

「CJ、俺たちは話をする必要があるんだ」とシェーンが言い返した。

「彼女は君に帰ってもらいたがっているようだぜ」とトレントは言った。

ロッキーが動きを止めた。私は彼の顔を嚙んだが、彼は筋肉をぶるぶる震わせてじっとしたままトレントを見ていた。

「きっと俺は帰りたくないんだ！」とシェーンが大声で言った。

そのとき私はトレントの怒りを感じとった。CJは手を伸ばして彼の手首に重ねた。ロッキーの耳が立ち、首筋の後ろの被毛が逆立った。

その瞬間、私は自分の目的がCJを愛し彼女の世話をすることであるのと同様に、ロッキーの目的はトレントを愛し守ることなのだと、思いあたった。

「シェーン」とCJが言った。「帰って。明日会いましょう」

シェーンはトレントをじっと見つめていた。

「シェーン！」とCJが声を強めて言った。

シェーンは瞬《まば》きしながら彼女を見た。「何だ？」

「明日、あなたがスケートボードに乗る場所で会うわ。それでいいでしょう？　放課後にね」

シェーンは立ったまましばらくの間そこにいたが、やがて頷いた。コートを手に取ると肩にかけた。立ち去りざまにトレントを押しのけ、トレントはシェーンがドアを出るまでじっと見つめていた。

「明日彼と会うのか？」とトレントが尋ねた。彼はロッキーの頭をうわの空で撫でていた。私はロッキーの口を舐めた。

「まさか！　明日はここにはいないわ」

「どういうことだ？」

「モリーと私は家を出るの。今日の午後に。カリフォルニアに行くのよ」

CJが階段へ行き自分の部屋に向かったので、トレントとロッキーと私はみんなでついていった。

「どういうことなんだ？」とトレントは尋ねた。

CJはクロゼットへ行ってスーツケースを引っ張り出した。私はそのスーツケースを覚えていた。トレントの家に私を何日もの間置いていった時、CJはそれをクロゼットから引っ張り出したのだ。ロッキーはまた遊ぶ態勢に入っていたけれど、そのスーツケースを見て私は不安になり、CJが色んな物を開けて自分の服を引っ張り出して中に入れ始めると、彼女の足もとにへばりついた。「モリーは逃げたんじゃないの。グロリアが動物管理局に捨てたのよ」

「何だって？」

「シェルターの男性職員に彼女の写真を見てもらったの。信じられる？」

「ああ、そうだな。君のお母さんならほとんど何でもありだと思うよ」

「そのとおりよ。カリフォルニアに行くわ。仕事が見つかるまでビーチで暮らすの。それから二一歳になったらパパの信託財産をもらってカレッジに行くわ」

「それってよく考えてないんじゃないか、CJ。カレッジだって？ ハイスクールも終えてないのに」

「GED（訳注／学力試験に合格すると認定される高卒と同等の資格）をとるわ。向こうで学校に行ってもいいし。わからないけど」

「一緒に行くよ」とトレントが言った。

「ああ、そうね。それならうまくいくわ」

「ビーチには住めないよ。何考えてるんだ？」

CJは答えなかったが、私は彼女が怒りはじめているのを感じとった。トレントはしばらくの間、彼女を見つめていた。「もうひとつのことはどうするんだ？」と彼は静かに尋ねた。

CJは手を止めて彼を見た。「何のこと？」

「……食べることだよ」

CJは彼をじっと見つめて深く息を吸い込んだ。「ああ、トレント、私は人生で文字通り毎日、頭の中でその日何を食べるか尋ねる小さな声がして目が覚めるのよ。あなたの声まで加えることはできないわ。無理よ」

トレントは床に目をやった。悲しそうだった。ロッキーが行って彼に鼻をこすりつけた。「すまない」と彼は言った。

CJはスーツケースをもうひとつ引っぱり出し、ベッドに置いた。「モリーを取り戻したことがグロリアにバレる前にここを出なきゃ」

「なあ、僕の手持ちの金を持っていってくれ」

「そんな必要はないわ、トレント」

「わかってるよ。ほら」

私は心配になってあくびをした。ロッキーとトレントと一緒にいるのは大好きだったが、CJがスーツケースを持って私を連れずにどこかへ行ってしまうなら嫌だ。

「あなたは世界で一番の親友よ、トレント」とCJは優しく言った。彼らはハグし合った。「君とモリーがいなくなったらどうすればいいかわからないよ」

大きなバンという音がして、それは玄関のドアが閉まる音だとわかった。「クラリティ?」グロリアが大きな声で歌うように言った。「あれはトレントの車なの?」

CJとトレントはじっと見つめ合った。「ええ」とCJは大声で言った。彼女の声が小さくなって囁き声に変わった。「モリーを静かにさせておいてくれる?」

私は尻尾を振った。

「ああ」とトレントが言った。彼は私の前に跪《ひざまず》いて耳を撫でた。

「モリー、シーッ」と彼は声をひそめて言った。私は尻尾を振った。ロッキーがやきもちを焼いて私の前に顔を突き出した。

CJは廊下に出ていって手すりにもたれかかった。私はついていこうとしたが、トレントに優しく押しとどめられた。するとクーンという鳴き声を出したくなって、力を入れた。五〇センチといえどもCJから離れたくない、このスーツケースと一緒に出ていかせたくない。「だめだ」とトレントが私に言ったが、ひどく抑えた声だった。「じっとしていろ、モリー」

「ねえ、ジュゼッペが映画に誘ってくれて、それから遅めの夕食にも連れていってくれるの、だから起きて待ってなくていいわよ」

「ジュゼッペ」とCJが言った。その声は怒りのあまり、抑揚がなかった。

「だめよ、その話を持ち出さないで、クラリティ・ジューン。あの不快な一件は忘れることにしたから、あんたもそうして」

「さよなら、グロリア」

「それってどういう意味なの？　どうしてそんな言い方をするの？」

私は我慢できなくなった。足を小刻みに動かしながら小さくクーンと鳴いた。

「今のは何？」とグロリアが尋ねた。

CJは振り向いて私を見た。私はもう一度クーンと鳴き、彼女の方へ行こうと力をこめた。「ロッキーよ。トレントが私に会わせるために連れてきたのよ。彼はモリーのことで私がひどく悲しんでいるのを知ってるから」

「うちはいつも犬が駆けずり回っていなけりゃいけないのかしらね？」

「ううん、グロリア、二度とそんなことにはならないわ」

「ありがとう。おやすみ、CJ」

「さよなら」

CJは部屋に戻ってドアを閉めた。私ははずむようにして彼女のところへ行き、顔を舐《な》めた。「モリー、私はあなたの一メートル先にいたのよ、お馬鹿さん。ねえ、あなたがコッカースパニエルプードルだったらどうなるかわかる？　コッカードゥードゥルドゥードッグになるのよ。そうよ、そうなるの」CJは私の顔にキスした。

トレントはスーツケースを持って階段を下りて車の後部に載せ、一方、私は助手席は自分のものだと主張した。ロッキーが私の匂いを嗅ぎにやって来たが、私と一緒に乗り込もうとはしなかった。どっちにしろ、私はそうさせなかっただろうけど。

私を抱きしめた時、トレントは悲しそうな顔をした。私は彼の顔を舐めた。きっと一両日中に彼とロッキーに会えるだろう。

トレントは、CJが車に乗り込んでから開けた運転席の窓に寄りかかった。彼女は私の方の窓も開けたので、冷たい空気を吸い込むことができた。

「どこに行くかわかっているのか？」と彼が尋ねた。

「ケータイに入力したわ」とCJが言った。「大丈夫よ、トレント」

「電話をくれよ」

「そうね、それをするとあの人が私の携帯を追跡できたりしないかしら？」

「そうだな、コネのあるFBIに電話すればいいだけのことだ」

CJは笑った。トレントは窓越しに彼女を抱きしめた。「いい子にしていろよ、モリー」と彼は私に話しかけた。

私はいい子と言われたので尻尾を振った。

「さあ、行くわよ、モリー」とCJが言った。

第16章

私たちは長時間ドライブした。私はCJの手がすぐ届くところに頭を載せて助手席で体を丸め、彼女は時々触ってくれた。その手から愛情が伝わってきて、私は静かな眠りに誘われた。吠えている犬たちのところにいるよりもずっといい。二度とあそこに行く破目には陥りたくない。今いる助手席に、私の少女であるCJと一緒にいることができればそれでいい。

私たちは屋外にテーブルがあって素晴らしい食べ物の匂いのする場所に停まった。「コートを着たままなら、ここでもそう悪くないわ」とCJが私のリードをテーブルの脚にくくりつけながら言った。「大丈夫よね、モリー？　少しだけあっちに行っても。そんな顔で見ないで。あなたを置いていったりしないから。いい子ね」

自分がいい子なのはわかっている。彼女が背中を向けたのでついていこうとしたけれど、リードに止められた。CJが数枚のガラス扉を通って建物の中に入っていくのを見ながら、リードを引っ張った。理解に苦しんでクーンと鳴いてしまった。いい子ならCJと一緒に行けるはずなのに！

「ハロー、モリー」

あたりを見回すとシェーンがいた。私は尻尾を振らなかった。

「いい子だ」シェーンは私のそばにしゃがみ、頭を撫でた。彼は煙と油と肉のような匂いがする。どうすればいいんだろう。

CJの姿が見えたので、私は尻尾を振った。彼女は袋を持ち、ガラス扉の向こう側に立って私たちを見ていた。シェーンが手を振った。CJはゆっくりと出てきた。

「ハイ、ベイブ」と、シェーンが立ち上がりながら言った。

「私の後をずっとつけてきたのかって、訊《き》いてもムダよね」とCJは言い、袋を下に置いた。中から食べ物の匂いがしたので、ぜひ頭を突っ込んで匂いを嗅ぎたくなった。

「トレントが君の車にスーツケースを入れるのが見えたんだ。ということは、君は明日公園で俺と会わないつもりなんだろ」

「従妹が病気なのよ。会いにいかなきゃいけないの。二日以内に戻るわ」

「問題は、君は俺に約束したってことさ。今度は約束を破るわけだ」

「そうね、契約違反だわ」

「おかしくはないさ。君の常套《じょうとう》手段だからな」とシェーンは言った。

「電話するつもりだった」

「そんなことを言っているんじゃない。君に話があるって言ったのに、ずっとすっぽかされてきた。そして今度はこれだ、俺に断わりもなく町を出ていく。後をつけるしかないじゃないか」

私がここにいることに、そしてCJのかわりに袋の中身を片づけられることに気づいてもらうために、彼女の手に鼻をこすりつけた。

「何を話したいの、シェーン？」とCJが穏やかに言った。

「そうだな、俺たちのことだ」シェーンは立ち上がった。「俺は不眠症、みたいな状態だ。少々腹も立つ、時にはな。それなのに俺のメッセージに返事しないのは、どんな思いをさせたいからなんだ？ すごく怒らせる、ってことだな。俺にそんなことしたって無駄だぜ、ベイブ。よりを戻したいんだ。君が恋しい」

「すごーい」とCJが言った。そしてテーブルにつくと、ついに、ついに、袋から食べ物を取り出し始めた。私はじっと座ってお利口さんにしていた。

「すごーい、それから？ なあ、フライを幾つかもらっていいか？」シェーンは手を伸ばし、美味《おい》しそうな匂いのする食べ物をつかんで口に入れた。私は彼の手を目で追ったが、何も落としてもらえなかった。

「どうぞ」とCJが言った。

「ケチャップある？」

CJが袋を彼の方に押し、シェーンは袋の中を捜し始めた。「すごーいって、何が？」

と彼は繰り返した。

「自分について、あることに気づいただけよ。自分がどんなに才能があるかってことに」とCJは言った。

「それで？」

「自分のことしか考えない友だちを見つける才能があるってことよ」

シェーンは食べ物を口に運ぶ手を途中で止めた。私は彼だけを見つめた。

「俺たちはそれだけか？　友だち同士なのか？」と彼は静かに尋ねた。

CJは息を吐いて顔をそむけた。

「そうじゃないってわかってるだろう、ベイブ」とシェーンが言うと、食欲をそそる匂いが彼の言葉に乗って渦を巻いて出てきた。「君は俺にとって完璧《かんぺき》な感じなんだ。俺たちは一緒にいると最高だってみんな言ってるぜ。おい、もっとケチャップを取ってきてくれよ、な？　一個しかなかったじゃないか。足りないよ」

CJはしばらく座って彼を見ていたが、それから何も言わずに立ち上がって建物に入っていった。彼女が中に入るやいなや、シェーンは手を伸ばして彼女のハンドバッグを覗《のぞ》き込み、食べられない何かを引っ張り出した。CJの携帯電話だった。けれども彼はそれに話しかけなかった。じっと見つめている。「サンタモニカ？」と彼は大声を出した。「なんとまあ……」彼は携帯電話をハンドバッグに放り込み、椅子《いす》に深く座りなおした。

CJが出てきて彼に何かを渡した。彼女の手が下に伸びて私を撫でてくれた。「すぐに晩ごはんをあげるからね、モリー」と彼女は言った。ひとつの文章に「晩ごはん」と「モリー」の両方が入っていたので嬉しくなった。

「で、その従妹だけど、どこに住んでるって言ったっけ？」

「えっ？」

「どこに行くんだってことだよ」

「ああ、セントルイスよ」

「なるほど。それが嘘《うそ》だって、お互いわかってるよな」

「どういうこと？」

「君には病気の従妹なんていない。正直者ぶって、俺と関わらなくてもすむように去っていくわけだ」

「そして、あなたはちょっとしたことで大騒ぎする特殊な才能の持ち主ね」

シェーンはキレてしまい、体から怒りが噴き出した。彼は手をテーブルに振り降ろし、バンと強く叩《たた》いた。私は彼が何をしているのかわからず、ぎょっとして跳び上がった。

CJが脅《おび》えているのが伝わってくる。何が起こっているんだろう？　背中の被毛が無意識に逆立った。被毛が逆立って、皮膚がチクチクと痛い。

「ここまでだ」とシェーンが言い放った。

「何がここまでなの?」

「嘘をつくこと。ごまかすこと。自分勝手なこと」

「どういう意味?」

「それぞれの車で、ウエックスフォードに戻るんだ。俺は君の後をついていき、モリーは俺と一緒に行く。そうすれば、君も馬鹿なことをしようとはしないだろうから」

私は彼を見上げた。CJは長い間、物も言わず、何も口に入れずに座っていた。やがて、「わかったわ」と言った。もう脅えていなかった。

「よし」シェーンの怒りもおさまりつつあった。ふたりの間に起こっていたことが何であれ、収束したようだった。

CJは袋を押して自分から遠ざけた。

「食べないのか?」とシェーンが尋ねた。

「あなたがさっさと片づけて」

シェーンはCJの分の食べ物を食べ始めた。私は悲しい気持ちで見守った。「あなたのキーを貸して。モリーをあなたの車に乗せるから」とCJが言った。

「俺がやるよ」とシェーンが言った。

「いいえ、私でなきゃだめなの」

「信用できないな」

「あなたがやってもこの子は理解しないわ。私じゃないと無理よ。あなたと一緒には行きたがらないから。犬は性格を見分けるのが得意なのよ。出かける前にこの子を車に座らせて、これから起こることに慣れさせたいの」

「いい性格かどうか判断できる、っていうのか」とシェーンが鼻を鳴らした。

「キーを渡すの、渡さないの？」

シェーンは食べ物を噛んだままポケットに手を伸ばし、ジャラジャラ音をさせながらキーを彼女に放り投げた。CJはそれを拾い上げ、私の前に落とした。かがんでクンクン嗅ぐと、煙とずいぶん昔に死んだ動物の匂いがした。

「今度はキーにウサギの足をつけたの？」とCJが言った。

「ああ。それを見ると、君がいてくれてラッキーだなって思えるんだ」

CJはやかましい音をたててキーについている死んだ動物みたいな奴《やつ》を持ち上げた。それから私のリードを椅子からはずした。「おいで、モリー」

「すぐに行くよ」とシェーンが言った。

「急がなくていいわ」CJは私を車まで連れていき、ドアを開けた。中はシェーンの匂いと他の匂いがしたが、犬の匂いはしなかった。「じゃあ、モリー、乗って！」

何のことかさっぱりわからなかったが、助手席なのが嬉《うれ》しくて、命令通りに飛び乗った。ＣＪが寄りかかり、私の側の窓が全開になった。「さあ、モリー、あなたはいい子ね」とＣＪが言った。「すべてうまくいくから」

ＣＪは車のドアを閉めた。彼女が戻ってシェーンと一緒に座るのを、私は当惑して見守った。私たちは何をしているの？　私は開いた窓から頭を突き出し、弱々しくクーンと鳴いた。

ＣＪは立ち上がって建物の中に入っていった。シェーンは顔も上げず、私のために晩ごはんをとっておく様子も見せずに、食べ続けた。

その時、私はびっくりして頭を動かした。建物の裏口が開いて今度はＣＪはそこに現れ、そっと動いて離れていった。何が起こっているの？　建物の周辺から彼女の姿を見失ってしまったので、私は哀れな声で鳴いた。

彼女の車が発進する音が聞こえたので、さらに大きな声でクーンと鳴いた。シェーンが立ち上がり、袋を持ってゴミ箱に入れた。あくびをして自分の手首を見てから建物の入り口をじっと見つめている。顎《あご》をこすり首を傾《かし》げた。

ＣＪの車が角を曲がって、シェーンのすぐ横を走り去った。シェーンはその場に凍りついたようになってそれをじっと見つめた。車は道路を二、三〇メートル進み、助手席のドアが開いた。

「モリー！」とＣＪが叫んだ。

シェーンが振り向いて私を見た。私は窓から外に向かって吠えた。

「モリー！」CJがまた叫んだ。

シェーンが頭を下げ、私めがけて走ってくる。私は頭を窓から引っ込めて、助手席をグルグル動き回った。シェーンはドアを開け、私を外に出して私の少女と一緒にいさせてくれるみたいだ。

「モリー！」CJが声高に言った。「こっちへおいで！　さあ！　モリー！」

私は向きを変えて車の座席の一方の端からもう一方の端まですばやく動き、シェーンが自分の車のところに来るのと同時に開いた窓からまっすぐ飛び出した。「つかまえた！」と彼は私をつかんで言った。私は彼の手を背中に感じ、頭をひょいと下げて身をよじると逃げ出した。「止まれ！　悪い奴だ！」と彼は叫んだ。

シェーンは私を追いかけ始めた。私は駐車場を全速力で走って横切り、CJの側の開いたドアから跳び込み、彼女の膝《ひざ》を跳び越えて、息をはずませながら彼女の隣の座席に座った。CJはドアを閉めて発進した。

彼女はフロントガラスの上を見上げていた。「あなたはあまり頭がよくないわね、シェーン」と彼女は言った。ゆっくりと運転しながら、数分後に車を片側へ寄せて停まった。まだフロントガラスの上を見ていた。

振り向いてリアウィンドウを通して外を見るとシェーンがいて、私たちの後ろを走っていた。彼の顔には怒りが現れている。CJは自分の側の窓を下げ、再びとても、とてもゆっくりと運転し始めた。

シェーンは走るのをやめて両手を膝に置いた。CJは車を停めた。彼は目を上げ、それから私たちの方へ歩き始めた。近くまで来て、さらに近づいて背中に風を受けると、彼がさっき食べていた食べ物の匂いが運ばれてきた。途中で誰かの指を舐めさせてもらえばよかった。

車が再び動き始めた。CJはハンドバッグに手を伸ばして例の死んだ動物のキーを拾い上げた。それをつかんで窓の外に差し出し、振り回し、それから車のルーフを越えた向こう側へ放り投げ、道路わきの背の高い草むらへ落とした。そして走り去った。私たちがいたところまでシェーンが歩いてきて、両手を腰にあてて原っぱをじっと見つめるのを、私はリアウィンドウ越しに見た。

私ならキーを簡単に見つけられるけれど、人間はなくした物のありかを見つけるのはあまり上手ではない。それも彼らが犬を飼う理由のひとつなのだ。けれどもこの場合は、おそらく物を探して持ち帰るゲームとは関係のない理由で、CJはキーを投げたのだとなんとなくわかった。

CJはすぐに車を停め、私のためにドライフードを餌入れ《えさい》れに入れてくれた。彼女は私に食べさせるのを忘れたりはしないと信じていたけれど、率直に言って、シェーンが袋から引っ張り出していたものの方がずっと興味をそそられる匂いがした。

それは私が覚えている中で最も長いドライブだった。夜になるとCJは車を灯りの下に停めて運転席で眠ったので、私は頭を彼女の脚の上に載せて眠った。私たちは、とても雪の多い場所を、次には風が強くて乾燥した場所を、車で走り抜けた。

CJが食事をする時はほとんどの場合、袋に入った食べ物を誰かが建物の中から彼女に渡した。外のテーブルで食べることもあった。食事は異国風でおいしかった。これは生涯で最高のドライブだ。

停車してエンジンが止まった時、私は深い眠りの中だった。体をブルッと振り、ぼんやりとあたりを見まわした。他にもたくさんの車が停まっている。太陽は空のあまり高くないところにあった。「着いたわ、モリー！」とCJは言った。

私たちが車から降りるとある匂《にお》いに襲われ、それによって自分たちが今どこにいるのかがわかった。

「捜せ」と「連れて行け」の仕事をする犬だった時、私は私の人間のジェイコブかマヤと一緒に、まさにこの場所によく来たのだ。海だった。CJは私を水際《みずぎわ》まで連れていき、リードをはずして笑いかけてくれた。私は水に飛び込み、二日間で蓄積された体力に駆り立てられて、向ってくる波の中を走り抜けた。

私たちはそこでしばらく遊び、それから屋外にテーブルが並んでいるところまで歩いていった。CJは私に水とドライフードをくれて、だんだん暖かくなっていく日向《ひなた》に私と一緒に座った。

「やあ」とひとりの男の人が言った。「きれいな犬だね」

彼は手を伸ばして私を撫でた。彼の両手はミントのような匂いがした。

「ありがとう」とCJが答えた。

「どこから来たの？　オハイオからじゃないかい？」

「えっ？　いいえ、ここの出身よ」

男の人は笑った。「そのコートを着てるんだから違うだろ。僕の名前はバート」

「ハイ」とCJは言った。そして目をそらした。

「オーケー、わかったよ、話し相手はいらないんだね。気持ちのいい日だから、君と君の犬に挨拶《あいさつ》したかったんだ。ビーチでおまわりにワンちゃんが捕まらないように気をつけるんだよ。罰金チケットを切られるからね」男はもう一度微笑《ほほえ》むとテーブルへ行ってひとりで座った。

続く二日間、私たちは車の中で眠り、それからCJは流れ出る水の下に行って立ち、小さな建物に私を一緒に連れていき、そこで服を着替えた。その後、私たちは車で走り回り、たいていは匂いに惹《ひ》かれてレストランに入った。CJは私を日陰に繋《つな》いで中に入り、すぐに出てくることもあれば、しばらく中にいることもあった。一日の終わりには、彼女の髪と服にはおいしそうな料理の匂いがたくさんついていた。

CJはいつも私を海に連れていき、走って遊ばせてくれたが、彼女自身は一度も泳がなかった。

「ああ、あなたは本当にいい子ね、モリー」とCJは言った。「仕事を見つけるのは思ったよりずっと大変だわ、最低賃金でもね」

私はいい子だと言われて尻尾《しっぽ》を振った。私にかぎって言うと、最高の時間を過ごしていた。毎日、車の中か屋外にいるのだから！

幾晩か後、眠りにつこうとしてくつろいでいると雨が降り始めた。CJは普段、窓を少しだけ開けたままにしていたが、雨が入り始めると閉めたので、私は男の匂いに気づかなかった。男が雨の中から背の高い街灯の下に現れた時にやっと見えたのだ。まるで夜と雨が一緒に訪れて、突然、濡《ぬ》れた黒っぽい男を生み出したみたいだった。私は身動きせずに座って男を見ていた。長い髪が頭と顔を覆《おお》っていて、肩に大きな袋をかけている。まっすぐ私たちを見ていた。

私はCJが内心、不安になったのを感じとり、彼女にも男が見えているのがわかった。低い唸り声が私の喉《のど》から洩《も》れた。

「大丈夫よ、モリー」とCJは言った。私は尻尾を振った。男はゆっくりとあたりを見まわした。駐車場に停まっている他の数台の車を見ているようだった。それから振り向いて再び私たちを見た。

男が私たちの方へゆっくりと大股《おおまた》で歩いて来ると、ＣＪは激しく息を吸った。

第17章

男がまっすぐに車までやって来て、手を伸ばしてドアに触れた時、私は歯をすべてむきだして唸《うな》りながら窓を叩き、吠《ほ》えて嚙《か》みつこうとした。車の中に入ろうとしたら私の歯をお見舞いすると男に知らせたのだ。本当にそうするつもりだった。口の中で嚙んだ味がしたくらいだ。

男の長い髪から雨が流れ落ち、男が私たちを見ようとかがむと顔を伝って流れた。男は私を無視し、かわりにＣＪを見ていた。ＣＪはひどく怯《おび》えていたので小さな泣き声が唇から洩れた。彼女の心臓の鼓動が聞こえる。

誰かが私の少女を恐がらせるなんて、と私は激怒した。いきり立ってガラスを引《ひ》っ搔《か》き、それを通り抜けたくて、何度も何度も体をぶつけた。私の吠え声は、クラリティをトロイから守るために納屋《なや》に響かせたのと同じくらい獰猛《どうもう》だった。

男は微笑んで窓をノックした。彼の指の関節が叩いているガラスに私は嚙みついた。するど男は背中を伸ばして周囲を見回した。

「あっちへ行って！」とＣＪが叫んだ。

男は反応しなかった。しばらくすると立ち去り、闇《やみ》に消えた。

「ああ、なんてこと。ああ、モリー、あなたは本当にいい子だわ」とCJは言い、両腕を私の体に回した。私は彼女の顔を舐めた。「すごく恐かったわ。まるで、まるでゾンビか何かみたいだったもの！　でも、あなたは私を守ってくれたのね。あなたは番犬よ、番犬《ガード・ドッグ》でプードル……グードルよ！　大好きよ」

バンと大きな物音がして、CJはキャーッと叫んだ。男が戻ってきて、手に持った棒で窓を叩いたのだ。彼は微笑んでいた。雨と暗がりの中で私に見えたのは、黄ばんだ乱《らん》杭歯《ぐいば》と、帽子の縁で隠れた目だけだった。男がもう一度窓を叩いたので、私は顔をガラスにあて、今度は相手の目が見えたのでそれをじっと見つめた。口から歯をむき出して唸り、よだれを飛ばした。男は私の少女を恐がらせていたので、私は憤怒《ふんぬ》を体中にほとばしらせ、男を嚙んでやろうとだけ思った。

男は笑って窓を覗き込んだ。私を指さし、次にグロリアが私に話しかける時のように指を振った。それから体を起こし、濡れた闇の中に姿を消した。

私は棒切れは遊ぶためのものだとずっと思っていたけれど、危険な場所にいて、持っている人が一緒に遊ぼうとしているのでなければ、悪い物にもなるんだと学習した。

雨が一晩中、車の上で轟音《ごうおん》を立てた。CJははじめは眠らなかったが、恐怖が徐々にうすれていくと、彼女の頭が下がっていった。自分の犬に守られていることを知ってもらおうと、私はまどろみながら彼女に体を押しつけて寄り添った。

　翌朝、外はとても明るかった。濡れた地面は本当に興味をそそる匂いがしたけれど、CJは屋外のテーブル席がある場所に行きたがった。私たちがそこに着くと、数日前に会った感じのいい男の人が挨拶し、かがんで私を撫でた。彼は私がこれまで会ったほとんどの男の人よりも背が高かった。彼の両手はまたミントのような匂いがした。「朝食をおごらせてくれ」と彼は言った。

「結構よ」とCJは言った。「コーヒーだけでいいの」

「まさか。何が食べたい、オムレツかい？」

「私は大丈夫」

「この人にベジタリアンオムレツを」と感じのいい男の人は料理を運んできた女の人に言った。

「いらないって言ったのよ」とCJは女の人が立ち去ってから言った。

「ああ、すまない、でもお腹《なか》がすいているように見えるんだ。女優なのか？　モデル、たぶんモデルだな。それくらいきれいだもの。僕はバートだ。両親は僕をバーソロミューって名づけてくれて、まあ、それに感謝してるってとこだな。だから『バート』って呼び名にしたんだけど、君もそう呼んでくれるかい？　ラストネームはシンプソン。だから、うん、バート・シンプソンだ。おっといけない、君の名は？」

「ワンダよ」とCJは言った。

「ハイ、ワンダ」

私たちは数分の間、くつろいで一緒に座り、厨房《ちゅうぼう》から漂うベーコンの匂いを楽しんだ。

「で、僕は正解だったのかな? モデルをしている、だから君はそんなに細いんだろう」と男の人は言った。

「実は女優になろうと思っているの」

「へえ、それはよかった。僕は女優の斡旋《あっせん》業をしているんだ。タレントのエージェントさ。君はエージェントがいるのかい?」

さっきの女の人が食べ物を運んできてCJの前に置いたので、私はきちんと座りなおした。CJはそれを食べ始めたが、途中で食べるのをやめてトーストを私にくれた!

「いえ、斡旋ということなら今のところ私はいいわ」とCJは言った。「でも、ありがとう」

「君になんて言ったっけ? 君はお腹がすいているみたいだって、言っただろ。ほら、どういう状況かわかってるんだよ」

CJは食べるのをやめて男の人を見た。

「朝はビーチに散歩に行くんだ。君がたった今車を停めたっていう感じで車から出てくる姿が見えたんだよ。でも、僕はここに先日の夜も降りてきて、君の車がそこに停まっているのを見たんだ。自分は車で寝泊まりする最初の俳優だと思っているんだろう？　べつに恥ずかしいことじゃないさ」

ＣＪはまた食べ始めたが、今度はさっきよりゆっくりと食べた。「恥ずかしいとは思ってないわ」と彼女は穏やかに言った。チーズの載った食べ物を一切れ私に放り投げたので、それをうまく空中でキャッチした。

「僕と一緒に家に来るべきだ、今すぐにね」

「あら。オムレツのお礼にってこと？」とＣＪが言った。

男の人は笑った。「いや、もちろん違うよ。寝室が余分にあるんだ。君が経済的にやっていけるようになるまでの間だけだ」

「実は休暇中で、明日出発しなきゃいけないのよ」

男の人はまた笑った。「君は本当に女優だよ。何を心配しているんだ。ほしいものが手に入らないってことかい？　それが何であれ、君のために手に入れてあげるよ」

「何ですって？」

「ここで君を守ってあげようと、君がやめる手助けをしてあげようとしているんだ。そんな敵意を抱く必要はないんだよ」

「ドラッグのこと？　それがあなたの言いたいことなの？　私はドラッグはやっていないわ」ＣＪが怒りはじめているのが伝わってきたけれど、なぜなのかわからなかった。

「わかった、僕の間違いだ。ほとんどの女の子はやっているんだ、実のところ。つまり、それがロサンゼルスなのさ」

「ほとんどの女の子。ということは、あなたは何を持ってるの、ハーレム？　養成所？」

「斡旋業をしているって……」

　CJは立ち上がった。「あなたが何の斡旋をしているか、わかっているわ、バート。おいで、モリー」彼女は私のリードを引き寄せた。

「ねえ、ワンダ」と男の人は私たちの背中に大声で呼びかけた。CJは歩くのをやめなかった。「僕とまた会うつもりだよね？　そうだね？」

　私たちはその日は歩道に毛布を敷いてそこに座って過ごした。毛布の上には箱があり、時々誰かが立ち止って箱に何かを入れてくれて、ほとんど必ずと言っていいほど私に話しかけた。たいてい「賢いワンちゃんだ」と言ってくれ、CJは「サンキュー」と返した。そんな出会いが嬉しかった。

　私たちは日が暮れるまでその毛布に座り、それからCJは私に食べさせてくれた。「明日またあなたに食べ物をあげるだけのお金ができたわ、モリー」と彼女は言った。自分の名前が聞こえたこと、それに食べていることが嬉しいと知らせるために、私は尻尾を振った。

　車に戻りながらCJの足取りが遅くなった。「うそー」と彼女は言った。

車の周囲の地面が小さな小石で覆われていた。私は好奇心をそそられて匂いを嗅ぎにいった。小石は街灯の光を浴びてキラキラ輝いている。

「だめ、モリー、足を切るわ!」CJがリードを引っ張ったので、私は自分が何か悪いことをしたのだとさとった。彼女の方を見た。「おすわり」と彼女は言った。リードを杭に繋ぎ、私が彼女の後について車の方へ行けないようにした。窓が開いていて、彼女は中に頭を突っ込んだ。車に乗り込むのなら置いてきぼりにされたくないので、私はクーンと鳴いた。

一台の車がゆっくりと私たちに近づいてきた。一条の光がその側面から現れてCJを照らしたので、CJは振り向いてそっちを見た。

「あなたの車?」と女の人がウィンドウの中から言った。CJは頷《うなず》いた。女の人は自分の側から降り、もう一方の側から男の人が降りてきたが、二人とも警官だとわかった。

「何か盗られた?」と婦警が尋ねた。

「服とか」とCJが答えた。

男の警官がやって来て私の頭を撫《な》でた。「愛想のいい子だ」と彼は言った。私は尻尾を振った。彼の指はスパイスのような匂いがした。

「報告書を作成するわ」と婦警が言った。「ガラスと、たぶん中身も保険がおりるでしょう。免責事項等によるけど」

「ああ。そうね、そこまでしなくてもいいかも」

「大丈夫よ」と婦警が言った。「身分証明書を見せてくれる?」

CJは何かを婦警に渡した。警官が立ち上がり、何であれそれをつかんで自分の車に戻って中に座った。CJは私の方へやって来た。「いい子よ、モリー」と彼女は言った。何らかの理由で怖がっているようだった。

婦警は車の周囲を歩いていた。CJは私のリードをはずした。警官が立ち上がって、「リストに名前があります」と言った。

婦警がCJを見ると、CJは向きを変えて走り出した! 何をしているのかわからなかったけれど、彼女と並んで疾走するのはこの上なく幸せだ。

私たちが大して遠くに行かないうちに背後で足音が聞こえた。さっきの警官だった。彼は私たちに追いついた。「いつまでこうする気なんだい?」と彼は私たちの横を走りながら尋ねた。

CJは口ごもり、それから立ち止まった。両手を膝に置いたので私は彼女の顔を舐め、もう一度走り出そうと構えた。

「今週末に一〇キロ走ることになってるから、調整に軽く走る機会を作ってもらってありがたかったよ」と警官は彼女に言った。彼は手を下に伸ばして私を撫でたので、私は尻尾を振った。「なぜあんなふうに走り出したのか話してくれるかい?」と彼は尋ねた。

「刑務所に入りたくないからよ」とCJは言った。

「君は刑務所には行かないよ。家出をしたからと言って刑務所に入れることはしない。でも、未成年だからリストには載ってる。僕たちと一緒に来てもらわなきゃならない」

「行けないわ」

「今はそう思うかもしれないが、いいかい、ホームレスにはなりたくないだろう。なんて呼ばれてるんだい？」

「CJよ」

「じゃあ、CJ、あんな風に僕たちから逃げようとしたから、手錠をかけなきゃならないよ」

「モリーはどうなるの？」

「動物管理局に連絡するよ」

「やめて！」

「心配ない。この子は何もされないから。君がこの子を引き取りにいけるまで置いといてくれるよ。いいね？」

私たちが車に戻ると、人々がまわりに立って喋《しゃべ》っていた。やがて荷台にケージを載せたトラックがやって来た。私はそのケージに入ってドライブしたくはなかったので、男が先端に輪っかのついた棒を手にトラックから出てくると、縮こまって地面に這《は》いつくばった。

「だめよ、待って、大丈夫だから。モリー、こっちへおいで」と私の少女が言った。私は忠実に従って彼女のところへ行った。彼女は跪いて私の頭を自分の両手ではさむようにした。「モリー、二、三日の間、シェルターに行かなければならないけど、私が引き取りにいくからね。約束するわ、モリー。わかった？　いい子ね」

ＣＪは悲しそうだった。彼女が私をトラックに連れていき、棒を持った男はケージのドアを開けた。私は彼女を見上げた。本気なの？

「さあ、モリー。立って！」とＣＪは言った。私は跳び上がってケージに入り、それから向きを変えた。ＣＪは自分の顔を私の顔のそばに寄せたので、私は彼女の顔の塩辛い涙を舐めた。「大丈夫よ、モリー。約束するわ」

ケージでのドライブは楽しくなかった。トラックが停まると男がケージを開け、棒の先端についた輪っかを私の首にそっとはめ、私たちは建物の中に入った。

男がドアを開ける前から彼らの匂いがして声が聞こえた。犬たちだ。建物の中は床がつるつる滑り、しっかり踏ん張ることができなかったし、吠え声が大きくて、滑るまいと床をこする自分の爪《つめ》の音も聞こえなかった。驚くほど騒々しくて、まさに犬の暴動だった。彼は私を建物の奥の部屋に連れていき、金属製のテーブルの上までスロープを登らせた。別の二人の男がそこにいて、私を押さえた。

「扱いやすいよ」と棒を持った男が言った。

頭の後ろの被毛を手でつかまれる感じがしたと思うと、チクリと鋭い痛みが走った。私は彼らに痛かったけど大丈夫だと知らせるために、耳を下げて尻尾を振った。

「で、最初にすることは、予防接種だ。既に接種していても害はないし、そうすることでジステンパーの流行を回避できるんだ」と男のひとりが言った。とても騒々しかったので、彼は大声を出さなければならなかった。「というわけで、それが誘導プロセスの一環としての君の仕事だ」

「わかりました」と三人目の男が言った。

「飼い主は女性用収容施設にいる。未成年だ」と棒を持った男が言った。

「わかりました、まあ、四日ありますからね」

私は狭い廊下を引いていかれた。ここの床もさっきと同じくつるつる滑り、落ち着かなかった。廊下にはケージが一列に並んでいて、どのケージにも犬が一匹入っていた。吠えている犬もいれば、鳴いている犬もいる。扉のそばにいる犬もいれば、奥の方で縮こまっている犬もいる。この場所は不安を覚えるほどの悪臭を放っていた。

私はこれまでに、吠えている犬だらけの場所にいたことが何回かあるが、これほど騒々しい場所ははじめてだ。

強い化学物質の匂いが空中を漂っていた。ＣＪが服を入れて濡らすのが好きな、地下室にある機械のような匂いだ。それに猫の匂いもしたけれど、犬がたてる騒音のせいで猫の声は聞こえなかった。

私は小さなケージに入れられた。犬小屋はなかったが、つるつる滑る床の上に小さなタオルが置いてあった。男はケージのドアを閉めた。床に排水溝があって、私はその匂いを嗅いだ。たくさんの犬がそこに自分の匂いをマーキングしていた。私はその時にはマーキングしないことにした。

廊下を挟んだ私の反対側で、大きな黒い犬がケージの扉に体をぶつけて唸っていた。彼は私を見ると目を合わせ、歯をむき出して唸った。彼は悪い子だった。

私はタオル全体を体で覆うようにして丸まった。CJがいないのが、痛いほど身に沁《し》みる。悲痛な吠え声と鳴き声と遠吠えは、いつまでも止《や》まなかった。

しばらくすると、私の声も加わった。自分でもどうすることもできなかった。

第18章

恐くてたまらなかったし、犬たち全員が始終騒音をたてているのに、これまでにない孤独感を味わっていた。床に敷いたタオルの上で、できるだけ体をギュッと縮めて、ボールのように丸まった。紙製の餌入れに入ったドライフードと水をもらった。廊下の反対側のケージにいる犬は餌入れをずたずたに引き裂いたけれど、私はそんなことはしなかった。

長い時間がたち、男が私を連れにきた。私をケージから出すと、顔に口輪をつけて顎を少しだけ開けられるようにした。床がやはりつるつる滑る寒い部屋に連れていかれた。そこの方が静かだったが、まだ吠え声が聞こえていた。

部屋はたくさんの犬の匂いがした。それは不安と痛みと死の匂いを伴っていた。ここは犬たちが死んだ場所だった。男は私を金属製の扉で隠された穴に連れていった。私は足を震わせながら立った。安心させてもらいたくて男に体を押しつけようとしたけれど、彼は後ずさりした。

もう一人の男の匂いには覚えがあった。昨日あの部屋にいた男だった。私は彼に向かって少し尻尾を振ったが、彼は私の名前を言わなかった。

「さて、ここに来るのははじめてだな？」と私を連れてきた男が言った。

「いえ、昨日、安楽死させた犬の死体を積み出しました」と私が知っている男が言った。

「わかった、じゃあ、これは攻撃性試験だ。これに落ちたら収容期間が短くなる。つまり、安楽死させられるまでに四日間しかないということだ。落ちなければ、ぎゅうぎゅう詰めじゃないかぎりは期間が長くなる」

「ぎゅうぎゅう詰めじゃないことなんてあるんですか？」

「ハハ、ああ、わかってきたんだな。完全にいっぱいではない時もあるけど、たいていはこんな感じだ」もう一人の男の方がカウンターに行き、フードがてんこ盛りになった餌入れをつかんだ。「ここで今からするのは、この子にこれを嗅《か》がせ、これが自分の餌だということに慣れさせることだ。次に、このプラスチック製の手を使ってこれを引っ張って遠ざけていく。いいか？　手に噛みつこうと向かってきたら、それは攻撃性だ。唸ったら、それも攻撃性だ」

「それが手だって、犬はなぜわかるんですか？」

「手のような形をしているし、肌色っぽいからだ。手だ」

「ああ、わかりました。僕には白いプラスチック製のくさびにしか見えませんが」

「じゃあ、これを見て唸れ」

どちらの男も笑った。

何が起こっているのかわからなかったが、こんなにもみじめな思いをしたことはなかった。前にいる男が私の前に餌を置いた。私はよだれをたらし始めた。彼らは食べさせてくれるつもりなのだろうか？　私は腹ぺこだった。私が鼻をのせると、男が大きな棒を持って私に向かってきた。

車の中でCJと一緒にいた経験から、おっかない時には棒は悪いものにもなり得ることを学んでいたので、男が私の鼻を棒でつつくと何をすることも恐くなり、唸った。

「よし、これで決まりだ」と餌を持った男が言った。「攻撃性だ。短期収容」

「でも、飼い主は戻ってくると言いましたよ」ともう一人の男が異議を唱えた。

「みんなそう言うんだ。そう言っておけば、ポチをシェルターに捨てても気持ちが少し楽になるのさ。だけどな、絶対来ないぜ」

「それでも……」

「なあ、新入りなのはわかってるけど、これに本当に早く慣れないと続かないぜ。これは攻撃性のある犬だ。だから、これで決まりだ」

「ああ、わかりました」

私はケージに戻された。目を閉じて丸まった。少しすると、吠え声で体が痛めつけられているのに、眠りに落ちることができた。

一日たち、もう一日たった。私は不安で気分が悪かった。騒音と匂いには慣れつつあったけれど、私の少女がいないことには決して慣れなかった。吠えると離ればなれでいる心の痛みが伴った。

もう一日が過ぎ、私の少女は私のことをすっかり忘れてしまったみたいだと本当に思えてきたので、最悪の日になった。今すぐＣＪに引き取りにきてもらわなければ。

とても騒々しかったので、私のケージの扉の外に女の人がいるのはわかったけれど、彼女の声は聞こえなかった。彼女は扉を開けて自分の膝を軽く叩いた。ゆっくりと、確信がないままに私は彼女に近づき、耳を下げて尻尾を振った。彼女は私の首輪にリードをつけて他のケージの前を通らせ、犬たちは私に向かって遠吠えと吠え声と唸り声とクーンという鳴き声を出した。

女の人は私をドアのところまで連れていき、ドアが開くとＣＪがそこにいた。私はむせび泣きながら跳び上がり、彼女の顔を舐《な》めようとした。

「モリー！」と彼女は言った。「ああ、モリー、モリー、大丈夫？　本当にごめんなさい。モリー、大丈夫？」

私たちは、数分間、抱き合ってキスし合った。私の少女。彼女はやっぱり、私のことを忘れてはいなかったんだ。愛情が彼女から流れ出てくるのを感じて、私の心は舞い上がった。

ＣＪは私を車まで連れていき、私は大喜びでついていった。彼女は後部座席のドアを開けたが、私はここから出られるのが嬉しくてさっそうと中に入り、それから自分がなぜ助手席の犬ではないのか見せつけられることになった。グロリアが私の定位置に座っていたのだ。彼女が私を見たので私は尻尾を振った。吠えている犬たちのいる場所から離れられて気分が高揚していたので、彼女に会うのでさえ嬉しかったのだ。

「いい子ね、いい子だわ」と、ＣＪがハンドルの後ろに体を滑りこませて、車を発進させながら言った。

私たちは、なにもかもが犬たちのいた場所と同じくらい騒々しい所に車で行ったが、それはすべて人間の出す騒音だった。車やバスや叫び声などの音が聞こえ、空気そのものを震わせるように思える並はずれて大きな轟音も時々聞こえた。

ＣＪはトランクから箱を取り出し、その一方の端についている金属製の網戸を開けた。「ペットキャリーに入って、モリー」私はもの問いたげに彼女を見た。「ペットキャリーよ」と彼女は繰り返した。私は頭を下げて中に入った。「いい子ね、モリー。これはあなたのペットキャリーよ」

中にいる時は金属製の格子《こうし》から外を見ることができたが、ペットキャリーの他の部分は堅牢《けんろう》だった。「飛行機に乗るのよ、モリー。大丈夫だからね」ＣＪは指を格子から突き入れた。

それは私の人生で最も奇妙な日だった。ペットキャリーが右へ左へと数回揺れ、しまいに私はある部屋に入れられ、そこには匂いはしても姿は見えない別の犬がいた。その犬は吠え始めたが、私はずっと吠え声を聞かされていたので、ただただ眠りたかった。しかし、歯をガタガタと言わせるような轟音がまもなく部屋いっぱいに広がり、ペットキャリーが揺れて体が重く感じられ、まるで車に乗っているようだった。例の犬は吠えて吠えて吠えまくったけれど、最近もっとひどい音を聞いていたので、気にならなかった。振動が骨身にこたえて、まもなく眠ってしまった。

さらに何度か傾いて動いた挙句に、人がたくさんいてさっきと同じ喧騒《けんそう》のある場所に着いた。CJが近づいてきてペットキャリーを開けたので、跳ねるように出て体をブルッと震わせ、楽しむ準備を整えた。彼女は私を外の草むらの一画に連れ出して用を足させたが、寒気に乗って漂ってくる匂いの組み合わせから、私たちは今や家の近くにいることがわかった。私はハッピーな気分で尻尾を振った。

ひとりの男が私たちを車で運んでくれた。グロリアが彼の隣に座り、CJは私と一緒に座った。私はCJの膝に座りたかったし、彼女とまた一緒にいられてとても嬉しかったのに、そうしようとすると彼女は笑って私を押しのけた。

家に着くとトレントがそこにいてロッキーもいた！　私は車からはずむように降りて弟の方へ走っていき、弟は私の匂いを上から下まで嗅いだが、彼と最後に会ってから私が出会ったすべての犬と人間の匂いがしたに違いない。それから私たちは雪の中で取っ組み合って遊んだけど、私はまだ不安を感じていたので、ロッキーが、トレントと一緒に段々に座っているCJの足もとから一メートル以上私を引き離そうとしても無理だった。

「あれは……冒険だったわ、それは確かよ」とCJは言った。「今度カリフォルニアに行く時にはシャワーのある場所に泊りたいということは、言っておかなくっちゃ。フォードにはシャワーはなかったから」

「フォードはどうなったんだい？」

「ああ、グロリアに売らされたわ。おそらく私は自立しすぎてしまったんだろうって。それが新しい理論よ、私は自立のために家出したんだってね。それに、私に精神科医の診察も受けさせたがっているの。自分と一緒に暮らしたがらない人は誰であれ頭がおかしいに違いないって信じてるのよ」

「どんな風だったんだい？　彼女に来てもらってってことだけど？」

「知りたい？　まさに純度一〇〇％の完璧《かんぺき》なグロリアだったわ。彼女は女性用収容施設にやって来てこう言うのよ、『ああ神様、ああ神様』って。そして職員に向かって自分の『可愛《かわい》い子』の面倒を見てくれてありがとう、だって。彼女はきっと、あの人たちが自分に賞か何かをくれると思ったんじゃない。マザーオブザイヤーとかね。それから車に乗ると、自分と一緒に名士の住宅を見てまわりたくないかって尋ねるの」

ロッキーは数回、私に自分を庭中追い回させようとしたが、今度はあきらめて仰向けに転がり、私が噛めるように喉をむき出しにした。ＣＪは手を伸ばして私を撫でた。家にいるのはとてもいい気分だ。

「で、それから、彼女は私にお説教をして、車は売るために既にブローカーに手配したって言うの。車は押収物保管所にあったと思うけど。それから二人でジ・アイビーへ食事に出かけたんだけど、そこは映画スター全員に会えるはずのレストランなのよ。彼女は私には失望した、自分は母親を愛していた、って言ったわ。それは彼女がいつも言うことなんだけど、彼女の母親はもっとひどかったのに、それでもやはり自分は母親を愛していたって。それを聞いた私は、どう言えばいいかしら、弱くなったって感じね。だから私はそれについて、つまり私がなぜ家出したかについて、彼女と話をしようとしたの。そしたら彼女が私を遮《さえぎ》って、カリフォルニアではワインはフランスと同じくらいおいしいから、自分のワインを飲んでみたくないかと尋ねるの。ところがレストランで彼女が飲ませようとしたのは、二流のワインだったわ。それから私たちはモリーを引き取りにいき、飛行機のファーストクラスに乗り、彼女は乗っている間ずっと客室乗務員といちゃついてたわ。彼はもっとワインをほしくないかとずっと尋ねてたから、自分に一目ぼれしたに違いないと彼女は思ってるの。彼は二五歳くらいなのに女性に関心がないのは明らかだったのよ。言ってる意味、わかるでしょ」

「モリーについてはどうだい？　つまり、今度はどうなるんだい？」

「そう、それが問題なのよね。モリーにまた何か起こったら、私は母親が犬を虐待《ぎゃくたい》する人なので自分が家出せざるを得なくなったという内容の本を書くって言ってやったの。それを自費出版して国中を宣伝旅行するってね。それで彼女は考えさせられたってわけ」

ロッキーと私は、私の名前が聞こえると、お互い取っ組み合うのをやめた。今度は彼は跳び上がって私の背中によじ登ろうとした。

「ロッキー、やめろ」とトレントは言った。ロッキーは私から降りて、安心させてもらうためにトレントのところへ行った。

「散歩しましょう」とCJが立ち上がりながら言った。彼女とトレントは私たちの首輪にパチンとリードをつけ、それから私たちは家の横手にある門に行って通りを進んだ。

散歩に出かけるのはなんていい気分なんだろう！

「ああ、それから彼女は、シェーンがどんなに役に立ってくれたか、私がロサンゼルスにいることを教えてくれたのは彼だって、私に言うの。彼はいけ好かない奴だと私が言った後にね！　彼女は彼からの電話に出てしゃべり、おそらく笑うやら何やらするのよ」

「ねえ、僕は君を捜そうとしたんだよ。つまり、インターネットで、投稿や、君の名前の載っているものがないか、調べていたんだ」

「電話すべきだったわ。ごめんなさい。私はただ……私にとってあまりいい時期ではなかったし、物事がうまくいってない時は、人と連絡をとれない性質なの」

「でも、調べている間にあるものを見つけたんだ」とトレントが言った。

「えっ？」

「て言うか、見つけなかったものって言った方がいいかな。君のママがオフィスを持っている不動産屋のサイトでそれに気づいたんだ。彼女の写真はあるんだけど、彼女の不動産仲介物件リストはないんだよ」

「うっとりするような写真ってやつね？　嫌いだわ」

「ああ、そうだろうな。本当にぼやけてるよ、焦点が合っていなくてね」

「その写真を誰かが見て記録的に儲《もう》かる取引の書類にサインしてくれるって、彼女は信じてるのよ」

「そのサイトでは三年前までさかのぼって売買を見られるんだ。君のママの名前はそのどれにも載っていない」

「どういうこと？」

「過去三年間に君のお母さんは家を売ってないし、仲介物件の掲載もしていないということだと思う」

「まさか」

「本当だよ。自分でチェックしてみろよ」

「思いもよらなかったわ。彼女はそんな話をしたことがないから」

ロッキーが体をこわばらせ、私と一緒にそれを見た。リスが通りに跳びはねていき、今、凍りついたようになって私たちをじっと見つめているのだ、おそらく恐怖で麻痺してしまって。私たちの前足は雪の中を掘り進もうとしたが、リードに邪魔されて進めず、リスは木に突進してよじ登ってしまった。CJとトレントは私たちを木まで連れていった。ロッキーは前足を木に載せて吠えたが、それは私たちが本気を出したらつかまえていただろうとリスに知らせる楽しげな騒音だった。

「ハイ！」と私たちの背後から女の人が声をかけた。私は鼻を上げ、その女の人に以前に会ったことがあるのが匂いでわかったけれど、どこで会ったのかは思い出せなかった。

「シェリル、ハイ！」とCJが言った。「こちらは友人のトレントよ」

女の人はかがんでロッキーと私が匂いを嗅げるように手を差し出した。おいしそうな匂いのする手袋をはめていたが、私はそれを口にくわえてはずそうとしないだけの分別があった。「ハイ、トレント。ハイ、モリー」

「クリスマスパーティーで会ったね」とトレントが言った。

「ああ、そうそう」とシェリルが言った。

彼らは少しの間立ち話をしていた。ロッキーと私はリスがいないかと周囲をチラチラ見ていたが、そのとき私の少女が気まずそうにしたので、私は素早く彼女に注意を戻した。「あのう」とCJは言った。彼女とトレントは互いを見た。「シェリル、パーティーでモリーが合図を出した時……。私たちはまったく聞いたことがなかったの。つまり……」

女の人は頷いた。「もちろんよ。そのう、あったの……しこりが。でも、とても小さかったし、すごく忙しかったから、モリーがいなかったらずっと先延ばしにしていたと思うわ」

私は尻尾を振った。

「早期発見だ、と主治医は言うの。だから……」女の人は快活に笑った。「あなたのお母さんに電話してすべて話したわ。何も聞いてない？」

「いいえ、母は一言も言わなかったわ。でも、私は……旅行してたから」

女の人はかがんで私にキスした。私が尻尾を振ると、ロッキーが頭を突き出して邪魔した。「ありがとう、モリー」と女の人は言った。「命の恩人よ」

家に戻るとトレントとロッキーは帰ってしまい、CJと私は中に入った。グロリアが座って紙を見るのが好きな場所なので私は一度も入ったことのない部屋があった。私たちは今、その部屋に入った。食べ物もおもちゃもないので、この場所になぜわざわざ来るのかわからない。CJは引き出しを開けて紙を見ていたので、その間、私は体を丸めて瞑想《めいそう》することにした。

「何、これ」とCJが小さな声で言った。「ノー」と聞こえたけれど、私が悪い子だというわけではなさそうだ。

CJはいきなり立ち上がり、廊下を進んだ。彼女が怒っているのが感じられたし、足をドスドス踏み鳴らしてもいた。「グロリア！」と彼女は怒鳴った。

「ここにいるわよ！」

私たちはグロリアの部屋に行った。彼女はテレビの前の椅子《いす》に座っていた。

「これは何なの？」CJが音をたてて紙を振り動かしながら大声で尋ねた。グロリアは目を細めてじっと見つめ、それからため息をついた。

「ああ、そのこと」

「うちの家は差し押さえられてるの？」

「さあ。ややこしくて説明できないわ」

「でも……支払いが半年遅れてるって書いてあるわ。半年も！　本当なの？」

「そんなはずないわ。そんなに長い間？」

「グロリア。差し押さえ手続きに入ってるって書いてあるわ。何か手を打たないと家を失うことになるのよ」

「テッドが幾らかお金を貸してくれるって言ったわ」とグロリアは言った。

「テッドって誰？」

「テッド・ピーターソンよ。会ったら気に入るわよ。男性モデルみたいな感じなの」

「グロリア！　あなたの机の中には封を開けてもいないありとあらゆる請求書があるわ」

「あたしの机の中をこそこそ覗《のぞ》きまわっていたの？」

「家の支払いが遅れているんだから、私にはそれを知る権利があると思わない？」

「あのオフィスは私の私的な場所よ、クラリティ」

怒りが徐々に私の少女から消えつつあった。彼女は椅子に倒れ込み、紙が床に落ちた。私は紙の匂《にお》いを嗅いだ。

「じゃあ、わかったわ」とCJは言った。「パパの信託財産を引き出さなきゃいけないでしょうね」

グロリアは何も言わなかった。彼女はテレビを見ていた。

「グロリア、聞いてるの？　私が手術か何かしなきゃいけない場合みたいに、私たちが本当に何かのためにお金が必要なら、資金を引き出せるという条項があるって、あなたはいつも言ってたわ。家を失うこともそれに含まれると思うの」

「そもそもなぜ支払いが遅れてると思う？」

「どういうこと？」

「あそこには十分なお金がなかったのよ」

CJは微動だにせず、私は彼女の心臓の鼓動が聞こえた。心配して彼女の手に鼻をすりつけたが、無視された。「何を言ってるの？　自分があのお金を盗《と》ったって言ってるの？　パパのお金を？　私のお金を？　あなたは私のお金を盗ったの？」

「あんたのお金だったというのは違うわ、クラリティ。あんたが生活できるようにお父さんが積み立ててくれた信託財産だったのよ。あたしが使ったお金はすべてあんたのためだったわ。あんたの食事、家のお金を、あたしがどうやって支払ったと思うの？　あたしたちの旅行、船旅についてはどう？」

「船旅ですって？　クルーズ船に乗るために信託財産をとりくずしたの？」

「いつかあんたも母親になるわ。その時にわかるわよ」

「あなたの物はどうなの、グロリア？　あなたの車、あなたの服はどうなの？」

「そりゃ、もちろんあたしには服が必要だわ」

CJはパッと立ち上がった。彼女は憤怒のせいで全身がこわばっていて、私はそのせいで縮こまった。「あなたなんか大嫌いよ！　大嫌い！　世界で一番邪悪な人間だわ！」と彼女は声を張り上げて言った。

彼女は泣きじゃくりながら廊下を飛ぶように走り、私は彼女のすぐ後についていった。キッチンカウンターから幾つか物をかき集めると玄関から出ていき、グロリアの車のところに行ってドアを開けた。私は飛び乗った。助手席だ！

通りを車で進みながらCJはまだ泣きじゃくっていた。私は窓から外を見たが、ロッキーと私がさっき追いかけたリスの姿は見えなかった。CJは手に携帯電話を持って耳にあてていた。

「トレント？　ああ、大変なの、グロリアが私のお金を全部使ってしまったのよ。私のお金、パパの信託財産、それがなくなったの！　私のために引き出したんだって彼女は言ったけど、嘘《うそ》よ、嘘なの、バケーションに何度も出かけていたし、自分の物を買ってたけど、全部私のお金でだったのよ。ああ、トレント、あれは私がカレッジに行くための資金だったのよ。あれは私の……。ああ、なんてこと」CJの悲しみは極限に達していた。私は頭を彼女の膝《ひざ》に載せてクーンと鳴いた。

「ううん、何？……そうじゃないの、家を出たのよ。運転してるの……えっ？　ううん、あの人の車を盗んだわけじゃないわ。あの人のものじゃないもの。あの人、私のお金で買ったのよ！」とCJは怒鳴り声で言った。

彼女はしばらく黙っていた。涙をぬぐった。「わかってるわ。そっちに行っていい？　モリーがいるの」

私は尻尾を振った。

「待って」とCJが言った。彼女は静かで体は動かさなかったが、そのとき新しい感情が彼女の中で沸き上がった。恐怖心だった。「トレント、シェーンよ。すぐ後ろにいるの」

CJは座ったまま身をよじったかと思うと正面を向いた。私はある種の重みを感じたが、それは車が速度を変えつつあるのを意味することを知っていた。「違うわ、確かよ。つけてきてるのよ！　後で電話するわ！」

CJが携帯電話を私の座席に放り投げると、はずんで私の前のフロアに落ちた。私は携帯電話を見たが、這い降りて匂いを嗅ぐのはやめた。「しっかり踏ん張っていて、モリー」とCJは言った。私は体を安定させるのに苦労した。車が向きを変え、私は転がってドアに体をぶつけた。急停車し、それからまた動き出した。また曲がり角に来た。

CJは深く息を吸い込んだ。「やったわ。大丈夫、彼はいなくなったと思うわ、モリー」と彼女は言った。彼女は不平を言いながら携帯電話を拾おうと寄りかかったが、そのとき何かが私に強くぶつかり、何もわからなくなった。CJがキャーッと叫ぶのが聞こえ、私は激痛に全身が貫かれて何も見えなくなった。自分たちが落ちていくのを感じた。

何が起こっているのか理解するのに少し時間がかかった。私はもう助手席にはいなかった。車の内側のルーフに横たわっていて、CJは私の頭上にある自分の座席にいる。

「ああ、大変、モリー、大丈夫？」

口の中は血の味がして、尻尾《しっぽ》を振ったり足を動かしたりできなかった。CJはシートベルトをはずして座席から滑り出た。「モリー！」と彼女は悲鳴をあげた。「ああ、どうしよう。モリー、お願い、あなたがいなきゃ生きていけないわ。お願い、モリー、お願い！」

彼女の恐怖と悲しみが伝わってきて、慰めてあげたかったけれど、私にできるのは彼女を見ることだけだった。彼女は両手をゆりかごのようにして私の頭を優しく支えた。自分の被毛に彼女の両手が触れているのは、とても心地よかった。「愛しているわ、モリー。ああ、モリー、本当にごめんなさい、ああ、モリー、ああ、モリー」と彼女は言った。

彼女の姿はもう見えなかったし、声は遠くに聞こえた。「モリー！」と彼女はもう一度呼んだ。

何が起こっているのか、わかっていた。自分の周囲全体に闇が濃くなるのを感じることができ、それを感じながら、バディとして生きていた最後の日にハンナと一緒にいたことを思い出した。この世を去っていく時に、ふと気づいたらどれだけ赤ちゃんのクラリティのことを考えていて、彼女が自分の面倒を見てくれる犬を見つけるよう願っていたかを。
あることにハッと気づいた。
私がその犬だったのだ。

第19章

これまではずっと、温かく優しい波が押しよせて痛みを流し去ってくれる時には、僕はどの方向に進むのでもなくただ浮かび、流れにまかせて漂うことにしていた。毎回、生まれ変わるたびに、驚きを感じてきた。自分の使命は完了し、自分の目的を果たしてしまったようにいつも思っていたからだ。

でも、今度は違った。僕の少女は厄介な状態に陥っていて、僕は彼女のところへ戻らなければならなかった。波が来て、被毛に置かれた彼女の手の感触が自分から去っていくと、僕は必死に押し進んで、四本の足が反応するように格闘した。生まれ変わりたかったのだ。

意識が戻り自分が帰ってきたことがわかるとホッとした。これまでより短時間しか眠っていなかった感じがしたが、それはいいことだった。あとは、CJのもとに戻る方法を見つけて、彼女の犬になるのに必要な大きさと強さを身につけさえすればいい。

お母さんは明るい茶色で、二匹のきょうだいは……どちらもメスでお母さんと同じ色をして、どちらも懸命にお乳を求めていた。さらさらした毛のはっきりわかる音が聞こえ始めると、犬たちの声も聞こえた。しかも大勢の。

僕は吠《ほ》えている犬たちのいる場所に戻っていた。しばらくすると、その喧騒は背景の一部でしかなくなり、聞こえなくなってしまった。

光がまだぼやけていて足に力が入らない間は、眠ってお乳を飲む以外何もできないけれど、やるべきことと、どうやればお母さんの方へ進んでいけるかは覚えていたので、自分の無力さへの苛立《いらだ》ちは飲み込むことができた。

たまに声が聞こえて、そこにいることも時々はわかる女の人が二人いた。この人間たちが来るとお母さんが尻尾を振り、すると彼女の体が震えるのだ。僕はお乳をもらいながらそれを感じていた。

けれども、視界がはっきりしてこの人間たちのうちの一人がはじめて見えた時にはショックを受けた。彼女は巨大で、僕たちのはるか頭上にそびえていたのだ。「かわい子ちゃんたちね」と彼女は言った。「いい子よ、ゾーイ」

お母さんは尻尾を振ったが、僕は巨大な女の人をじっと見つめながら、瞬《まばた》きをして焦点を合わせようとした。彼女の手が降りてきてお母さんを撫でた時、僕はすくんだ。その手はとても大きくて、僕よりも、お母さんの頭よりも大きかった。

成長するにつれて、彼女たちがケージに来ると、姉妹が素早く近よって巨大な女の人に挨拶《あいさつ》しにいくのを、僕は見守った。僕は恐くて尻込《しりご》みしてしまい、お母さんが撫でてもらいにいく時についていくことさえしなかった。姉妹はなぜ恐くないのだろう？

女の人が僕を抱き上げ、彼女の両手に毛布のように包まれると僕は唸《うな》ったが、彼女の強い指は放してはくれなかった。「ハロー、マックス。あなたは獰猛《どうもう》な子なの？　番犬になる？」

別の巨大な女の人がやって来て、僕をじっと見た。彼女にも唸った。「父親はヨークシャーテリアだと思うのよ、たぶん」と彼女は言った。

「確かにチワワとヨークシャーテリアの雑種のようだわ」と僕をつかんでいる女の人が言った。まもなく知った彼女の名前はゲイルで、その騒々しい場所にいるすべての人間の中で、彼女が一番長く僕と一緒に時間を過ごした。

彼女たちは僕をマックスと呼び、姉妹はアビーとアニーと呼ばれた。姉妹と一緒に遊ぶ時はいつも、自分が本当にすべきなのはCJを捜すことだという思いがつきまとった。これまでは必ず、吠えている犬たちのいる場所で彼女が僕を見つけてくれたのだが。僕にとって必要なのはおそらく待つことで、待っていればきっと彼女が来てくれる。僕の少女はいつも来てくれたのだから。

ある日、アビーとアニーと僕は他の犬が数匹いる囲いの中に入れてもらった。彼らはみんな子犬で、走って来て僕たちを出迎えたが、幼いので直接鼻に触れたり立ち止まらずに別の犬に飛び乗ったりするのはよくないことだと知らなかった。僕は尊大な態度で、自分を急襲した奴《やつ》のとなりへそっと移動し、彼の舌を無視して、まずは互いの性器の匂いを丁寧に嗅ぐべきだということを、動作で示した。

他の囲いの中には別の犬たちがいて、鎖でできた柵越《さくご》しに彼らをじっと見た時、僕はショックを受けた。彼らもものすごく大きかったのだ！　犬も人間も巨大な怪物みたいなこの場所は、いったいどこなのだろう？　柵のところへ行って白い犬の匂いを嗅ぐと、彼は頭を下げたが、それはお母さんの頭の一〇倍の大きさだった。僕たちは柵越しに匂いを嗅ぎ合い、それから僕は後ずさりして吠え、恐がっていないことを彼に知らせた（もちろん恐がっていたけれど）。

「大丈夫よ、マックス、行って遊びなさい」と大女のゲイルが僕に言った。

囲いの中にいる時以外は、リードをはずしてもらえる時間はなかった。ケージがいっぱい並んで犬がたくさんいる廊下を自分のケージまで連れ戻される途中で、ロッキーに少し似ている犬を見つけた。彼と同じく、頭のてっぺんまで熱心さがみなぎり、骨の細い足をしている。ロッキーでないのはわかっていたけれど、その類似点が強烈だったので、僕は立ち止った。ただし、この犬もここにいる他の大勢の犬たちと同じく、巨大だった。

その時、思い当たった、人々や犬たちが巨大なのではなく、僕が小さいことに。僕はとても小さな小型犬だったのだ！

これまでにごく小さな犬に出会ったことは、もちろんある。けれども、自分がそうなるかもしれないと考えたことは、一度もなかった。人間には大型犬が提供する防護が時折不可欠になるので、僕はずっと大きかった。CJには間違いなくそれが必要なのだ！　彼女と一緒に車の中にいた時、例の男が車の中に入ろうとして棒で窓を叩《たた》き、僕が唸って彼を退散させたことを思い出す。とても小さな小型犬でもやり遂げられるだろうか？

できる、と僕は決めた。同じことがまた起こったら、やはり唸り、やはりドアを開けたら噛《か》むと彼に知らせてやる。小さな犬と取っ組み合うことで、彼らはとても鋭い歯を持っていることを僕は知った。自分の歯を彼らの手に食い込ませる用意があると、悪い男たちに納得させるだけでいいのだ。そうすれば彼らは車の中に入ろうとしないだろう。

囲いの中に戻り、僕はアビーとアニーが遊ぶのを見て、彼女たちは僕が見ているのを見ていた。僕の方が経験を積んだ犬なので、当然のことながら、彼女たちは僕がリーダーシップをとることを求めていた。というか、彼女たちは少なくともそれを求めるべきなのに、僕が彼女たちの悪ふざけに加わりに行くと、僕の優位を認めて従うどころか、ぐるになって僕をやっつけにきた。それはまた別の話なのだ。小さな犬は仰向けに押さえつけられてしまうのが普通だった。僕は小さいからといって他の犬にやられっ放しになるような犬ではないことを証明するために、しっかりしなきゃいけない。

次に他の子犬たちと囲いに入れられた時に、この新しい決意を行動に移し、どんなに大きな犬であっても、僕には注意を払うべきなのだと知らせてやった。明らかにいずれロッキーくらいの大きさになりそうな、足と耳だけが見える黒と茶のドジな犬が、これだけ体重差があれば僕をやりこめられると考えたが、僕は彼の前足から滑りこんで背後に回り込み、歯をパクリと噛み合わせたので、彼は仰向けに倒れて素直に降伏した。

「いい子にしていなさい、マックス」とゲイルが僕に言った。そうだ、僕の名前はマックスで、一目置くべき犬なのだ。

姉妹と僕は、もうお乳を飲まなくなると、ケージに入れられてどこかの屋外の囲いに車で連れていかれた。お母さんは別の犬小屋に入れられたままだったので、アビーとアニーはうろたえたが、僕は気にならなかった。何が起ころうとしているのかわかっていたからだ。人々がやって来て、子犬たちが家に連れて行かれる時期だった。

その屋根のない囲いには床もなかった。彼らは地面に直接座った。僕は緑の草むらに転がって日向ぼっこして楽しみたかったけれど、ちょっとの間、匂いと音に度肝《どぎも》を抜かれてしまった。轟《とどろ》くような騒音がひっきりなしに続いていたが、それは吠え声ではなく、僕がプラスチック製のペットキャリーの中で左へ右へと揺られた日、吠えている犬たちのいる海沿いの場所からCJが僕を引き取ってくれた日に、僕を迎えた機械がガラガラキーキーいう音に似ていた。それに匂いもあった。車、犬、人間、水、木の葉、草、それに加えて食べ物……食べ物の匂いが突風のように僕のまわりに渦巻いていた。アビー

とアニーも五感を刺激するものの多さに、僕と同じくらい圧倒されたようだ。僕たちは

ただそこに立ち、鼻を風に向けて匂いを吸い込んだ。
たくさんの人が立ち寄って囲いの中を覗きこみ、時には中にいる犬たちと遊んでわずかな時間を過ごしていった。「あの子たちを見てごらん！」と、姉妹と僕を見つめながら人々が言う。アビーとアニーはノリノリで競うように駆け寄っていったが、僕はいつも後ずさりした。CJを待っていたからだ。

やがて二人の男が僕たちのケージのそばに跪《ひざまず》き、格子の間から指を突き入れていると、ゲイルが話をしにやって来た。

「その子たちにはヨークシャーテリアの血が入っているのよ。母親はあそこにいるチワワよ」と彼女は言った。

ゲイルが扉を開け、アビーとアニーがはずむように飛び出すと、二人の男は嬉《うれ》しそうに笑った。僕は頭を低く保ち、ケージの奥に沿って逃げた。

僕が姉妹を見たのはそれが最後だった。見るからに親友同士の二人の男が、ロッキーと僕がそうだったように、アビーとアニーがお互い会えるようにペアで連れていってくれたので嬉しくなった。

「心配ないわ、マックス。あなたにも家が見つかるから」とゲイルが僕に言った。

数日後、僕たちは同じ場所に戻り、その時には僕のお母さんと他の犬数匹の家が決ま

った。僕の囲いの扉は三回開いたが、三回とも僕はこそこそ逃げて地面にうずくまり、人々が抱き上げようとすると唸った。

「どうしたんだ？　虐待されたのか？」と男がゲイルに尋ねた。

「いいえ、あの子はシェルターで産まれたのよ。わからないわ、マックスはただ……社交的じゃないのよ。他の犬ともうまく遊ばないし。あまり人が来ない家の人となら、うまくいくと思うわ」

「じゃあ、それは僕じゃないな」と男は笑いながら言った。彼は結局小さな白犬を連れて立ち去った。

しばらくすると、ひとりの男が囲いのそばにいるゲイルのところに来た。「今日は誰かマックスに興味を示したかい？」と彼は尋ねた。懇願するように彼を見上げたけれど、僕が出て行ってCJを捜せるようにケージの扉を開けてくれはしなかった。

「残念ながらなかったわ」とゲイルが答えた。

「今日を過ぎたらリストに載せなきゃならなくなるぜ」

「わかってるわ」

彼らは立って僕を見つめていた。僕はため息をついて草むらに伏せた。どうやらもうしばらく待たないと外に出してもらえないようだ。

「まあ、きっと幸運に恵まれるさ。そう願うよ」と男は言った。

「私もよ」とゲイルは言った。悲しそうな声だったので、僕は彼女をチラッと見上げてから前足の間に鼻を置いた。

車と機械の轟音《ごうおん》が空気を震わせ、無数の犬と人間と食べ物の匂いが僕の鼻孔《びこう》にあふれる、雲一つない暖かい午後だった。するとそのとき、ひとりの女の人が通りを歩いて来るのを僕は見かけ、彼女をもっとはっきり見ようと跳び上がって立った。彼女の態度、歩き方、髪、肌に、何か惹《ひ》きつけられるものがあったのだ。

僕と比べてだけでなく、これまで会った他のどの犬に比べても巨大な犬のそばを、女の人は大股《おおまた》できびきびと歩いていく。何年も何年も前に農場で暮らしていたロバを僕は思い出した。その犬はそんなに大きいのに、体は痩《や》せていて頭は巨大だった。女の人が僕の横に近づいてきた時、風が彼女の匂いを僕のもとに運んでくれた。

もちろん、ＣＪだった。

僕はキャンキャン吠えたけれど、周囲の騒音に比べるとフラストレーションを感じるほどに静かな吠え声なので、巨大な犬は僕をチラッとだけ見たものの、ＣＪは僕の方を見ることさえしなかった。彼女が通りを歩いていって姿を消すのを、僕は苛立って見つめた。

彼女はなぜ、立ち止って僕を見てくれなかったんだろう？

数日後、僕は先日と同じ草の多い場所の囲いの中に戻され、まったく同じ時刻にＣＪ

が再び同じ犬を連れて散歩しながら立ち寄った。僕は吠えて吠えて吠えまくったのに、CJは僕を見ようとしない。

「どうして吠えてるの、マックス？　何が見えるの？」とゲイルが僕に尋ねた。僕は尻尾を振った。そうだ、出してくれ。僕はCJの後を追わなければならないんだ！

先日と同じ男がゲイルに会いにやって来たが、僕はCJの去っていく背中に思いがいっていた。

「われらがマックスはどんな様子だい？」と男が尋ねた。

「あまりよくないわ、残念ながら。今朝、幼い少女を噛んだのよ」

「なあ、たとえこの子を貰《もら》ってもらえても、誰も扱えないんじゃないかと思うよ」と男は言った。

「それはわからないわ。私たちが今やっているよりもうまく社交的になるための訓練ができれば、申し分ない子になるかもしれないわよ」

「それでも、ゲイル、僕の立場はわかっているだろう」

「そうね」

「安楽死させなければ、引き取り手のない犬だけでいっぱいになってしまうし、そうなればもう誰も救えなくなるんだ」

「この子は誰も噛んじゃいないわよ！」

なんだと思うわ」

「嚙んだって言ったじゃないか」

「わかってるわ、でも……本当は優しい子なの。つまり、本性はとても素晴らしい動物
　僕はCJが犬を連れているのはどういうわけなんだろうと思った。彼女の犬なんだろうか？　誰もが犬を必要としているし、中でも僕の少女はそうだったけれど、なぜあんなに大きな犬が必要なんだろう？　ここには僕たちがこれまで住んだことのあるどこよりも人間がたくさんいるのは確かなので、雨の夜に数人が車の中に入ってこようとする場合は、あのような大きな犬の方がおそらく防護になるのだろう。けれども、あの犬は僕のようなやり方で僕の少女を守ることはきっとできない。僕だけが、CJを赤ちゃんの時からずっと知っているのだから。

「じゃあ、こうしよう」と男がゲイルに言った。「マックスをもう一度譲渡会に参加させよう。いつだ、火曜か？　よし、もう一度だ。きっと、運が向いてくるさ。だが、設定した時期は過ぎてしまっているからな」

「まあ」とゲイルは言った。「可哀想《かわいそう》なマックス」

　その夜、僕はCJのことを考えた。僕がモリーだった時より大人になっているし髪は短くなっているけれど、それでも僕は見れば彼女だとわかった。誰かを何時間も何時間も見つめつづけたら、少し変わったくらいでどんな風貌《ふうぼう》だったか忘れたりはしない。そ

れに、この周辺には多種多様な匂いがあったのに、やはり風に乗って運ばれてくる彼女の匂いに気づくことができたのだ。

僕が次に屋外の囲いに連れていかれた時、空は曇っていた。ゲイルは柵の向こう側に立ち、僕と話すためにかがみこんだ。「いよいよね、マックス。あなたの最後の日よ。ごめんなさい、坊や。そんなに攻撃的だなんて、いったい何があったのかしら？ 私は今でもあなたが一番素晴らしいと思ってるんだけど、私のアパートでは犬は飼えないのよ、あなたのように小さな子犬でもね。だから、本当にごめんなさい」

その日も遅くにならないとCJに会うことはないと思っていたが、ほんの半時間後に、袋を二つ持って例の大きな犬は連れずに一人で歩いている彼女を見つけた。彼女に向かってキャンキャン鳴くと、彼女は振り向いて僕を見た。まっすぐ僕の目を見てくれた！ 一瞬、速度を緩めたようで、草の上のケージと人々をチラッと見て、それから驚いたことに、まっすぐ歩いてくる。

彼女が僕の目を見ている！ 僕はキャンキャン吠え、それからむせび鳴き、柵を引《ひ》っ掻《か》いた。ゲイルがやって来た。「マックス、どうしたの？」

僕はCJに意識を集中してできるかぎり大きな声で鳴き、悲しみとイライラが体からあふれ出た。ケージの扉がガタガタ音を立てるのが聞こえたと思うと、ゲイルがかがんで僕の首輪にリードをつけた。

「ほら、マックス」と彼女は言った。

僕は突進してパクリと噛んだが、歯が彼女の指のとても近くでカチッと鳴ったので、ほとんど皮膚の味がしたぐらいだった。喘ぎながらゲイルはのけぞり、リードを落とした。僕は開いた扉から飛び出し、リードを自分の後ろのセメントの上で引きずりながらCJを追跡した。

ついに屋外で走って僕の少女を追いかけているなんて、なんという喜びだろう！　なんて素晴らしい日なんだ！

彼女が通りを横切るのが見えたので、車の前を突進した。タイヤの軋《きし》む大きな音がして、地面から高くそびえる大きなトラックが僕の真上で停まった。僕はひょいとかがむ必要もなく、そいつの下から飛び出すことができた。別の車をさっとかわしたと思うと、道路の反対側にいた。CJは数メートル先にいて、坂道になった歩道を曲がって上っていく。

僕は死に物狂いで追いかけた。男が高いビルのドアを開け、CJは中に入っていく。僕はリードを引きずっていたので少し速度が遅かったが、角を曲がり、ガラス扉がゆるやかに閉まるのとほぼ同時にそれをなんとか通り抜けた。

「おい！」と男が叫んだ。

僕は床がつるつる滑る大きな部屋にいた。CJを捜しながら素早く前進すると、彼女の姿が見えた。クロゼットのように見える物の中に立ち、頭上に灯りがともっている。僕は喜びでいっぱいになって、爪《つめ》をコツコツいわせながら床を走って横切った。

ＣＪが顔を上げて僕を見た。彼女の両側からドアが閉まり始めた。跳び上がると、彼女がいる物の中に入れた。彼女の足に自分の足を載せ、むせび鳴いた。

彼女を見つけた。僕の少女を見つけたのだ。

「まあ、大変！」とＣＪが言った。

突然、リードがピンと張った。

「挟まってるわ！　大変！」とＣＪが叫んだ。彼女が袋を落とすと、床にあたって音と食べ物の匂いが突然噴き出した。ＣＪは僕の方に手を伸ばしたのに、僕は彼女のところへ行けなかった。リードで後ろに引っ張られていたのだ。

「ああ、やめて！」とＣＪが叫んだ。

第20章

CJは床に身を投げ、両手を僕の方に伸ばして必死で首筋を手探りしたけれど、僕はどうすることもできずに後方に滑っていき、首輪がきつく締まって息ができなくなった。彼女はパニックになって悲鳴をあげた、「止めて！　止めて！」

リードが僕を容赦なく後ろへ引っ張り、僕は背後の壁にドスンとぶつかったが、そのときパチッという音がして首輪がはずれた。そして床に落ち、ぎしぎしこするような大きな音がしたと思うと、激しい揺れとともにドアの黒い縁がわずかに開き、首輪は姿を消した。

「まあ、ワンちゃん」とCJが叫んだ。彼女は僕を自分の方へ引き寄せたので、僕は彼女の顔を舐めた。彼女の腕に再び抱かれ、肌を味わい、馴染《なじみ》のある匂いを嗅《か》ぐのは、最高だった。「あなたは私の目の前で死んでもおかしくなかったのよ！」

何匹かの犬と一匹の猫の匂いもしたし、彼女が落とした袋から漏れ出ている液体の刺激のある匂いももちろんした。

「わかったわ、いい子ね、いいワンちゃんだわ。ちょっと待って」彼女は笑った。そして濡《ぬ》れた袋をかき集め、「あーあ」と悲しそうに言った。

ドアが開いて僕は敷物が敷かれた短い廊下を彼女の後について歩き、CJがとあるドアの前で止まると犬の匂いが強くなった。彼女はドアをガサゴソといじって押し開けた。

「デューク！」と彼女は大声で呼び、お尻でドアを軽く押して閉めた。

犬の姿が見える前に声が聞こえた。CJがリードをつけて散歩させているところを見た、巨大な犬だった。白と灰色の犬で、その面積を合計すると僕のお母さんよりも大きい黒い斑点《はんてん》が胸にいくつもあった。僕を見ると動きを止め、尻尾をまっすぐ空中に立てた。

僕はCJの面倒をみるためにここにいるので、彼の方へ突き進んだ。彼は頭を下げ、僕は彼に唸って一歩も譲らなかった。

「仲よく遊んでね」とCJが言った。

僕は背伸びしても彼の匂いをちゃんと嗅ぐことすらできなかったが、彼が僕の匂いを嗅ごうとした時は、警告の意味で歯を嚙み鳴らした。

CJがキッチンに数分行っている間、巨大な犬と僕は落ち着きなく互いのまわりを歩き回った。猫の匂いがするので一匹ここに住んでいるのはわかったけれど、どこにも姿は見えない。CJがタオルで手を拭《ふ》きながら出てきて僕を抱き上げた。「さあ、ワンちゃん、あなたが誰のものかわかるかどうかやってみましょう」

僕は勝ち誇って大きな犬をじっと見おろし、彼はあわれな様子で見守っていた。CJと散歩に出かけることになっているかもしれないが、彼女は彼を抱いて可愛《かわい》がろうとは絶対にしないだろう。

僕たちは部屋を出て、出会ったあの小さな部屋に入り、それから彼女は僕を抱いて廊下を進み、外へ開くガラス扉のところへ行った。僕に怒鳴った男がそこにいた。

「やあ、マホニーさん、それはあなたの犬ですか？」と彼は尋ねた。

「いいえ！　でもこの子はエレベーターで首を吊るところだったの。えーと、デビッドだったかしら？　この小さな子を救おうとしてワインを一本落っことしたので、中身が少しエレベーターの床にしみこんだんじゃないかと思うの」

「すぐに掃除しておきます」

男は手袋をはめた手を僕に向かって伸ばしたが、僕とCJのどちらに触れようとしているのかわからないので、僕は警告の唸り声を出した。僕がそばにいる間は誰にもCJに手出しはさせない。彼は五本の指をぐいっと引き戻した。「威勢《スパンキー》がいいな」と彼は言った。

僕の名前はマックスで、スパンキーではない。彼を無視した。

CJは僕を抱いて通りを進んだが、屋外の犬用囲いの匂いに気づいた時、僕は心配になった。そして彼女の腕の中で身をよじって顔をそむけた。「ハイ、この子はそちらの犬じゃないかと思うの」と私の少女は言い、僕は頭を彼女の肩に載せて耳を舐めた。

「マックスだわ！」とゲイルが私の背後から言った。

「マックス」とＣＪが言った。「とてもいい子だわ。まるで私のいるビルに住んでいるみたいに、そこのエレベーターにまっすぐ走って入ってきたの。リードがドアにはさまったので、窒息するんじゃないかと思ったわ」

ＣＪは僕を撫《な》でていて、僕は頭を彼女の首筋の曲がったところにすり寄せた。吠えている犬たちのいる場所に戻りたくはなかった。どうしてもここにいたいのだ。

「なんて可愛い犬なの」とＣＪは言った。

「マックスを可愛い犬と呼んだ人はこれまでいなかったわ」とゲイルが言った。

僕はＣＪの顔にキスしてゲイルの方をそっと盗み見ながら、僕は今幸せだから他の犬たちの世話に戻っていいと知らせるために尻尾を少し振った。

「なんていう犬種なの？」

「母親はチワワよ。父親は、私たちが思うにヨークシャーテリアよ」

「マックス、あなたはチョーキーなのね！」と、ＣＪは下を向いて僕に微笑《ほほえ》みかけた。

「じゃあ、とりあえず、この子をどこに置けばいい？」

ゲイルは僕を見ていたが、それから目を上げてＣＪを見た。「正直に言っていい？

この子をどこにも置かないでほしいの」

「えっ?」

「犬を飼ってらっしゃる?」

「何ですって? いいえ、飼えないのよ。つまり、ちょうど今ドッグシッターをしているところだから」

「ということは、犬はお好きなのね」

CJは笑った。「まあ、そうね。犬を好きでない人がいる?」

「いると言ったらびっくりするでしょうね」

「そう言えば、実は犬が嫌いな人に会ったことがあるわ」僕は彼女の肩にぴったりとすり寄っていたが、CJは優しく僕を押しのけた。

「マックスは見るからにあなたを好いているわ」とゲイルは気づいたことを言った。

「本当に可愛い子だわ」

「この子は明日の朝、安楽死させられることになっているの」

「何ですって?」僕はCJの体をショックが駆け抜けるのを、体に置かれた彼女の両手がぎゅっと締まり、一歩後ろに下がった様子から感じとった。

「ごめんなさい。わかっているわ……むごいと思われるのはわかっているわ。うちは安楽死させないノーキル・シェルターではないの」

「それはひどいわ!」

「まあ、確かにそうだけど、最善を尽くしているし、可能な場合は安楽死させないところに里子に出すの。でも、そこはいっぱいだし、うちもいっぱいで、新しい犬が毎日やって来るのよ。子犬は普通、家が見つかるんだけど、マックスは誰にもなつかなくて期限が過ぎているの。うちはスペースが必要だし」

CJは僕を引き離して見た。彼女の目は濡れていた。「でも……」と彼女は言った。

「助けが必要な犬が他にもいるの。レスキューとは川のようなものなのよ。ずっと流れ続けなきゃいけないの。そうでなければ、尚《なお》いっそう多くの犬が死ぬことになるのよ」

「知らなかったわ」

「マックスはあなた以外誰にもなつかなかったわ。今朝は私に噛みついたけど、この子に食事を与えてきたのは私なのよ。この子はまるであなたを選んだみたいなの、ニューヨークにいるすべての人の中からね。この子を引き取ってくださる？　お願いよ。費用は免除するわ」

「二週間前に猫を飼ったところなのよ」

「一緒に育った犬と猫はたいていうまくいくわ。この子の命を救うことになるのよ」

「できないわ。だって……犬を散歩させているのよ、つまり、私は女優なんだけど、犬たちを散歩させていて、みんな大きいのよ」

「マックスは大きな犬のそばでもちゃんとやっていけるわ」

「ごめんなさい」

「本当にだめなの？　彼に必要なのはチャンスだけなの。あなたは、あなたは彼の最後のチャンスなのよ」

「本当にごめんなさい」

「じゃあ、明日、この子は死ぬわ」

「ああ、なんてこと」

「この子を見て」とゲイルは言った。

CJは僕を見て、僕は注目されているのが嬉しくて体をくねらせた。彼女は僕を自分の顎《あご》に届くところまで引き寄せたので、僕は舐めた。

「わかったわ」とCJは言った。「自分がこうするなんて信じられないわ」

犬用ケージから立ち去ると、僕たちはガーガーという鳥の鳴き声と、これまで嗅いだことのない動物の匂いがたくさんする場所に行き、CJは僕に首輪をはめてリードをつけた。僕は頭を高く持ち上げ、彼女の足首に添うように歩いたが、彼女を守る役目に戻れて嬉しかった。

やがて僕たちは、ようやくCJとの再会を果たした小さなクロゼットに戻った。彼女の袋からこぼれてできた濡れたしみはなくなっていたが、甘い液体の残り香はまだ嗅ぎとれた。僕は彼女に並んで自信たっぷりに廊下を闊歩《かっぽ》したけれど、ドアを開ける時には彼女は僕を抱き上げた。「デューク？」と彼女は呼んだ。

馬が走っているような音がして、例の巨大な犬が僕たち目がけて突進してきた。僕は歯をむき出しにした。「デューク、マックスは今から私たちと一緒に住むのよ」とCJは言った。彼女が僕を差し出したので、デュークという犬が鼻を上げると、僕は警告の唸り声を出した。彼は耳を少し下げ、硬い尻尾を振った。CJは僕を降ろさなかった。

「スニーカーズ？」と彼女は呼んだ。そして僕を抱いて寝室に連れていき、デュークもついてきた。ベッドには幼い猫が寝そべっていた。僕を見ると彼女の目が大きくなった。

「スニーカーズ、この子はマックスよ。チョーキーなの」

CJは僕をベッドに降ろした。猫の扱い方は心得ている。おとなしくしているかぎり危害は加えないと、わからせてやればいいのだ。僕はスニーカーズのところへ駆け寄ろうとしたのだが、彼女の上に前足を載せることに成功する前に、猫は僕に唾《つば》を吐きかけて小さな鋭い爪で顔を引っ掻いた。痛かった！　あまりのショックにキャンキャン吠える以外何もできずに這《は》い戻り、ベッドから落ちた。デュークがどっしりした頭を下げて僕を舐めたが、彼の舌は僕の顔と同じ大きさだった。

こんなふうにこれらの生き物と僕は出会ったのだが、二匹とも僕が現れた意味や、CJにとって僕がいかに大切かを理解していないようだった。

CJが素敵な料理を作ったその夜、肉の匂いがアパートに充満した。デュークは彼女についてまわり、彼女が何をしているか見ようと頭をカウンターの上に突き出した。「だめよ、デューク」とCJが言い、彼を突き放した。僕は後ろ足で立って、構ってもらうためにCJのふくらはぎを引っ掻かざるをえなかった。「わかったわ、マックス、あなたはいい子よ」と彼女は僕に言った。

僕は「いい子」で、デュークは「だめよ、デューク」。それが、僕がこのやりとりで手に入れたものだった。残念ながら、スニーカーズは寝室にいて、僕がえこひいきされているペットであることを示すこの光景を見逃してしまった。

料理している間、CJは自分の髪と服で遊んだりもしていたけれど、それは犬が参加できるゲームではなかった。食べたら美味《おい》しそうな匂いのする靴を履いてから、床を踏み鳴らす足音がキッチンで鳴り響くようになった。

まもなくドアのところで物音がして、CJは僕を抱き上げてドアを開けた。「ハイ、ハニー」と彼女はそこに立っている男に言った。彼はがっしりしていて、頭に髪がなく、焦《こ》げた何かとピーナッツとピリッとしたスパイスのような匂いがした。

「うわ、こいつは何だ？」と彼は言った。そして指を僕の顔に突き出したので、僕は彼に歯をむき出して唸った。

「マックス！」とCJが言った。「入って。マックスよ。私の新しい犬っていう感じかな」

「待てよ、感じだって？」彼は体を横にして入り、ＣＪはドアを閉めた。

「この子は明日、死刑になるところだったの。この小さな子が安楽死させられるのを放っておけなかったのよ。とても可愛くて抱きしめたくなるわ」

男はＣＪに寄りかかりそうなくらい近寄った。僕はもう一度彼に歯をむき出した。

「ああ、確かにな。だけど、バリーが戻ってきて君が彼のアパートで新しい犬を飼っていたら、なんて言うだろう？」

「もうスニーカーズを飼わせてもらってるわ。マックスは猫とほとんど変わらないサイズだしね」

デュークは大きくて愚かな頭で男の手の下を突こうとしたが、男は彼を払いのけた。ＣＪが降ろしてくれたので、僕は男をにらみつけた。彼が何らかの脅威をもたらすのかどうかまだわからなかったし、僕のサイズでは確信できるまでは警戒を解くだけの余裕がなかったのだ。

「ブロッコリビーフを作ってるの」とＣＪは言った。「ワインを開けてくれる、グレッグ？」

「なあ、こっちへ来いよ」と男は言った。

ＣＪと男はしっかりと抱き合い、それから廊下を進んでいった。僕はついていったけれど、背が低すぎて彼らと一緒にベッドに乗ることはできなかった。デュークなら簡単に跳び上がれたかもしれないが、ＣＪと男が入るとスニーカーズがすごいスピードでドアの外に飛び出し、デュークは猫の後についていく方に関心を示した。スニーカーズはソファの下に行った。彼女の後からその下に這っていくことはとても簡単だっただろうが、猫にもう一度僕を切りつける機会を与えるのはやめておいた。一方、デュークは、どうやら一生懸命頑張りさえすればその下に入れると思うほど馬鹿《ばか》なようだ。鼻を鳴らして唸りながら、頭をソファの下に突っ込み、とうとう敷物の上にあるその家具を実際に動かしてしまったのだ。スニーカーズが自分に爪がある理由をデュークに実証して見せるまでにどれくらい我慢するだろうと、僕は思った。

しばらくして、ＣＪと男が出てきた。「まあ！」とＣＪが笑いながら言った。「バーナーを消しておいてよかったわ。ハイ、マックス、デュークと楽しんだの？」デュークと僕は、自分の名前と質問が聞こえたので、どちらも彼女を見た。「あのワインを開けてくれる？」

男は両手をポケットに入れてテーブルのそばに立っていた。ＣＪはキッチンから戻ったが、キッチンにはまだ食欲をそそる匂いがあふれていた。「何なの？」

「もういられないんだよ、ベイビー」

「えっ？　でも、あなた言ったじゃない……」

「ああ、でも、ちょっと問題が起こってね」

「ちょっと問題が起こる。で、それは一体何なの、グレッグ？」

「おい、自分の状況について君に嘘をついたことは一度もないぞ」

「終わりつつあるってあなたが言った、その状況のこと？」

「込み入ってるんだ」と彼は言った。

「ああ、そう、そうでしょうね。その『状況』が現在どうなってるか、教えてくれたらどう？　だって、『私に決して嘘をついていない』最中に、その状況は終わったも同然だと、あなたは明言したはずよ」

ＣＪは怒っていた。デュークは怯《おび》えて頭を下げたが、僕はめげずに警戒態勢をとっていた。男の名前はグレッグで、僕の少女を怒らせているのだ。

「行かなきゃ」

「ということは、これは何、ただの休憩だったの？　セックスがしたかっただけ？」

「ベイビー」

「やめて！　私はあなたの赤《ベ》ち《イ》ゃ《ビ》ん《ー》じゃないわ！」

今度はグレッグも怒りはじめた。急激に手におえない状態になってきていた。僕は突進してグレッグのズボンの足に嚙みついた。「こいつ！」と彼は怒鳴った。そして足で一発食らわそうとしたが、僕は辛《かろ》うじてかわした。

「やめて！」とＣＪが叫んだ。彼女は手を下に伸ばして僕を抱き上げた。「二度と私の犬を蹴《け》ろうとしないで」

「犬が俺に噛みつこうとしたんだ」とグレッグは言った。

「この子は防衛本能が強いのよ。シェルターで育ったの」

「じゃあ、君が訓練するか何かしなきゃいけないな」

「わかったわ、じゃあ、話題を変えてこの犬の話をしましょう」

「君が何をしたいのかわからないよ!」とグレッグが怒鳴った。「行かないと間に合わないんだ」彼は足早に戸口に行き、ぐいと引っ張って開け、敷居《しきい》のところで振り返った。

「俺にとっても簡単な話じゃないんだ。君にも少しは感謝してもらいたいね」

「確かに感謝できなくもないわね。それは認めるわ」

「その必要はないさ」と男は言った。彼は荒々しくドアを閉めた。

ＣＪはソファに座り、頭を両手に埋《うず》めた。僕は彼女を慰めたくてもソファに乗ることができなかった。デュークがやって来て、まるで何かの助けになるみたいに、巨大な頭を彼女の膝に載せた。

彼女はすすり泣きながら靴を脱いで床の上に投げた。あれは悪い靴なのだ、と僕は判断した。

数分後、ＣＪはキッチンに入っていき、鍋《なべ》を二つ持ってきてテーブルの上に置き、鍋から直接食べはじめた。食べて食べて食べまくり、その間、デュークは真剣に見守っていた。

僕には次に何が起こるか、はっきりわかっていた。そして、そうなった——半時間もたたないうちに彼女はバスルームへ行き、吐いたのだ。僕の目の前でドアを閉めたので、僕は床に座り、彼女の心の痛みをなんとかしてあげたくてクーンと鳴いた。ＣＪの世話をするのが僕の目的なのだから、今この瞬間にはいい仕事ができていないのだ。

第21章

　翌日、僕たちは、スニーカーズを残してみんなで散歩に出かけた。僕は外で猫を見たことがあるが、彼らは人間と一緒には散歩しない。たいていは自分ひとりで散歩している。犬が散歩する時は、ほとんど必ず人間の隣りを歩くのに。これは犬の方が猫よりもすぐれたペットである理由のひとつに過ぎない。

　デュークと僕はリードをつけていた。僕は彼に対して、最初ににらみ合った時よりも好意を抱いていた。だって、彼みたいに従順な奴はいないから……遊ぶ時は仰向けになり、首筋に登らせて顔を嚙ませてくれた。でも、彼と一緒に歩くといつもいらいらした。ひとつの匂《にお》いから別の匂いへと気が散ってリードの端っこを左へ右へと引っ張っては、CJのバランスを崩し、僕の邪魔をするのだ。「デューク……デューク……」とCJは言ったものだ。僕は彼女の足もとでいい子らしく小走りで進んだので、彼女が「マックス……マックス……」と言わなければならないことは一度たりともなかった。けれども時折、僕は吠えた。そうしなければ人々に僕が見えるかどうかわからなかったからだ。彼らは、おそらくあまりにも散歩が下手なのであっけにとられたからだろうが、よくデュークのことをじっと見つめていた。

モリーだった僕がいなくなった後で、僕の少女が別の犬を見つけていたのは嬉しかったけれど、再会を果たした今では、デュークは自分が何をしているのかわかっていないのだから、言うまでもなく僕が中心になるつもりだった。

あらゆる場所に食べ物の匂いと、匂いを嗅ぐべきゴミ入れや紙があったのに、遅れずについていくために小さい足を一生懸命動かさなければならなかったので、その楽しみを味わっている暇はなかった。僕たちは煉瓦《れんが》の階段を数段上り、CJはドアをノックした。ドアが開き、人々と一匹の犬と食べ物の匂いが漂い出てきた。ひとりの女の人がドアの向こう側にいた。「あら」と彼女は言った、「もう時間？」

CJが気まずそうなのが伝わってくる。「えーと、ええ、時間通りよ」とCJは言った。

そばにある植木鉢に知らない犬の匂いがしたので、僕はしゃがんでマーキングした。

「私の鉢植えよ！」と女の人がわめいた。

「まあ！」とCJが下に手を伸ばして僕を抱き上げた。「ごめんなさい。まだ子犬なの」

CJがうろたえているのは、女の人のせいだ。女の人がかがんで僕をじっと見た時、僕が唸ったので彼女はのけぞった。「この子は吠えるだけで噛まないわ」とCJは言った。

「ペッパーを連れてくるわ」と女の人が言った。彼女は僕たちを戸口の踏み段に立たせたまま数分間姿を消し、それから僕よりずっと大きいけれどデュークよりはるかに小さいサビ色のメス犬をリードに繫《つな》いで連れて戻り、それをＣＪに渡した。犬は僕の匂いを嗅いだので、僕がＣＪを守るためにここにいることを知らせようと思って唸った。

サビ色の犬はペッパーという名なのだと、僕はすぐに判断した。僕たちは散歩しながらさらに何か所か立ち寄り、まもなくサリーという茶色のメス犬と、ビーヴィスという毛がふさふさしてがっしりしたオス犬が加わって、全員リードで繫がれたこの上なく不自然な犬の家族になった。

ロッキーと一緒にいるような感じでも、アニーとアビーと一緒にいるような感じでもない。それは、はぐれないようにリードでつながれた結果、互いの距離が近すぎて緊張感で一杯の犬の群れだった。だいたいにおいて、僕たちはみな互いを無視しようとしたが、散歩中だというのに、デュークはサリーとちょっと遊ぼうとした。

この犬の群れの不自然さよりも奇妙だったのは、僕たちのうんちを集めることに対するＣＪの異常な執着だった。農場では、僕は周辺の森の中で用を足すのが気に入っていたし、モリーの時は裏庭の隅を頻繁に使っていたが、定期的に男がやって来ては機械を走らせて僕の後始末をした。ＣＪは、僕たちが誰か他の人の地所にいる時はたいてい僕の後から拾い上げたが、今みたいに振る舞うことは絶対になかった。今、ＣＪは群れの犬全員の後から几帳面《きちょうめん》にすくい上げ、デュークの山盛りの糞《くそ》でもとっておくのだ。彼女はそれを小さな袋に入れてしばらく持ち歩き、それから通りにある入れ物の中に捨てたけれど、それはますますもって不可解ですらあった。とっておくつもりがないのなら、なぜ拾い上げて持ち歩くなんてことをわざわざするんだろう？

人間がすることで犬には決して理解できないことが幾つかある。ほとんどの場合、人間は複雑な人生を送っているので、何か偉大な目的にかなっているのだろうと僕は思っていたが、この場合はそれほど確信を持てなかった。

僕は責任のある犬だから、他のすべての犬に対して礼儀正しくしようとしたが、ビーヴィスは僕を嫌っていたので、僕もビーヴィスは嫌いになった。僕の匂いを嗅ぐと彼は被毛が逆立ち、僕に向かって胸を突き出した。彼は僕より大きいが、大差はない。僕がいなければ彼がここで一番小さい犬だった。CJは彼の顔が僕の顔に攻撃的に迫ってくるように彼のリードを引っ張ったので、僕は彼に嚙みつき、彼は僕の耳のそばの空気を嚙んだ。

「やめなさい！　マックス！　ビーヴィス！」

CJは怒っていた。僕は彼女に尻尾《しっぽ》を振り、何ひとつ僕のせいではないことをわかってほしいと願った。

CJは僕たちをドッグパークに連れていった。なんて素晴らしい場所なんだ！　リードをはずしてもらうと快適で、僕は一目散に走り出し、デュークとサリーが追いかけてきたけれど、僕は彼らより素早く向きを変えられたので、すぐに独走状態になった。他の犬は飼い主と一緒に公園にいて、ボールを追いかけているのもいれば、取っ組み合っているのもいた。だらんとした耳の白い犬が、デュークとサリーの追いかけっこに嬉しそうに加わってきた。犬たちと一緒に駆け回って追いかけ合うのはとても楽しかった。

ビーヴィスが体を低くして忍び足で歩いてくるのが見えたと思ったら、僕に攻撃をしかけてきた。僕は小さく回り込もうとしたが、彼が遮った。彼に噛みつく以外に選択肢はないように見えたが、デュークが大急ぎで走ってきて、僕たち両方に激突するような形になった。デュークにのしかかられたので、ビーヴィスはあまり敵対心を示さなくなった。僕はベンチに座っているCJに向かって突進し、彼女の隣に跳び乗ろうとしたけれど、届かなかった。彼女は笑って抱き上げてくれたので、僕は意気揚々と彼女の膝《ひざ》に座り、犬たちを見ながら風変わりな臭《にお》いを嗅ぎ、彼女の手を感じて、そのすべてに満足した。

ドッグパークを出ると来た道を引き返し、途中で連れてきた犬を戻していって、最後はデュークと僕だけになりCJの家に戻った。僕は疲れ切っていたので、急いでおやつを食べるとCJの足もとで眠り込んだ。

その夏の間に、ビーヴィスと僕は互いを無視するようになったが、僕が走ると彼はやはり唸《うな》った。彼は僕に追いつくことはできなかったけれど、遮るのはとてもうまかったので、僕がみんなと楽しく競走している最中に彼がその真ん中に突撃して僕に挑んでくると、一列になって走っているみんながぐっと止まって右往左往してしまった。僕と同じようにみんながそれを腹立たしいと思ったかどうかはわからないけれど。

家では、僕はデュークに礼儀正しく振る舞うよう教える役目を引き受けた。彼は僕の餌入《えさい》れに触れてはいけないことを理解しなかったので、理解したことが目の色でわかるようになるまで数回、やむなく彼を嚙むことになった。彼は僕のごはんを本当に食べたわけではないし、彼自身のごはんもほとんどの場合全部食べはしなかったのだが、あの巨大な鼻が上の方から降りてきて僕が食べているところでクンクン嗅ぐのは気に入らなかった。彼は怠け者でもあった。誰かがノックしても、僕が吠《ほ》えるまでデュークは吠えようともしないのだ。CJを守れるのは、世界中で僕たちだけなのに。だから、僕は絶えず警戒を怠らないよう細心の注意を払わなければならず、廊下の方からほんの小さな音がしただけでも吠えることにした。

誰かがノックするとCJは必ず怒ったので、僕たちは吠えることになっているのだとわかった。「こら！　やめなさい！　静かにして！　もうたくさんよ！」と彼女は怒鳴った。言葉は理解できなかったけれど、意味するところははっきりしていた。彼女はノックに怒っているのであって、僕たちは吠え続けるべきなのだ。

デュークが吠えると、スニーカーズはたいてい床を横切るように走り抜け、ベッドの下にあわてて逃げた。その点を除けば、日にちが経《た》って親密な嗅ぎ合いを何度か経験した後は猫はそんなに恐がらなくなり、僕と遊び始めるようにもなった。僕たちは取っ組み合いをしたが、それは犬と取っ組み合うのとは微妙に違っていた。スニーカーズは足を僕の体に巻きつけたりしたけれど、僕としては、やたらに大きくて彼が床を這わないかぎり押さえつけることができないようなデュークと遊ぼうとするより、スニーカーズとの方が楽だった。

スニーカーズとデュークの間に平和が訪れるのは、大きな騒音をたてる機械をCJが床の上で動かす時だけだった。デュークは怯え、スニーカーズもまた縮こまったが、僕はこれまでに同じような機械に出会っているので、恐くなかった。CJは機械をしまうと僕たちを抱きしめた。ソファに座ってデュークとスニーカーズと僕を抱き寄せ、トラウマを癒《いや》してくれるのだった。

でも、僕は自分がお気に入りのペットだとわかっていたし、CJはある夜、僕の首輪にリードをパチンとつけて僕と一緒に、僕とだけ一緒に暖かく空気のむしむしする中を散歩して、それを証明してくれた。デュークが僕たちの後について玄関まで来たけれど、CJは彼に、いい子ね、待て、と言い、それから僕たち二人だけになった。

僕はもう外で響く騒音には慣れてしまい、ほとんど気にならなくなっていたが、興味をそそられる匂いがすると、やはり我慢できなくなる。数本の木から落ち始めた葉が、涼しい風に追い立てられて歩道に沿ってサラサラ音をたてていた。僕たちは夜のとばりが降りる中を数ブロック歩いたが、たくさんの人が外に出ていておおぜいの犬がそれに加わっていたので、僕は警戒を緩めなかった。

やがて、段々を上って玄関がいくつもあるところに来た。CJが壁にある何かをいじくって「CJよ！」と言うと、ブーンという音がして僕たちは建物の中へ入り、僕の少女は僕を抱いて二つ目か三つ目の踊り場まで階段を上った。廊下の端にあるドアが開いて男が出てきた。

「ハイ！」と彼は大声で言った。

近寄ると誰なのか匂いでわかった。トレントだ！

彼にまた会うなんて考えたこともなかったので、僕はびっくり仰天した。でも、人間は何であれ自分の望みがかなうように物事を動かすことができるし、たとえばCJだってそうやって必要な時にいつも、僕をどうにかこうにか見つけてきたのだ。

トレントとCJはハグし合い、僕は後ろ足で立って背伸びして彼にもたれかかった。するとと彼が笑って手を下に伸ばし、抱き上げてくれた。

「気をつけて……」とCJが警告した。

「これは誰だい？」と彼は尋ね、僕が彼の顔を舐めると嬉《うれ》しそうに笑った。彼に会えてとても幸せだった！　もっとぴったりと体を押しつけたくて、彼の腕の中で身をよじった。

「マックスよ。この子がこんな風に振る舞うなんて信じられないわ。普段は全然こんなじゃないのに。ほとんどの人を気に入らないのよ」

「なんて可愛い子なんだ。犬種は何だい？」

「チョーキーよ、チワワとヨークシャーテリアの雑種なの。ともかく、そう考えることにしたの。うわあ、この家、こんな風にしたのね、いいじゃない！」

トレントは笑って僕を降ろした。彼は、これまで見た中で一番いい家に住んでいた。どこにも家具がひとつもないのだ。僕は何にもじゃまされずに全速力で走り回ることができた。

「家財道具は注文してあるんだ」とトレントが言った。「ワインを開けようか？　ああ、会えてとても嬉しいよ！」

僕は家の中を探検し、彼とＣＪは座って喋《しゃべ》った。部屋が他に二つあったが、同じように空だった。ふと気がつくとロッキーの匂いを求めてクンクン嗅いでいたが、彼がいることを示すものは何もなかった。弟はもう生きていないのに違いない。トレントはなぜ、新しい犬を飼わないんだろう？　人間には犬が必要なんじゃないのか？

「で、新しい仕事はどう？」とＣＪが尋ねた。

「素晴らしい会社だよ。サンフランシスコにいた時にすでに彼らと共同出資して仕事をしていたから、しっくりきてるよ。君はどうだい？　芝居の方はうまくいってるかい？」

「ワークショップに二つ参加しているの。気に入ってるわ。舞台の上にいて、みんなに聞いてもらって、私のせりふで笑ってもらって、拍手喝采《かっさい》を受けるのは何かすごいことなの……最高だわ」

「人々に注目してもらうためにグロリアの子供が演技をしたがるなんて、実におかしいね」とトレントは言った。「こんなこと、誰が予測できただろう？」

「投資銀行員が私に無料の心理療法をしたがるなんて、実に面白いわ」

トレントは笑った。その声は僕が覚えているのとまったく同じだった。「そうだな。すまない。僕自身、セラピーを受けているんだ。カリフォルニアに住んでいる場合は強制だからね。でも、役に立つこともあったよ」

「ロッキーは残念だったわね」

弟の名前を聞いて僕は立ち止り、一瞬彼らを見てから探検を再開した。

「ああ。ロッキー。あんなにいい子がな。胃捻転《ねんてん》だ。大きめの犬にはよく起こると獣医は言ってた」

僕はトレントが発する悲しみを感じとり、急いで床を横切って、彼の膝に飛び乗った。トレントは僕を抱いて頭にキスした。「で、どうしてマックスを飼うことになったんだい？」

「私の住んでいるところは、セントラルパークでこの犬の譲渡会をやっていた場所のすぐそばなのよ」

「待って、君はセントラルパークのそばに住んでるの？　それって芝居がとてもうまくいっているってことだね」

「あら、違うわ、つまり、素敵な場所に住んではいるけど、バリーっていう人のために留守番兼ペットシッターをしているのよ。この人はアフリカでの試合のためにトレーニングしているあのボクサーのマネージャーなの」

「この子犬は世界中で一番可愛い小型犬だな」とトレントは言った。

「そうよね。この子は間違いなくあなたを好いてるわ」

「なあ、食事を注文しよう。君を見ているだけで腹が減って来たよ」

「それはどういう意味なのかしら？」とＣＪがけわしい口調で言った。僕はトレントの膝から飛び出して彼女の方へ行った。

「君はとても細いから、ＣＪ」

「あら、私は女優だもの」

「ああ、でも……」

「ほっといて、トレント」

彼はため息をついた。「昔はおたがいざっくばらんに話をしたんだけどな」と彼は一瞬置いて言った。

「ちゃんとコントロールできてるわ。それさえわかってくれていればいいの」

「そこまでは関わらせてくれるけど、あとは距離を置くんだな、ＣＪ」

「またセラピーをするわけ？」

「よせよ。寂しいな。昔のように話そうよ」

「私もそうしたいわ」とＣＪは優しく言った。「でも、誰とも話したくないこともあるのよ」

彼らはしばらく何も言わなかった。僕がＣＪの膝に足を載せると、彼女は僕を抱き上げて鼻にキスした。僕は尻尾を振った。

さらに話をしていると、男の人が来て食べ物の入った袋を運び込んだ。人間が食べて犬にも食べさせられるよう、時々温かくて美味しい匂いのする食事を持ってやって来て、それを手渡して去っていく気前のいい人たちが、僕は大好きだ。僕たちはみんな床に一緒に座り、ＣＪとトレントは袋から食べて、僕にチキンの小さな一切れをくれたので、僕はそれを食べた。野菜ももらったけれど、それは吐き出した。

「彼女はなんて名前なの？」とふとＣＪが尋ねた。

「リーズル」

「待って、リーズルですって？　フォン・トラップ家の一員（訳注／『サウンド・オブ・ミュージック』の登場人物）とデートしてるの？」とＣＪは笑った。

「ドイツ人だよ。つまり、トライベカ（訳注／マンハッタンにある芸術家が多く住む地域）に住んでるんだけど、九歳の時にヨーロッパから来たんだ」

「トライベカ。まあ。ということは、あなたはニューヨークに来てたのに私に電話しなかったのね？」

「まあ、ちょっとね」とトレントは認めた。

「がっかりだわ。マックス、攻撃しなさい。喉《のど》めがけて」

自分の名前が聞こえたけれど、何をすればいいのかわからない。ＣＪはトレントの方へ身振りをしていたので、僕が彼の方へぶらぶら歩いていくと彼はかがみ、僕が顔を舐めたので、二人そろって笑った。

僕たちが帰る時、トレントとＣＪは戸口に立って長い間抱き合い、二人の間に愛が流れていた。僕はまさにその時、ＣＪにとって一番いいのは僕たちがスニーカーズとデュークを置き去りにして、この家具のない楽しい場所に移り住むことだと気づいた。ここなら彼女とトレントは愛し合えるのだから。ＣＪにはパートナーが必要なのだ。イーサンにハンナが必要だったように、そしてトレントに犬が必要なように。

「会えて本当に嬉しいよ」とトレントが言った。

「私もよ」

「よし、僕はここに越してくるんだから、しょっちゅうこんなふうにしよう。約束するよ」

「本当？　床に座って食事をするの？」

「僕たち四人で集まればいいよ。リーズルとグレッグも、ということだけどね」

「そうね」とCJは言った。

トレントは後ろへ下がり、彼女を見た。「何だい？」

「何でもないわ。あの……グレッグは駄目……彼の家族のことがまだ完全に解決してないの」

「まさか」とトレントが大声で言った。

「やめて」

「本気で言ってるんじゃないだろうな」

ＣＪは彼の口に手を置いた。「言わないで。今夜はすてきだったわ。お願い。お願い、ね？　私のことを心配してくれているのはわかるわ、トレント。でも、非難されるのは我慢できないの」

「君を非難したことは一度もないよ、ＣＪ」

「そうだとしても、そういう気がするのよ」

「わかったよ」とトレントは言った。「わかったよ」

そのとき、ＣＪは少し悲しんでいた。僕たち二人はその家を出て帰宅した。

第22章

僕たちはいつものようにみんなでドッグパークにいた。デュークとサリーは、ブリングミーザボール・トニー（訳注／「私にそのボールを持ってきて、トニー」という意味）という名の大きな白い犬の匂いを嗅《か》いでいる最中だった。ブリングミーザボール・トニーは、自分の飼い主に注意を払うよりも夢中になってサリーの背中によじ登ろうとしていた。僕はというと、僕のお母さんにとてもよく似ていて同じ顔と色をした、同じくらいの大きさのオス犬を遊びに引き込もうとしていて、とうとう追っかけてくるよう彼を仕向けることができた。すると当然のことながらビーヴィスが走り寄ってきて、唇をひきつらせ耳をピンと立てながら唸った。僕の遊び仲間はたちまちおじけづき、その攻撃を避けたが、僕は振り向いてビーヴィスに嚙《か》みつき、彼はやり過ぎて僕を怒らせていることを知らせた。ところがビーヴィスは、後ずさりするどころか、まっすぐ僕に向かってきた。

ＣＪが「だめ！」と怒鳴るのが聞こえたが、ビーヴィスは後ろ足で立ち上がったので僕もそれにならうと、彼は痛めつけようと嚙みついてきた。僕が嚙み返して皮膚をひとつかみ口にくわえたその時、僕の少女が駆けつけて、両足を押し広げて僕たちを引き離した。「だめ！」と彼女はもう一度怒鳴った。そうして僕を抱き上げたが、ビーヴィスが僕を目がけて背伸びしようとしたので、僕はさらに唸って嚙みつこうとした。CJは振り返って自分の体で彼を遮った。「やめなさい、ビーヴィス！　だめよ、マックス、だめ！」

そのときデュークが、困り果てたCJの声に反応して、勢いよく走ってきた。何が起こっているのか彼は明らかに理解していなかったが、彼が現れるとビーヴィスは後ずさりした。

「まあ、マックス、あなたの耳」とCJは言った。僕は彼女が心配のあまり絶望的な気持ちになっているのがわかったが、落ち着きなくぐるぐると歩き回っているビーヴィスに意識を集中し続けた。血の匂いがした時、それが自分の血だとすぐにはわからなかったけれど、CJが僕の耳に手を置くと刺すような痛みを感じた。彼女はバッグから紙を数枚引っ張り出し、僕の頭の側面に押し当てた。

僕たちがみんなを家まで散歩させる間、CJは僕を抱いて歩いた。サリーの家では彼女の人間が帰ってくるまで少し待たなければならなかった。「本当に申し訳ないんだけど、犬同士が喧嘩《けんか》したの。少し早いけどサリーを戻してもいいかしら？」とCJは尋ねた。

ビーヴィスの家では、CJはドアを開けた男に言った。「申し訳ないけど、もうビーヴィスを散歩させられないわ。他の犬と喧嘩するの」

「しないよ」と男が言った。「他の犬の方から喧嘩をしかけてこないかぎりね」

僕はCJが怒り始めたのを感じとり、耳が痛かったけれど男に向かって唸り声をあげた。ビーヴィスの方は家に戻ったのが嬉しくて尻尾を振り、後ろをチラリとも見ずに中に入っていった。

家に着くとCJはデュークを中に入れたが、それから僕を両腕に抱き、耳に手を押し当てたままで出かけた。僕たちは獣医のところへ行った。彼は僕を金属製のテーブルに置いて撫でたし、彼の服はたくさんの犬の匂いがしたので、獣医だとわかったのだ。耳に刺すような痛みを感じたと思ったら、次に彼は耳を少しばかり引っ張った。CJはその間ずっと見ていた。

「大したことはないね。でも、ずっとおさえていたのがよかったんだよ。大量に出血したかもしれないから」と獣医が言った。

「ああ、マックス。あなたはどうしてみんなに唸らなければならないの?」とCJが尋ねた。

「せっかくここに来たんだから、このまま去勢手術をしたらどうかな?」

「えーと、そうね、それがいいと思うわ。その場合、マックスは一晩入院しなきゃいけないの?」

「もちろんだが、朝には引き取りにきていいよ」

「わかったわ。じゃあ、マックス、あなたはここに一晩いるのよ」

自分の名前が聞こえ、わずかな悲しみも聞きとれたので、尻尾をパシッと打ちつけた。

CJがいなくなってたまらなく嫌だったけれど、獣医に撫《な》でられとても深い眠りに落ちたので、時間がわからなくなった。目覚めると朝でケージの中にいて、顔のまわりを囲み、すべての音と匂いを僕の五感に直接送り込む、馬鹿げた堅いカラーをつけていた。またか、とだけ心の中で思った。人々がなぜ自分の犬をこんな馬鹿げた状況に置こうとするのか、考えても仕方ないので、とっくの昔にあきらめていた。

CJが到着し、獣医は僕をケージから出して彼女に渡した。僕は疲れていたので、とにかく僕の少女の腕の中で眠りに落ちたかった。そこを出る前に正面玄関のそばで立ち止り、レモンのような匂いのする女性と話をした。彼女はCJに何か言った。

「えっ？　そ……そんなに持ち合わせてないわ」とCJが言った。彼女がうろたえたので、僕はレモンの女性に唸った。

「クレジットカードでも支払えますよ」

「カードの利用可能残高がそんなにないのよ。今四〇ドル払って残りはお金が入ってからでいい？」

「治療を受けられた時にお支払い頂きたいんです」

CJが悲しんでいるので、僕は逃げようと奮闘し、彼女の顔を舐《な》めた。「今持ち合わせているのはこれで全部なの」とCJが囁《ささや》くように言った。何が原因で彼女が不幸になっているにせよ、それは言うまでもなくビーヴィスのせいだ。

CJが紙を何枚か渡すと、レモンの女性が何枚か紙を渡し返し、それから僕たちは悲しみの残る獣医のオフィスを去った。僕は降りて体をくねらせたかったけれど、CJが僕をしっかり抱きしめていた。

デュークもスニーカーズも、馬鹿げたカラーの匂いを嗅いで僕の耳に鼻をのせたがったが、僕は耳に何かがくっついているのが感触でわかった。僕はデュークに向って少し唸ったが、スニーカーズはゴロゴロと喉を鳴らしたので、彼女には匂いを嗅がせてやった。馬鹿げたカラーによってできた小さなスペースの中に彼女の猫顔があるのは、とても奇妙だ。

二、三日の間、デュークと一緒に散歩に出かけることが許されなかったのでつまらなかった。けれどもスニーカーズは喜んで、ベッドの下から出てきて僕と一緒に遊び、僕が日向で寝そべっているとそばで丸まって喉を鳴らした。スニーカーズと一緒に眠るのは好きだったが、自分は散歩に出かけるかわりに馬鹿げたカラーをつけて「待て」をしなきゃいけない悪い子になった気がした。

ある朝、CJは僕のカラーをはずして耳を洗い、それから、デュークにリードをつけると僕にもつけた。散歩に行くんだ！　僕たちは出かけていつもの犬たち全員を迎えにいったが、サリーもビーヴィスももうそこにはいなかった。僕はビーヴィスがいなくても寂しくなかったけれど、デュークはサリーがいないと悲しそうだった。

CJが犬の散歩のためにベッドから出ようとしない日は、デュークと僕が彼女を起こした。それでも彼女はみんなを散歩させようとはしなかったが、デュークと僕の二匹は連れ出してくれた。そういう日は僕のお気に入りの日で、毎日がこうであればいいのにと願った。その日もそんな日だった。CJは床と家具に鼻をつくような匂いのする薬品を使い、床に機械を走らせたので、デュークは吠えてスニーカーズは隠れた。終わってCJが機械を片づけると、デュークはペットキャリーからたった今出してもらったみたいに、リビングルームを猛烈な勢いで走りまわった。

僕は追いかけるしかなかった。デュークは興奮して僕の方に頭を下げ、取っ組み合おうと誘ってきた。僕が彼の上によじ登り、僕らはしばらく遊んだ。そのとき玄関のドアが開いた。僕が吠えたのでデュークも吠えた。ひとりの男が中に入ってきて「デューク！」と大声で呼び、続いて他の男二人が入って来て床の上にスーツケースを置き、それから立ち去った。僕はその見知らぬ男のところへ走っていって唸ったが、デュークは尻尾を振って男の手をクンクン嗅いだ。

「マックス！」とCJが呼んだ。彼女は僕を抱き上げたが、僕は男のズボンを歯でくわえてやろうかと思っているところだった。だってそいつは僕を無視したし無断でCJの家に立ち入った上、それを歓迎したデュークだけを撫でていたから。デュークの辞書には防護という言葉がないのだ。そこに僕がいたのは正解だった。

「お帰りなさい、バリー」

「ハイ、CJ。やあ、デューク、俺がいなくて寂しかったか？　寂しかったか、おい？」彼は跪《ひざまず》いてデュークを抱きしめた。デュークは尻尾を振ったが、それからCJのところへやって来て彼女の匂いを嗅いだ。彼女は僕を抱き上げてもデュークにはそうしないので、彼は年がら年中嫉妬《しっと》していた。

「俺がいなくても全然寂しくなかったみたいだな」と男が言った。彼はオイルと果物の匂いがした。彼に目を見つめられたので、僕は唸った。

「長い間留守だったんだもの」とCJは言った。「半年は犬には永遠のように思えるのよ」

「そうだな、でもこいつをペットホテルに入れてもよかったんだ。人にお金を払ってこの家でこいつと一緒にいてもらったんだからな」

「この子にはそれはわからないわよ、バリー」

「これは誰だい？　君は子猫って言ったと思ったけど」

「そうなの、これはマックスよ。話すと長くなるわ。マックス、お行儀よくしてね」

僕はその男を信用していなかったが、CJは彼と一緒でも大丈夫そうだったので、彼女が床に降ろすと僕は戻ってデュークと取っ組み合った。

「で、あなたの雇い主は勝ったの？」とCJは尋ねた。

「何だって？」

「あなたの雇い主よ。ボクシングのこと」

デュークが仰向けに寝転んだので、僕は喉元をくわえて優しく揺すった。

「君は本当に脳たりんだな」と男は言った。

「えっ？」

「いや、勝たなかったよ」

「まあ、本当に残念だわ、バリー。だから二ヶ月早く戻ったの？」

「ああ、だって、自分のボクサーが負けたら全世界プレスツアーには行かないよな？なんてま……デュークは何をしてるんだ？」

「デューク？」とCJがおうむ返しに言った。デュークは自分の名前を聞くと動きを止め、足を空中に広げて舌をだらりとたらし、僕は歯で彼の皮膚を徐々に引っ張った。

「遊んでいるだけよ」

「デューク！　やめろ！」と男が怒って叫んだ。デュークは四《よ》つん這《ば》いになって僕にぶつかって脇《わき》へやり、耳を下げてＣＪのところへ行った。僕は倒れて床の上に寝そべり、ハアハアした。

「どうしたの、バリー？」

「俺の犬を弱虫にしたんだな」

「何ですって？　違うわ、この子たちは一緒にとてもうまく遊ぶのよ」

「デュークには、どこぞのちっぽけなネズミみたいな犬とあんな風に『遊んで』ほしくないな」

「マックスはネズミみたいな犬じゃないわ、バリー」

バリー、それが男の名前だとわかった。

「よし、じゃあ……犬を飼っていいと君に許可した覚えはないし、デュークの振る舞いを買えないのも確かだ。君が経験豊富だって言うから雇ったんだ。だから、もういいよ。俺は戻ったんだし。君は自分の家に帰り、俺がくつろいで俺の犬ともう一度やり直せるようにしてくれればいいよ」

ＣＪは一瞬押し黙った。僕は彼女をじっと見つめ、彼女の悲しみと心の痛みを感じとった。「でも……家がないのよ、バリー」

「何だって？」

「八ヶ月から一〇ヶ月って言ったわよね。ここに八ヶ月いるのならアパートを借りておく意味がなかったのよ」

「じゃあ、なんだ、君は俺と一緒に住むつもりなのか？」とバリーは尋ねた。

「まさか！　私が言ってるのは、ソファで眠って明日家を探すってことよ」

「待て、いや、忘れてくれ。俺は……俺はストレスがたまってる。一年間これに打ち込んだのに、奴《やつ》は二ラウンド目でノックアウトされたんだ。君はここにいていいよ。とにかく、アフリカの件は捨ててサマンサの方に取りかかるとしよう。俺たちはハワイに行くつもりだ。君は二週間のうちに家を見つけてくれ。それでいいかい？　俺がここに戻るまで、誰か他の人にデュークの世話をしてもらうよ」

「ということは、私はクビなの？」

「これ以上、どうしようもないね」

「まあ、確かに、そうだわね」

「おいおい、皮肉はやめてくれ。君には十分支払ったし、それに家も無料《ただ》で使えたんじゃないか。俺が満足できなかったら、客は俺なんだからな」

「それは全部本当だわ」とCJは言った。

少したってバリーは出ていった。「バイ、デューク」とバリーは肩越しに言った。デュークは名前を呼ばれて尻尾をドシンと打ちつけたが、バリーがいなくなったおかげでCJの緊張が解けたので、僕と同じく彼もホッとしたのがわかった。でも、僕の少女は少し悲しそうだった。

翌日、いつもの犬たちと一緒に散歩に出かけた後、CJはデュークと僕だけを家に残して長時間どこかに行ってしまった。僕はしばらく彼と取っ組み合ったが、彼のでかくて強い頭で張り倒され続けたので、ムカついてきた。

寝室から低く大きな呻《うめ》き声が聞こえた時、僕は眠っていた。調べにいくとデュークが極度の興奮状態で、尻尾を固くして空気を叩《たた》くように振り、頭をベッドの下に入れていた。彼はハイになり息が荒くなっていて、呻き声を出しているスニーカーズは明らかに怯《おび》えていた。デュークの怪力は凄《すさ》まじく、ベッドの下に無理やり体を押し込んでスニーカーズを捕らえようとしていて、しまいにはベッド全体を持ち上げてしまった。

僕は彼の真ん前まで行って厳しく吠えたてた。彼は哀れなスニーカーズにほとんど届くくらい接近したことにわくわくして体を震わせていて、スニーカーズは壁に体を押しつけて耳が頭に貼《は》りつきそうになっている。デュークは僕が吠えても無視したので、僕は歯をカチカチ鳴らして彼に向かって突進した。

ようやく彼も気づいた。彼は後ずさり、ベッドがドスンという音とともに落下した。僕は彼に嚙みつき、彼の全身が部屋から出るまで唸り、それから小走りで戻ってスニーカーズの様子をチェックした。

僕はやろうと思えばベッドの下に這っていけるサイズだったが、スニーカーズをそっとしておくことにした。彼女はまだ怯えているし、僕がこれまでに見てきた猫の行動から考えると、彼らは恐がっている時には爪《つめ》を使う傾向があるからだ。

ＣＪは毎日僕たちだけを残して出かけていき、デュークは彼女の外出を、哀れなスニーカーズをいじめ始める時を知らせるサインと見なした。ドアが閉まるやいなや、スニーカーズはどこであれ自分が眠っている場所からベッドの下の隠れ場所に飛んでいく有様だった。彼女の素早い動きを見ようものなら、デュークは彼女の後を愚かにも走って追いかけ、急いで角を曲がろうとするあまり、壁に激突するのだ。僕も走り、ベッドまで来ると下に潜り込み、それから向きを変えてデュークの震えている濡《ぬ》れた鼻と面と向き合って、歯をむき出して喉の奥で唸った。デュークはフラストレーションを感じて呻き、時にはその小さなスペースの中で耳を聾《ろう》するような声で吠えることもあったが、引き下がってはいけないことはわかっていた。やがて彼は興味を失い、リビングルームへ戻って居眠りするのだった。

するとある日、パターンが変わった。僕たちはいつもの散歩に出かけたが、戻るとＣＪがペットキャリーを持ってきて扉を開け、気をつけながらスニーカーズを中に入れた。それを見ると、モリーだった時に中に座らされ、前後にひっくり返って、結局は車がたくさんある騒々しい場所に行き着いたペットキャリーを思い出した。スニーカーズは喜んでおらず、僕が匂いを嗅ぐために鼻を押しつけてもこちらへ来なかった。次にデュークが鼻を鳴らして大きな音をたてながらやって来ると、スニーカーズはペットキャリーの奥に後ずさりした。

「デューク」とＣＪが警告するように言い、デュークはご馳走《ちそう》をもらえるのかどうか見に彼女の方へ行った。

ＣＪはスニーカーズが入っているペットキャリーを持ち上げ、僕たちだけを残して立ち去った。これには面食らってしまった。僕たちと一緒じゃないなんて、いったい彼女はスニーカーズをどこに連れていくつもりなんだろう？　どうすればいいのかわからなかったので、僕たちは床に寝そべって噛むおもちゃをかじった。

僕の少女が帰ってきた時、スニーカーズはもう一緒ではなかった。スニーカーズはどこにいるんだろう？

第23章

二日間、CJは僕たちを犬の散歩に連れ出してから、僕たちだけを残して出かけて行った。スニーカーズはずっといない。デュークと僕はその状況を甘受した。実のところ、家に猫がいないと、僕たちの関係から緊張感がなくなり、自由に長時間取っ組み合うことができたので、互いに重なり合うようにして眠り込んで終わることさえ時にはあった。と言うより、どんなことをしてでも僕が上になった。デュークが上になっていたら、僕は少しも眠れなかっただろうと心の底から思う。

三日目に散歩から戻ると、女の人がドアの外で僕たちを待っていた。デュークはもちろん尻尾を振って大きな頭を彼女に押しつけたが、僕はCJの足もとに後退し、脅威がないかどうか見極めようと体をかたくして待った。

CJは女の人をマルシアと呼んだ。僕たちが半時間家の中にいた後、マルシアは用心しながら僕の方に手を伸ばしてきた。CJになだめるような口調で「礼儀正しくしなさい、マックス」と言われてから僕は匂いを嗅いだ。その手はチョコレートと犬、それに僕には特定できない何か甘い物のような匂いがした。

デュークと僕がのらりくらりと互いを嚙み合っている間、ＣＪとマルシアは話をした。最後に「さあ、これで全部話したと思うわ」とＣＪが言って立ち上がった。デュークと僕は跳び上がってそれぞれの足で立った。散歩だろうか？

「じゃあ、デューク、これでさよならよ。今度はマルシアがあなたの世話をするからね」とＣＪは言った。にわかに悲しみが彼女の心に湧《わ》き上がったので、僕は彼女のところへ行き、ソファにかがみこんでデュークの頭を両手ではさむようにして持っている彼女の脚に前足を載せた。耳が垂れ、尻尾が振られてから垂れ下がった様子を見て、彼女が悲しんでいるのを彼も知っていることがわかった。何が起ころうとしているのか、彼はわかっているのだろうか。僕にはわからなかった。

「会えなくなると寂しいわ、ねえ、あなた」とＣＪは囁くような声で言った。僕は彼女の膝によじ登ろうとしたが、やりとげることはできなかった。

「まあ、なんてことなの。ひどいわ」とマルシアは言った。

「言わないで。バリーに権利があるんだから。彼の犬だもの」

「ええ、でもデュークは、自分はあなたの犬だと思ってるわ。見ればわかるわよ。あなたたちをまったく接触できなくしてしまうなんて、フェアじゃないわ」

「ああ、デューク、本当にごめんなさい」とＣＪは言った。彼女の声は悲しみに満ちていた。

「私があなたに電話してどこかで会うことが、たぶんできると思うわ」とマルシアが提案した。

CJは頭を振った。「あなたに迷惑をかけたくないの。バリーがすぐにあなたをクビにするもの。本当よ、私はそれをじかに経験したんだから」

デュークは悲しげに頭をCJの膝に載せ、彼女の不可解な悲しみを共有した。僕は彼の背が高いのをうらやんだ。僕にできるのは、気づいてもらいたくて彼女の足にむなしく体をすり寄せることだけだから。

「じゃあ」CJはため息をついた。「会えてよかったわ、マルシア。おいで、マックス」CJは手を下に伸ばして僕を抱き上げたので、今度は僕はデュークより上にいて彼を見おろしていた。CJは僕の首輪にリードをつけたが、デュークの首輪にはつけず、僕たちはみんなでドアのところまで行った。

「さよなら」とCJが静かに言った。彼女がドアを開けるとデュークは彼女について外に出ようと突進し、自分の首輪をつかんでいるマルシアを振り払おうともがきながら引きずった。CJは僕を抱いたままデュークを押しとどめた。「駄目よ、デューク。待て。ごめんね」

彼女たちはどうにかこうにかドアを閉めた。CJに床に降ろされて僕は体をブルッと震わせ、何であれ、これからやることに身構えた。僕たちの家の中ではデュークがドアを殴りつけ、彼の前足のせいでドアが戸枠の中でガタガタという大きな音をたてていた。

僕たちが廊下を進んでいく間、デュークの悲しくやるせない吠え声が聞こえ、僕は再び、いったいどうなっているのだろうと思った。デュークはなぜ、僕たちと一緒に来ないんだ？　来たがっているのに！

僕の少女は泣いていて、僕は心配で何度も見上げたけれど、彼女は何も言わなかった。僕たちは、まず賑《にぎ》やかで臭い通りを何本か歩き、次にたくさんの階段を上って、とても長い散歩をした。ＣＪがガタガタと音をたててドアノブを回すとドアがさっと開き、すぐさまスニーカーズの匂《にお》いがした。

「ようこそ我が家へ、マックス」とＣＪが言った。

僕たちは小さなキッチンにいて、床の上にスニーカーズの餌の入ったボウルがあったので、僕は匂いを嗅ぎにいった。キッチンにはベッドもあって、そこにスニーカーズがいた。彼女はクッションに横になっていたが、僕を見ると立ち上がって背中をアーチ形に曲げた。

スニーカーズには自分の家があったのだ！　理解できないことだったが、ＣＪが僕たち三匹だけを残して出かけた時に、デュークがいつもスニーカーズをいじめていたことと、たぶん関係があるのだろうと思った。おそらくスニーカーズを守るために、階段を上り切ったところにあるこの新しい家を、スニーカーズにとって安全な場所を、ＣＪは見つけたのだろう。ここがスニーカーズのすみかであることを見せてもらったのだから、まもなく僕たちはデュークのいる家へ戻るんだろう。僕にスニーカーズの匂いがついているのは、嗅げば彼にもわかるだろう。そのことから彼はどんな結論を出すのだろうと、僕は思った。CJと僕がスニーカーズの家に行ったことを理解するだろうか？

人間は自分の好きなことを何でもするけれど、僕にかぎって言えば、猫は犬よりいいごはんを食べているのだから、猫に家を与えるのは不当に甘やかしすぎのように思えた。

スニーカーズは喉を鳴らして僕のまわりで円を描くように動き、僕に体をすりつけてきたので、僕たちは少し遊んだ。彼女はデュークのいないその場所で僕に会えてとても喜んでいるようだった。彼女には別の人間の手の匂いもついていて、それは少しグロリアを彷彿《ほうふつ》とさせる花のような強い匂いだった。

僕たちは、その夜、家に帰らなかった。CJは例の小さなベッドで眠り、僕も彼女の足もとに丸くなって眠った。スニーカーズは家の中を少しうろつきまわっていたかと思うと、敏捷《びんしょう》に跳び上がって僕に寄り添おうとしたが、どちらにとっても居心地はよくなかった。CJがブツブツ言って両足を動かすと、スニーカーズは床に飛び降り、その夜は再び上がってこようとはしなかった。

そのかわりに彼女は翌朝、玄関のドアのところに座って小さくニャーニャー鳴いていた。CJは「ああ、ミニックさんに会いに行きたいの？　家にいるかどうか見てみるわ」と言い、廊下に出ていってお隣のドアをノックした。ドアを開けた女の人には、スニーカーズを嗅ぐと匂った強い香りがついていたので、彼女とスニーカーズが一緒に時間を過ごしているのがわかった。実際、スニーカーズは、そこに住んでいるみたいにまっすぐ歩いて入った。

「ああ、ハロー、スニーカーズ」とミニックさんは言い、喋りながら奇妙なやり方でチュッと音を立ててキスをした。女の人は見るからに弱々しくて脅威ではなかったので、僕は体をこわばらせて踏ん張りはしたけれど唸りはしなかった。

その時からスニーカーズは、ドアが開くたびに飛び出すと、ミニックさんの家の前で中に入れてもらうまで待つようになった。どんな魅力があるのか僕にはわからなかったけれど、スニーカーズは明らかにそこにいるのを気に入っていた。ミニックさんが話す時に彼女の口がカチッという奇妙な音をたてることを除いて、僕が彼女について言うべきことは何もない。

CJと僕はやはり犬の散歩をしたが、今や僕たちは、最初の犬を迎えにいくのに長い道のりを歩かなければならなかった。その犬はケイティーという名で、いつものメンバーからサリーとデュークとビーヴィスの顔が消えていた。

僕はビーヴィスがいなくてもちっとも寂しくなかったけれど。

ある日、ケイティーを迎えにいく途中で雨が降り出し、僕は寒くて震えていた。「まあ、マックス、ごめんなさい」とCJは僕に言った。そして僕が温まるまで腕に抱いてくれたし、次に風が冷たかった時には、僕が着られるようにつくられた毛布をかぶせてくれた。「セーターが気に入った、マックス？　セーターを着るととてもハンサムに見えるわよ！」僕は体の隅々までぴったりとしたセーターの感触が気に入ったし、その上それを着ると暖かくなるというメリットもあった。首輪をはめる価値もないスニーカーズよりも僕の方をCJが愛していることを示しているような気がしたので、それを着るのが自慢だった。「セーターを着るととても可愛《かわい》いわ、マックス！　あなたはセーターを着ると見栄《みば》えがする犬よ」とCJは僕に小声で歌うように言った。僕は彼女の世界の中心にいることが嬉しくて、尻尾《しっぽ》を振った。

CJがセーターを脱がせると毎回、はぎとる音がした。僕はその音を聞くと、散歩が終わってうたた寝が始まるのだと思うようになった。

僕たちがなぜ一度も家に戻らないのかわからなかったし、デュークがなぜもう僕たちと一緒に散歩しないのかもわからなかった。スニーカーズはおそらくデュークがいなくても寂しくないのだろうが、僕はそうではなかった。彼は時には腹立たしい存在だったが、大きくてドジで一緒に遊ぶと楽しい奴でもあった。彼は僕に主導権をとらせてくれ、指示にも従ってくれたし、CJが僕たち二人に守られている時には、人々が用心するのがわかった。彼は僕たち家族の一員だったのだ。

僕はつくづく思った、これが人間が世界を取り仕切るやり方なんだと。ある日、どこか別の場所に住んで特定の犬と遊ぶのをやめようと、彼らは決めてしまうのだ。

ＣＪは時々、ベッドのそばに一つだけポツンとおかれた唯一《ゆいいつ》の家具であるスツールに座り、小さなボールをキッチンのあちこちに放り投げた。ボールが弾み、僕はつるつる滑る床を爪でこすりながら、それを追いかけていった。「ああ、マックス、この場所はとても狭くて申し訳ないわ」と彼女は僕に言った。僕はこのゲームが大好きだったし、慣れてしまった今では、この新しい家の方が古い家よりも気に入っていた。ここの方がＣＪの近くにいられるからだ。

僕たちがボールで遊んでいると、それがベッドの上にはずんでいったので、僕はその真後ろから飛びついた！　これまではどうしてもベッドの上にのぼれなかったので少し驚いたが、スニーカーズがはね起きて、目を見開いて尻尾をふくらませたので、彼女もぎょっとしたのがわかった。

「マックス！」とＣＪが喜んで笑いながら言った。

ＣＪがいい匂いのする靴をはき、相当な時間をかけて自分の髪で遊ぶ時には、グレッグがやって来るのだとわかった。案の定、まもなくドアをノックする音がして、僕は駆けていって吠《ほ》え、スニーカーズは逃げ去った。ドアの向こう側にグレッグの匂いがしたので、僕は吠え続けた。ＣＪが僕を抱き上げた。

「マックス、お行儀よくしなさい」と彼女は言い、ドアを開けた。グレッグが入ってきて自分の顔をCJの顔に触れ合わせる間、彼女は僕を彼から遠ざけた。僕は唸《うな》った。

「なるほど、いつもどおり愛想がいいな」と彼は言った。

「マックス、おとなしくしなさい。おとなしくね、マックス」僕は「おとなしく」とは「嚙むな」ということだと理解したが、何もするんじゃないぞと知らせるために、例によってグレッグを冷ややかににらみつけた。

「いい家だ」とグレッグがあたりを見まわして言った。CJは僕を下に降ろしたので、僕は彼のズボンの足をクンクン嗅ぎにいったが、濡れた木の葉のような匂いだった。

「ええ、案内させて。迷子にならないように私のそばにいてね」とCJは笑いながら言った。「これがダイニングキッチンよ、大きな部屋よ」

「ところで、思いがけないプレゼントがあるんだ」

「本当？　何なの？」

「出かけるのさ。州北部へ。三日間」

「冗談でしょ！」とCJは手を叩き、僕は興味津々《しんしん》で彼女を見た。「いつ？」

「今から」

「えっ？」

「今からだ、すぐに出よう。俺はこれから三日間、どこにも行かなくていいんだ」

「どうかしら……」

グレッグは手を振り動かした。「どこかの地所の取引があって、彼女は町を離れるんだ」

CJは微動だにせずに立って彼を見た。「そういう意味じゃなかったの。私が言いたかったのは、今すぐに出かけることはできないってことなの、グレッグ。この瞬間に、みたいなわけにはね」

「なぜだい？」

「お客さんがいるもの。かわってくれる人を見つけなきゃいけないわ。ただ出かけるってわけにはいかないの」

「君の客は犬だろ」とグレッグが言った。僕はそれを聞いて彼の声に怒りが込められているのがわかり、脅すように彼をにらみつけたが、無視された。

「私をあてにしているもの。いなくなるなら誰かかわりになる人を捜さなきゃいけないわ」

「ちぇっ！」グレッグはあたりを見まわした。「話をするために座る場所もないな」

「えーと、そうね、ベッドに座ればいいんじゃない？」とCJは言った。

「よし、いい考えだ」とグレッグは言った。

グレッグとCJはベッドに行って抱き合った。スニーカーズは飛び降り、僕は跳び上がってCJの顔を舐めた。

「マックス！」と彼女は唾を飛ばして笑った。

グレッグは笑っていなかった。「へっ」と彼は言った。

「おいで、マックス」とCJは僕を抱き上げて言った。彼女が僕をバスルームに連れていくとスニーカーズがついてきて、CJのくるぶしのあたりをくねくねと歩いた。「待て」とCJが言った。

彼女はドアを閉め、スニーカーズと僕は面白くなさそうに互いをじっと見た。

待て、だって？

スニーカーズは僕の方へやって来て匂いを嗅ぎ、慰めてもらおうとし、次にドアのところへ行って何かを期待するようにそこに座った、まるで僕が彼女のためにドアを開けてあげられるみたいに。僕はバスルームのドアを二、三回引《ひ》っ掻《か》いてクーンと鳴き、それからあきらめて床の上に丸くなって待った。

しばらくするとCJがドアを開けた。僕は出してもらったのを喜んでキッチン中を全速力で走り回った。とても楽しかった！　CJは裸足《はだし》だったが、片方の足で跳びまわりながらいい匂いのする靴を履きなおした。僕が彼女の脚に自分の足を置くと、彼女は僕を見おろして微笑《ほほえ》んだ。「ハイ、マックス。いい子ね」

僕はいい子だと言われたので尻尾を振った。

「じゃあ、いいよ」とグレッグは言った。「できないのなら、しかたない。わかったよ」

「ごめんなさい、もう少し早く知らせてほしかったわ。一日でも二日でもね。公園で会った人がいて、犬の散歩請負人だから、彼ならかわってくれると思うけど、どうやって連絡すればいいかわからないの」

「こういうことは、前もってはわからないんだ」

「そうね……でも、いずれまもなく、もうそんなこと問題じゃなくなるわよね？　あなたはもう二、三ヶ月だけだって言ったもの」

グレッグはあたりを見まわした。「おい、この場所はたとえニューヨークでも狭いぜ、なあ？」

「グレッグ？　もう二、三ヶ月だけだって言ったわ。そうね？　そうよね？」

グレッグははえかけた髪に手をすべらせた。「正直に言わなきゃいけないな、ＣＪ。うまくいかないんだ」

「どういうこと？」

「つまり……」グレッグはキッチン中を見回した。「あまり都合がよくないんだ」

「ああ、そうね。だって何といっても私は都合のいい女だものね」ＣＪは怒っているような声だった。

「言っとくけど、君はいつも俺に侮辱《ぶじょく》的な口のきき方をするぜ」とグレッグが言った。

「侮辱的ですって？ マジで言ってるの？」

「何を言ってるか、わかるだろ」

「いいえ、ほんとにわからないわ。何を言おうとしているの？」

「ほらな、物分かりがいいと思ったら、次にはこんなにすべてを要求してくるだろ。俺は最高の旅行を俺たちのために計画したのに、君は突然行けなくなってしまう。しかも君は、俺が家で何に対処しなきゃいけないか、知ってるじゃないか。俺はただ……これをずっと考えていて、そして……」

「まあ、なんなのよ、グレッグ、今度はこんな仕打ちをするの？ まるで、何かを前もって言うことができなかったみたいに？ それとも、その方があなたには『都合がよかった』んじゃないの？」

「これを持ち出したのは君だぜ。俺は旅行に行くことも何もかも嬉《うれ》しかったのに、君は責めたてずにはいられないんだ」

「責めたてるですって。まあ」

「俺たちはたぶん、しばらく会わない方がいいだろうな、どんな気持ちになるか見てみようぜ」

「私が思うのは、あなたは私がこれまでの半生で犯した中で最大の間違いだってことよ」

「わかったよ、これでおしまいだ。これ以上君から侮辱されたくはない」

「出ていって、グレッグ!」

「わかってるか? 俺は何も悪くないからな!」とグレッグは怒鳴った。

僕は今、グレッグがCJを傷つけて怒らせていることがわかったので、唸りながら彼のくるぶし目がけて突進した。彼ははねるようにしてよけ、CJが僕を抱き上げた。

「犬がまたこんな真似《まね》をしたら、蹴飛《けと》ばして次の世紀に放り込んでやるからな」とグレッグは言った。彼も怒っていた。僕は下に降りて彼を噛もうともがいたけれど、CJにしっかりとつかまれていた。

「出ていって。すぐに。戻ってこないで」とCJが鋭く言った。

「そのつもりはないね」とグレッグは吐きすてるように言った。

グレッグが立ち去ると、CJはテーブルについて泣いた。僕がクーンと鳴いたので、彼女は僕を抱き上げ、僕は彼女の顔を舐めようとしたが、彼女は力ずくで自分の膝《ひざ》の上に寝させた。

「本当に馬鹿《ばか》だったわ、本当に馬鹿だったわ」と彼女は何度も何度も言った。僕には彼女が言っていることは何もわからなかったが、彼女は、まるで自分を悪い子《バッドドッグ》だと思っているみたいな感じがした。彼女は靴を脱ぎ、しばらくすると起き上がり、フリーザーからアイスクリームを出して食べた。

その後、長い間、その靴を再び見ることはなかった。僕たちはほとんどの日は犬たちと散歩をし、公園によく行ったが、そこで僕はデュークの匂いがないか、そこら中を捜した。彼の匂いは一度もしなかったけれど、とても大勢の犬がいるという証拠がたくさんあった。スニーカーズは自分の時間を僕たちの家とミニックさんの家で分けて使ったが、それは願ってもないことだった。だってそれは、CJと僕だけで過ごす時間がふえることを意味していたから。日々寒さが増してきたので、僕は外に出かけるたびに例のぴったりとしたセーターを着た。

とうとう例の靴が現れた時、僕はグレッグと再会する心の準備をした。ところがノックの音を聞いてドアに突進して向こう側にいる人の匂いを嗅いだ時、僕は驚くとともに喜んだ。トレントだ！

「ハイ、久しぶりね！」CJはドアを開けながら大声で言った。二人は抱きしめ合った。花の香りが突風のように僕を襲った。トレントは花束を抱えていたのだ。花の香りだけじゃなく、トレントが僕を見るためにかがんだ時、両手は石鹼《せっけん》とバターのようなもののかすかな匂いがした。僕は尻尾を振り、彼の優しい手の下で体をよじった。

「あなたのそばにいる時のマックスの振る舞いがどうしても信じられないわ」とCJは彼を招き入れながら言った。彼女は花束を下に置いた。すぐさま家全体に香りが広まった。

「なあ、僕はこの家の方が前の家よりもよほど気に入ってるよ」と彼は言った。

「あら、やめて。ストーブがあるって聞いたのよ、信じられる？ その女性に言ってやったわ、あら、ストーブってバーナーが一個だけなんじゃなかったっけ、あれはホットプレートじゃないの、ってね」

トレントはカウンターに座ったが、僕はそれが気に食わなかった、彼に届かなくなったからだ。「あのペントハウスよりもここの方が家賃が少し安いだろうな」

「まあ、そうね、でもニューヨークのことはわかってるでしょう。それでも安くはないわ。それに犬の散歩があまりうまくいってないの。有名な客を一人失うと、有名でない客も二人失うことになるのよ」

「だけど、ちゃんとやっていけてるのか？」

「ええ、大丈夫よ」

トレントは彼女を見た。

「何なの？」とCJが尋ねた。

「本当に瘦《や》せたみたいだね、CJ」

「やめてよ、トレント。お願い」

二人はしばらくの間、黙った。

やがて、「さてと、そうだ、ニュースがあるんだ」とトレントが言った。

「世界の金融システムを任されたの？」

「えーと、ああ、でもそれは先週のことだ。そうじゃないんだ、これは、えーと、リーズルのことだ」

「えっ？」

「今週末に彼女にプロポーズするつもりなんだ」

僕はＣＪの全身にショックが走るのを感じた。彼女はスツールに座った。僕は心配になって彼女のところへ行った。「すごい」と彼女はとうとう言った。「それは……」

「ああ、わかってるよ。僕たちの仲はあまりうまくいってなかったよ、それについては君に話したと思うけど、でも最近は、わからないけど、そうするのがいいように思えたんだよ。一年半一緒にいたんだ。二人ともわかっているのに、その話はしないみたいな感じだった。だから、それについて話す時だと思ったんだ。指輪を見せようか？」

「ええ」とＣＪは小さな声で言った。

トレントはポケットに手を伸ばしておもちゃを引っ張り出し、ＣＪに渡した。彼女はそれを下に降ろして匂いを嗅がせてはくれなかったので、大して面白いものではないんだろう。

「どうしたんだ、ＣＪ？」

「ただ、なんて言ったらいいかわからないけど。早い、って感じかな。私たちはまだ若い、みたいな。結婚するにはね」

「早い？」

「ううん、忘れて。指輪、きれいだわ」

それからまもなく、CJとトレントは出かけていった。彼女が帰ってきた時、美味《おい》しそうな肉の匂いがしたけれど、ひとりだった。ロッキーがいた時にそうだったように、トレントが来て遊んでくれることを願っていたので、がっかりした。トレントが昔ほど頻繁に来ないのは犬がいないからだろうか。トレントには絶対に犬が必要だと思ったのは、これがはじめてではなかった。

CJは悲しそうだった。ベッドに寝転んで靴を床に落としたかと思うと、泣いている声が聞こえた。スニーカーズがベッドに飛び乗ったが、猫がその人の犬ほど慰めになるとは思えなかった。悲しい時には自分の犬が必要なのだ。僕は後ずさりし、それからベッドへ走っていって跳び乗った。CJは僕の方へ手を伸ばして、きつく抱きしめた。

「私の人生はつまらないわ」と彼女は言った。彼女が何を言っているのか、僕に話しかけているのか、それともスニーカーズに話しかけているのかもわからなかったが、彼女の言葉には本物の悲しみがこもっていた。

僕の少女はトレントと一緒に出て行った時と同じ服をまだ着ていたが、しばらくすると眠りに落ちた。僕は彼女がどんなに悲しんでいるか知って悩み、飛び降りて寝室を行ったり来たりした。

うろたえて何が起こっているのか懸命に理解しようとしたせいか、これまで思いもよらなかった連想が起った。いい匂いのする靴をはくたびに、ＣＪは悲しくなってしまう。その靴は美味しそうな匂いがするかもしれないが、悲しい、悲しい靴だったのだ。

自分がやらなきゃいけないことが何かわかった。

第24章

僕が悲しい靴を嚙《か》んだら僕の少女はもう悲しくならないと思ったのに、目覚めて床中に散らばったかけらを見た時、彼女は喜んでくれなかった。

「何よ、これ！」と彼女は金切り声をあげた。「性悪マックス！　性悪マックス！」

僕は悪い子だった。靴を嚙むべきではなかったのだ。

頭を下げて耳を後ろに向け、びくびくして唇を舐めながら、彼女のところへ行った。CJは両手に顔を埋《うず》め、跪いてすすり泣いた。スニーカーズがベッドの端っこに来て僕たちを見た。僕は心配して僕の少女の両脚に前足を載せたが、そうしてもはじめは役に立たなかった、彼女が僕を両腕で抱き上げて自分の方にしっかりと抱き寄せるまでは。

それから彼女は泣き出し、悲しみにくれた。

「私はこの世界でひとりぼっちなの、マックス」とCJは僕に言った。彼女は僕の名前を悲しげに呼んだので、僕は尻尾を振らなかった。

CJは結局、靴のかけらを捨てた。その朝以降、彼女は心にも体にもほのかな悲しみを湛《たた》えて以前よりゆっくりと動くみたいに思えた。それでも僕たちは、他の二、三匹の犬と一緒にほとんど毎日、散歩に出かけたけれど、犬たちを見てもCJの気分は晴れなかった。初雪が降って、ケイティーと僕がドッグパークを猛烈な勢いで走り回るのを、彼女は座ってにこりともせずに見ていた。

僕はトレントが来てくれれば、と思った。CJはトレントがそばにいる時は、いつも幸せだったから。でも、彼は来なかったし、僕の少女が携帯電話に向かってトレントの名前を言うこともなかった。

かわりに「グロリア」と言うのが聞こえた。CJはスツールに座って喋《しゃべ》っていた。携帯電話を顔の横にあてている。

「どうしていたの、グロリア?」と彼女は言った。僕は寝室でスニーカーズと遊んでいたが、ふと好奇心に駆られて小走りでキッチンに入っていった。けれどもグロリアはそこにはいなかった。CJはただ喋っていて、「へえ……ああ……そうね」と言っていた。「ハワイですって? それはいいわね」とCJは言い、僕はというと、あくびをしながらクッションの上でぐるりと回って居心地を良くした。スニーカーズがそっと歩いてきてカウンターの上に跳び乗り、僕がそこにいることを気にしないふりをした。

「へえ、そうなんだ。いいわね」とCJは言った。「ところで、聞いて、グロリア。あなたにお願いがあるの……少しだけお金を貸してもらえない? ただ……少し滞納してるの。仕事は探しているし、犬の散歩の顧客をもっと見つけようとしているんだけど、まだ見つからないの。……あら、そうなの。ええ、もちろんよ、わかるわ。それは高かったに違いないわ……わかったわ、了解、古くてかび臭いスーツケースでは駄目だってことね。ううん、そうじゃないわ、あなたの言ってることを聞いてるだけよ……わかったわ、ちょっと訊《き》いてみただけよ、グロリア。こんなことで大騒ぎしたくないの」

スニーカーズはとうとう我慢できなくなって飛び降り、僕のところへやって来て喉《のど》をゴロゴロ鳴らした。僕がじっとしていると、クッションの上で僕に寄り添った。僕はため息をついた。

バンという大きな音をたてて、CJは携帯電話を置いた。彼女は明らかに怒っていたが、だからと言って彼女がこんな時、僕に何かしてもらいたいわけではないことは、靴の失敗でわかっていた。でも、僕が思うに、携帯電話はいいおもちゃではない。彼女は冷蔵庫を開けて、中を覗《のぞ》いてしばらくそこに立っていたかと思うと、僕の方を見た。

「それより散歩に行きましょう、マックス」と彼女は言った。

外はひどく寒かったけれど、僕は文句を言わなかった。でも、結局CJは僕を抱え上げ、抱きながら散歩してくれたので、もう足を濡れた地面につけずにすみ、ぬくぬくして気持ちよかった。

何日か過ぎたある夜、ドアを軽くノックする音がして、僕は警戒態勢に入り大声で吠えた。CJはその日の大半をベッドの中でただ寝そべって過ごしていて、僕はほとんどずっと彼女と一緒にいた。それでも彼女は立ち上がり、一方僕はドアの隙間《すきま》に鼻を押しつけて立っていた。僕は匂いを嗅《か》いで尻尾を振った。トレントだ！

「誰なの、マックス？　ハロー？」と僕の少女は大声で言った。

「CJ、僕だ」

「まあ」CJはあたりを見まわし、髪に手を走らせ、それからドアを開けた。

「ハイ、トレント」

「どうしたんだ、君のことを心配してたんだぜ。なぜ電話がつながらないんだ？」

「ああ、えーと……ちょっとね。電話会社に話をしなきゃ」

「入っていいかい？」

「もちろんよ」

トレントは足を踏み鳴らして雪を落とし、中に入った。彼のコートは濡れていた。彼はそれを僕のリードがかけてあるフックにかけた。彼の足もとで跳ねまわると、しまいには跪《ひざまず》いて僕のキスを受け入れてくれた。

「ハイ、マックス、元気だったか、おい？」とトレントは笑いながら言った。それから立ち上がり、CJを見た。「なあ」と彼は優しく言った。「大丈夫か？」

「もちろんよ」

「でも顔色が……気分が悪いのか？」

「ううん」とCJは言った。「うたた寝してただけよ」

「メッセージを残したのに一度もかけなおしてくれなかったじゃないか。前からそうだよ、つまり、電話がまだちゃんとつながってた時から。僕に怒ってるのか？」

「ううん。ごめんなさい、トレント、信じられないのはわかるけど、少し忙しかったから、たぶんみんなにいいタイミングでかけ直せなかったんだと思うわ」

トレントはしばらく何も言わなかった。「すまない」

「ううん、いいのよ」

「なあ、何か食べる物を買いにいかないか？」

CJが少し怒りかけているのがわかった。彼女は腕組みをした。「どうして？」必要とされる場合に備えて、僕は彼女のところに行って足もとに座った。

「えーと、わからないけど、夕食の時間だし」

「ということは、私に食べさせるためにここに来たってわけ？　それなら、小鳥みたいにチーチー囀《さえず》るから、口移しで食べさせてよ」

「違うよ。CJ、いったいどうしてるんだ？　君がどうしているか見にきたんだよ」

「私の安否を確認するためにね。ちゃんと食べてるかどうか見に」

「そんなこと、言ってないよ」

「じゃあ、私は行けないわ。デートがあるの」

トレントは目をしばたたいた。「ああ」

「用意しなきゃ」

「わかったよ。じゃあ、悪かったよ……」

「謝る必要はないわ。怒ってごめんね。でも、もう行って」

トレントは頷《うなず》いた。彼がコートに手を伸ばしてフックからはずすと、下にかかってい
るリードが思わせぶりに揺れた。僕はCJをチラッと見たが、彼女は散歩するつもりは
なさそうだった。トレントは肩をすくめてコートを羽織るとCJを見た。「君がいない
と寂しいよ」

「とても忙しかったのよ」

「君も僕がいないと寂しいかい？」

CJは目をそらした。「もちろんよ」

その時、トレントの心に悲しみがこみあげた。「じゃあ、君に連絡するにはどうすれ
ばいい？」

「電話が元に戻ったら、連絡するわ」

「コーヒーか何か……飲まないか」

「そうね」とCJは言った。

それから二人はハグした。CJも悲しんでいる。悲しみが二人のまわりに渦巻いてい

た。なぜ二人ともそんなに沈んでいるのか、僕には理解できなかったけれど、犬には理解できないことが時々、人間同士の間では起こるのだ。

トレントが去り、スニーカーズがベッドの下から出てきた。隠れなくてもよかったのに。トレントから隠れる理由なんて何もない。彼はいい人なんだから。

数日後、CJと僕が犬たちと一緒の散歩を終えて戻ると、ドアの前に紙切れを一枚持った女の人が立っていた。CJは階段を上って来たせいで、少し息を切らしていた。僕は見知らぬ女の人に向って吠えた。

「リディア！」とCJは言った。彼女はかがんで僕を抱き上げたので、僕は吠えるのをやめた。

「通告書を郵便受けに入れに来たのよ」と女の人は言った。

「通告書」とCJはおうむ返しに言った。

女の人はため息をついた。「家賃の支払いが随分遅れているのよ、あなた。今日幾らか払える？」

「今日？ 無理だわ、私は……お金が入るのは金曜なの。その時ならたぶん、ほとんど全部払えるけど」

僕の少女が不安なのが伝わってくる。CJの動揺の原因はその女の人だとしか思えなかったので、僕は彼女に唸った。「シーッ、マックス」とCJは言い、僕の鼻を手で覆《おお》った。僕はその手の中で唸った。

「金曜にはまた支払いが発生するの。だから来たのよ。悪いけどCJ、期日に支払うか出ていってもらうか、どっちかをお願いしなければならないわ。私も払わなきゃいけない家賃と勘定書があるから」

「ええ、わかったわ。大丈夫、わかったわ」とCJは言い、涙を拭《ぬぐ》った。

「家族はいるの？　頼れる人は？」

CJは僕をさらにきつく抱きしめ、僕は女の人に歯をむき出すのをやめた。CJは僕の保護よりも慰めを必要としていることがわかったのだ。

「いないわ。パパは私が小さい時に飛行機が墜落して亡《な》くなったの」

「それはお気の毒だわ」

「引っ越すわ。我慢してくれて本当にありがとう。お借りしているお金は必ず払うわ。今よりいい仕事を探すから」

「ねえ、体を大切にして。一週間くらい食べていないように見えるわ」

女の人はいなくなった。CJは彼女に渡された紙切れを持って部屋に入った。ベッドに座り、僕がクーンと鼻先で鳴くと抱き上げてそばに置いてくれたので、彼女の膝によじ登った。彼女が悲しみと不安でいっぱいなのがよくわかった。

「母と同じになってしまったわ」と彼女は囁《ささや》いた。

しばらくするとＣＪは立ち上がり、服を集めてスーツケースに入れ始めた。僕にチーズを食べさせ、スニーカーズが自分のフードを鼻先であしらうと、それも僕にくれた。僕は普段ならこの素晴らしいご馳走を喜んだだろうが、それをくれたＣＪの様子には何か妙なところがあった。冷たくて無表情でとても暗く、そのせいでご馳走の喜びは半減してしまった。

ＣＪはスニーカーズのペットキャリーを引っ張り出し、スニーカーズのおもちゃ全部と猫のベッドもそこに入れた。スニーカーズは表情を変えずにこのすべてを見ていたが、僕は不安を感じてＣＪの足もとでせわしなく歩き回った。けれども、ＣＪが僕の首輪にカチッと音を立ててリードをつけ、スニーカーズを抱き上げてペットキャリーを持ち上げ、お隣のミニックさんの家に行くと、少し気持ちが落ち着いた。

「ハイ、ミニックさん」とＣＪは言った。

ミニックさんは両手をぐっと伸ばしてスニーカーズを受け取り、スニーカーズは喉を鳴らしていた。「ハイ、ＣＪ」と彼女は言った。

「あなたにどうしてもお願いしたいことがあるの。私は……私は引っ越さなきゃならないの。それで、私が行くところではペットを飼えないの。だから、しばらくの間、スニーカーズの面倒をみて頂けないかと思うの。もしかしたら、ずっとかしら？　この子はここならとても幸せだもの」

ミニックさんの顔が急にニッコリした。「いいの？」彼女はスニーカーズを抱いている手を前に伸ばした。「スニーカーズ？」

スニーカーズは抱かれ方が気に入らなかったらしく、喉を鳴らすのをやめた。僕は散歩に出かけたくて仕方がなかったので、CJの脚に前足を載せた。ミニックさんが一歩下がり、CJはペットキャリーをドアの中に置いた。

「この子の物はすべてそこに入ってるわ。缶詰も幾つか入ってるけど、最近はあまり食べていないの」

「ああ、ここで私が食べさせてるの」

「やっぱりね。それじゃ、もう一度言うけど、本当にありがとう」CJは一歩前に踏み出し、猫を抱いて撫《な》でているミニックさんに近寄った。「スニーカーズ。あなたはいい子だわ」とCJは言い、猫の被毛に顔を押しつけた。スニーカーズは頭をCJにすりつけ、喉を鳴らした。「じゃあ」とCJは囁き声で言った。

僕の少女から流れ出る悲しみを感じて、僕は心配になりクーンと鳴いた。

ミニックさんはCJを見ていた。「あなた、本当に元気なの？」

「あら、元気よ。スニーカーズ、あなたは私のお気に入りのニャンニャンよ。お利口さんにしているのよ」

「また来てくれる？」とミニックさんは自信無げに尋ねた。

「もちろんよ。新しい家に落ち着いたらすぐに立ち寄るわ。いい？　さあ、行かなきゃ。バイバイ、スニーカーズ。愛してるわ。さよなら」

猫はミニックさんの腕からさっと降りて彼女の家に小走りで入っていった。スニーカーズはたいていいい子だったけれど、CJを悲しませていることは気に入らなかった。スニーカーズをミニックさんのところに置いてきた後、僕たちはとても奇妙な散歩に出かけた。まず、僕が雪の中で用を足し、次にCJが僕を抱き上げ、彼女に抱かれたまま僕たちは歩いて歩いて歩き回った。彼女の温《ぬく》もりで心地よく安心していられるのが嬉しかった。けれどもCJは疲れきって悲しそうだし、僕たちはいったいどこに行くんだろう。

やがて彼女は立ち止って僕を地面に降ろした。雪をクンクン嗅いでみたけれど、どの匂いにも覚えがなかった。CJは跪いて僕の方にかがんだ。「マックス」

僕が顔を舐《な》めると彼女の悲しみがぶり返したが、それがなぜなのかわからなかった。僕が舐めたら、彼女はたいてい幸せになるのに。

「あなたは本当にいい子、いい子だったわ。わかる？　都会に住む女の子が望み得る最高の犬だったわ。私を守って面倒を見てくれた。愛しているわ、マックス。いい？　何が起ころうと、私がどんなにあなたを愛しているか、決して忘れないで、だって本当のことだから」CJは顔を拭っていて、涙が両手に流れていた。彼女が抱える悲しみはとても深くて、僕は不安になった。

彼女はすぐに立ち上がり、息をはいた。「さあ」と彼女は言った。彼女に抱かれて少し行くと馴染《なじ》みのある匂いがして、僕たちはトレントに会いにいくのだとわかった。僕はホッとした。トレントならCJを助けてくれるだろう。何が起こっているにせよ犬の理解を超えていたが、彼ならどうすればいいかわかるだろう。

トレントがドアを開けた。「おいおい、いったいどうしたんだ？」と彼は尋ねた。「入れよ」

「だめなの」とCJは廊下に立ったまま言った。「行かないと。空港に行かなきゃいけないの」彼女が僕を降ろしたのでトレントの方へ走っていき、跳び上がって尻尾を振った。彼は手を下に伸ばして頭を撫でてくれたけれど、目はCJを見ていた。

「空港？」

「グロリアよ。とても具合が悪いから、私は向こうにいなきゃいけないのよ」

「一緒に行くよ」とトレントが言った。

「だめ、だめよ、お願いがあるの、マックスの世話をしてくれる？　お願いよ。この子が世界中で気に入っているのは、私のほかにはあなただけなんだから」

「もちろんだ」とトレントはゆっくりと言った。「マックス？　ここで二、三日、ぶらぶらしているか？」

「行かなくちゃ」と僕の少女は言った。彼女はトレントと一緒にここにいても、幸せな気分にはまったくならないようだった。

「空港まで車で一緒に行こうか？」

「ううん、それはいいわ」

「すごく具合が悪そうだね、ＣＪ」

　ＣＪが深くはいた息は、震えていた。「ううん、大丈夫よ。解決していないことが……グロリアとの間でちょっとしたことがあるからだと思うわ。大したことないわ。もう行かなきゃ」

「何時のフライトなんだい？」

「トレント、お願い、ひとりで行けるから、ね？　行かせて」

「わかった」とトレントは優しく言った。「ＣＪにさよならって言いな、マックス」

「それはもう……」ＣＪは頭を振った。「そうね、じゃあ。バイ、マックス」彼女は片膝をついた。「愛しているわ。すぐに会えるからね、いい？　バイ、マックス」ＣＪは立ち上がった。「バイ、トレント」

　二人は熱烈に抱き合った。互いから離れた時、トレントが少し不安を感じているのが伝わってきた。あたりを見回してみたけれど、危なそうなものは見えない。「ＣＪ？」と彼は小さな声で彼女に尋ねた。

た。彼女は頭を振り、彼女と目を合わさずにいた。「行かないといけないの」とCJは言った。彼女が向きを変えたので僕はついていこうとしたが、リードに引っ張られて進めなかった。CJに向かって吠えたけれど、振り向いてくれない。両開きの扉のついた小さな部屋へまっすぐ歩いていき、扉が開くと彼女は中に入っていって振り返り、それから一瞬時が止まったようになって、ようやく僕を見てくれた。僕と目が合ったと思うとトレントを見て、微笑んで小さく手を振った。そこからでも、小さな部屋の頭上にあるどぎつい灯りに照らし出された彼女の涙が僕には見えた。僕はもう一度吠えた。そのときドアが閉まった。

トレントは僕を抱き上げて見た。「本当のところはどうなってるんだ、え、マックス？」と彼は囁いた。「気に入らないな。まったく気に入らないよ」

第25章

今や事態はすっかり変わってしまった。僕はＣＪと一緒に暮らした家よりも大きいトレントの家で暮らすことになったのだ。今でも犬の散歩はしている。アニーという名の女の人が、ハーヴィーという名の太った黄色の幸せそうな犬と一緒に毎日来てはトレントの家に入り、僕を連れていくのだ。吠えている犬たちのいる場所にいた僕の姉妹がアビーとアニーだったので、その女の人の名がアニーというのは変な感じがした。犬が大好きだから、自分のことを犬の名前で呼ぶ人間もいるのだと思うことにした。アニーは種々雑多な猫と犬のような匂《にお》いがしたので、その考えは正しいように思えた。彼女がはじめて来た日、僕は彼女に向って突進し、ハーヴィーを連れていてもおじけづいたりはしないと知らせるために猛々《たけだけ》しく吠えた。ところがそこにいたトレントが僕をひっつかんで床から持ち上げ、それからアニーが手を伸ばして僕をトレントの腕からひっつかんだので、どうすればいいのかわからなくなった。僕が唸っている時には普通、人々は僕を胸に抱きしめたりしないのに。彼女は優しく囁いて僕を宥《なだ》めてくれたので、気がつくと僕は防御の姿勢を完全に解いていた。ＣＪはそこにいないから、僕は保護する必要がない。だから、アニーにある程度勝手なことをさせてもたぶん構わないだろう。

アニーとハーヴィーと僕は他の犬たちと一緒に散歩したけれど、アニーのやり方は正しくなかった。途中で止まってケイティーを迎えにいかなかったからだ。けれども、ゼンという名前の犬は立ち止まって迎えにいった。彼は、体は大きいが足がとても短くて、ほとんど地面に触れるくらいに重く垂れ下がった耳をしていた。ロッキーと僕が子犬だった頃、ジェニファーと一緒に暮らしていたバーニーという名の犬に、とてもよく似ていた。僕が唸るとゼンは倒れ込んで腹ばいになり、無抵抗で僕に全身の匂いを嗅がせてくれた。彼に面倒をかけられることはないだろう。協調性がないのは、ジャジーという名の背の高い巻き毛の犬だった。ジャジーは僕と一緒に遊びたがらなかったのだ。

トレントは夜だけ家に帰り、たいていは袋に入った食べ物を持ち帰って、キッチンで立ったまま黙々と食べた。ひどく疲れて悲しそうだった。彼が僕に両手を差し出すと色んな物の匂いがいっぱいしたけれど、僕の少女の匂いがすることは一度もなかった。

「ああ、マックス、彼女が恋しいんだな」とトレントは優しく僕に声をかけた。自分の名前が聞こえたことと、彼に頭のてっぺんを撫でられると嬉しいことを示すために、僕は尻尾《しっぽ》を振った。

トレントが大好きだったし、彼が犬を飼っていないのを気の毒に思ったけれど、僕はCJと一緒にいなければならなかった。彼女がどこにいて、僕をなぜここに置いていってしまったのか、わからなかった。彼女がそこに、僕のそばにいる夢を見ることがあったが、目を開けると僕は必ずトレントの家にいて、いつもひとりぼっちだった。

CJはスニーカーズと一緒に暮らすために戻ったんだろうか？　だからあんなにも悲しがっていたんだろうか？　僕がバディで最後に獣医のところに連れていかれた時に、ハンナの心から伝わってきた悲しみに似ていた。それはさよならを告げるような悲しみだった。けれども、CJの人生には僕が必要だったし、だからこそ僕が子犬に戻るたびに彼女はいつも迎えにきたのだ。何があってもそれは決して変わらないだろう。だから、彼女から僕を引き離しているのが何であれ、一時的なものにすぎないとわかっていた。

ある日の午後、アニーとハーヴィーが僕をトレントの家に連れて戻ると、トレントが家にいた。トレントはリビングルームに座っていた。「あら、ハイ！」とアニーが言った。「今日がその日なの？」

「ああ」とトレントが答えた。

ハーヴィーは敷居に座り、中に入ってもいいと言われるのを待っていた。彼は、物事をする許可を自分の人間が与えてくれるのを常に待ち望むタイプの犬だった。僕もそういう犬になれたのだが、CJは僕がそうなることを望まなかった。「いいわよ、ハーヴィー」とアニーは言った。ハーヴィーは入ってきて、僕が自分の餌《えさ》入れに彼のためのドライフードを残しているかどうか見にいった。僕がそうすることは一度もなかったのだが、彼は念のため毎回チェックしていた。

アニーはかがんで僕に両腕を差し出したので、僕はおどおどしながら彼女の方に行って抱きしめてもらい、一方ハーヴィーは愛想のいい鼻を彼女の顔に向けて突き出し、やはり抱いてもらった。「今日はいい日よ、マックス」

アニーが立ち去る時、ハーヴィーは後ろをチラッと見もせずに彼女と一緒に出ていった。

「これは君のために用意したものなんだぞ、マックス」とトレントが言った。それは、側面が柔らかいことを除けば、ペットキャリーのようなものだった。トレントはそれを僕に見せるのがとても嬉しいみたいだった。僕はその匂いを入念に嗅いだ。モリーだった時にはペットキャリーはもっと大きかったけれど、もちろん僕ももっと大きかった。

モリーだった頃を振り返り、かつてペットキャリーに入れられて方向感覚が狂う旅をしたことから考えると、僕たちはCJに会いにいくのだろうか。その柔らかいペットキャリーに入るようトレントに言われたので、僕は文句を言わずに入ったけれど、一方の端を覆っている小さな網からはほとんど外が見えなかった。彼がそれを持ち上げた時には、ふだん両腕で抱き寄せられて地面から持ち上げられるのとはだいぶ違うので、少しとまどった。

僕たちはドライブに出かけたが、トレントも僕も後部座席に座った。窓から外を見て犬の姿が見えたら吠《ほ》えたてたかったけれど、柔らかいペットキャリーから出してもらえなかったので、僕は不満だった。でも、車内は暖かくて、トレントと僕が建物を出た時に柔らかいペットキャリーに流れ込んできた、風が強く湿った冷たい空気に比べると気持ちよかった。

僕たちは別の建物に入っていったが、そこはにぎやかではなかったので、がっかりした。たくさんの人と薬品の匂いがしたけれど静かで、静まり返っていると言ってもいいくらいだった。何が起こっているのかほとんどわからなかったし、トレントが持って歩くと柔らかいペットキャリーが動いたので少しめまいがした。

それから僕たちは小さな部屋に入り、彼はペットキャリーを降ろした。「やあ」と彼が静かな口調で言った。きぬずれの音が聞こえた。

「ハイ」と誰かが弱々しくかすれた声で応《こた》えた。

「君に会わせたい人を連れてきたよ」とトレントは言った。彼はペットキャリーの柔らかい素材をいじったので、僕は出してもらうのを待ちかねて網の向こうから彼の指を舐めた。ようやく彼は中に手を伸ばして僕をつかんだ。空中に高く持ち上げられると、女の人がベッドに横たわっているのが見えた。

「マックス！」と女の人が言い、その瞬間にCJだと気づいた。変な匂い——酸《す》っぱくて薬漬けにされているような匂い——がするけれど、確かに彼女だ。トレントの腕から逃れようともがいたが、彼は僕をしっかりつかんでいた。

「お行儀よくしなきゃいけないよ、マックス。お行儀よくな」とトレントが言った。彼は慎重に僕をCJに渡した。CJは僕を抱こうとして温かくて素敵な腕を伸ばした。僕は少しばかり呻《うめ》いて、鳴きながら彼女に頭をすり寄せた。こらえきれなかったのだ。僕の少女に会えて嬉しくてしかたがない。

「大丈夫、落ち着いて、マックス。わかったかい？」とトレントは言った。

「この子は大丈夫よ。私がいなくて寂しかったのよね、マックス。ねえ、ベイビー」とCJは言った。彼女の声はなぜこんなにか細くてかすれているのだろうと、僕は思った。全然彼女らしくない声なのだ。プラスチック製のリードが彼女の腕から垂れていて、部屋にはとても不快なビーッという音が響いていた。

「今日はどんな気分だい？」とトレントは尋ねた。

「チューブのせいでまだ喉が痛いけど、少しよくなっているわ。まだ吐き気はするけど」とCJは言った。

彼女を上から下までクンクン嗅いで、彼女にこびりついた見知らぬ匂いをすべて探究したかったが、僕を抱いている彼女の両手はこわばって、僕にじっとしているよう命じていた。僕は彼女が望むようにした。

「自分は役立たずだと思っているんだろうけど、集中治療室にいた時に比べたら、今にもマラソンでもしそうな感じだよ。頬に色が戻ったし」とトレントは言った。「目も明るくなった」

「見違えるくらいでしょうよ」とCJは呟《つぶや》いた。

女の人が部屋に入って来たので、CJには護衛がついていることを知らせるために、僕は低い唸《うな》り声を出した。

「だめよ、マックス！」とCJは言った。

「マックス、だめだ」とトレントも言った。彼も近くに来て両手を僕の上に置いたので、女の人がCJに匂いのない食べ物と小さなカップに入った飲み水を渡す間、僕はかなりしっかりと押さえつけられた。本当のところ、二人につかまれているのはとてもいい気分だったので、僕はじっとしていた。

「その子の名前は？」と女の人が尋ねた。

「マックス」とトレントとCJが一緒に答えた。僕は尻尾を振った。

「その子はここにいちゃいけないわ。犬は絶対入れないのよ」

トレントは彼女の方へ一歩踏み出した。「こんなに小さな犬だし、吠えも何もしないよ。ちょっとの間来るだけでもだめなのか？」

「犬は大好きよ。誰にも言わないけど、見つかっても私が知ってるとは絶対言わないでね」と女の人は返事をした。

女の人が立ち去ると、トレントとCJが声をそろえて「いい子」と言ったので、僕は尻尾を振った。

僕の少女の心の中にはたくさんの暗い感情、悲しみと絶望が混じり合ったものがあるようで、鼻をすりつけても気分は晴れそうになかった。彼女は疲れてもいた、というよりもむしろ疲労困憊《こんぱい》していて、まもなく彼女の手は僕をつかむのをやめてただそこに置かれているだけになり、重力で保たれているだけの状態になった。

僕は困惑した。なぜCJはこの部屋にいるんだろう？ それよりもなお理解に苦しんだのは、すぐにトレントが僕を呼び、リードをつかんでCJから引き離したことだった。

「二、三日したらまた来るから、マックス」とトレントは言った。僕の名前は聞こえたけれど、何だかわからなかった。

「いい子ね、マックス。トレントと一緒に行きなさい。もうこの子を連れてこないで。病院とトラブルを起こしたくないの」とCJは言った。僕はいい子と言われたので尻尾を振った。

「明日また来るよ。今夜は寝ろよ、な？ 眠れなかったらいつでも電話してくれ。喜んで話し相手になるから」とトレントは言った。

「ここまで来なくてもいいわ、トレント」

「わかってるよ」

僕たちはトレントの家に戻った。その後の数日間はアニーがまた来て、ハーヴィーとジャジーとゼンと一緒に散歩に連れていってくれたが、夜になってトレントが家に戻ってくると、彼の両手からは他の変な匂いに混ざってCJの匂いもするのを、僕はかすかに嗅ぎとった。

数日後またあの小さな部屋に行くと、CJは同じベッドで眠っていた。でも、彼女の匂いは少しましになっていて、トレントが僕を柔らかいペットキャリーから出してくれた時にはきちんと座っていた。

「マックス！」と彼女は嬉しそうに呼んだ。僕は彼女の腕の中に跳び込み、抱きしめられた。彼女の腕にはもうリードがついていなかったし、ビーッという音も止んでいた。

「ドアを閉めて、トレント。マックスが面倒なことになったら困るから」

CJとトレントが話している間、僕は彼女の腕の下でボールのように丸まり、トレントが帰り際《ぎわ》に僕を一緒に連れていこうとしないように、ベッドの上のその場所にいる権利を主張した。僕がうたた寝をしていると、ドアが開いて女の人が「まあ、なんてこと！」と言うのが聞こえた。誰の声かすぐにわかった。

グロリアだ。

彼女はさっそうと部屋に入ってきて、持ってきた花をトレントに押しつけながらCJの枕元《まくらもと》に行った。グロリアは持ってきた花の匂いに加えて他のたくさんの甘い香りもしたので、僕は涙が出た。

「ひどい有様じゃない」とグロリアが言った。

「私も会えて嬉《うれ》しいわ、グロリア」

「ちゃんと食べさせてもらってるの？　ここは何なの？」

「ここは病院よ」とCJは言った。「トレントを覚えてる？」

「ハロー、マホニーさん」とトレントは言った。

「そうね、もちろん病院なのはわかってるわ。そういう意味で言ったんじゃないの。ハロー、トレント」グロリアはトレントに向かって顔を突き出し、それからCJの方に向き直った。「人生でこんなに心配したことは一度もないわ。ショックで死ぬかと思ったわよ！」

「それは気の毒に」とCJが言った。

「ねえ、あたしだって大変な時期を過ごしてきたと思わない？　それでもいつも前に進む力を見出《みいだ》してきたわ。自分でそう思わないかぎり、敗残者じゃないのよ。あんたにそう言ったわよね。こんなことが起こるなんて……倒れそうだったわ。聞いてすぐに飛んで来たのよ」

「えーと、一〇日めだな」とトレントが言った。

　グロリアは彼を見た。「なんて言ったの？」

「僕は一〇日前に電話したんだ。だから聞いてすぐというわけではない」

「あら……昏睡《こんすい》状態の間に来ても意味ないもの」とグロリアはしかめっ面《つら》をして言った。

「そりゃそうだ」とトレントは言った。

「それも一理あるわね」とCJは言った。彼女とトレントは互いにニヤッとした。

「病院は我慢できないのよ。大っ嫌いだわ」とグロリアは言った。

「変わってるわね」とCJは言った。「たいていの人は大好きなのに」今度はトレントは笑った。

「ところで、トレント。母親が娘に話をしてもかまわない？」とグロリアは冷ややかに尋ねた。

「もちろん」トレントは壁から離れた。

「あんたの犬も連れていって」とグロリアは彼に言った。僕は「犬」という言葉が聞こえるとCJを見た。

「私の犬よ。名前はマックス」とCJが言った。

「何か必要な時は呼んでくれ」とトレントがドアの外に出ていきながら言った。

グロリアがやって来てひとつしかない椅子《いす》に座った。「やれやれ、この場所は確かに気が滅入《めい》るわね。で、トレントはまた候補にあがってるの？」

「いいえ。トレントが『候補』にあがったことは一度もないわ、グロリア。彼は私の親友よ」

「わかったわ、なんとでも呼べばいいわ。あの子の母親は、あたしの娘が不凍液で薬を飲んだって聞いた途端、待ちきれなくなってあたしに電話してきたんだけど、息子は銀行の副頭取なんだって言うのよ。あの子が偉そうに振る舞っても、信じちゃだめよ。銀行なんてみんなに肩書を与えるんだから。そうすれば大層な給料を払わなくてすむからね」

「彼は投資銀行員で、とても成功しているわ」とＣＪが不機嫌そうに答えた。

「投資と言えば、とても大事なニュースがあるの」

「言って」

「カールがプロポーズするつもりなの」

「カール」

「カールのことは話したわよ。幸運のコインとやらを売って金持ちになったのよ。ローンドロマット（訳注／アメリカ・カナダ・ニュージーランドのコインランドリーの商標）の乾燥機みたいな機械に二五セント銀貨を入れるやつよ。二〇メートルのヨットつきの家をフロリダに持ってるのよ！　バンクーバーにアパートも持ってるし、ヴェールのホテルの一部も所有していて、いつでも好きな時に行けるの。ヴェールよ！　ヴェールにはずっと行きたかったんだけど、ぴったりの人と出会わなかったの。ヴェールはアスペンに似てるけど、地元民がいないから荒らされていないんだそうよ」

「で、結婚するの？」

「ええ。来月プロポーズされるの。カリブ海に行くのよ。そこで彼は二人の前妻にプロポーズしたのよ。だから、ね、私たち二人と彼女たち二人が一緒に行くの。彼の写真、見たい？」

「もちろんよ」

グロリアが何かを手渡すのを、僕はあくびをしながら見上げた。ＣＪはキャーキャー言って笑った。「これがカール？　南北戦争の退役軍人なの？」

「どういう意味かわからないわね」

「一〇〇〇歳くらいに見えるわ」

「そんなことないわ。とても威厳があるのよ。失礼なこと言わないで。あんたの継父になるんだから」

「ああ、神さま。その言葉を何度聞いたかしら？　住宅ローンを完済してくれて、私に『パパ』って呼ばせた人はどうなったの？」

「たいていの男はあてにならないわ。カールは違うけど」

「高齢だから？」

「いいえ、元妻たちと今でも友だちだからよ。それでわかるでしょ」

「確かに」CJが頭に手を載せてくれたので、僕は混じりけのない愛情のぬくもりを感じて眠くなった。そしてまもなく眠ってしまった。でも、CJの心の中の怒りが伝わってきたので、目が覚めた。

「その話はしないってどういうこと？」とCJはグロリアに尋ねた。

「あの家族はあたしにひどいことをしたのよ。あの人たちとは何の関わりも持ちたくないわ」

「でも、それは私に対してフェアじゃないわ。私にとっては血縁だもの。あの人たちのことを、自分の祖先のことを知りたいの」

「あたしは女手ひとつであんたを育てたのよ」

僕はCJの心に悲しみが沸きあがるのを感じたが、彼女はまだ怒ってもいた。「子供の時にパパがあそこに連れていってくれた時のことを、ほんの少し覚えているだけなの。覚えているのは……覚えているのは馬がいたこと。それから、叔母さんたちとお祖母《ばあ》ちゃん。それだけなの、六歳くらいの時の記憶のかけらよ」

「それでいいのよ」

「あなたが決めることじゃないわ！」

「ちょっと聞きなさい」グロリアは立ち上がり、彼女も怒っていた。「あんたはもうハイスクールに行ってるわけじゃないんだから、甘やかされた子供みたいに振る舞うのはやめて。あたしの家で暮らすのよ、あたしのルールに従ってね。わかった？」

「いや、そうじゃないな」とトレントがドアのところに立って静かな口調で言った。

彼女たちはどちらも振り返り、部屋に入ってくる彼を見た。

「あんたとは関係ないわ、トレント」とグロリアが言った。

「関係あるよ。今のCJにそれは必要ない。ストレスを避けなきゃいけないんだから。

それに彼女はあなたと一緒に家に帰りはしない。彼女の役者としてのキャリアはここからなんだ」

「ああ……私は女優にはなれないと思うわ」とCJは言った。

「それは確かかね」とグロリアが言った。

「じゃあ、何かになるんだ。何でも好きなことをやればいい。君は無力じゃないよ、CJ。自分には力があると、はっきり自覚するんだ」とトレントは語気を強めて言った。

「いったい何を言ってるの？」とグロリアが冷ややかに尋ねた。

「僕のことは信じてくれるだろう、CJ？」とトレントが問いただした。

「私は……もういられないわ。十分なお金がないの……」

「僕の家に十分すぎるほどの部屋がある。自分の足で立てるようになるまで予備の寝室を使えばいい」

「リーズルはどうするの？」

「ああ、リーズルか」彼は笑った。「また別れたんだ。今度こそこれで決まりだと思うね、彼女にやり直そうと泣きつく気はないからな。彼女が好きなのは別れてよりを戻して別れてを繰り返すドラマだって、ようやく気づいたんだ。中毒みたいなものさ」

「いつのことなの？」

「君が……マックスを置いていった日の前の晩さ」

僕は尻尾を振った。

「あなたがそんなことになっていたのに尋ねもしなかったなんて、ひどい話ね」とCJは言った。

「構わないよ。君は少し取り乱していたんだから」とトレントは苦笑いしながら言った。

「話をもとに戻していい？」とグロリアが要求した。

「つまり、あなたが話したいことにってこと？」とCJが返した。

「いいえ、全然そうじゃないわ。あたしが言いたいのは、あたしたちは水曜にここを出るってことよ。もう手配してあるの」とグロリアは断固たる口調で言った。

「君は自分のことを信じてくれる人と一緒にいなきゃいけない。僕だ。僕は君を信じている。これまでもずっとそうだった」とトレントが言った。

グロリアの怒りがふくれ上がるのを僕は感じとった。「〝自分の娘を信じて〟いないなんて言って、あたしを責めないでよ。この馬鹿《ばか》げたニューヨークへの引っ越しをあたしは援助したわよね？」

「援助ですって！」とCJが言い返した。

「あなたは彼女のためにならないよ、グロリア。彼女は回復しなきゃいけないんだ。それを助けられるのは誰であってもあなたじゃあない」

「あたしはこの子の母親よ」とグロリアは冷ややかに言った。

「ああ、そうだな、あなたは彼女を産んだよ、それだけは本当だ。だが、彼女は大人だ。子供が大人になったら、あなたの仕事は終わりだ」

「CJ？」とグロリアは言った。僕がグロリアを見ると、彼女はCJを、それからトレントをじっと見つめていた。トレントはずっとグロリアを見ていたがやがてCJを見て、CJは二人を交互に見ていた。グロリアは両手を腰に置いた。

「あんたはあたしに感謝したことがないわ。あたしはこれまで犠牲を払い続けてきたのに」と彼女は苦々しげに言った。そして向きを変えて大股《おおまた》でゆっくり歩いていき、ドアのところで立ち止って自分の娘をにらんだ。「明日戻って来るから、あたしたちは予定通り明後日発つのよ。これ以上何も言うことはないわ」彼女はトレントをにらみつけた。

「あばよ、ぼんくら」

グロリアが去っていったので僕は尻尾を振った。彼女がいなくなるといつも少しストレスが軽くなる。

その夜、トレントと僕が彼の家に戻った時、これが新しい日課なんだろうかと思った。僕たちは彼のところで眠り、それから床がつるつる滑るCJの新しい部屋に行ったのだ。CJはだんだんと小さい場所に住み替えるのを好むようだった。

トレントが投げてくれたゴムのおもちゃがキッチン中を気が狂ったようにはずんでいき、僕がそれを追いかけてくわえて彼に戻すと、彼は笑いながらいい子だと言ってくれた。

その後で彼がかがんで、僕の皿の中のドライフードの上に美味《おい》しそうなウェットフードをすくって載せてくれた時、彼の息から間違いようのない金属みたいな匂いがするのを僕は嗅ぎとった。びっくりしたけれど、ずいぶん昔に訓練された通りにした。合図をしたのだ。

第26章

グロリアが来てから数日後、CJはトレントの家に住むようになった。自分の所持品をトレントとは別の部屋に置いたが、まだスニーカーズの匂いのする服も何枚かあった。気が遠くなるくらい多くの時間をベッドで過ごし、その間ほとんどずっと悲しみ、弱り、苦しんでいたので、この新しい暮らしは疲れるようだった。トレントが彼女のために噛《か》むおもちゃを小さな袋に入れて持って帰ってきてくれるので、僕はそれをくわえていって元気づけようとしたけれど、CJは僕が引っ張れるようにおもちゃを手にだらりと持つだけで、遊びにはあまり興味がなさそうだった。

トレントは日中に少なくとも一回は帰宅して僕を外に出してくれた。「大丈夫だ。僕は角を曲がったところにいるからね」

「たぶん明日には気分がよくなってマックスを散歩に連れていけると思うわ」とCJは言った。

「急がなくてもいいんだよ」とトレントは言った。

二人はゲームをするのが好きで、トレントが彼女のそばに座って僕のと似たセーターで彼女の腕をくるみ、それから小さなボールをぎゅっと握るのだ。シューという奇妙な音が聞こえ、ＣＪとトレントはじっとしていた。「大丈夫だ、今日も大丈夫だ」とトレントはたいてい言っていた。セーターをはずす時には、僕のと同じはぎ取るような音がした。

そのボールは明らかにトレントのお気に入りだったので、僕はそれで遊ばせてはもらえなかった。

僕にごはんをくれるのはトレントで、ごはんをもらうには彼の息が金属の変な匂いがしたら合図しなければならないことを学んだけれど、ほとんどいつもそうだった。

「お祈りをする気じゃないだろうね、マックス？」と彼は時々僕に尋ねた。僕が合図をすると彼は「いい子だ、マックス」と言ってご褒美《ほうび》にごはんをくれた。

「マックスはごはんを食べる前にお祈りをするよ」とトレントはＣＪに話した。僕は部屋を跳ねまわって体力を発散させていたが、自分の名前を「ごはん」という言葉と一緒に言われるとかたまってしまう。もう食べ終えていたけれど、トレントがご馳走《ちそう》をくれると言うのなら文句はない。

「どういうこと？」とＣＪが笑いながら尋ねた。

「本当だよ。食前の感謝の祈りを捧《ささ》げるみたいに、頭を下げてお辞儀をして、両手を合わせて叩《たた》くんだ。すごく可愛《かわい》いんだぜ」

「この子がそんなことをするなんて、見たことないわ」とCJは言った。

「お祈りをしてごらん、マックス！」とトレントは大声で僕に言った。僕は何かの動作をするよう期待されているのがわかったので、座って吠えた。二人とも笑ったけれど、ご馳走はくれなかったので、どうやら僕はやりそこなったようだ。

ようやくCJがベッドから起き上がってソファの方に行った時、彼女は椅子みたいに見える物を体の前面にぴったりとつけて押しながら、とても、とてもゆっくりと進んだ。その椅子のような物にはテニスボールがついていたのに、僕が追いかけられるように投げてはくれなかった。僕は彼女が起きているのを見るのが嬉しくて、足もとですばしこく走り回ったけれど、彼女は大きな音をたてて息をしていて、幸せそうじゃなかった。けれどもドアを開けて入ってきたトレントは、とても喜んだ。「ソファまで来られたんだ！」とニッコリして彼女を迎えた。

「ええ、一時間しかかからなかったわ」

「本当にすごいじゃないか、CJ」

「まあ、そうね」CJはため息をついて目をそらせた。僕はソファに跳び上がり、彼女の気分がよくなるように手に鼻をすりつけた。

その後は毎日、CJはベッドから出て、テニスボールのついた例の物を必ず押してアパートの中を動き回った。ある日、僕たちは外を散歩し始めた。はじめての時には雪がとけかけていたので、車のタイヤが舗道の上で引き裂くような大きな音を出していて、あちこちから水が滴《したた》る音やはね飛ぶ音が聞こえた。一メートルほど歩道を進んだだけなのに、CJの椅子みたいな物についているテニスボールが濡《ぬ》れてしまった。数日後、再び雪が降った後で、僕たちは数歩進んだだけで引き返した。その翌日は太陽が出て暖かく、雪がとけかけていて、その下に新しい草の匂いを嗅《か》ぐことができた。

僕たちの家にはバルコニーと呼ばれる屋外の部屋があった。トレントは目の粗《あら》いカーペットを内側に張った箱を置き、僕をそこに呼んだ。「これは用を足してもいい場所だよ、いいかい、マックス？　君だけのための特別な移動式トイレだ」

その目の粗いカーペットはバルコニーのセメントの床よりも柔らかだった。僕はそよ風が吹いている時にそこに寝そべり、眼下のにぎやかな通りから漂ってくる混ぜこぜのうっとりする匂いに向けて鼻を開くのが大好きだった。時折、隣のバルコニーによく出てくる女性、ウォレンさんの匂いもした。「ハロー、マックス」と彼女は僕に呼びかけ、僕は尻尾を振った。

「それは寝そべるためにあるんじゃないんだよ、マックス」とトレントがそこにいる僕を見に出てきて言った。CJは嬉しそうに笑った。僕は何が起こっているのかわからなかったけれど、目の粗いカーペットに横になると僕の少女が幸せになるなら、できるだけ頻繁にそうしようと心に決めた。

日ごとに暖かくなると、CJは椅子のような物を使ってだんだん遠くへ歩いていくようになったが、いつもとてもゆっくりだった。この散歩をする時に、ケイティーであれ他のどの犬であれ、僕たちが途中で迎えにいくことはなかった。

僕はお散歩ルートにくわしくなり、途中にある鼻の高さの花が植わっている花壇で立ち止るのが楽しみだった。一度も会ったことはないけれど、いつもその植物にマーキングしているオス犬がいるので、僕は入念に匂いを嗅いでから同じ場所で足を上げた。

「マックスはここで立ち止って花の匂いを嗅ぐのが大好きなの」と、ある時、二人で一緒に僕を散歩させている時に、CJがトレントに言った。

「いい子だ、マックス。止まってバラの匂いを嗅ぎな」とトレントは言った。いい子だと言われたのが聞こえたが、僕はもっぱら例の他の犬の匂いの方を嗅いだ。

CJの調子はよかったり悪かったりだった。調子が悪い方のある日、彼女がベッドで横になっていると、玄関のドアをいじくる音が聞こえたので、僕はそこへ全速力で走っていって吠えた。ドアが開いた時、トレントと一緒にいる奴《やつ》の匂いを嗅いでびっくり仰天した。

デュークだ！

デュークはうるさいほど元気で、はずむように部屋に入ってきた。僕は後ろ足で立ち上がって彼の頭を前足ではさみ、唇を舐め、会えたことを心から喜んだ。彼の大きな舌が出てきて僕の顔を何度も何度も平手打ちするように舐め、僕と会えた嬉しさのあまり、呻き声をあげて体を震わせている。彼は僕がよじ登れるように仰向けに寝転がり、僕たちは取っ組み合い、大喜びで一緒に体をよじった。

「さあ、ふたりとも戻っておいで」とトレントが言った。僕たちはＣＪの部屋に行き、彼女はベッドで起き上がった。

「デューク！」と彼女は大声を出した。

デュークは彼女と会えてひどく興奮し、ベッドの上に飛び乗った。ＣＪは痛くて喘いでいる。「こら！」とトレントが怒鳴った。

ＣＪのそばにあったランプが床に落ち、閃光《せんこう》が走ったかと思うと部屋が暗くなった。デュークは息をはずませながら跳びまわり、次々と物にぶつかり、それからベッドに戻って着地した。「降りなさい、デューク！」と、ＣＪがしかりつけた。

僕は唸りながらデュークの踵《かかと》を嚙み、彼は耳を後ろに向けて床に縮こまった。

僕の少女に必要なのは穏やかさと静けさなのだと、僕はその瞬間に気づいた。デュークが体の上に飛び乗ると彼女は痛がり、彼の粗暴な振る舞いは彼女とトレントを激怒させた。

この家でいい子でいるには、大声を出したり騒いだりするのを慎まなければならないのだ。ＣＪには静けさが必要なのだ。

デュークがようやく落ち着きを取り戻すと、CJは彼の頭を自分の方へ引き寄せて耳をくすぐった。「ところで、トレント、これってどうやったの？」と彼女は尋ねた。「バリーを見つけるのは大変じゃなかったよ。オフィスにいる彼に電話して、僕の頼みを話したんだ。彼はノーとは言わないからね」とトレントは答えた。

CJはデュークをくすぐるのをやめてトレントを見た。「つまり、彼はあなたにはノーとは言わないってこと？」

「ああ、まあね……」

「ああ、デューク、あなたに会えて最高に嬉しいわ」とCJは甘くささやくように言った。

僕は素早い動きでベッドに跳び上がり、デュークが愛情を一身に受けているところにそっと歩いていった。CJが僕にもそこにいてもらいたがっていることがわかったからだ。この場で一番重要な犬は僕なのだから。

デュークが去った後で、CJとトレントは彼女の寝室に戻ってではなくテーブルについて食事をした。ベッドで食べる方が、彼女がこま切れの食べ物をしょっちゅうくれるので好きだったけれど、二人は僕の鼻が届く範囲内に足を置いて座る方がなぜか楽しいようだった。僕はテーブルの下に辛抱強く座って、落ちてくる食べ物をパトロールした。

「たぶん、透析《とうせき》はそんなにひどくはないんじゃないかな」とトレントが言った。

「まあ、とんでもないわ、トレント」

「しなきゃいけないのなら、僕たちはちゃんとやろうって言ってるだけだよ」

「やるのは私なのに、僕たちはちゃんとやろうですって？」とCJがつっけんどんに言った。

少しの間、彼らのフォークが皿に当たる音以外何も聞こえなかった。

「ごめんなさい」とCJが小さな声で言った。「あなたがしてくれていることすべてに感謝しているわ。ああ、さっきの私はグロリアみたいだったわね」

「いや、君はいろんなことを味わってきたし、痛みもあるし、透析は恐いさ。なのにわけもなく僕も味わうみたいに言われたら、頭にくるのもわかるよ。でも、本当に言いたかったのは、必要であればできるかぎり君をサポートするということだよ。それだけだ」

「ありがとう、トレント。あなたは私には過ぎた友だちだわ」とCJは答えた。

食事を終えると、トレントは僕の餌入れにごはんを入れてくれた。僕は金属製の餌入れにドライフードが落ちるカチンという音が大好きで、彼が入れてくれるのをグルグルと跳ねまわりながら待った。

「さあ、見ていろよ。お祈りしろ、マックス、お祈りだ」

トレントはごはんを僕から離して持ったが、かがんでいたので、僕は彼の息の匂いを嗅ぎとれた。彼が何を望んでいるのかわかったので、僕は合図をした。

「な？」とトレントは嬉しそうに笑いながら言った。

「すごいわ。この子がそんなふうにするのを初めて見たわ」とCJは言った。

「食前の祈りを捧げているんだよ」とトレントは言った。

暖かくなるにつれて、CJと僕は思い切ってだんだん遠くまで散歩するようになった。歩道をゆっくりと進んでいくのだが、彼女はやがてテニスボールのついた椅子のような物を体の前で押すのをやめ、かぎ状に曲がった棒に少しもたれかかるようになった。僕は我慢することを覚えて、彼女が好む速度でそばについて歩くようになった。彼女を守るということは、今は彼女がつまずいたり、速く歩きすぎて痛みを感じたりしないようにすることなのだ。時にはトレントが日中に家に戻って一緒に散歩することもあって、そのときには彼もゆっくりとした足取りだった。

僕が最後にドライブしてからずいぶん長い時間がたっていたので、再び助手席の犬になることはほぼあきらめていた。通りにはいつもたくさんの車が走ってはいたけれど。だから、側面が堅くて、柔らかいタイプのものよりも動き回るスペースがはるかに大きいペットキャリーに入れられて、トレントに建物から運び出された時にはびっくりした。彼は僕を大きな車の後部座席に乗せた。

「ペットキャリーを固定して」とCJが言った。「シートベルトをつけた方が安全だから」

トレントがハンドルを握って車が発進した時、僕は少しキャンキャン吠えた。僕がここにいることを忘れてしまったのだろうか？

「ああ、マックス、わかってるけど、今は私たちが前に座っているの。あなたは後ろの席にいる方が安全なの」とＣＪは言った。

理解できる言葉は何も聞こえなかったけれど、ＣＪの声には愛情が感じられた。どういう風に反応しようか、あれこれ考えた。ペットキャリーから出してくれるまで吠え続けたかったけれど、モリーだった時にＣＪと海辺を離れて、乗っている間じゅうずっと吠えていた犬と一緒に、長く騒々しいドライブをしたことを覚えていた。誰も彼をペットキャリーから出してあげなかったので、吠え声にイライラさせられた。僕はＣＪをイライラさせたくない。今は動揺させないことが、彼女の面倒を見ることなのだ。だから、一人さびしく長いため息をついて静かにしていた。

「八月にニューヨークを離れるのははじめてだわ。ずっとみんなが羨《うらや》ましかったの。暑くて死にそうだったもの」とＣＪが言った。

長いドライブだった。

「どこに行くのか教えてくれないの？　まだだめなの？」と、しばらくしてＣＪが言った。

「そのうちわかるよ」とトレントは答えた。「それまでは、できるだけサプライズとしてとっておきたいんだ」

停車するたびに外はひどい暑さだったけれど、その夜はとても寒い場所で過ごしたので、僕はCJと一緒に何枚も毛布をかぶって眠った。トレントは別の部屋に泊まったが、その部屋も僕たちの部屋と同じような匂いがした。

眠りに落ちていきながら、最後に行ったとてもとても長いドライブのことを思い出した。その時は結局海へ行ったのだ。今もそこに向かっているんだろうか？

二日目のドライブも長時間で、CJは何時間も眠ったが、目覚めると突然ひどく興奮しはじめた。

「まあ、なんてこと！　私が思っている場所に向かっているのかしら？」と彼女は尋ねた。

「ああ」とトレントが言った。

「どうやって見つけたの？」

「難しくはなかったよ。公文書さ。イーサンとハンナ・モンゴメリー。それで、電話して君が行きたがってるって伝えたんだ」

イーサンとハンナの名前が一つの会話文の中に出てきたので、僕はペットキャリーの中で少し尻尾を振った。

「あなたには難しいことじゃなかったのね。こういうことをどうすればいいか、どうして知ってるの？　私の方がずっとあなたより世慣れてたのに」とCJは言った。

「ああ、そうか、君の方が世慣れてたとは！　返事に窮するね。脳の記憶回路が焦《こ》げついてるよ」

二人とも笑った。

「私たちが来るって先方は知ってるの？」とCJは尋ねた。

「ああ、もちろん。とても喜んでるよ」

「ああ、待ちきれないわ。素晴らしいわ！」

ブーンという規則正しい車の音で眠くなったので、僕は寝入った。

目覚めた時、車内に漂う匂《にお》いのせいでめまいがした。自分たちがどこにいるかわかり、車が停まった時には外に出たくて仕方がなくなり鳴いて騒いだ。「わかったよ、マックス」とトレントが言った。トレントがペットキャリーを開けてリードを持つと、暖かい夜気が僕の方へ流れ込んできた。僕は草むらに跳んで入った。

結局のところ、驚くようなことではなかった。いつかはみんな農場へ戻っていくのだから。

何人もの人が家からどっと出てきて、僕に、そしてCJに会いに走ってきた。

「レイチェル叔母さん？」とCJは自信がなさそうに尋ねた。

「なあに、その顔は！」とその女の人は叫び、他の人たちがうろうろする中でCJを抱きしめた。

女の人が三人と男の人が二人、それに幼い少女が一人いた。僕は幼い少女以外は全員の匂いに覚えがあった。

「叔母のシンディよ」と別の女の人が言った。彼女は僕が嗅げるようにかがんで手を差し出したが、トレントが僕を後ろへ引っ張ったので、リードをぐいと引かれて首輪がきつくなった。

「えーと、その子はマックス。あまり愛想がよくないんだ」とトレントは言った。

僕はみんなに会えて家にも戻れて最高の気分だったので、尻尾を振った。僕たちは今度はここに住むのだろうか？　それなら申し分ない。

「お行儀よさそうだけど」とシンディが言った。僕は前へ強く引っ張り、なんとか彼女の手を舐《な》めたので、トレントは笑った。すぐにシンディが抱き上げてくれ、僕は家族全員と鼻を突き合わせた。

「中に入りましょう」とシンディが言った。彼女はリードを幼い少女に渡したが、彼女の名前はグレイシーだった。

大きい犬だった時より骨は折れるけれど、木製の段々を上るのは本当に楽しい。ここは知ってると自慢したくて、僕は真っ先にドアを押し開けた。グレイシーが持ち手を落とすとリードがたるむのがわかった。

リビングルームの椅子にひとりの女の人が座っていた。彼女は高齢だったが、その匂いはどこにいてもわかっただろう。僕は部屋を飛び跳ねて横切り、彼女の膝《ひざ》に乗った。それはイーサンの妻のハンナだった。

「おやまあ」僕が体をよじって顔を舐めると、彼女は笑った。

「マックス！」とトレントが大声をあげた。その声は厳しかったので、僕はハンナの膝から急いで降り、自分が何をやらかしたのか知りたくて、走っていった。彼は僕のリードをさっとつかんだ。

「お祖母ちゃん？」とCJが言った。

ハンナはゆっくりと立ち上がり、CJは彼女の方へ歩いていき、二人は長い間抱き合った。どちらも泣いていたが、二人の間に流れる愛情と幸福が見ているみんなにも伝わって、胸を打った。

第27章

僕たちは農場に移り住みはしなかったが、そこで一週間以上過ごした。僕は鼻を下に向けて全速力で走り回るのが大好きで、馴染《なじ》みのある匂いをすべて追跡した。池にはアヒルがいて、いつものように家族勢揃《せいぞろ》いだったけれど、僕はしばらく立って見ていただけで、わざわざ追いかける気はなかった。そうしても何の得にもならないし、一番大きな二羽は僕と同じくらいの大きさだったからだ。それは、長い間生きてきて、マックスとしての僕がいかに小さな犬であるか思い知らされた最初の時だった。犬がアヒルと同じ大きさなのは間違っているんじゃないだろうか。

納屋《なや》は強烈な馬の匂いがしたけれど、馬の姿は一頭も見当たらず、僕はラッキーと思った。CJがそこにぶらぶら入ってしまったら、僕はもう一度あの馬にまっこうから立ち向かうだろうが、バディではなくマックスとしてそうすることの見通しを考えると、少し不安どころの騒ぎではないからだ。

CJは、僕の少女と同じゆっくりとした速度で動くハンナと一緒に歩いて話すことに多くの時間を費やした。僕は彼女たちのそばにいて、両方を守っていることを誇りに思った。「決して望みを捨てなかったわ」とハンナが言った。「この日が来ると思っていたのよ、クラリティ。CJ、だったわね、ごめんなさい」

「構わないわ」とCJが言った。「あなたにそう呼ばれると嬉しいわ」

「あなたの恋人が電話してきた時、思わずティーンエイジャーみたいにキャーッと叫んでしまったわ」

「ああ、トレントのこと？　彼は恋人じゃないわ」

「そうなの？」

「ええ。私たちはずっと一番の親友同士なんだけど、カップルって感じだったことは一度もないわ」

「面白いわね」とハンナは言った。

「何？　どうしてそんな風に私を見るの？」

「何でもないわ。あなたがここにいてくれるから、ただただ幸せなの、それだけよ」

ある日の午後のこと、雨が降っていて、屋根に打ちつける轟音《ごうおん》は、バルコニーにある僕の特製カーペットの上にいる時に聞こえる車の音と同じくらい大きくて、違うのはクラクションの音がしないことだけだった。窓が開いていたので、濡れた土のような匂いが部屋にどっと押し寄せてきた。僕はCJの足もとに寝そべってダラダラしていたが、CJとハンナは僕にはひとつもくれずに座ってクッキーを食べていた。

「もっと必死でやればよかったって、気がとがめるわ」とハンナがＣＪに言った。

「ううん、お祖母ちゃん、そんな風に思わないで。グロリアがあの弁護士の手紙をあなたに送っていれば……」

「それだけじゃないわ。あなたのお母さんはヘンリーがいなくなってから、つまり飛行機の衝突の後、何回も引っ越したのよ。それに人生は忙しくなるばかりで、歳月人を待たず、よね。それでも私は何かすべきだったわ、たとえば、私自身が弁護士を雇うとかね」

「まさか。グロリアのことは私が一番よく知ってるわ。あの人のそばで育ったんだもの。あの人があなたを訴えるって言ったら、本当にそうしたわよ」

僕の少女はハンナのところへ行き、二人は抱き合った。僕はまだ皿の上に載っているクッキーのかけらの匂いを嗅ぎながら、ため息をついた。人間は犬が舐められるように皿を降ろしてくれることもあるけれど、たいていは忘れてしまうのだ。

「でも、あなたにあげたいものがあるの」とハンナが言った。「棚の上に箱があるでしょ？　ピンクの花がついているのが。中を見て」

ＣＪが部屋を横切ったので僕は跳ね起きたが、彼女はただ箱を取り上げて持ってきただけだった。その匂いにはあまり興味をそそられなかった。

ＣＪは箱を膝の上に載せた。「これは何なの？」と彼女は尋ねた。何が中に入っているのか知らないが、紙のような匂いがした。

「バースデーカードよ。毎年あなたにカードを一枚買い、前の年の誕生日以後に起こったことを書いたの。結婚、誕生……そういうことがすべて書いてあるわ。これを始めた時にはこんなにたくさん書くことになるとは思わなかったわね。ある時点でもっと大きな箱を見つけなきゃいけなくなったわ。自分が九〇代まで生きるなんて、誰も思わないから」ハンナはクスクス笑った。

CJは箱の中の紙で遊んでいて、クッキーのかけらとそれをもらうべき自分の犬マックスとの明らかな関係には、まるで気づいていなかった。

「ああ、お祖母ちゃん、これは私がこれまでもらった中で一番素晴らしい贈り物だわ」

夕食時には僕はテーブルの下に寝そべり、レイチェルとシンディと他の人々はCJと一緒に座って喋《しゃべ》って笑い、誰もがとても幸せそうだった。だからある日、トレントがスーツケースを家から出して車に運び始めたので、びっくりした。それはCJがどんなに幸せでも僕たちがここを去ることを意味していると、知っていたからだ。

人間はそういうことをする。農場あるいはドッグパークにいる方が楽しいはずなのに、彼らが去ると決めたら、それでおしまい。去るのだ。犬はその場所にマーキングして自分の匂いを残したら、彼らと一緒に行くのが務めなのだ。

僕は車の中ではペットキャリーに入っていた。僕の少女は、僕が助手席の犬なのをすっかり忘れてしまっている。「お祖母ちゃんが私の半生の思い出をすべてくれたようなものだわ、私が逃した半生のね。私の思い出すべてが箱に入ってた」とドライブの最中にCJが言った。彼女は泣いていたので、僕は姿が見えなくても慰めたくてクンクン鳴いた。

「大丈夫よ、マックス」とCJが僕に言った。僕は名前を呼ばれたので尻尾《しっぽ》を振った。

「悲しいから泣いているんじゃないの。ただ、彼らと会えてとても幸せだったけど、たくさんのことを逃したし、会わなかったらもっとたくさんのことを逃していたということを知って……」

「抑えきれないんだね」とトレントが静かに言った。

「ああ、そうなのよ」彼女はため息をついた。

僕はボールのように丸まった。何が起こっているにせよ、彼らが僕を出して参加させるつもりがないのは明らかだったからだ。

何時間もドライブした後、僕はペットキャリーの中で座りなおした。このドライブで二度目だが、またしても匂いが馴染みのあるものになったからだ。やがて車が停まり、僕は出してもらおうとペットキャリーの中で辛抱強く待ったけれど、CJとトレントは座席に座ったままだった。

「大丈夫かい？」とトレントが言った。

「わからないわ。あの人に会いたいかどうかわからないの」

「大丈夫だよ」

「ううん」とCJが言った。「だって、あの人に会うたびに、結局自分が嫌になるの。それってひどくない？　私の母親なのよ」

「何であれ、自分が感じるように感じるしかないよ」

「それができるとは思わないわ」

「わかったよ、じゃ」とトレントは言った。

やれやれ、もう我慢の限界だ。だからイライラしてキャンキャン鳴くことにした。

「いい子にしてね、マックス」とCJが言った。僕はいい子と言われたので尻尾を振った。

「じゃあ、本当にいいのかい？　帰りたいの？」とトレントが尋ねた。

「ええ。そうじゃない！　だめよ。中に入らなきゃいけないわ。だって、私たちここまで来たんだから」とCJが言った。「待っていて、いい？　走っていって彼女がどんな気分でいるか見てくるわ」

「わかった。マックスと僕はじっとしてるよ」

僕は尻尾を振った。車のドアが開き、CJが降りる音が聞こえた。ドアが閉まると期待して待ったのに、彼女はこっちへ来て僕を出してはくれなかった。

「大丈夫だ、マックス」とトレントが言った。僕はクーンという哀れな声を出した。僕の少女はどこに行ったんだ？　トレントがかがんで指を棒の間から差し入れたので、それを舐めた。

ドアが開き、ＣＪが中に跳び込むと車が揺れた。彼女が僕を出してくれ、自分の帰還を祝って撫《な》でてくれるのを期待して尻尾を振ったが、彼女はただドアを閉めただけだった。「聞いても信じないわよ」

「何だ？」

「あの人、引っ越したのよ。玄関に出てきた女性はあそこに一年住んでいて、彼女は誰か高齢の男性から買ったんですって」

「まさか。父親が上院議員のあのボーイフレンドがローンを完済して、彼女の持ち家にしてくれたんだと思ってたよ」とトレントは言った。

「そうなのよ。でも、とにかくあの人は家を売ったらしいわ」

「なるほど……彼女に電話したいかい？　ケータイの番号はたぶん変わってないよ」

「ううん、あのね、私はこれをひとつのサインだと考えることにするわ。自分の両親が引っ越したのに、転居先の住所を教えてくれないっていうジョークみたいなものよ。ま、それがグロリアの私への仕打ちなんだわ。いいから行きましょう」

僕たちはまたドライブを始めた。僕はため息をついて静かにしていた。

「あなたが前に住んでた家の前は通らないの？」とＣＪが尋ねた。

「いや、いいよ。この旅行は君のためだったんだ。あの家にはいい思い出がたくさんあるけど、両親が退職して家を売ってしまったからには、変わりようを見るよりも自分の記憶にあるままにしておきたいんだ、わかるだろ？」

僕たちは誰も何も言わずに長い時間ドライブした。僕は眠かったけれど、ＣＪの声が聞こえた時にわずかな不安が感じられたので、目が覚めた。

「トレント？」

「ああ？」

「本当よね。この旅行はすべて私のためだったわ。私が病院に入ってからあなたがしたことはすべて、私のためだわ」

「いや、僕も楽しんだよ」

「全部よ。私の親戚《しんせき》について追跡調査してくれたこと。最後の最後に私はたぶんおじけづく《ターン・チキン》だろうと二人ともわかっていたのに、グロリアに会えるように回り道してくれたこと」

僕は首を傾《かし》げた。チキンだって？

「私たちが未熟な子供だった頃からずっと、あなたは私のためにそこにいたわ。ねえ、あなたは私の拠《よ》り所なのよ」

僕は箱の中で向きを変え、寝そべった。

「でも、だからあなたを愛しているわけじゃないわ、トレント。あなたが世界中で最高の男性だから愛しているのよ」

トレントはしばらく黙っていた。「僕も君を愛しているよ、CJ」と彼は言った。そのとき車が曲がり、速度を落として停まったのを感じた。ペットキャリーの中で立ち上がり、体をブルッと震わせた。

「たぶんしばらく車を停めておくことになるだろうな」とトレントは言った。

僕は出してもらうのを辛抱強く待ったのに、聞こえたのは前の座席で衣擦《きぬず》れの音をたてながら動き回る音と、食べている音に似た音だけだった。二人がチキンを食べているなんていうことがあり得るだろうか？　匂いはしないけれど、どっちにしろそう考えると興奮してくる。僕は遂《つい》に吠《ほ》えた。

CJが笑った。「マックス！　あなたのことをすっかり忘れていたわ」

僕は尻尾を振った。

結局のところ、僕たちがハンナと彼女の家族全員に会ったのは、それが最後ではなかった。僕たちが家に帰ってさほどたたないうちに、まるで僕がモリーだった時にアンディが教えてくれたゲームをするみたいに、人々がいっぱいいて何列もの椅子《いす》に座っている大きな部屋に僕は連れていかれた。トレントが僕をしっかりつかまえていたが、シンディとレイチェルとハンナの匂いを嗅ぐと、僕は体をよじって彼の腕から逃げた。レイチェルが笑って僕を抱き上げ、ハンナに差し出したので、僕は彼女の顔を舐めた。でも、ハンナはかよわそうで、いつも誰かに腕をつかんでもらっていたので、僕はデュークならしたであろうと思われるような振る舞いは絶対にせず、気をつけて優しく振る舞った。トレントの妹のカロリーナと彼の両親もそこにいて、それは僕には驚きだった。なぜなら、トレントに彼らの匂いがついていることは一度もなかったので、彼らはもう生きていないと思っていたのだ。

僕は彼ら全員と会えてとても幸せだった！ CJも、そんな彼女をまったく思い出せないほど幸せそうだった。たくさんの喜びと愛が空気に充満して、椅子に座っている人々と、CJとトレントとの間に流れていたので、僕はたまらなくなって吠えた。CJが抱き上げて抱きしめてくれた。「シーッ、マックス」と彼女は囁《ささや》き、僕の鼻にキスした。

僕は何か柔らかいものを背中に着せられ、CJと一緒に人々の間を歩いてトレントの立っているところまで行き、二人が喋っている間ずっとそこに座っていた。それから二人はキスして、部屋にいる人全員が大声で叫び、僕はまた吠えた。

とても素晴らしい日だった。すべてのテーブルに布がかけられていたので、それぞれの下に少しスペースができていた。人々の足があって、肉と魚の切り身が次々に落ちてくるスペースが。至る所に花や植物があったので、その場所全体がドッグパークと同じくらい素晴らしい匂いがした。僕は笑いながら追いかけてくる子供たちと遊び、トレントが僕を抱き上げて用を足しに外に連れていってくれた時には、中に戻るのが待ちきれなかった。

CJは大きなひだがいくつもある布を着ていたので、下に少しスペースができていたけれど食べ物はなく、あるのは彼女の足だけだった。僕がその下に這《は》っていくと、僕の少女はいつもクスクス笑い、手を中に伸ばして引っ張り出した。「まあ、マックス、楽しんでる?」と、そんな出来事の後で一度、CJは僕に尋ねた。そして僕を抱き上げて頭のてっぺんにキスした。

「その子は狂ったようにずっと走り回っていたよ」とトレントが言った。「今夜はぐっすり眠るぜ」

「あら……それはいいわね」とCJが言い、二人とも笑った。

「申し分のない日だ。愛しているよ、CJ」

「私もよ、トレント」

「君は結婚の歴史上、最も美しい花嫁だよ」

「あなたも悪くないわよ。あなたと結婚することになったなんて、信じられないわ」

「君が望むかぎり、ずっとだ。永遠に。君は僕の永遠の妻だ」

二人はキスしたが、彼らはこれを最近しょっちゅうしている。僕は尻尾を振った。

やがて「グロリアからメッセージをもらったの」とCJが言い、僕を下に降ろした。

「へええ？　彼女は七人の悪魔の呪《のろ》いを我々と我々の土地に解き放ったのか？」

CJは笑った。「ううん、実はあの人にしては結構いい感じだったの。結婚式をボイコットしなければならなくて申し訳ないけど、その理由は私が知ってると思うって言ったのよ」

「僕にはわからないな」とトレントが言い返した。

「構わないわ。彼女は私を誇りに思っているし、あなたはいい結婚相手で、自分がそこにいなくても素晴らしい結婚式になるように、って言ったの。私の結婚式では歌おうとずっと思っていたのに、それが何より悔やまれる、とも言ってたわ」

「おいおい、僕はちっとも悔やまないぞ」とトレントは言った。

その日が終わるまでに、僕はとてもお腹《なか》いっぱいになって疲れはてたので、人々ががんでキスして話しかけても、できるのは尻尾を振ることだけだった。ハンナの顔の高さまで抱き上げられたので彼女にキスし、彼女の唇から何か甘い物を舐めて取った。僕の心は彼女への愛でいっぱいだった。

「さよなら、マックス、あなたはとても可愛いワンコよ」とハンナは僕に言った。「本当にとてもいい子ね」

こういった言葉がハンナの口から出るのを聞くと、とても嬉《うれ》しくなる。

その冬、CJはこれまでより長く速く散歩をすることができるようになった。トレントはやはりゴム毬《まり》で毎日遊び、彼女のそばに座ってそれでシューという音を立てていた。どうしてそれを僕のために投げようと一度たりとも思いつかないのか、僕には絶対に理解できないだろう。

「血圧はいい」とトレントはたいてい言った。この場合の「いい」は「子《ドッグ》」とは関係ないのだ。「アミノ酸は飲んでる?」

「この低たんぱく食には本当にうんざりだわ。ハンバーガーの上にステーキを載せて食べたいわ」とCJは彼に言った。

僕たちはその年、感謝祭《ハッピーサンクスギビング》はしなかったが、ある日、建物中でそれらしき匂いがした。トレントとCJは数時間僕をひとりぼっちにし、二人が家に戻るとハッピーサンクスギビングの素晴らしい匂いが彼らの服と手の至る所についていた。僕はその匂いを疑りながら嗅いだ。人間が犬なしでハッピーサンクスギビングをするなんてことがあるだろうか?　ありえないだろう。

けれども僕たちは、メリークリスマスはした。トレントは僕の屋外カーペットみたいな匂いのする物をリビングルームに建て、猫用おもちゃをぶら下げた。僕たちが包みを破って開けた時、僕のには美味しい噛むおもちゃが入っていた。

メリークリスマスの後、CJは週に数日は一日の大半を、僕をひとりぼっちで置いて留守にするようになったが、他の犬らしき匂いはまったくしなかったので、彼女は僕を連れずに彼らを散歩させているわけではないのがわかった。

こういう日々には「今日の授業はどうだった？」と、トレントはしょっちゅう尋ねていた。彼女は僕をひとりぼっちで残していくのが嬉しそうで、僕にはそれが理解できなかった。僕が思うに、犬を連れずにいると人間は悲しくなるだけのはずだ。

けれども、彼女は時々とても弱って疲れているのがわかった。「私の顔はこんなに腫《は》れぼったいのよ、見て！」と彼女はトレントに泣き言を言った。

「たぶん、利尿剤をふやすことを医者に相談すべきだろうな」

「実はずっとトイレに入りっぱなしなの」とCJは苦々しげに答えた。僕は彼女の手に鼻をすりつけたけれど、彼女はその接触を僕ほどには喜ばなかった。僕たちが触れ合うと必ず僕が感じる幸せを彼女にも感じてほしくてたまらなかったのだが、人間は犬よりも複雑な生き物だ。僕たちはいつも喜んで彼らを愛するけれど、彼らは時々僕たちにひどく怒る。僕が悲しい靴を嚙んだ時のように。

ある日、僕の少女はとても悲しんでいて、トレントが家に戻ると彼女は僕を膝に乗せてリビングルームに座り、窓の外を見ていた。「どうしたんだ？」と彼は尋ねた。

彼女はまた泣き始めた。「私の腎臓《じんぞう》のせいよ」と彼女は彼に言った。「私たちが子供をつくるのは危険だって言われたの」

トレントは彼女に腕をまわし、彼らは抱き合った。僕は彼らの間に鼻を入れたので、二人とも僕を撫でた。トレントも悲しんでいた。「養子をもらうこともできるよ。僕たちはマックスを養子にしたじゃないか、な？　どんなにいい結果になったか見てごらん」

僕は名前を呼ばれたので尻尾を振ったが、ＣＪは彼を押しのけた。

「何もかも解決できるわけじゃないわ、トレント！　私はヘマをしでかしたのよ。これはそのために私たちが払わなきゃならない代償なのよ、いい？　何も問題はないとか、あなたに言ってもらいたくないわ」ＣＪは立ち上がって僕を床にドサッと落とし、足を踏み鳴らして立ち去った。僕は小走りで彼女についていったが、廊下の端に着くと、彼女は僕の面前でドアを閉めた。少したって僕は向きを変え、トレントのところへ戻って膝に飛び乗った。彼に慰めてもらいたかったのだ。

人々がお互いのことを怒り、それが靴とは何の関係もないことが時にはある。それは犬には理解できないことだったが、僕の少女と夫のトレントとの間の愛は理解できた。二人はベッドやソファで抱き合って何日も過ごし、たいていは頭をほとんど触れ合わせながら座っていた。

「君は僕の一生の恋人だよ、ＣＪ」と、トレントはいつも言う。

するとCJは「私もあなたを愛しているわ、トレント」と答えるのだ。こういった瞬間に二人に通う熱愛が嬉しくて、僕は体をくねらせた。

セーターを着るのが好きなのと同じくらい、空気が蒸し暑くなっていくのはとても嬉しいことだ。けれどもその年は、CJは毛布を数枚羽織ってバルコニーに座り、僕を抱き寄せる様子から寒がっているのがわかった。彼女の気力が衰えて、体力がなくなり、疲れがひどくなっていくのが伝わってきた。

ウォレンさんという名の女性が、僕たちの隣にある自分のバルコニーにしょっちゅう出てきて草花で遊んだ。「ハイ、ウォレンさん」とCJはよく呼びかけた。

「今日はどんな具合、CJ、よくなってる?」とウォレンさんは答える。

「少しね」とCJはたいてい言った。

僕はウォレンさんを彼女のバルコニー以外の場所で見たことは一度もなかったけれど、廊下に彼女の匂いがすることはあった。彼女は犬は飼っていなかった。

「私の手首を見て。全体が腫れているの」と、ある日の午後、トレントが帰宅した時にCJが言った。

「ねえ君、日のあたるここに一日中いたのかい?」と彼は尋ねた。

「ものすごく寒いの」

「授業には行かなかったのか?」

「えっ？　今日は何曜日？」

「ああ、ＣＪ。心配だ。血圧をチェックさせてくれ」

トレントが彼の特別なボールを取り出したので、今度はたぶん僕の番が来るだろうと思いながら、彼がそれをギュッと握るのを油断せずに見守った。

「おそらく話をする時期だと思う……もっと長続きする治療法について」

「透析は嫌よ、トレント！」

「ねえ君、君は僕の宇宙の中心なんだよ。君に何か起こったら僕は死ぬよ。お願いだから、ＣＪ、医者にみてもらおうよ。頼むよ」

ＣＪはその夜、早く寝た。トレントは僕にごはんをくれる時にお祈りをするよう命じなかったけれど、彼の息の匂いはとても強かったので、とにかくそうした。「いい子だ」と、人々が犬をちゃんと見もせずに誉《ほ》めるやり方で、トレントが言った。

翌朝、トレントが家を出た直後、ＣＪはキッチンで倒れた。缶に水を満たすためにバルコニーからキッチンへ二度目の移動をしていると思ったら、ばったり倒れたのだ。僕は足の肉球全体に衝撃を感じ、彼女に駆け寄って顔を舐めたが反応がなかった。

僕はクンクン鳴き、それから吠えた。彼女は動かなかった。浅い息を吸っては吐く彼女の息は、病的で酸《す》っぱい匂いがした。

僕は半狂乱だった。玄関に走っていったが、向こう側には誰の声も聞こえない。僕は吠えた。それからバルコニーへ走って出た。

ウォレンさんが跪《ひざまず》いて植物と遊んでいた。僕は彼女に向かって吠えた。

「ハロー、マックス！」と彼女は僕に大声で言った。

僕の少女がキッチンで意識を失って病気の状態で横たわっていることを思った。起こっていることをウォレンさんに伝えなければならない。顔が棒の間から突き出るまで前に押し進み、CJの一大事を知らせるために、僕の声がベルのようにヒステリックに鳴り響くほど彼女に向かって吠えた。

ウォレンさんはそこに跪いて僕を見た。僕は吠えて吠えて吠えまくった。

「何なの、マックス？」

自分の名前が質問の形で聞こえたので、向きを変えてアパートに走って戻り、問題がそこにあることをウォレンさんにわかるようにした。それからバルコニーに走って戻り、さらに何回か吠えた。

ウォレンさんは立ち上がった。「CJ？」と彼女は試しに呼んでみて、僕たちの家を覗《のぞ》き込もうとしてもたれかかった。

僕は吠え続けた。「シーッ、マックス」とウォレンさんが言った。「トレント？　CJ？」

僕は吠え続けた。するとウォレンさんは頭を振り、自分の家の引き戸のところへ行って開け、中に入ってしまった。彼女が引き戸を閉めた時、僕は唖然《あぜん》として吠えるのをやめた。

彼女は何をしているんだ?

クーンと鳴きながら僕の少女のところへ急いで戻った。彼女の呼吸はだんだん弱くなりつつあった。

第28章

そんなことをしても無駄だったけれど、玄関へ行って死に物狂いでドアを引《ひ》っ掻《か》いた。爪《つめ》で木のへこみに刻み目がついたが、それだけのことだった。僕は不安を声に出して叫び、その声は悲鳴のようだった。そのとき、ドアの向こう側で何かの音が聞こえた。足音だった。吠えて鼻をドアの下の隙間《すきま》に突っ込むと、ウォレンさんと、よく廊下に道具を運んでくるハリーという男の人の匂いがした。

ドアがわずかに開いた。「ハロー?」とハリーが大声で言った。

「CJ? トレント?」とウォレンさんも呼びかけた。彼らは用心深くドアを押して部屋に入ってきた。彼らがついてきているのを肩越しに見て確認しながら、僕はキッチンに向かって進んだ。

「まあ、大変」とウォレンさんが言った。

数分後、数人の男が来てCJをベッドに載せて運び去っていった。その間、ウォレンさんは僕を抱き上げ、撫でながらいい子だと言ったが、僕の心臓はドキンドキンと高鳴っていて、極度の不安で気分が悪かった。それから彼女は僕を降ろし、彼女もハリーもみんないなくなり、僕は家の中にひとりぼっちでとり残された。

不安で心配で、いら立ちながら行ったり来たりした。日光が消えていって夜になったけれど、CJはまだ家に戻ってこない。彼女がキッチンの床に頰を押しつけて横たわっていたのを思い出すと、哀れな鳴き声が出た。

ようやくドアが開いたと思ったら、トレントだった。CJは一緒ではなかった。

「ああ、マックス。すまない」と彼は言った。

彼が僕を散歩に連れていってくれて、低木の茂みで足を上げることができたので、気分転換になった。「僕たちは今、CJのためにあそこにいなきゃいけないんだ、マックス。彼女は透析を嫌がるだろうけど、他に選択肢はない。やるしかないんだよ。もっとずっとひどいことになっていた可能性だってあるんだ」

二、三日後に家に戻ってきた時、CJはひどく疲れていてまっすぐベッドに向かった。僕は彼女のそばに丸まって安心すると同時に、彼女が悲しそうでイライラした様子なのが気がかりだった。

その時からCJと僕は、二、三日に一度僕たちの建物の前まで迎えに来てくれる車の後ろに乗って、旅をするようになった。はじめはトレントが必ず一緒だった。僕たちがとある部屋に行ってそこで静かに横になっている間、数人の人が僕の少女をあれこれ構った。彼女は着いた時はいつも弱って気分が悪くなっていて、長椅子から起き上がると疲弊して悲しんでいるのがわかったけれど、それは彼女の上にかがみこんでいる人たちのせいではなく、彼女の腕を傷つけてしまうのも彼らのせいではないことを、僕は理解した。これまでだったら彼らに向って唸《うな》ったかもしれないが、そうしなかった。

　この場所に行った翌日はたいてい、CJにとっていい日だった。普段より強くなり、幸せなのが伝わってきた。

「おそらく、一年待てば腎臓をもらえるだろうって」と、ある夜CJは言った。「提供される数がとても少ないの」

「ああ、君の誕生日に何を買おうかって思ってたんだ」とトレントが笑いながら答えた。

「ここにちょうど君に合う大きさのがあるよ」

「そんなこと、考えるのもやめて。あなたのも、他の生きている誰のも、もらわないわ。こうなったのは自分のせいだもの、ね、トレント」

「ひとつあればいいんだ。もう一方はスペアだからね。使うこともまずないよ」

「おかしな人ね。いいえ、いずれ死んだ人からもらうわ。二〇年間透析を受けている人だっているのよ。なるようになるから」

　その冬のある日、CJはプラスチック製のペットキャリーを持って玄関に入ってきた。驚いたことに彼女がドアを開けると、中からスニーカーズが歩いて出てきた！　その猫に会えたことがただただ嬉しくて、彼女のところへダッシュすると、彼女は背中をアーチ型にして耳を後ろに向けてシャーッと言ったので、僕はさっとよけて止まった。スニーカーズはいったいどうしたんだろう？

彼女はその日、アパート中を嗅《か》ぎまわり、僕は彼女を追いながら、おもちゃを引っ張り合うちょっとしたゲームに誘い込もうとした。彼女は僕と関わり合いになろうとしなかった。

「ミニックさんの子供たちはどうしているんだ？」とトレントが夕食時に尋ねた。

「彼らはうしろめたく感じていると思うわ。彼女のところに全然行かなかったのよ。そしたらある日、亡《な》くなっちゃったんだもの」とCJは言った。

スニーカーズが黙ってカウンターに飛び乗り、自分のいる安全な場所からキッチンを軽蔑《けいべつ》するようにじっと見るのを、僕は見ていた。

「何だ？ 何なんだい？」とトレントが言った。

「グロリアのことを考えているだけよ。私もあんな風に感じることになるのかしら？ある日、彼女が死んで、もっとやることをやればよかったと後悔するのかしら？」

「会いに行きたいかい？ ここに来るように招待する？」

「本気なの？ 私にはわからないわ」

「その気になったら言ってくれ」

「あなたは世界中で一番いい夫だわ、トレント。私は本当にラッキーね」

「ラッキーなのは僕だよ、CJ。一生の間で、僕が本当に欲したのはひとりの女性だけで、今、その女性が僕の妻なんだから」

CJが立ち上がり、僕も跳び上がって立ったけれど、彼女はただトレントが座っている椅子に彼とくっつくように飛び乗り、彼の顔に自分の顔を押し当てただけだった。二人は傾いて横倒しになった。

「じゃあ、大胆になって」と、一緒に椅子から滑り落ちて床に降りながら、CJが笑って言った。それから二人はしばらく取っ組み合っていた。スニーカーズの方を見たけれど、まったく何も気にかけていないようだ。でも、トレントと僕の少女の間には、力強くて完璧《かんぺき》な愛があるのを僕は感じた。

スニーカーズは、やがて愛情を示してくれるようになった。部屋を歩いているかと思うと、予告なく僕の方へそっと歩いてきて僕の顔に自分の頭をすりつけたり、床の上に丸まって寝そべっている僕の耳を舐めたりした。でも、以前のような取っ組み合いのゲームは、まったくしたがらなかった。彼女が犬なしで暮らしていた日々は、あまりいい時間じゃなかったんだろう。

CJとトレントは、涼しい夜はバルコニーで一緒に毛布にくるまり、寒い夜はソファで一緒に横になった。CJは時々夜にいい匂いのする靴をはいて、二人で出かけたが、家に戻った時には彼らはいつも幸せそうだった。ただし、たとえ彼女が悲しがっていても、僕は彼女の靴に何かしたりするつもりはなかった。

僕たちは通りや公園を散歩した。時折、CJが草むらに敷いた毛布の上で眠り込み、トレントが一緒に横になって微笑《ほほえ》みながら彼女を見ていることがあった。

僕たちが公園で過ごす日は僕はいつも腹ペコで、家に帰ったらすぐにごはんを食べたかった。そんなある日のこと、日課に少し変化があり、トレントがごはんをつくるのを見ながら、僕は我慢できずにキッチンを跳ねまわっていた。

「学位をとり終えるのにいつまでもかかって、修士のことを考えたら、三〇代になってしまうわ。三〇代なんて、もう年寄りだと思ってたのに！」

CJは僕の餌《えさ》入れを空中に持ち上げた。「じゃあ、マックス。お祈り」と彼女は言った。

僕はかたまった。ごはんは欲しかったけれど、この命令はトレントの息に匂いが残っている時だけ有効なのだ。

「僕にはいつもするよ」とトレントが言った。「マックス？　お祈り！」

CJはごはんを持っていて、僕は腹ペコだった。トレントのところへ行くと、彼はかがんでいて匂いがする。僕は合図をした。

「いい子だ！」とトレントは褒めてくれた。CJが餌入れを置いたので、僕は急いで食べに行った。食べている間、彼女が両手を腰に置いて僕に覆《おお》いかぶさるように立っているのに気づいていた。

「何だい？」とトレントがCJに尋ねた。

「マックスは私にはお祈りしないわ。あなたにだけよ」

「だから？」

僕はごはんを大急ぎで食べていた。「その子が食べ終わったら、試してみたいことがあるの」とCJが言った。僕は食べることに夢中だった。食べ終わると餌入れを舐めた。

「じゃあ、彼を呼んで」

「マックス！　おいで！」とトレントが言った。僕は素直に彼のところへ行って座った。彼が僕を呼んで、僕が応じると必ずご馳走《ちそう》をくれた時期があったけれど、残念ながら、その時期は何らかの理由で過ぎてしまっていた。

「今度は彼のそばにかがんで。餌入れを床に置くような感じで」とCJが言った。

「これは何のまねだ？」

「いいからやって。お願い」

トレントは僕の方へかがんだ。今日は匂いが特に強かった。

「お祈り！」とCJが大声で言った。

僕は素直に合図した。

「ああ。こんなことってあるかしら？」僕は頭をさっと上げてCJに気持ちを集中した。

見るからに強い不安に駆られていて、今や手を口にあてている。僕は何に脅《おび》えているのかわからず、彼女のところへ行って鼻をすりつけた。

「CJ、どうしたんだ？ どうしてそんな顔をしているんだ？」とトレントが尋ねた。

「私のためにしてほしいことがあるの」とCJは答えた。

「えっ？ それは何だい？」

「お医者さんにみてもらってほしいの」

「何だって？ どうして？」

「お願いよ、トレント！」とCJは答えたが、涙声だった。「私のために、そうしてくれなきゃ！」

次の年、トレントはとても具合が悪くなった。何度もバスルームで戻したので、僕はCJが定期的に吐いていたのを思い出した。彼女はもうそれをしなくなっていたけれど。トレントが吐くと、CJは自分がかつてそれをしていた時と同じくらいうろたえたので、僕はいつも二人のことを心配してクーンと鳴いた。

トレントの両親が何度かやって来たし、彼の妹のカロリーナ、それに結婚式に来ていた男の人と数人の子供も来たので、カロリーナには現在家族がいることがわかった。けれども何とも奇妙な訪問で、幸せそうでいい子《グッド・ドッグ》に笑いかけてかまおうとしてくれたのは子供たちだけだったから、みんなで農場に集まった時とはずいぶん違っていた。

トレントの頭髪はすべて抜け、僕は彼がベッドに横になっている間に彼の頭皮を舐めて笑わせることができた。CJも笑っていたけれど、彼女は心の中でいつも悲しんで絶望し、絶えず不安に苛《さいな》まれていた。

「これが旦那様《だんなさま》と過ごす最後のクリスマスにならないよう祈るわ」その冬、彼女はそう言った。

「そんなことにはならないよ、君。約束するよ」とトレントが答えた。

デュークのCJに対する乱暴な行いを見て、病気の人のそばでしてはいけない振る舞いを僕は学んでいたので、ひたすら穏やかで慰めとなるように努めたが、それをトレントもCJもとても気に入ってくれたようだ。脅威を食い止めるのが僕の仕事だったのでそれをしてきたけれど、今度は悲しみを寄せつけないようにするのが仕事で、そのためにはこれまでとは違う振る舞いが必要だったのだ。

僕は今でも週に二、三回、長椅子に横たわったCJを人々にあれこれかまってもらうために、彼女と一緒に出かけた。彼らはみんな僕を知っていて、僕を愛していて、僕を撫でて、僕はいい子だと言ってくれる。それは僕が静かに寝そべり、部屋中を飛び回ったりしないからなのだ。僕たちが長椅子のある場所を去る時には、僕の少女は最初の頃ほど具合が悪くないようだったけれど、僕はただの犬なので間違っているかもしれない。

ある夜、CJとトレントはソファで寄り添っていて、僕は二人の間に小ぢんまりと潜り込んでいた。スニーカーズは部屋の向こう側で僕たちを無表情で見ていた。猫が何を考えているのか、そもそも彼らが考えているのかどうかさえ、僕には見当がつかない。

「君にちょっと知っておいてほしいんだけど、僕はたくさん保険に入っているし、投資もたくさんしている。安心してくれ」とトレントは言った。

「でも、そんなものいらないわ。あなたはよくなるんだもの。よくなるわ」とCJは言った。怒っているようだった。

「ああ、でも、念のため、知っておいてもらいたいんだ」

「そんなこと、どうでもいいわ。そうなるわけないから」とCJは言い張った。

トレントがつづけて何日も家を空けることが何度かあって、するとCJもたいてい姿をくらましたが、彼女は必ず家に帰って僕を散歩させてごはんをくれた。そしていつもトレントの匂《にお》いがしたので、二人はどこかで一緒にいたのだとわかった。

ある日、僕たち二人だけ、CJと僕だけで暖かい夏の日に草むらに座っていた。僕は好きなだけ走り回ったので、今は僕の少女の膝《ひざ》に座って満足していた。彼女は僕の頭を撫でてくれた。

「あなたは本当にいい子だわ」と彼女は僕に言った。彼女の指が僕の背骨に沿ったかゆいところを引っ掻いたので、僕は嬉しくて呻《うめ》き声をあげた。「あなたが何をしていたのかわかっているわ、マックス。食前のお祈りをしていたんじゃないわよね？　私たちにトレントのことを告げようとしていた、彼は癌《がん》の匂いがすると言おうとしていたんだわ。私たちは、はじめはどうしても理解できなかったの。モリーがあなたにそれを教えたの？　彼女はあなたに話しかけてくるの、マックス？　だからあなたは知っていたの？　彼女は天使の犬で、私たちを危険から守ってくれているの？　あなたも天使の犬なの？」

僕はCJの口からモリーという名を聞くのが気に入った。だから尻尾を振った。

「間に合ったのよ、マックス。あなたのおかげで癌を打ち負かして、再発していないわ。あなたは私の主人を救ってくれたのよ。どうやるのかわからないけど、モリーと話をするなら、私に代わって彼女にお礼を言ってくれる？」

僕がトレントの頭皮を舐《な》めると彼は必ず笑ったので、髪が再び頭に生えてきた時、僕はひどくがっかりした。でも、事態は変わるものだ。たとえばCJの髪はこれまでの時期よりも長くて、かがむと僕の上に垂れ下がる素敵なテントになった。トレントがかがんでも、もうあの金属のような匂いは検知できなくなった。今では「お祈り」と言われても、もどかしくて困ってしまい、彼を見つめるだけだ。彼は何を求めているのだろう？「お祈り」の命令の後でしばらく座って見つめていたら、彼もCJも笑って手を叩《たた》いて「いい子！」と言ってトリーツをくれたりすると、尚更《なおさら》困惑してしまう。僕は何もしていないのに。

人間が何を求めているのか理解するのは不可能なのだから、それが犬の目的であるはずはない。

トレントの髪が元通りはえると夏が来て、数人の男がやって来たかと思ったら僕たちの家からすべてを取り去った。CJは彼らと話して家の中に導き入れたので、それは問題ないことだとわかったけれど、それでも僕は習慣から彼らに向って吠えた。吠えるとCJは僕をペットキャリーに入れ、スニーカーズも猫用ペットキャリーに入れたので、CJはいささか過剰反応していると思った。

スニーカーズと僕はペットキャリーに入ったままで車の後部座席に乗り、長時間のドライブに出かけた。

ドライブの終わりにはさっきと同じ男たちがそこにいて、今度は僕たちの物をすべて新しい家に運び入れた。知らない部屋を探検するのはなんて楽しいんだろう！　スニーカーズは疑わしげに嗅ぎまわったが、僕は嬉しくてたまらなくなり、ひとつの場所から別の場所へと全速力で走り回った。

「これが僕たちが今度住む場所だよ、マックス」とトレントが言った。「もうアパートに住まなくていいんだ」

彼は僕に話しかけていたので、僕が走っていって前足を両脚に置くと、彼は僕を空中に持ち上げた。僕は誇らしげにスニーカーズを見おろしたが、彼女は気にしないふりをしていた。トレントは素敵な男だった。彼はCJと僕を愛し、僕は彼を愛した。その夜、トレントがベッドの一方の側で眠り、僕は反対側で僕の少女に寄り添い丸まってうとうとしながら、ロッキーがトレントにどんなに献身的だったか考えた。犬に愛される男は、まず間違いなく素敵な男なのだ。

僕たちは二度と再び家に戻ることはなかった。今度は階段のある小さな家にいて、何よりも嬉しかったのは、裏に芝生が生い茂っていることだった。スニーカーズは庭には感動していなかったが、僕はそこが大好きだった。他の場所よりも静かで、食べ物の匂いはあまりしないけれど、犬の吠える声が快く響いて聞こえ、植物と雨の匂いがするのだ。

トレントはほとんど毎日朝食をすませるとすぐに出かけたが、CJは家に僕と一緒にいた。机とソファと幾つかの柔らかい椅子と僕が横になるためのベッドのある小さな部屋があって、彼女はそこにいることを好んだ。友人たちがやって来ると、彼らはまず外に出られるドアのついた別の部屋に座り、それからCJと僕は廊下を歩いて友人たちをCJのお気に入りの部屋に連れていって話をした。僕はこの人たちには決して吠えないことを学んだが、彼らが他の部屋で待っている時には必ずわかったので、ドアのところへ行って尻尾を振った。

「いい子ね、マックス」とCJは言ってくれた。

時には人々は悲しんでいて、僕が膝に飛び乗ると僕を撫でて泣き、すると悲しみが少し消え去ることを僕は学んだ。僕の少女に訪れてくる友人がこんなにもたくさんいることが、僕はとても嬉しかった。CJはいつも少し具合が悪かったけれど、徐々によくなり、強くなっていくようだった。

冬になって僕の足が気になりだした時、僕たちが新しい家で暮らし始めてからかなりの年月がたっていた。朝、目覚めると足がこわばって痛んだので、僕は動きがのろくなった。外の散歩は、CJの病気が重くて体の前で椅子を押していた頃と同じくらい、もたもたして短いものになってしまった。

スニーカーズも衰えてきていた。僕たち二匹はソファの両端でうたた寝をし、日中に起き上がってはしょっちゅう場所を入れ替わった。

「大丈夫、マックス？　可哀想《かわいそう》な子。薬は少しは効いているの？」とCJは僕に訊《き》いてくれた。彼女の声を聞いて心配しているのがわかり、僕は名前を呼ばれると尻尾を振った。僕の目的は今では、僕の少女が数日置きに長椅子に寝そべりに行く時に彼女と一緒にいて、彼女に寄り添い、できるかぎりたくさんうたた寝をすることだった。それが彼女に必要なことだったのだ。

僕は痛みがあることを彼女とトレントに隠そうと最善を尽くした。ビーヴィスが僕の耳を裂いて出血させた時ととてもよく似た感覚に僕の関節が襲われていることが彼女に伝わると、必ず心配でたまらなくなることがわかっていたからだ。

僕はもう、裏庭を猛烈な勢いで走り回り、ただただ嬉しくて吠えたりはしなくなった。疲れてしまってできないのだ。それでも喜びは感じる。それを口にしないだけだ。

日向で寝そべっていてCJに呼ばれた時に、頭は上がるのに足は動こうとしないように思えることもあった。そんな時はCJが来て僕を抱き上げ、膝の上に置いてくれる。すると彼女の悲しみが伝わるので、僕を衰弱させている痛みと闘って、どうにかこうにか頭を持ち上げて彼女の顔を舐めた。

「今日は調子はどう、マックス？　とても痛む？」と、特にひどい発作が起こって数分間ほとんど動けなかった時に、彼女は尋ねた。「きっとその時が来たのね。この瞬間をひどく恐れていたけど、明日、あなたを獣医のところに連れていくわ。もう苦しまなくていいのよ、マックス。約束するわ」

僕はため息をついた。CJに抱かれると気持ちがいい。彼女の手が僕を撫でると痛みが和らぐように思える。トレントが出てきて彼もすぐそこにいることがわかり、彼の手が僕を撫でた。

「どんな様子だ？」とトレントが尋ねた。

「全然よくないわ。私が出てきた時、この子はもう逝《い》ってしまったのかと思ったくらい」

「こんなにいい子なのに」とトレントは僕を撫でながら呟《つぶや》いた。「君は最高の犬だよ、マックス。君は生涯を通じてCJの世話をしてくれた。今度はそれは僕の仕事になるんだ。君は好きな時に止《や》めていいよ。絶対にがっかりさせないから。いいね？　いい仕事をしたよ、マックス」

「ああ、マックス」とCJが囁いた。彼女の声はとてもとても悲しそうだった。

まさにそのとき、僕の内部で馴染《なじ》みのある感じが、温かく優しい闇《やみ》が、湧《わ》き起るのを感じた。僕の内部で何かが起こっている。すごい速さで、驚くべきことが。関節の焼けるような激痛が消え始めた。「マックス？」とCJが言った。彼女の声は、はるか遠くに聞こえる。

僕はもう動くことも彼らを見ることもできなかった。湧き上がる水が僕を連れ去っていくのを感じた時、最後にこう思った。CJとトレントにはまだスニーカーズがいて、二人の世話をしてくれるからよかったな。

スニーカーズはいい猫だ。

第29章

長い間眠っていたこと、そして長い長いまどろみから目覚めたことが、なんとなくわかってきた。やがて目を開けたが、すべてが乳白色で暗い。

お母さんときょうだいたちに焦点が合うくらい十分に視覚がはっきりすると、僕たちは全員、茶色と白と黒の斑点《はんてん》があり、短毛だとわかった。

ＣＪの声は聞こえなかったし、匂いもしなかった。けれども、他の人たちがたくさんいて、ほとんどが長く流れるような服を着ていて、頭に小さな毛布もかぶっている。

床に数枚の敷物が敷いてあって、天井の近くにある窓から光が差し込む、ものすごく小さな部屋に僕たちはいた。僕のきょうだいは、女の子が二匹と男の子が三匹で、遊びつづけることに、取っ組み合うことに、そして大きくなるにつれて楽しく追っかけっこすることに、熱中するようになった。僕はドアの前に座ってＣＪを待ち構えることに専念するために彼らを無視しようとしたけれど、楽しみは伝染するもので抗《あらが》えなかった。

この中の誰かは、今とは違う生を経験したことがあって、捜しだすべき人がいるんじゃないかとはじめて思ったが、もちろん誰もそんなふうに振る舞いはしなかった。遊んで遊んで遊びまくること以外に何か関心事があるような子犬は、僕だけだった。

僕たちに会いに来る人は、全員、女の人だった。彼らの匂いを嗅ぎ分け、衣類はみんな同じでも別々の人間が六人いて、全員がCJよりも年上だがハンナより若いことを、僕はまもなく認識するようになった。女の人たちは僕たちがいるのを喜び、入って来て、子犬が彼女たちに飛び乗って長いローブをぐいと引っ張ると笑った。彼女たちは僕を抱き上げてキスしたが、そのうちの一人が特に、他の女の人たちよりも僕を気に留めてくれた。「これがその子なのよ」と彼女は言ったものだ。「彼がどんなに穏やかだかわかる？」

「穏やかなビーグルなんていないわよ」と一人の女の人がこれに応《こた》えて言った。

「まあ、マーガレット、子犬はものにならないわ」と別の女の人が言った。「子犬は確かに可愛《かわい》いけど、元気があり余ってるわ。オスカーみたいな大人の犬をまた手に入れるべきよ」

名前を何回も聞いたので間もなく気づいたのだが、僕を抱いている女の人はマーガレットと呼ばれていた。

「オスカーが来た時にあなたはここにはいなかったわ、ジェーン」とマーガレットが言った。「他の犬で何度かやってみたけどうまくいかなくて、ついにオスカーを見つけたんだけど、一緒にいたのは死ぬまでのごく短い間だけだった。はじめから子犬を訓練すれば、何年も一緒にいられると思うわ」

「でも、ビーグルは駄目よ」と一人目の女の人が言った。「ビーグルは活発すぎるもの。だから、そもそも妊娠しているビーグルを引き取って育てたりしたくなかったのよ」

どの女の人がビーグルという名前なんだろう。

骨と筋肉が重いので、マックスだった時より大きな犬になる運命なんだとわかった。自分の少女を守ることができる大きな犬なのだと犬や人間に証明するために、多大なエネルギーを費やす必要はなさそうなので、内心ホッとした。女の人が降ろすと、僕は姉妹のうちの一匹のところに行って飛び乗った。既に彼女よりも大きくて、態度ではなく体の大きさで威圧できるのが嬉しかった。

共同の餌入れからお粥《かゆ》のような食事を食べ始めてまもなく、僕たちは外に連れていかれ、柵《さく》をめぐらせた草の茂った場所に入れられた。春で空気は暖かく、花と新しくはえた草のいい匂いがする。たくさんの種類の木や灌木《かんぼく》の生命を支えるのに十分な雨の降る、蒸し暑い気候であることが、匂いでわかった。兄弟姉妹は、裏庭はこの世で最高の場所だと思ったようで、毎朝グルグルと全速力で駆け回って、そこに出してもらったことに反応した。それは馬鹿《ばか》げたことだと僕は思ったけれど、大騒ぎするのは楽しいので、たいていは参加した。

CJはいつ、僕を迎えに来てくれるのだろう。それが、僕がまた子犬になった理由のはずなのだ。僕たちの運命は密接につながっていたので、僕が生まれ変わったということは、僕の少女はまだ僕を必要としているに違いない。

ある日、幼い少女二人と男女の家族が、僕たちの世話をしている六人の女性の一人に連れられて庭に入ってきた。彼らの存在が何を意味するのか、僕はわかっていた。子犬たちは全員、彼らと遊ぼうと全速力で駆けていったけれど、僕は後ろの方にいた。けれども幼い少女の一人に抱き上げられると、クスクス笑っている彼女の顔に我慢できなくなってキスした。

「この子よ、パパ。この子を私の誕生祝いにして」と幼い少女が言った。彼女は僕を父親のところへ抱いていった。

「実はもう、修道女の一人がその子を欲しいと言っているの」と女の人が言った。「その子には仕事がありそうなの。そうなるといいんだけど」

幼い少女は僕を地面に落っことした。僕は彼女を見上げて尻尾《しっぽ》を振った。その子はクラリティと呼ばれていた頃のCJよりも年上だったが、トレントとCJがロッキーと僕を家に連れていった時の彼女よりも幼なかった。この年頃の僕の少女を、僕は知らない。その幼い少女が僕の兄弟のうちの一匹を抱き上げた時には、妙にがっかりした。彼女と一緒にもう少し遊べたら楽しかっただろうに。

兄弟姉妹は立て続けに他の人々に連れられて行き、ほどなく僕はセイディーという名の僕たちのお母さんと一緒に残る、たった一匹の犬になった。僕たち二匹、つまりお母さんと僕が庭に出てうたた寝していると、数人の女の人が僕たちに会いに出てきた。僕は小さなゴム骨をくわえ、その中の一人がそれを欲しがって僕を追いかけることを期待して、彼女たちのところへ持っていった。

「本当にいい子だわ、セイディー、とてもいい母親よ」とマーガレットが言った。

彼女たちが僕のこともいい子だと言ってくれるように、僕はゴム骨を口で放り上げて、それに飛びついた。

「新しい家が気に入るわよ」と別の女の人が言った。

三人目の女の人が僕を抱き上げ、お母さんの鼻と僕の鼻が突き合うようにした。この不自然で慣れない状況に少し面喰いながら、僕たちはお互いを嗅ぎ合った。

「あなたの子犬にバイバイと言いなさい、セイディー！」

女の人はセイディーの首輪にリードをパチンとつけ、彼女を先導して立ち去った。マーガレットはお母さんの後についていけないように、僕をつかんだ。間違いなく何かが起こっているのだ。

「あなたをトビーと呼ぶわね、いい？　トビー、いい子よ、トビー。トビー」マーガレットが僕に小声で歌うように言った。「あなたの名前はトビーよ」

それを聞いて、僕の名前がトビーなのに違いないと、ふと思った。僕は唖然とした。

トビーは、遠い遠い昔の、僕の一番最初の名前だったから。マーガレットは明らかにそれを知っているのだ。

人間はすべてを知っている。ドライブの方法やどこに行けばベーコンが見つかるかだけでなく、犬はいついい子になりいつ悪い子になるか、犬はどこで眠るべきか、それにどんなおもちゃで遊ぶべきかも、彼らは知っている。それでも、マーガレットが僕をトビーと呼ぶのを聞いて、僕はびっくり仰天した。新しい人生が始まるたびに、僕はいつも新しい名前をつけられてきたのだ。

それなのにまたトビーになるとは、どういうわけなんだろう？　すべてをやり直し、次はベイリーという名前になるということなんだろうか？

セイディーは戻らず、毛布をまとった女の人たちでいっぱいのこの場所が、自分の家、これまで住んだ家とは似ても似つかぬ家であることを、僕は徐々に理解するようになった。たいていは柵をめぐらせた場所で過ごしたが、夜になると中に連れていかれ、自分が生まれた部屋に入れられた。けれども僕はひとりぼっちではなかった。一日中、女性たちが僕に会いに出てきては、ゴムのボールを放り投げてくれたり、僕と一緒におもちゃの引っ張り合いをしたりしたのだ。彼女たちの手はみんな、似たような匂いで覆われてはいたが、まもなく僕は全員を匂いで区別できるようになった。

とまどったのは、他のどの人生とも違って、僕が世話をするたった一人の人がいなかったことだ。数え切れないほど大勢の女性たちが、僕と一緒に遊び、僕に話しかけ、僕にごはんをくれた。まるで、そこにいるすべての人のための犬になったみたいだ。

マーガレットは新しい命令を教えてくれた。「じっとして」がそれだ。はじめは彼女は僕を押さえつけて「じっとして」と言ったので、彼女は取っ組み合いたいのかと思ったけれど、彼女は「違う、違う、じっとして」と言い続けた。彼女が何を言っているのかわからなかったが、「違う」は自分が正しくないことをしているのを意味するのは知っていた。彼女を舐め、体をよじり、考えつくあらゆる芸を試してみたけれど、どれも彼女は気に入ってくれない。とうとう僕は挫折《ざせつ》してあきらめた。「いい子だわ！」と彼女は言い、何もしなかったのにトリーツをくれた。

これが数日続き、とうとう僕にも「じっとして」は「ただそこに伏せる」ことだとわかってきた。一旦《いったん》その関連づけができると、彼女が望むだけ長く伏せて動かずにいられたが、かろうじて短気を抑えこんでいたのだ。なぜそんなに長く待たなければ、トリーツをもらえないんだろう？

次にマーガレットは、建物の中の僕が行ったことのないいくつかの場所に連れていってくれた。座っている女の人たちと、立っている女の人たちと、食べている女の人たちが見えた。この最後のグループが僕には一番興味深く思えたが、僕たちは彼女たちと時間を過ごさずに先へ進んだ。マーガレットは僕が人々の膝に座っている間は「じっとして」もらいたがった。この任務全体があまり好きではなかったけれど、協力はすることにした。

「この子がどんなに優秀かわかる？　いい子よ、トビーは。いい子だわ」

ひとりの女の人が長椅子《ながいす》に行って横になり、僕は彼女のそばにある毛布の上に載せられ同じ命令をされた。女の人はクスクス笑っていて、僕は顔にキスしたくて仕方がなかったけれど言われたとおりにして、おかげでトリーツをもらった。数人の女の人がまわりに集まってきた時、僕はまだじっと動かずにそこに寝そべっていて、もうひとつトリーツをもらう望みを捨てずにいた。

「いいわよ、マーガレット、納得したわ。この子と一緒にやっていいわ。この子がどんな風にやるか見てみましょう」と女の人たちの一人が言った。

マーガレットは手を下に伸ばして僕を抱き上げた。「この子はちゃんとやるわよ、シスター」

「いいえ、やらないわ。みんなを困らせるし、何でも噛《か》むわよ」と別の女の人が忠告した。

翌朝、マーガレットは僕に首輪をつけ、リードで外へ先導して車に乗せた。「本当に優秀だわ、トビー」と彼女は僕に話しかけた。

僕たちはドライブし、僕は助手席の犬だった！　でも、背丈が足りないので、窓から鼻を突き出すことはまだできなかった。

CJと一緒に行って彼女と寝椅子に座った場所にとてもよく似たところに、マーガレットは僕を連れていった。たくさんの人の匂いがして、そのうちの幾人かは病気なのがわかった。静かで、床は柔らかだった。

マーガレットは僕を連れ回し、人々は僕を撫《な》でて抱きしめたり、人によってはベッドに入ったまま動かずに僕をじっと見つめたりした。「じっとして」とマーガレットは命令した。人間が病気の場合は、僕に求められているのは動かないことだとすでに学んでいたので、そうすることに全力を注いだ。そのうちの二人から、とても馴染のある匂いが、トレントの息に長い間あったあの匂いが漂ってくるのを嗅ぎとっても、合図はしなかった。このような状況のもとで合図をするための命令は「お祈り」であることを学んでいたし、誰もそうするよう僕に命じなかったからだ。

マーガレットはやがて僕を全面が壁で囲われた庭に出して、地面に降ろした。僕の体にはエネルギーがありあまっていたので、しばらく走り回った。それからマーガレットが端っこにゴムのボールのついたロープをくれたので、もう一匹犬がいてこの遊びに加わってくれたらと思いながら、それを振って引きずり回した。窓の向こう側で人々が僕を眺めているのが見えたので、ロープを使った見世物をやってみせた。「さあ、トビー、これがあなたの家よ」新しいクッションがケージのフロアに置いてあり、マーガレットがしゃがんでそれを軽く叩くと、僕は忠実にそこに行って座った。

「これがあなたのベッドよ、トビー。いい？」とマーガレットは言った。

クッションに座っているべきなのかどうか迷ったけれど、疲れていたので居眠りした。そして、マーガレットが「ハイ、シスター・セシリアを呼んでくださる？……ありがとう」と話しかける声が聞こえて目覚めた。

僕は眠そうに彼女を見つめた。あくびをすると、彼女は携帯電話を顔にあてたまま僕に微笑みかけた。

「セシリア？……マーガレットよ。まだトビーと一緒にホスピスにいるの……ううん、それよりうまくいってるくらいよ。みんな、あの子を気に入ってるわ。今日の午後は、ゲストの中には、座ってあの子が中庭で遊ぶのを見ている人もいたわ。吠《ほ》えなかったわよ、一度も……本当にそうだわ、ええ……ありがとう、セシリア、しないわ、もちろん、でもそんなことにはならないと思うわ。あの子はとても特別な犬よ」

「犬」という言葉が聞こえたので、尻尾を二回振ってから、僕はゆっくりと眠りに戻った。

それから数日かけて、自分の新しい生活に慣れていった。マーガレットが建物を行き来したが毎日ではなく、僕はほどなくしてフランとパッツィーとモナという名前を覚えた。その三人の女性も、ベッドで横になっている人たちを訪問するために、僕を引っ張りまわそうとするのだ。パッツィーたちはシナモンの強い香りとかすかな犬の匂いがして、誰もマーガレットが着ている流れるような服は着ていなかった。彼女たちに「じっとして」と命令されると、僕はそこにいる人と一緒に寝そべるのだ。CJの友人たちが訪ねてきては泣いて、彼らと一緒にソファで横になった時のことを少し思い出した。横になっている人たちは僕と一緒に遊びたがることもあれば、僕を撫でることもあったたし、ただ居眠りしたがることも多かったけれど、ほぼ例外なく喜んでくれているのは伝わってきた。

「あなたはオールドソウルよ、トビー」とフランが僕に言った。「子犬なのに、賢者の魂《オールドソウル》を持っているわ」

彼女の言葉の響きからほめてくれている気がしたので、僕は尻尾を振った。人間とはそういうものだ。「いい子」という言葉を使わずにしゃべり続けることもできるけれど、彼らの言いたいことはそれなのだ。

こんな風に訪問する以外にも、僕はそこに自由に出入りした。みんな僕を大声で呼んだが、フランか誰かが後ろに立って押すと動く椅子に座っている人もいた。人々は僕のことが大好きで、抱きしめてくれて、こっそりとご馳走をくれた。

お気に入りの場所もできたが、それはエディという名の男の人がいつも料理をしているキッチンだった。彼は僕に座るよう命令し、「おすわり」なんて犬にとって一番簡単な芸なのに、おいしいご馳走をくれるのだ。

「ここにいる男は、俺とお前だけだよ」とエディは僕に話しかけた。「俺たちは相棒だよな、トビー？」

以前はいつも、一人の人間とだけ一緒にいたし、その人を愛することに自分の人生を捧《ささ》げていた。その人は、はじめはイーサンだった。彼を愛することが僕が犬である理由だと信じていたので、赤ん坊のクラリティの世話を始めたのは、ただイーサンなら僕にそうしてほしがることがわかっていたからだった。けれども、徐々にＣＪのことを同じくらい愛するようになり、そうしてもイーサンを裏切ることにはならないことがわかってきた。犬は二人以上の人間を愛することができるのだ。

けれども、ここでは僕には特定の人間がひとりもいない。僕の目的は、彼らひとりひとりを愛することのようだ。そうすれば彼らは幸せになるのだ。

僕はたくさんの人を愛する犬だ。そうすれば、僕はいい子になれるのだ。

僕の名前はトビーかもしれないが、最初にそう呼ばれた時以来、長い長い道のりを歩んできた。今の方がずっとたくさんのことを、人生の旅で学んだことを、知っている。たとえば、なぜ「じっとして」と言われるのかわかっている。ベッドで横になっている人の多くは僕にもわかる痛みを抱えているので、僕が彼らの上によじ登って遊んだら痛がるかもしれないからだ。その教訓を得るには、一人の男の人のお腹《なか》を一度踏むだけで十分だった。彼の甲高い叫び声が僕の耳に数日間鳴り響き、ひどい気分だった。僕は自分を抑制できない乱暴な犬のデュークではない。僕はトビーなのだ。じっとしていることだってできる。

ひとりでぶらぶらしていて、モナやフランやパッツィーにあちこちに連れていかれない時には、自分が踏んだ男の人に会いにいったりもした。彼の名前はボブで、僕は彼に申し訳ないという気持ちを伝えたかった。ほとんどの部屋と同様に、彼も椅子をベッドのそばに引き寄せてもらっていたので、まずそれに飛び乗れば彼を痛がらせずに毛布に着地できた。ボブは僕がいつ訪問しても眠っていた。

ある日の午後、ボブはひとりぼっちでベッドにいて、ゆっくりとこの世を去ろうとしているのがわかった。温かい水がボブのまわりで湧き上がっていて、彼の痛みを洗い流しつつあった。僕はそばに静かに寝そべり、できるかぎりいい子にしながら彼と一緒にいた。僕の目的が病んでいる人々を癒《いや》すことなら、彼らが息を引き取る時に一緒にいることはますますもって大切だと言える。

フランが、僕がそこで横になっているのを見つけた。彼女はボブの生死を確認して、彼の頭に毛布をかぶせた。「いい子よ、トビー」と彼女は囁《ささや》いてくれた。

その時点から、誰かの死期が近いとわかると必ず、僕はその部屋に入っていき、彼らがこの世を去る時に慰めを与え一人にしないよう、ベッドで一緒に横になった。家族がまわりに集まっている時もあれば、一人ぼっちの時もあったが、たいていは建物の中で病人の面倒をみるたくさんの人たちの一人が、そこに静かに座っていた。

時には僕を見て、家族が恐がったり怒ったりすることもあった。

一度、「俺の母親のそばに死の犬を来させるな！」と男の人が叫んだことがあった。「犬」という言葉が聞こえて彼が怒り狂っているのを感じたので、僕は部屋を去ったけれど、自分がどんな悪いことをしたのかわからなかった。

けれども、ほとんどの場合、僕の存在をみんな歓迎してくれた。自分の主人であるたった一人の人間がいないということは、たくさんの人に抱きしめてもらえるということでもあるのだ。時には人々が僕を抱きしめながら泣いていることもあって、僕が腕に抱かれている間は彼らの悲しみが少し弱まるようだった。

辛《つら》いのは他の犬がいないことだった。人々の関心を一身に集めるのはとても嬉《うれ》しかったけれど、他の犬の喉《のど》を口で味わうことができないのはつまらなかった。ふと気づくとロッキーやデュークや、ドッグパークにいた犬たちみんなの夢を見ていた。だから、フランに庭に連れていかれてそこにもう一匹の犬がいた時には、思わず驚いて吠えてしまった！

彼は、チョーサーという名の、小柄だけれど引き締まってがっしりした強い小型犬だった。パッツィーのシナモンの香りが彼の被毛についていた。僕たちは何年も前から知り合いだったみたいに、直ちに取っ組み合いを始めた。「トビーにはこれが必要だったのよ」とフランが笑いながらパッツィーに言った。「エディがこの子はほとんどうつ状態のようだって言うんだもの」

「チョーサーだって大満足《トリート》よ」とパッツィーが応じた。

チョーサーも僕も顔を上げた。トリーツだって？

その日から、チョーサーは何度もやって来たので、僕は「じっとして」をしなければならなかったけれど、彼と取っ組み合う時間は必ず作ることにした。他の犬たちも時々家族と一緒にベッドのある部屋にやって来たが、庭に出してもらっても、心配ばかりして滅多に遊ぼうとはしなかった。

こんな風にして数年が過ぎた。僕はたくさんのことをやりとげて、誰のものでもないみんなの犬という新しい役割に満足していられるいい子だった。

ハッピーサンクスギビングになると、いつもたくさんの人が来て、たくさんの匂いがして、功労のある犬はたくさんのご馳走をもらえた。メリークリスマスになると、頭に毛布をかぶった女の人たちがやって来て僕と遊んでご馳走をくれ、大きな屋内ツリーのまわりに座った。ツリーにはいつものように猫用おもちゃが吊るしてあったけれど、それで遊ぶ猫はいなかった。

僕は満足を感じていた。僕には目的があるのだ。ＣＪの世話をするという具体的なものではないけれど、大切であることに変わりはない。

そしてある日の午後、僕は突然うたた寝から覚め、首を傾《かし》げた。「靴がいるわ！」と、女の人がある部屋で大声を出した。

その声の持ち主は、すぐにわかった。

グロリアだ。

第30章

廊下を突っ走り猛スピードで部屋に入ろうとして、もう少しでフランを突っ転ばすところだった。グロリアがベッドにいて彼女の強い香水の匂いが部屋中に充満していたけれど、彼女のことは無視して、そばに立っている細い女の人だけを見つめた。愉快そうに僕を見ているのは、僕のＣＪだった。

僕は完全に約束事を破り、人々の部屋でいつも見せている慎み深い落ち着きなどかなぐり捨てて、それどころか僕の少女に飛びついて彼女に向かって前足を伸ばした。

「うわっ！」とＣＪは叫んだ。

僕はむせび鳴き、尻尾を下げて床を打ち、円を描くようにぐるぐる回り、跳び上がった。彼女は手を伸ばして僕の顔をはさむように持ったので、目を閉じて、彼女の手の感触が嬉しくて呻き声をあげた。とうとうＣＪが僕を迎えに来てくれたのだ。気分がハイになって、僕は体を震わせた。僕の少女とまた一緒になれたのだ！

「トビー！　降りなさい」とフランが言った。

「構わないわ」ＣＪは跪《ひざまず》いたが、彼女が関節を曲げるとパキッという音がした。「なんてお利口さんのワンちゃんなんでしょう」

彼女の髪は今は短くなり、かつてのように僕を覆うほどに垂れたりはしなかった。僕は彼女の顔を舐めた。甘い物、それにグロリアの匂いがする。CJはもろく弱くなっていて、僕に触れる彼女の手が少し震えていることに気づいた。となると、僕は自分を抑えなければいけないのだが、そんなことはできそうになかった。吠えて部屋を走り回って、物をひっくり返したかったのだ。

「トビーはうちのセラピードッグなの」とフランが説明した。「ここに住んでいるのよ。ゲストを励ましてくれるの。この子がそばにいるとゲストがとても喜ぶの」

「まあ、グロリアはそうじゃないわ」とCJが笑いながら言った。そして僕の目を愛情をこめて見つめた。「トビー、あなたはセラピーグルよ！」

僕は尻尾を振った。彼女の声はわずかに震えていて、緊張している感じもしたけれど、それでも声を聞けて嬉しかった。

「クラリティがあたしのお金を盗んだの」とグロリアが言い放った。「家に帰りたいわ。ジェフリーを呼んで」CJはため息をついたが、僕の頭を撫で続けた。グロリアは相変わらず不満たらたらのようだ。彼女はかなり高齢になっている。僕にはそれが匂いでわかった。最近は、大勢のかなり高齢の人たちのそばにいたからだ。

パッツィーがいつものようにシナモンとチョーサーのような匂いをさせて入ってきた。

「おはよう、グロリア、ご機嫌いかが？」とパッツィーは尋ねた。

「ちっともよくないわ」とグロリアが答えた。彼女はベッドに倒れ込んだ。「ちっともよくないわ」

パッツィーはグロリアに付き添い、CJとフランは小さなテーブルのある小部屋に入っていった。「あら、トビー、あなたも来るの？」ドアが閉まる前に僕が飛んで入ると、フランが笑った。

「本当に感じのいい子ね」とCJが言った。僕は尻尾を振った。

「この子、あなたに一目ぼれしたみたいね」

CJが椅子に座り、その途端一瞬の痛みに襲われたのが僕にはわかった。心配になって、頭を膝に押し当てた。彼女の手が降りてきてうわの空で僕を撫でたが、指が軽く震えていた。僕は目を閉じた。これまで彼女がいなくて死ぬほど辛かったけれど、彼女がここにいる今は、まるで一度も離れたことなどなかったみたいな気がする。

「グロリアの調子は山あり谷ありね。今日はかなりいい方よ。ほとんどの時間、頭はまりはっきりしていないわ」とCJは言った。

僕は尻尾を振った。CJが口にするのなら、グロリアの名前を聞くのでさえ嬉しかった。

「アルツハイマー病はとても残酷だわ、進行に一貫性がないもの」とフランが返事した。

「お金のことでさっきみたいに言われると頭にくるわ。あの人は私が自分の財産と家を盗んだってみんなに言うの。実際は、私がこの一五年間彼女を財政的に援助してきたのに。それに言うまでもなく、幾ら送金しても十分なことは絶対になかったのよ」

「私の経験では、こういう状況ではほとんど必ずと言っていいほど未解決の問題が残るわ」

「そうね。そして私は、どんな問題にももっとちゃんと対処できるはずなのよ。私も臨床心理士なんだから」

「ええ、書類にそう書いてあったわね。あなたのお母さんとの関係にそれがどんな影響を及ぼすか話したい?」

CJは熟考するように深い息をはいた。「そうね。それに関する見解は大学院にいた時に閃《ひらめ》いたわ。グロリアはナルシストなので、自分の振る舞いに本当に疑いを抱いたり、謝らなきゃいけないようなことをしたと本気で思ったりすることは絶対にないわ。だから、彼女への気持ちが整理できることは決してないでしょうね。彼女の頭がはっきりしていた時でも、そのチャンスはなかったわ。でも、ナルシシズムに起因する心の傷を抱える子供は大勢いるから、彼女という親をもったことは自分の仕事に本当に役立ってるのよ」

「それはハイスクールにいた時のこと?」とフランが尋ねた。

「ええ、時にはね。私の専門は摂食障害を扱うことで、ほとんど必ずと言っていいくらい思春期の少女の時が一番深刻なの。ただ、私は半ば退職しているの」

そのとき、フランのキャビネットのひとつの下にボールがあるのに気づいた。そこに行って鼻を下に突き入れ、深く息を吸い込んだ。ボールにはチョーサーの匂いが塗りたくられている。チョーサーはここにあるボールで何をしているんだろう？

「あなたは二二年以上透析を受けているとも書いてあったわね？　こんなこと訊いていいかわからないけど、移植を受ける資格が十分にあるように思えるわ。考えたことはないの？」

「答えるのは構わないけど」とCJは言った。「ただ、これまでの質問がグロリアとどういう関係があるのかわからないわ」

僕は前足でボールを突っついたけれど、動かすことはできなかった。

「ホスピスは入居者だけのものじゃないのよ。家族全員のニーズのためにあるの。あなたのことを知れば知るほど、あなたの役にも立てるわ」とフランが言った。

「わかったわ、そうね。実は移植は受けたの。二二年というのは累計《るいけい》の年数なのよ。三〇代の時に、亡《な》くなった方から腎臓《じんぞう》をもらったの。機能しなくなるまで二〇年以上ももってくれたわ。慢性拒絶反応って言われたけど、そうなったらどうしようもないの。一七年前に透析を再開したわ」

「もう一度移植を受けてみたら?」

CJはため息をついた。「結局のところ、移植できる臓器はあまりないの。リストに登録して待っていて、私より移植を受けるに値する人たちがいるのに、またもらうなんて考えられなかったわ」

「あなたより受けるに値するってこと?」

「私は二五歳の時に、自殺未遂で腎臓をだめにしたの。全然、自分のせいじゃないのに、移植が必要な状態で生まれる子供だっているわ。私はもう、ひとつもらったのよ。もうひとつ使わせてもらう気にはなれないわ」

「わかったわ」

CJは笑った。「あなたが訊いてくれたおかげで、五〇時間分くらいの心理分析を思い出したわ。本当よ、今の話は全部、自分で考えたの」

僕はCJが僕のためにボールを取ってくれることを期待して、彼女の脚にもたれかかった。

「それなら、話してくれたことにも感謝するわ」とフランが言った。「知っておいた方がいいから」

「まあ、私が言わなくても母が話したでしょうけど。あの人は私が不凍液を飲んだとみんなに言いふらすのが楽しみなの。この三年間、在宅看護を受けさせたんだけど、来る人みんなに私は悪魔の子だと信じ込ませようとしてたのよ……」

僕は興奮のあまりあくびをした。誰もボールのことが気にならないのだろうか？

「どうしたの？　どうして途中で話すのをやめたの？」とフランが一呼吸置いて尋ねた。

「たぶんあの人はあなたには言わないだろうなって、考えてたの。だんだん反応が鈍ってきているし、もちろんほとんど食べなくなっている。本当に終わりなんだと考えることを、私は心のどこかで避けている気がするわ」

「辛いことだものね」とフランは言った、「自分の人生でとても大切だった人を亡くすのは」

「辛くなるなんて、思ってなかったのよ」とCJはとても静かに言った。

「これまでに死別を経験されてるわね」

「ええ、そうなの」

僕は座りなおし、ボールのことは忘れて僕の少女を見た。彼女はふんわりした紙切れに手を伸ばし、それを両目に押し当てた。「主人のトレントが去年の秋に亡くなったの」

二人は何も言わずに座っていた。僕の少女は僕の方に手を伸ばしてきたので、彼女の手を舐めた。「それでホスピスのことを知ったの。トレントは彼を気遣ってくれる人たちに囲まれて、穏やかに亡くなったわ」

また長く悲しい静けさが訪れた。トレントの名前を聞くのは好きだったけれど、CJ

には彼の匂《にお》いはまったくついていなかった。マックスだった頃、ロッキーの匂いがトレントの体のどこにもついていないことに気づいた時とよく似ていた。人間であれ犬であれ、匂いが消えてしまう理由はわかっている。

CJと一緒にいられるのはいいけれど、もうトレントに会えないと思うと悲しくなった。

「グロリアの病気はご主人への思いをかきたてるの？」とフランが優しく尋ねた。

「そうでもないわ。全然違うことだから。それに、トレントのことはいつも想《おも》っているもの。彼は自分のためには何も求めずに、いつも私に頼らせてくれる友人だったの。私は愛というものを、母との関係をもとに理解してきたの。それをようやく払いのけた時、トレントが待っててくれていて、私たちは一緒に最高の人生を送ったわ。子供を持てなかったので、私たち二人だけだったけど、彼は毎日を特別だと思えるようにしてくれたの。彼は旅行しようと言って私を驚かせるのが好きだったけど、自分の妻に透析が必要な時に旅行の計画を立てるには、それなりの努力が必要なのよ。でもそれをするのが、私がこれまで会った男性で一番有能なトレントなの。彼は自分がすると決めたことは何でもできた。どんなことが起っても、いつも私を支えてくれたわ。しかもそれは大変なことだった。私の移植や免疫《めんえき》抑制剤や緊急治療室への移動があったんだから。私は今でも、彼が逝ってしまったとは本当には信じられないの」

「彼は本当に特別だったようね」とフランは言った。「彼が生きていたら、私も彼と知り合いになりたかったでしょうよ」

その日から、僕の少女はグロリアに会いに来るようになり、僕は戸口で迎えて彼女が帰るまでそばにいた。ＣＪは時々ポケットからトリーツを取り出して、僕が何も芸をしなくても食べさせてくれた。「本当にいい子ね」と囁きながら。

エディも僕はいい子だと言い、肉のご馳走《ちそう》を振る舞ってくれた！

「『犬《dog》』は『神《God》』を逆に綴《つづ》ったものなんだ、知ってるだろ。それでお前もここで修道女たちが神に仕えるのを手伝っているんだ。だから、俺たち男同士でシチューの肉を少しばかりやり取りするのは、当たり前のことさ」とエディは言った。彼が何を言っているのか僕にはまったくわからなかったけれど、彼のくれるご馳走はこれまでもらった中で最高だった！

かつてイーサンのために赤ん坊のＣＪの見守りをしたように、今度はＣＪのためにグロリアの世話をするのが自分の仕事だと僕は判断した。ＣＪがグロリアの部屋にいない時でも、なるべくそこにいるようにした。でも、一度グロリアのベッドに飛び乗ろうとした時、彼女は恐怖で目を見開いて僕に向かって悲鳴をあげたので、それはもうしないことにした。

犬がそばにいることをありがたがらない人もいる。そんな人がいると思うと悲しくなる。グロリアがまさにそうなのだ。彼女が最後まで本当に幸せにはなれなかったのは、きっとそのせいだろう。

フランとCJは友達同士になり、中庭で一緒にランチをとることがよくあった。僕は彼女たちの足もとに寝そべり、パンくずが落ちてくるのを待っていた。

落ちてくるパンくずは、僕の得意分野なのだ。

「あなたに訊きたいことがあるの」と、ある時、ランチをとりながらCJがフランに言った。「でもね、よく考えてから答えてほしいの」

「主人が私にプロポーズした時にまったく同じことを言ったわ」とフランは答えた。二人とも笑った。

僕はCJが笑うと尻尾を振った。彼女は体内に原因のある激しい痛みに苛《さいな》まれているようだ。彼女が動きだすとすぐ息が荒くなったり、長く大きなため息をつきながらそっと座る様子から、それがわかった。でも、笑うといつでも痛みは和らぐようだった。

「あら、これはその種の提案《プロポーザル》じゃないわ」とCJが言った。「私は、できればこのホスピスで働きたいと思っているの。カウンセリングの面で、ということよ。あなたとパッツィーとモナがこのままやり続けるのがいかに大変かわかるから、ボランティアをしたいのよ。本当にお金はいらないから」

「今やっているカウンセラーの仕事の方はどうなるの？」

「時間をかけて減らしてきたの。実のところ、今はコンサルタントとしてしか仕事をしてないのよ。正直に言うと、ティーンエイジャーと関わるのが大変になってきたの。彼らもそう感じているみたいで、彼らが経験していることに共感していると私が言うと、疑いの目で見るのがわかるの。彼らにとって、七〇代も一〇〇歳もたいして変わりないのよ」

「通常、入居者が亡くなって一年たつまでは、その家族の誰かにホスピスでボランティアをしてもらうことはできないの」

「知ってるわ、あなたから聞いたもの。だから、あなたに考えてほしいの。私の場合は例外にしてもらえると思うわ。ベッドに横になってうんざりしているのがどんなことか、すごくよくわかっているから。私は週に三回そうしているのよ。それに、グロリアについて経験したことで、家族の気持ちをとてもよく理解できると思うの」

「お母さんはどんな具合？」

「あの人は……もうあまり長くないわ」

「あなたはいい娘だったわ、ＣＪ」

「ええ、まあ、たぶんこういう状況ではね。グロリアがそう思ってくれるかどうか、訊いてもそう言ってくれたかどうかは、わからないけど。だから、考えておいてくれる？」

「もちろんよ。修道院長と、それに修道女たちとも話してみるわ。本当に彼女たち次第だものね。残りの私たちはただの従業員だから」

その約一週間後、グロリアの部屋でCJの足もとに座っていると、グロリアに変化が訪れるのを感じた。彼女の呼吸がだんだん浅くなるのが聞いていてわかり、それから止まり、それから深い息を二回した。それを繰り返すたびに呼吸が弱くなり、吐く息は穏やかになった。

彼女は逝《い》こうとしていた。

僕は彼女のそばの椅子に飛び乗り、彼女の顔を見た。目を閉じ、口を開き、両手を胸の上で握りしめていた。CJの方を振り返ってチラッと見ると、眠っている。彼女は起きていたいだろうから、僕は吠えた。キャンキャンという鋭い鳴き声を一度だけ出したのだが、それはしんと静まり返った部屋にとても大きく響いた。

僕の少女はぎくっとして起きた。「何なの、トビー?」彼女は立ち上がり、こちらへ来て僕のそばに立った。僕は鼻を上げて彼女の指を舐《な》めた。「まあ」と彼女は言った。そして一瞬の後、手を下に伸ばし、グロリアの手を両手で握った。目から涙が落ちるのが見え、悲痛な思いが伝わってきた。僕たちはそうやって数分間立っていた。

「さよなら、ママ」とCJは最後に言った。「愛してるわ」

グロリアが最後の息をして逝くと、CJは椅子に戻って座った。僕は彼女の膝に飛び乗って丸まり、彼女は僕を抱いて優しく揺り動かした。僕は彼女のために自分にできることをした。それは、悲嘆に暮れる彼女と一緒にいることだった。

その日の終わりに、僕はCJとフランと一緒に正面玄関へ向って歩いた。

「じゃあ、お葬式でね」とフランは言った。彼女たちは抱き合った。「ひとりで帰って本当に大丈夫？」

「大丈夫よ。実は終わってホッとしているの」

「わかるわ」

CJは僕を見おろしたので、僕は尻尾を振った。彼女は痛みで少し顔をしかめながら跪き、それから僕を自分の方へ引き寄せた。

「あなたは本当に素晴らしい犬だわ、トビー。あなたがみんなのためにしてくれること、慰めてくれて最後にはいい方向に連れてってくれること。どれも驚きの一言だわ。あなたは天使の犬よ」

僕は尻尾を振った。「天使の犬」とは「ドジな子」のようなもの、僕がいい子で愛されていることを意味するもうひとつの名前なのだ。

「本当に本当にありがとう、トビー。いい子でいてね。愛してるわ」

CJは立ち上がり、フランに微笑《ほほえ》んで、暗闇《くらやみ》に姿を消した。

CJは、翌日も、その翌日も戻らなかった。さらに数日が過ぎ、スライディングドアがきしみながら開いても、もはや僕は全速力で走ってはいかなくなった。僕の少女は、今のところ僕が必要ではないようだ。

物事はなるようにしかならない。ＣＪがどこにいるにせよ、僕は彼女と一緒に行きたかったのだが、今の僕の仕事は、自分の建物の中にいるみんなの世話をして愛し、今生を終える時に彼らと一緒にいることだった。そして、エディが僕にチキンを食べさせてくれるように「エディのためにおすわり」することも、今の僕の仕事だった。

僕が必要なら、ＣＪはこれまで同様、いつでも僕を見つけることができるのだから。

僕にできるのは、待つことだけだった。

第31章

　そしてある日のこと、外の茶色の木の葉が風に吹かれて飛び散る音がとても大きくなり、建物のどこにいても聞こえるようになった時、僕の少女が正面玄関から入ってきた。彼女が歩道を歩いて近づいてきた時、彼女かどうか確信を持てなかったので、僕は慎重だった。その人は足を引きずるような一風変わった歩き方で、弱々しく細い体を、両肩を覆《おお》う大きめのコートで隠していた。でも、ドアがシューッという音を立てて開き、強い風が彼女のかぐわしい匂いを僕の顔に吹きつけると、僕は大急ぎで床を横切って彼女の方へまっしぐらに進んだ。彼女を倒してしまうのではないかと思い、飛びつかないように気をつけたけれど、嬉しくて尻尾が振れ、彼女が手を下に降ろして僕を撫でると目を閉じた。

「ハロー、トビー、私がいなくて寂しかった？」

　フランがこちらへ歩いてきて彼女を抱きしめ、ＣＪは部屋にある机の上に幾つか物を置いた。その日から、僕たちの暮らしは以前とはまったく逆になった。今度はＣＪは、朝出かけて夜まで帰ってこないのではなく、夜に出かけて朝まで戻らないのだ。彼女は一度も僕をソファのある部屋に連れていかなかったが、彼女が今でも定期的にそこに行っていることは匂いでわかった。

　ＣＪは建物の中を移動して、部屋にいる人たちを訪ねては話をし、彼らを抱きしめることもあった。僕は必ず彼女の後についていったが、彼女が夜に出かける時には誰かが僕にベッドにいてもらいたがることが多かったので、僕は彼らと一緒にベッドに寝そべり、時には彼らの家族が僕を抱いていることもあった。

　ＣＪと話す時には、その人たちはベッドで横になっていてもベッドのそばに立っていても、たいてい痛みを抱えていたが、静かに話をした後は彼らの痛みが少し和らぐのがわかった。家族の誰かが僕の方によく手を伸ばしてきて、たとえいやだなと思っても、彼らに好きなだけ抱きしめさせてあげるのが僕の仕事だった。

「いい子ね」とＣＪは言ってくれた。「いい子ね、トビー」

　フランかパッツィーがＣＪと一緒に部屋にいることがよくあり、彼らも同じことを言ってくれた。「いい子ね、トビー」と。

　僕はいい子でいられるのが嬉しかった。

　ＣＪも痛みを抱えていた。僕はそれを感じとれたし、そのために彼女の動作がゆっくりしているのがわかった。僕を抱きしめると、彼女の痛みも少しましになった。

　ベッドに横になっている女の人が苦しんでいて、彼女の息は金属のような強い匂いがしたので、その女の人の家族はとても悲しんでいた。彼女と同世代の男の人がいて、僕がモリーだった頃のCJと同じ世代の子供が三人いた。子供たちの一人に抱き上げられて女の人と一緒のベッドに載せられた時、僕は「じっとして」をした。

三人の子供の中で一番年かさで、CJより背が高く、明るい色の長い髪は花のような石鹸《せっけん》の匂いがし、両手はりんごの強い匂いのする少女を、CJは「ドーン」と呼んだ。

「コーヒーにつきあってくれる?」

ドーンが少し恐れ始めたのがわかる。彼女はそばに僕がいるのを知らずに眠っている母親を見て、それから父親である男の人を見たが、彼は頷《うなず》いた。「行きなさい、ドーン」ドーンが母親のそばをしぶしぶ離れる時、どこか気がとがめているような様子だった。そして僕は、これから何が起こるにせよ、CJに必要なのは、ベッドにいる女の人ではなく、彼女とドーンと一緒に僕がいることだと、判断した。できるかぎり気をつけて動き、ゆるやかに床に降り、僕の少女の後について黙って廊下をそっと歩いていった。

「ねえ、何か食べたい? バナナがいいかしら?」とCJは尋ねた。

「ええ」と少女が言った。彼女たちが噛む音が聞こえ、やがて少女の両手のりんごの匂いと混ざり合って別な果物の甘い匂いが鼻をついた。僕はテーブルの下の彼女たちの足もとに伏せた。

「長女って大変でしょう。妹さんたちはあなたを尊敬しているわね。見ればわかるわ」

とCJは言った。

「ええ」

「その話をしたい？」

「そうでもないわ」

「パパはどんな感じ？」

「パパは……わからないわ。私たちは闘わなきゃいけないとパパはずっと言ってるけど、ママは……」

「ママはもう闘っていないわね」とCJは一瞬間をおいてから、優しく言った。

「ええ」

「ストレスもたまるでしょう」

「ええ、そうね」

　彼女たちはしばらく座ったままだった。

「何を食べたら元気になるかしら？」とCJが尋ねた。

「ピーナッツバターよ」とドーンが苦笑いしながら答えた。「ああ、それとチンして食べるラザーニャを知ってる？」

「食べるとストレスが解消されるわ」とCJは言った。

　ドーンは何も言わなかった。

「そして食べ過ぎると？」とCJは静かに尋ねた。

ドーンが突然、不安を感じ始めた。彼女は椅子に座りなおした。「どういうこと？」

「ハイスクールにいた時、私にはその問題があったの。食べればいつも気分がよくなったわ」とCJは言った。「でも、とっくに太っていると感じていたし、体重が増えるだけだとわかっていたので、一口食べるたびに自分が嫌になっていったの。お尻《しり》が大きくなっていくのがよくわかったわ。だから、食べた物を吐き出したの」

ドーンの話し声は、心臓の鼓動で震えているようだった。「どうやって？」

「あなただって知ってるでしょう、ドーン」とCJは返答した。

ドーンは激しく息を吸った。

「私の目はいつもちょっと血走っていたわ。あなたの目みたいに」とCJが言った。

「ほっぺたも時々、あなたくらい腫《は》れていたわ」

「行かなきゃ」

「もう少しだけ私と一緒にいてくれる？」とCJが頼んだ。

ドーンは足をもぞもぞさせた。不安でたまらないみたいだ。

「ねえ、これは自分の歯じゃないのよ」とCJは続けた。「胃酸過多で若い時になくしたの。私の世代にはインプラントをしている人が多いけど、私はカレッジにいる時にしたの」

「パパに言うつもり?」とドーンが尋ねた。

「ママは知ってるの?」とCJは答えた。

「ママは……知ってると思うけど、私には一度も何も言わなかったわ。それに今は……」

「わかってるわ。ドーン、プログラムがあるの」

「嫌よ!」とドーンはきっぱりはねつけた。彼女は椅子を後ろへ押してテーブルから離した。

「あなたの気持ちはわかるわ。この秘密を抱えている恐さとか、いかに自分で自分が嫌になるかとか」

「母の部屋に戻りたいわ」

二人は立ち上がった。僕はゆるりと立ち上がり、心配であくびをした。CJはドーンほど緊張していなかったけれど、二人とも強い感情にとらわれていた。

「私はあなたの味方よ、ドーン」とCJが言った。「今後、あの強い衝動、あのどうしようもない欲求を感じたら、いつでも私に電話してほしいの。そうしてくれる?」

「パパに言わないって約束してくれる?」

「あなたが自分を傷つけないって、信じさせてくれるなら」

「じゃあ、私の味方じゃないわ」とドーンは思わず口走った。そして振り向いて、僕の少女が動けるスピードよりもずっと速く歩いていってしまった。

僕の少女は悲しそうにため息をついたので、僕は手で彼女をそっと突いた。「いい子だわ、トビー」と彼女は言ったけれど、僕を本当に気づかっているわけではなかった。

ドーンの母親が亡くなった時、僕は彼女のそばに寝そべっていた。みんなとても悲しがり、子供たちは僕をしっかり抱いたので、僕は彼らのために「じっとして」をした。フランとパッツィーはそこにいたが、CJはいなかった。CJが建物の中にいても、フランとパッツィーの方が僕を必要としていたので、僕は二人のうちのどちらかと一緒にいることが多かった。

それは歳月をやり過ごすにはいいやり方だった。ドッグドアはなかったけれど、小さい庭に出るドアに歩いていくと必ず、シューッという音がして僕のために開いてくれたし、そこの匂いで雪が降るのか雨になるのか、そして夏なのか秋なのかがわかった。チョーサーは今でも定期的に遊びに来たが、彼もエディからご馳走をもらうのをあてにするようになると、僕たちは庭で過ごすのと同じくらいの時間をキッチンで過ごした。

「さて、チョーサー、お前は俺と似ているな。働き者だが、特別な仕事をするわけじゃない。誰もお前を見ないし、働き者の犬なんて見向きもされない」とエディがある時言った。チョーサーは少しクーンと鳴き、足をもぞもぞさせ、しきりにご馳走をほしがった。「でも、ここにいるトビー、こいつは医者だ。俺たちのどちらも、トビーほど賢くは絶対なれない」

僕は名前を呼ばれて尻尾《しっぽ》を振った。チョーサーは唇を舐めた。「でも、二人とも今日はベーコンをやろう」

僕はかろうじて自分を抑えることができた。ベーコンだ！

CJはたまに一、二週間いなくなることがあったけれど、必ず帰ってきた。彼女が久しぶりに戻ってきて少したったある日のランチタイムに、CJはフランと話しながら少し恐がっているようだったので、僕は気になって座りなおした。

「新しい入居者が来るわ。おそらく月曜にはね」とCJは言った。

「そうなの？」とフランが言った。

「私よ。私が入居者なの」

「えっ？」

「ほとんど祝福なのよ、フラン。私はもういろんなところが悪くなってしまって、医者たちはどこから手をつけたらいいかわからないのよ。それに実を言うと嫌になっちゃったの。痛みと不眠と病気にうんざりしてるの。薬を一日に四〇錠も飲むのに飽きちゃったの。グロリアが亡くなった時に、自分の義務は終わったんだっていう気がしたのよ。もう誰にも何の借りもないわ」

「CJ……」

ＣＪは椅子《いす》の上で姿勢を変え、前にかがみこんだ。「これはだいぶ前に決めたことなの、フラン。止めようとしてもムダよ。家族と再会して、みんなに話してさよならを言ってきたの。諸事万端整ってるわ」ＣＪは少し笑った。「こうすれば、私はいつも、そして永遠に、グロリアより若くいられるわ。あの人、怒るわね」

「よく話し合ってからの方がいいわ。もしかしたら誰かに会って……」

「セラピストに相談してたの。本当よ、この一年半、このことしか話してないくらいよ」

「それでも……」

「あなたの考えもわかるけど、そうするわけにはいかないの。これは自殺じゃない。受容よ。医者たちが言うには、私の体に異変が起こるのはもう時間の問題なんだって。彼らは私の決断に賛成しているわ。もう一度卒中が起こって衰弱してしまうのが恐いの。グロリアを看取《みと》ってからは、ああいうことが自分の脳に起こるということを直視できないのよ。こうすれば、何がどこでいつ起こるかを自分でコントロールできるわ。それがホスピスっていうものなんじゃない？　死ぬまで人生の質《クオリティオブライフ》が落ちないようにするんでしょ？」

「でも、また卒中が起こるかどうかはわからないわ」

「フラン。透析をやめたのよ」

「まあ」

「いいえ、あなたにはわからないわ。自由になったの。二度とあそこに戻らなくていいのよ。いいことも悪いこともあったけど、長くていい人生だったし、自分が決めたことを後悔していないわ。お願い、わかってほしいの。誰かの力で生かされ続けてきたような気がするの、きっと理由があってね。たくさんの人を助けることができたもの。でも、卒中になったら、すべてが悪くなって終わってしまうわ。この世を去るのは自分で選んだ時にしたいし、人生の質を考慮せずに人工的に延命したくはないの。植物人間にはなりたくないのよ」

もうCJは恐れてはいなかった。僕が彼女の手に鼻をすりつけると、優しく撫《な》でてくれた。

数日後、CJはこの建物に来て暮らし始めた。けれども、彼女がこれまでよりも不調を感じていることがすぐにわかった。僕はベッドに飛び乗り、彼女と一緒にそこにいた。時には彼女の頭のそばまでよじ登っていき、時には彼女の足のそばに丸まった。

「いい子よ、トビー」と彼女はいつも言ってくれる。けれども、彼女の声はだんだん弱くなっていった。「あなたはセラピーグルだというだけじゃない。マックスと同じ、モリーと同じ、天使の犬よ」

僕は自分の過去の名前がこんなにも優しく口にされるのを聞いて尻尾を振った。僕の少女は僕が誰なのかわかっていたし、僕がいつも一緒にいて彼女の世話をして、危険から守ってきたことをわかっていたのだ。

たくさんの人が部屋にCJを訪ねてきて、CJはいつも彼らと会うと喜んだ。僕がマックスだった時には幼い少女だったのに、今や子供が何人もいる大人の女性になったグレイシーのように、僕が知っている人もいた。CJは子供たち全員にキスして笑い、すると彼女の体の痛みは和らいで消えてしまうようだった。もう一人はそれほど昔ではない時に会っていて見覚えのある女の人だった。ドーンという名前の、ありりんごの匂いのする手をした少女で、彼女はCJのそばに座って何時間も話をした。僕はしばらくの間席をはずしてフランかパッツィーに僕が必要でないかチェックしにいったが、戻るとまだドーンがいた。

「何を専門にしたいかってよく訊《き》かれるんだけど、医学部に入ることだけしか頭にないって、私は言い続けてるの。どんな分野に進みたくなるかなんて、どうすればわかると言うの？　まだ入学も決まっていないのに」

「いずれ決まるわよ」とCJが言った。「大丈夫」

「いつも私を信じてくれるのね、CJ。あなたは私の命を救ってくれたのよ」

「いいえ、救ったのはあなた自身よ。プログラムの言い回しを覚えているでしょう？　あなたのためにそれをできる人は誰もいない、って」

「ええ、そうね」とドーンが言った。

CJは弱々しく咳《せき》をしたので、僕は彼女のそばに飛び乗った。彼女の手が降りてきて僕の背中を撫でた。

「もう行かなきゃいけないわ」と、やがてドーンが言った。

「来てくれて本当にありがとう、ドーン」

彼女たちは抱きしめ合い、二人の間に愛が流れるのを僕は感じた。

「気をつけて帰ってね」とCJが言った。「そして忘れないで、いつでも電話してきてね」

ドーンは頷き、涙を拭《ぬぐ》った。そして微笑み、手を振りながら部屋を出ていった。僕の少女はゆっくりと昼寝をしそうだったので、彼女に寄り添った。

ある日の午後、CJはエディが持ってきたハムとチーズのサンドウィッチを僕に一切れ食べさせてくれていたが、ふと手を止めて僕を見た。僕はサンドウィッチから目を離さなかった。

「トビー」と彼女は言った、「聞いて。あなたとは強い絆《きずな》で結ばれてるのはわかっているけど、そろそろお別れよ。まだここにいてもいいんだけど、この世で味わえるいいことはすべて経験したし、いやなことを我慢できなくなっているの。延命しようとして起こることは、特にね。夫と一緒にいたい、それだけなの。心残りなのは友人たちと別れなきゃいけないことだけで、あなたもそのうちの一人よ、トビー。でも、あなたは愛されてちゃんと世話してもらってるのがわかるし、愛されて仕事があるっていうことは、犬にとって何より大事なことでしょう。あなたはいろんな意味で、私の犬だったモリーの、あの優しさを思い出させてくれるし、自信たっぷりだったマックスも思い出させてくれるわ。私はもうすぐ彼らと一緒にいるようになるって、私の天使の犬たちに伝えてくれる？　それと、私の最期《さいご》に一緒にいてくれる？　恐れたくないし、あなたがいてくれたら勇敢になれるってわかっているから。あなたは私の永遠の友よ、トビー」

僕の少女が僕を自分の方へ引き寄せると、僕たちの間を愛が強く流れた。

ＣＪは晴れた涼しい春の日の午後に逝った。フランは一日中彼女のそばに座っていた。僕はＣＪの胸に頭を載せて横になっていて、彼女の手が僕の被毛をぼんやりと撫でていた。その手が動きを止めた時、僕はフランを見た。フランは椅子を近づけ、もうだらりとしているその手を両手で包んだ。少しずつ、ＣＪの命が離れていき、とうとう最後の一息を吐くと、僕の少女は逝ってしまった。

「いい子よ、トビー」とフランは僕に言った。彼女は僕を抱きしめ、僕の被毛に涙を落とした。

僕は赤ん坊のクラリティが農場の桟橋から落ちた時のことを思った。グロリアが彼女を抱き上げた時、クラリティの目はいかに僕を見つめていたことか。「ババ」と彼女は言ったのだ。彼女がトレントと一緒に庭に入って来て、僕を家に連れ帰ってくれた時のことも思い出す。彼女が抱きしめキスしてくれたこと、マックスだった頃に胸に抱き寄せて温めてくれたことを思い返した。

僕はもう彼女に抱きしめられることなく、生きなければならないのだ。

僕のCJ。彼女は、僕の少年のイーサンだけでなく他の人も愛することはいいことだと教えてくれ、僕が何度かの転生で実はたくさんの人を愛してきたこと、人間を愛することこそが僕の究極の目的であることに、目を開かせてくれた。僕の数回の転生において彼女の存在が僕の存在の核心を形作ってくれ、彼女がいたおかげで、自分の部屋のベッドで寝たきりの人たちが恐れと闘ってそれを克服し、究極の心の平和と受容を見出《みいだ》すのを、僕は助けることができた。

CJが逝った後、僕は何年もここの人々に奉仕したけれど、一日たりとも彼女のことを思い出さずに過ごすことはなかった。馬小屋に忍び込んだ赤ちゃんのクラリティを思い出し、海のそばに停めた車の中で僕を抱いていたCJを思い出し、僕がマックスだった頃にトレントと一緒に暮らしていたことを思い出した。

ある日の朝、用を足しながら鋭い痛みが走って鳴き声をあげると、パッツィーとフランとエディが僕を獣医のところに連れていったが、彼らがみんなでドライブする理由はわかっていた。その時点でもうほとんど目は見えなかったけれど、僕を抱き上げて荒い息をはきながら獣医のところに運び込み、ひんやりとしたテーブルの上に横たえたパッツィーの手から、シナモンとチョーサーの匂いがするのはわかった。チキンの匂いのするエディのたくましい両手が僕を落ち着かせてくれて、何かを素早く刺されてあっという間に痛みが和らいでいく間、みんなが僕の耳に囁《ささや》いてくれた。

「愛しているよ」と。

今回は、いつもの波が押し寄せてきても暗くはなく、無数のあぶくの上で泡のように輝きながら踊りまわっていた。僕は頭を高く上げてその輝きに向かって漂っていき、いきなり水面に出たかと思うと暁の壮麗な光のほうへ進んでいた。黄金色《こがねいろ》だった。優しい波のあちらこちらを飛び回るその光は黄金色で、僕の視覚が突然子犬のように鮮明になった。素晴らしい様々な匂いがひとまとまりになって僕の鼻に押し寄せ、自分が誰の匂いを嗅《か》いでいるのか気づいて胸が高鳴った。

「モリー！」と誰かが呼ぶのが聞こえた

勢いよく頭を動かして見回すと、そこには彼らが、僕がかつて匂いを嗅いでいた人たちがいた。僕が生涯に愛したすべての人が、水辺に立ち、微笑んで拍手していた。イーサンとハンナとトレントとCJが最前列に立っていて、アンディやマヤやジェイコブ、それに他の人たちみんながそのそばにいる。

「ベイリー！」とイーサンが手を振りながら叫んだ。

僕の名前は、トビーで、バディで、モリーで、それにマックスで、ベイリーで、エリーだった。僕はずっといい子だったので、こんなご褒美《ほうび》をもらえるんだ。これからは、僕が愛した人たちとずっと一緒にいられる。

僕は向きを変え、嬉《うれ》しくてクーンと鳴きながら黄金色の岸辺に向かっていった。

謝辞

この場を借りて、この本ができあがるまでに多くの人々が力になってくれたことを記しておきたいのだけれど、まずはやはり事の発端《ほったん》から話し始めた方がよさそうだ。

二〇一〇年七月、書店にあふれている、表紙に犬をデザインした本の中に、新たな一冊が加わった。その本は『野良犬《のらいぬ》トビーの愛すべき転生（A Dog's Purpose）』というタイトルだった。店頭に並べられた最初の週に、（僕がはじめて書いた）この小説はベストセラーリストに跳び込み、そこに一九週もとどまった。まあ、誰かやろうとした奴《やつ》もいるだろうけど、賄賂《わいろ》を贈ったってこのリストには載せてもらえない。読者がこの本を買ってくれなければならず、それだけ多くの人たちの力によって『野良犬トビーの愛すべき転生』は書店で素晴らしい売れ行きを見せたのだ。

だから、ほら、そのおかげでこの続編ができたのだ。売れなかった本の続編を出してくれる出版社はないので、手始めに感謝を述べるべきは、まず僕の小説を買ってくれたすべての人に対してだ。あなた方のおかげで『僕のワンダフル・ジャーニー（A Dog's Journey）』は、『野良犬トビーの愛すべき転生』を支援してあんなに素晴らしい仕事をしてくれた、マクミランのインプリントであるトム・ドハーティ・アソシエイツを版元にすることができたよ。

トム・ドハーティでは、まず編集者のクリスティン・セヴィックに感謝したい。この小説がまだ原稿の段階で、彼がすぐれたアドバイスと素晴らしいアイデアを提供してくれたおかげで、僕は自分が書きたいようにこの本を書くのに適切な道筋を見つけることができた。また僕の小説をいつも変わらず支持してくれて、新機軸や知恵をさずけてくれ、そして僕の作品と野心に（これは言っておかねばならない）寛大な対応をしてくれたリンダ・クイントンにもお礼を言いたい。魔法とも言うべきPR能力とマーケティングによる支援を提供してくれたカレン・ラヴェルにも謝意を表する。僕の本を学校の子供たちにとって大切なものにしてくれたキャスリーン・ドハーティと、黒子に徹してくれたトム・ドハーティも、本当にありがとう。

トライデント・メディアの僕の代理人スコット・ミラーがいなかったら、僕の小説は陽の目を見なかっただろう。デビューも決まっていない時から、スコットは僕を信じてくれた。それを忘れはしないよ、スコット。

ケイラ・イバラはキャメロンプロダクションズの世界本部にいるが、彼女がいなければ、www.adogspurpose.com で読者の要望に応《こた》えたり、素晴らしいドッグ・オブ・ザ・ウィークプログラムを運営したりできなかっただろう。そのサイトは、www.flyhc.com

の驚嘆すべき才能の持ち主であるヒラリー・カーリップがデザインし立ち上げたものだ。僕の娘のジョージアが、自ら所有し運営するコロラド州のライフイズベターレスキュー で動物愛護《アニマルレスキュー》の仕事をしているので、この本のためのリサーチは容易だった。君は素晴らしい仕事をしているよ。僕の誇りだ。

ホスピスとターミナルケアについて僕が知っていることの大半は、ミシガン州リヴォニアのアンジェラホスピスで数十年間ボランティアをしているルーシー叔母さんから学んだ。彼女が僕をボブ・アレクサンダーに紹介してくれたのであり、彼と、バーブ・アイオヴァン、メアリー・アン・ジョガニック、LMSW、ペギー・デヴォス、RN、それにカレン・レモン、RN、CHPN、BSは、辛抱強く親切に僕の質問に答えてくれて、家族がホスピスでケアを受けるとはどういうことなのか、僕が理解するのを助けてくれた。彼らが情報を提供してくれたこと、それに今年の夏にルーシー叔母さんが亡くなった時に優しく支えてくれたことに対し、感謝したい。ルーシー叔母さん、あなたは僕にとって二番目のお母さんでした。

ホスピスについて言うと、僕の友人のダニオン・ブリンクレイと彼のトワイライトブリゲイドは、臨終の人々が望むことに関する社会の意識を高めて、とりわけ我が国の退役軍人が誰ひとり孤独死しないようにする任務についている。ありがとう、ダニオン。

人生の終わりをどのように迎えるかという選択に直面している人は誰であれ、マギー・キャラナンとパトリシア・ケリーの共著『死ぬ瞬間の言葉』(二見書房刊)を読むことを、強くお勧めする。これは素晴らしい本だ。

テンプル・グランディン著『動物が幸せを感じるとき——新しい動物行動学でわかるアニマル・マインド』と『動物感覚——アニマル・マインドを読み解く』(ともにNHK出版刊)を読まずに僕が動物の本を書くことは絶対にない。キャサリン・ジョンソンはこの二作の共著者であり、この素晴らしい本二作のクレジット表示を、以前ちゃんと明記しなかったことが悔やまれる。

犬に関するリサーチをしている間に、ロジャー・アブランテス著『犬の言語——犬の行動の百科事典(Dog Language : An Encyclopedia of Canine Behaviour)』という宝物のような本に出会った。これはドッグパークで起こっていることを読み解くのにすごく役に立った! また、スタンレー・コレン著『犬も平気でうそをつく?』(文春文庫)とアレクサンドラ・ホロウィッツ著『犬から見た世界』(白揚社刊)もお勧めだし、本当に有益だった。

摂食障害を理解する上では、この悪魔のごとき病と闘ってきた友人たちに助言してもらったのだが、彼らのプライバシーを尊重して、ここに名前を挙げることは控える。この障害に関する深い理解を共有させてくれた彼らへの感謝は、改めていうまでもないことだ。ジェニー・シェーファーとトム・ルートレッジ共著『私はこうして摂食障害(拒食・過食）から回復した―摂食障害エドと別れる日―』（星和書店刊）、アニータ・A・ジョンストン博士著『摂食障害の謎《なぞ》を解き明かす素敵な物語――乱れた食行動を克服するために』（星和書店刊）、ポーシャ・デ・ロッシ著『耐えられない軽さ――減量と増量の物語（Unbearable Lightness: A Story of Loss and Gain）』もお勧めだ。

「行動の救世主」と呼ばれる友人のディナ・ザフィリスは、モリーの人生でアンディがするように、癌《がん》検知のための犬のトレーニングを行っている。ディナ、君のアドバイスと支援、それにタッカーの良きセカンドマザーであることに感謝するよ。

もちろん、これでおしまいではない。リサーチをして、すぐれたチームと、できあがった作品を読もうとしてくれる人たちがいれば、本がまとまるというわけではない。僕の最初のサポーターは、小説家になりたいのなら、きっとなれるよとだけ言ってくれた両親、ビルとモンジー・キャメロンだ。姉のジュリーは、自分の診療所を書店に変え、大小を問わず成功のたびに文字通り僕に喝采《かっさい》を送ってくれる。自分の人生に彼女がいるとは、僕はとても恵まれている。僕の妹で学校教師のエイミーと彼女の友人ジュディ・ロッベンは、『野良犬トビーの愛すべき転生』と、僕の別の小説『エモリーの贈り物（Emory's Gift）』のガイドブックを執筆するという素晴らしい仕事をしてくれた。『僕のワンダフル・ジャーニー』についても、ぜひお願いしたいと思う。彼女はミス・アメリカになることだってできたのに、それよりもしがない兄ブルースを助ける道を選んでくれたのだ。

僕のように素晴らしい父親なら当然だと思われるだろうが、その通り、僕にはすぐれた子供たちとその配偶者がいる。娘のジョージアの活動は、勤勉で不平を唱えずに仕事をする夫のクリストファーがそばにいるおかげで成り立っている。娘のチェルシーと彼女の夫ジェームズは、『エモリーの贈り物』が刊行された日に飛行機で来て僕と一緒にいてくれて、それを祝してハワイにまで行ってくれた。息子のチェイスは、チャーリー・セイレムを雇い、二人で素晴らしい仕事をして僕の執筆を支援してくれた。北カリフォルニアでキャンペーンを展開し、イーサンとマヤとジェイコブを世に出してくれた、ノーベル賞受賞者の義姉マリア・イェルム、本当にありがとう。それに貢献してくれたテッドにも感謝する。

この文章が人目に触れる頃には、三〇年間続いた栄えある僕の新聞コラムは終わってしまっているだろう。それは僕が決めたことだ。（二〇一〇年に）最優秀新聞コラムニストに選出された後、「家族会議」というタイトルのコラムとして始まった毎週連載の随想は、主に子育てに焦点をあててきたけれど、そろそろ潮時だと思ったのだ。絶好調のうちに、そして孫について書けるようになる前に、止《や》めようと思う。ボブ・ブリッジズは僕のコラムのほぼ全部の原稿整理編集を、すべてボランティアでしてくれた。ありがとう、ボブ。そして、僕のコラムエディターのアンソニー・チュルヒャー、ジャック・ニューコム、それにクリエイターズの諸兄には、僕のコラムを同時配信してくれたことに謝意を表したい。

僕の筆の力を信じて支援してくれて、自分のプロとしての名声をそれに賭《か》けてくれたガヴィン・パロンに感謝を述べたい。

いつも変わらぬ言動で支援してくれたジョフ・ジェニングズ、どうもありがとう。そして、『野良犬トビーの愛すべき転生』を支持し、後押ししてくれた独立経営の書店すべてにお礼を言いたい。

犬と獣医学に関する賢明なアドバイスをしてくれたデブ・マンゲルスドルフにも深謝する。

今の世の中で作家でいるという綱渡りをして、転落するか身投げするかの瀬戸際《せとぎわ》だった僕の精神状態を安定させてくれた、素晴らしい作家ですてきな友人でもあるクレア・ラゼブニック、本当に助かったよ。（文句を言ってるわけじゃないんだ——僕は綱渡りをしたかったんだから！）クレアを、そしてすべてを僕と分かち合ってくれたラゼブニック家のみなさん、感謝してるよ。

ジュリー、ノーマ、マルシア——君たちは素敵な魔女軍団だ。僕は今でも君たちの魔法にかかったままだ。

マキシン・ラピデュスは天才だね。

トニ・マーテニーは、ハワイのブルース・キャメロン・ファンクラブを立ち上げてくれた。とても感謝してるけど、いつファン・ミーティングに行くための航空券を用意してくれるのかな？

タッカー、君はいい犬だ。

テッドとエヴィー・ミションは人生で出会った最も美しいもの、キャスリン・ミションを産み出してくれた。

キャスリン、僕が書くものすべてにおける君の存在の大きさを、わかってくれているね。君の愛は僕に目的を与えてくれる最高の贈り物で、おかげで僕はこの人生を愛《いと》おしみながら歩んで行ける。

訳者あとがき

前作『野良犬《のらいぬ》トビーの愛すべき転生（A Dog's Purpose の日本語版）』が刊行されてから、早、七年がたちました。映画も一昨年公開され、原作と映画の両方を楽しまれた方も多いことでしょう。両者のストーリーが幾分違うのは、この世界では今やあたりまえかもしれません。その続編である本作『僕のワンダフル・ジャーニー』も、日本では今秋、映画が公開されることになっています。原作とは既に道が分かれてしまった映画の続編がどのように展開していくのかと思うと、今からわくわくします。

同じくB・キャメロンによる別の犬の小説『A Dog's Way Home』も既にアメリカでは映画化されて年初に公開され、日本での公開が待たれます。こちらは野良猫に育てられた犬が多彩な登場人物および動物と経験する出会いと別れと再会の物語です。訳本もいずれ刊行されますので、ご期待ください。

さて、皆さんもご存じのように、犬はオオカミから進化したとされる動物です。家畜化される過程で、人間と一緒に暮らしていくのに適したサイズや魅力的な特徴を備えさせるために、何度も何度も交配され、多くの場合、近親交配まで行われた結果、多種多様な犬種が街路やペットショップのウィンドウを賑《にぎ》わせるまでになりました。そうやって人工的に作り出された犬種は、人間の嗜好《しこう》を満足させ、求められる用途に一層適《かな》うものになったかもしれませんが、過剰な交配によって奇形や欠損症が発生するという問題も起こっています。ブルドッグ等のマズルの短い犬種に見られる、窒息を誘発する口腔《こうこう》の変形はその格好の例です。

人間のニーズを満たすための業界の奮闘は、さらなる問題をもたらしました。需要をはるかに上回る頭数を生み出した結果、売れ残ったり心無い飼い主に遺棄されたりした動物が、動物愛護センターや、山中等の人目に触れにくい場所に、あふれ出したのです。行き場を失った動物は、食料を得られなくて餓死するか、殺処分されるという憂《う》き目《め》に遭うのが常ですが、ボランティアに助け出されて愛情あふれる家族に譲渡されるラッキーな動物もいます。かくしてボランティア宅やシェルターには保護された動物があふれることになり……。

犬を愛し、犬の気持ちを誰よりも理解している著者は、アニマルレスキューの世界にも目を向けています。それを証明するように、本書に登場するバディの生まれ変わりの犬たちはほとんどが保護犬です。日本でも殺処分ゼロを目指す自治体がふえてきています。それを実現するために、ペット産業の在り方を真剣に問わなければならない時期が来ています。

愛護動物として扱われる犬や猫以外の動物はもっと悲惨な目に遭っています。人類は、償いきれないほどの犠牲を動物たちに強いて、その犠牲の上に人間にとって快適で高度な文明を築き上げてきました。その陰で地獄の苦しみを味わわされた挙句に無残なやり方で命を奪われていく動物たちがいることを忘れてはなりません。彼らにも愛する家族がいますし、悲しみも痛みも感じるのです。

温暖化が原因の気候変動によって人類の生存そのものが危ぶまれる今、温室効果ガスの六割が畜産によって排出されているとフォーブズが報じたことは記憶に新しく、私たちが、自分のためにも、地球環境のためにも、そして動物たちのためにも、日々の営みを変えなければならないことは明明白白です。犬の気持ちにこんなにも共感してくださる読者の皆さんなら、食肉や皮革や実験動物として利用される動物たちの悲痛な叫びにも耳を傾けてくださることでしょう。

最後になりましたが、本書が読みやすく楽しい本になるよう、あふれるほどの有益なアドバイスをくださった編集者の木村達哉さんと、新潮社の皆様に、心からの感謝を述べたいと思います。

令和元年　六月吉日

青木多香子

サン＝テグジュペリ
河野万里子訳
星の王子さま

世界中の言葉に訳され、子どもから大人まで広く読みつがれてきた宝石のような物語。今までで最も愛らしい王子さまを甦らせた新訳。

R・キプリング
田口俊樹訳
ジャングル・ブック

オオカミに育てられた少年モウグリは成長してインドのジャングルの主となった。英国のノーベル賞作家による不朽の名作が新訳に。

スティーヴンソン
鈴木　恵訳
宝　島

謎めいた地図を手に、われらがヒスパニオーラ号で宝島へ。激しい銃撃戦や恐怖の単独行、手に汗握る不朽の冒険物語、待望の新訳。

J・M・バリー
大久保　寛訳
ピーター・パンとウェンディ

ネバーランドへと飛ぶピーターとウェンディ。彼らを待ち受けるのは海賊、人魚、妖精、人食いワニ。切なくも楽しい、永遠の名作。

ボーモン夫人
村松　潔訳
美女と野獣

愛しい野獣さん、わたしはあなただけのものになります――。時代と国を超えて愛されてきたフランス児童文学の古典13篇を収録。

E・ファージョン
野口百合子訳
ガラスの靴

妖精の魔法によって、少女は煌めく宝石とドレスをまとい舞踏会へ――。夢のように魅惑的な言葉で紡がれた、永遠のシンデレラ物語。

中里京子訳
チャップリン自伝
―若き日々―
どん底のロンドンから栄光のハリウッドへ。少年はいかにして喜劇王になっていったか？感動に満ちた前半生の、没後40年記念新訳！

T・トウェイツ
村井理子訳
人間をお休みして
ヤギになってみた結果
よい子は真似しちゃダメぜったい！　イグノーベル賞を受賞した馬鹿野郎が体を張って実験した爆笑サイエンス・ドキュメント！

H・A・ジェイコブズ
堀越ゆき訳
ある奴隷少女に
起こった出来事
絶対に屈しない。自由を勝ち取るまでは――残酷な運命に立ち向かった少女の魂の記録。人間の残虐性と不屈の勇気を描く奇跡の実話。

J・B・テイラー
竹内薫訳
奇跡の脳
―脳科学者の脳が壊れたとき―
ハーバードで脳科学研究を行っていた女性科学者を襲った脳卒中――8年を経て「再生」を遂げた著者が贈る驚異と感動のメッセージ。

S・シン
青木薫訳
フェルマーの最終定理
数学界最大の超難問はどうやって解かれたのか？　3世紀にわたって苦闘を続けた数学者たちの挫折と栄光、証明に至る感動のドラマ。

R・カーソン
青樹簗一訳
沈黙の春
自然を破壊し人体を蝕む化学薬品の浸透……現代人に自然の尊さを思い起させ、自然保護と化学公害告発の先駆となった世界的名著。

僕《ぼく》のワンダフル・ジャーニー

新潮文庫　キ－14－2

Published 2019 in Japan
by Shinchosha Company

令和元年八月一日発行

訳者　青木《あおき》多香子《たかこ》
発行者　佐藤隆信
発行所　株式会社新潮社
郵便番号　一六二―八七一一
東京都新宿区矢来町七一
電話　編集部(〇三)三二六六―五四四〇
　　　読者係(〇三)三二六六―五一一一
https://www.shinchosha.co.jp

価格はカバーに表示してあります。
乱丁・落丁本は、ご面倒ですが小社読者係宛ご送付ください。送料小社負担にてお取替えいたします。

印刷・株式会社三秀舎　製本・株式会社植木製本所

ISBN978-4-10-218082-2 C0197